REI ARTHUR

E OS CAVALEIROS DA TÁVOLA REDONDA

Título original: *The Story of King Arthur and his Knights*
Copyright © Editora Lafonte Ltda. 2022

Todos os direitos reservados.
Nenhuma parte deste livro pode ser reproduzida por quaisquer meios existentes sem autorização por escrito dos editores e detentores dos direitos.

Direção Editorial *Ethel Santaella*
Direção *Denise Gianoglio*
Tradução *Débora Ginza*

REALIZAÇÃO

GrandeUrsa Comunicação

Textos de capa *Dida Bessana*
Revisão *Rita Del Monaco*
Capa, Projeto Gráfico e Diagramação *Idée Arte e Comunicação*
Ilustrações *Arthur Rackham*

Dados Internacionais de Catalogação na Publicação (CIP)
(Câmara Brasileira do Livro, SP, Brasil)

```
Pyle, Howard, 1853-1911
   Rei Arthur e os cavaleiros da Távola Redonda /
Howard Pyle ; tradução Débora Ginza. -- São Paulo :
Lafonte, 2022.

   Título original: The Story of King Arthur and
his Knights
   ISBN 978-65-5870-275-7

   1. Artur, Rei - Ficção 2. Ficção norte-americana
3. Romances arturianos I. Título.

22-110460                                    CDD-813
```

Índices para catálogo sistemático:

1. Ficção : Literatura norte-americana   813

Cibele Maria Dias - Bibliotecária - CRB-8/9427

Editora Lafonte
Av. Profª Ida Kolb, 551, Casa Verde, CEP 02518-000, São Paulo-SP, Brasil - Tel.: (+55) 11 3855-2100
Atendimento ao leitor (+55) 11 3855- 2216 / 11 3855 - 2213 - atendimento@editoralafonte.com.br
Venda de livros avulsos (+55) 11 3855- 2216 - vendas@editoralafonte.com.br
Venda de livros no atacado (+55) 11 3855-2275 - atacado@escala.com.br

HOWARD PYLE

REI ARTHUR

E OS CAVALEIROS DA TÁVOLA REDONDA

Tradução:
Débora Ginza

Brasil, 2022

Lafonte

Apresentação

Depois de vários anos de consideração e reflexão sobre o assunto aqui contido, consegui, finalmente, pela graça de Deus, escrever este livro, com tanto prazer, que, se eu puder passar apenas uma parte dessa alegria ao leitor, ficarei extremamente feliz com o que fiz.

Ao pesquisar sobre esta história, pude observar a elevada nobreza de espírito que levou esses homens valorosos a agirem como agiram; senti que proporcionaram um exemplo perfeito de coragem e humildade, e que todos poderiam muito bem seguir o comportamento deles ao máximo que puderem.

Pois acredito que o Rei Arthur foi o Cavaleiro mais honrado e gentil que já viveu em todo o mundo. E aqueles que eram seus companheiros na Távola Redonda, tomando-o como seu exemplo de cavalaria, formavam, juntos, um grupo de cavaleiros tão nobres, que dificilmente haverá neste mundo outros semelhantes a eles. Portanto, tive um prazer extraordinário em ver como aqueles famosos cavaleiros se comportavam sempre que as circunstâncias exigiam que mostrassem seu empenho.

Desse modo, no ano da graça de mil novecentos e dois, comecei a escrever esta história do Rei Arthur e os Cavaleiros da Távola Redonda e, se eu puder, dedicar-me-ei com todo o meu amor a terminá-la em algum outro momento em outro livro, e para o prazer daqueles que desejarem lê-la.

Sumário

O Livro do Rei Arthur

Parte I
A Conquista do Reino 14

Capítulo Primeiro 15
Como Sir Kay lutou em um grande torneio na cidade de Londres e como ele quebrou sua espada. E, também, como Arthur encontrou uma nova espada para ele

Capítulo Segundo 25
Como Arthur realizou duas vezes o milagre da espada diante de Sir Ector e como seu direito de primogenitura lhe foi revelado

Capítulo Terceiro 32
Como vários reis e grão-duques tentaram retirar a espada da bigorna e como falharam. E, também, como Arthur tentou e teve sucesso

PARTE II
A CONQUISTA DE UMA ESPADA 44

CAPÍTULO PRIMEIRO 45
Como certo cavaleiro ferido chegou à corte do
Rei Arthur; como um jovem cavaleiro da corte do rei
tentou vingá-lo e falhou; e como o Rei então
assumiu ele mesmo esse desafio

CAPÍTULO SEGUNDO 56
Como o Rei Arthur lutou com o Cavaleiro Negro e ficou
gravemente ferido. E, também, como Merlin o tirou com
segurança do campo de batalha

CAPÍTULO TERCEIRO 67
Como o Rei Arthur encontrou uma espada nobre de
modo magnífico. E como ele lutou novamente com
ela e venceu aquela batalha

PARTE III
A CONQUISTA DE UMA RAINHA 82

CAPÍTULO PRIMEIRO 83
Como o Rei Arthur foi para Tintagalon com quatro
homens de sua corte e como ele se disfarçou para um
determinado propósito

CAPÍTULO SEGUNDO 94
Como o rei Ryence veio a Cameliard e como o
Rei Arthur lutou com o Duque de Nortúmbria

CAPÍTULO TERCEIRO 103
Como o Rei Arthur encontrou quatro cavaleiros
e o que aconteceu depois

CAPÍTULO QUARTO 114
Como os quatro cavaleiros serviram a Lady Guinevere

CAPÍTULO QUINTO 125
Como o Rei Arthur derrotou os inimigos do rei
Leodegrance e como sua realeza foi revelada

CAPÍTULO SEXTO 139
Como o Rei Arthur casou-se com honras de
rei e como a Távola Redonda foi instituída

Prefácio

Há muito tempo, vivia um rei muito nobre, chamado Uther-Pendragon, que se tornou o senhor supremo de toda a Bretanha. Esse rei foi muito auxiliado na conquista do título de Pendragon (Cabeça de dragão) por dois homens, que lhe prestavam grande assistência em tudo o que ele fazia. Um deles era um mago muito poderoso, que às vezes previa o futuro e era conhecido pelos homens como Merlin, o Sábio; ele dava bons conselhos a Uther-Pendragon. O outro homem era um excelente cavaleiro, nobre e renomado, chamado Ulfius (considerado por muitos como o maior líder de guerra entre os homens daquela época); era ele quem ajudava e dava muitos conselhos a Uther-Pendragon nas batalhas. Dessa forma, com a ajuda de Merlin e de Sir Ulfius, Uther-Pendragon foi capaz de derrotar todos os seus inimigos e tornar-se o Soberano de todo o reino.

Depois de ter governado seu reino por vários anos, Uther-Pendragon casou-se com uma dama, linda e gentil, chamada Igraine. Essa nobre dama era a viúva de Gerlois, o duque de Tintegal, e com esse príncipe ela teve duas filhas. Uma delas se chamava Margaise e a outra Morgana, a Fada. Morgana, a Fada, era uma feiticeira famosa. A Rainha trouxe essas filhas com ela para a Corte de Uther-Pendragon depois de casar-se com esse poderoso rei, e lá Margaise se casou com o rei Urien de Gore, e Morgana, a Fada, se casou com o rei Lot, de Orkney.

Depois de algum tempo, Uther-Pendragon e a rainha Igraine tiveram um filho, e ele era muito bonito, grande em tamanho e com ossos fortes. E enquanto a criança ainda estava enrolada em bandagens e deitada em um berço dourado e ultramarino, Merlin veio até Uther-Pendragon com um espírito de profecia (pois isso frequentemente acontecia com ele) e disse: – Senhor, tive uma visão de que em breve o senhor adoecerá de febre e que talvez morra de um violento suor provocado por ela. Agora, se uma coisa tão dolorosa assim acontecer a todos nós, esta criança, que é, com certeza, a esperança de todo este reino, estará em grande perigo de vida; pois muitos inimigos certamente se levantarão com o propósito de apoderar-se dela por causa de sua herança, e ela será morta ou mantida em cativeiro, do qual dificilmente terá esperança de escapar. Portanto, eu lhe imploro, Senhor, que permita que Sir Ulfius e eu levemos a criança para algum refúgio seguro, onde ela possa ficar escondida até atingir a idade adulta e ser capaz de proteger-se dos perigos que podem ameaçá-la.

Quando Merlin acabou de falar, Uther-Pendragon respondeu com um semblante muito sério e disse: – Merlin, no que diz respeito à minha morte, quando chegar a minha hora de morrer, acredito que Deus me dará graça para encontrar meu fim com absoluta alegria; pois, com certeza, minha sorte nesse sentido não é diferente da de qualquer outro homem que nasceu do ventre de uma mulher. Mas, no tocante ao assunto desta criança, se a sua profecia for verdadeira, então o perigo é muito grande, e seria bom que ela fosse levada daqui para algum lugar seguro, como você aconselhou. Portanto, eu lhe peço que aja de acordo com a sua vontade neste caso, mantendo em seu coração a consideração de que o filho é a herança mais preciosa que deixarei nesta terra.

Uther-Pendragon falou tudo isso, como mencionado acima, com grande calma e ponderação de espírito. E Merlin fez o que ele mesmo tinha aconselhado, e junto com Sir Ulfius levaram a criança para longe durante a noite. Ninguém além deles sabia para onde o bebê tinha sido levado. Pouco tempo depois, Uther-Pendragon foi acometido pela doença, como Merlin havia previsto, e morreu exatamente como Merlin temia que acontecesse; portanto, foi muito bom que a criança tivesse sido levada para um local seguro.

E depois que Uther-Pendragon partiu desta vida, aconteceu exatamente como Merlin temia, pois todo o reino entrou em grande desordem. Cada rei menor lutava contra seu companheiro por poder e supremacia, e cavaleiros e barões perversos assaltavam as estradas com total liberdade e lá cobravam pedágio dos viajantes indefesos com grande crueldade. Alguns desses viajantes eram feitos prisioneiros, e eles pediam resgate, enquanto outros eram mortos porque não tinham como pagar um resgate. Portanto, era muito comum ver um homem morto caído na beira da estrada, se alguém se aventurasse a fazer uma viagem a negócios ou algo assim. Então, depois de algum tempo, toda aquela terra sofria demasiadamente com os problemas que a atormentavam.

Assim se passaram quase dezoito anos em tamanha aflição, e então um dia o arcebispo de Canterbury chamou Merlin e lhe disse assim: – Merlin, todos dizem que você é o homem mais sábio de todo o mundo. Será que você não conseguiria encontrar algum meio de curar os sofrimentos deste reino miserável? Usa a sua sabedoria neste assunto e escolhe um rei que seja bom para todos nós, para que possamos encontrar a alegria de viver mais uma vez, como acontecia nos dias de Uther-Pendragon.

Então Merlin olhou para o arcebispo e respondeu: – Meu senhor, o espírito profético que às vezes toma conta de mim me leva a dizer agora que em breve este país terá um rei que será mais sábio, mais poderoso e mais digno de louvor do que até mesmo o próprio Uther-Pendragon. E ele trará ordem e paz onde agora há desordem e guerra. Além disso, posso dizer-lhe que este rei terá o mesmo sangue real de Uther-Pendragon.

O arcebispo então respondeu: – Merlin, o que está dizendo é algo muito maravilhoso, porém estranho. Com esse espírito profético, você não pode prever quando esse Rei virá? E não pode dizer como iremos conhecê-lo quando ele aparecer entre nós? Há muitos reis menores que desejariam ser o senhor desta terra, e muitos outros que se consideram aptos a governar sobre todos os outros. Como, então, saberemos reconhecer o verdadeiro Rei entre aqueles que podem se proclamar como legítimo rei?

— Meu senhor arcebispo – disse Merlin – se eu tiver permissão para exercer minha magia, estabelecerei um desafio que, se alguém conseguir, todo o mundo saberá imediatamente que ele é o legítimo Rei e soberano deste reino.

Diante disso o arcebispo respondeu: – Merlin, ordeno que faça tudo o que estiver ao seu alcance para resolver esse problema.

E Merlin disse: – Eu o farei.

Então Merlin, por meio de uma mágica, fez com que uma enorme pedra quadrada de mármore aparecesse de repente no espaço vazio diante da porta da catedral. E sobre esse bloco de mármore ele fez com que surgisse uma bigorna, e na bigorna fez com que surgisse uma grande espada com a lâmina cravada até o meio. Essa espada era a mais maravilhosa que qualquer homem já havia visto, pois a lâmina era de aço azul e extraordinariamente brilhante e cintilante. O punho era de ouro, cravejado e esculpido com uma habilidade maravilhosa e incrustado com uma enorme quantidade de pedras preciosas, de modo que o brilho era fantástico sob a luz do sol. Na espada foram escritas as seguintes palavras em letras de ouro:

> Aquele que da bigorna esta espada arrancar
> Rei da Inglaterra por direito será.

Assim, muitas pessoas vieram e olharam para aquela espada e ficaram maravilhadas com ela, pois nunca tinham visto algo parecido neste mundo.

Depois que Merlin realizou esse milagre, ele pediu ao arcebispo que convocasse todos os homens mais importantes daquela região na época do Natal; ele pediu ao arcebispo que mandasse que cada homem tentasse arrancar a espada, pois aquele que conseguisse arrancá-la da bigorna seria o legítimo Rei da Bretanha.

Então o arcebispo fez de acordo com o que Merlin havia dito; e este foi o milagre da pedra de mármore e da bigorna, sobre o qual qualquer um pode facilmente ler por si mesmo em um livro escrito há muito tempo por Robert de Boron, chamado *Le Roman de Merlin*.

✳ ✳ ✳

Bem, quando a ordem do Senhor Arcebispo foi comunicada, convocando todos os homens mais importantes daquela região para tentar realizar esse feito (pois, de fato, seria um milagre arrancar uma lâmina de espada de uma bigorna de ferro sólido), todo o reino foi imediatamente tomado por uma grande agitação, de modo que um homem perguntava a outro: – Quem conseguirá arrancar a espada e quem será nosso Rei? – Alguns achavam que seria o Rei Lot, e outros pensavam que seria o Rei Urien de Gore (uma vez que estes eram os genros de Uther-Pendragon). Alguns achavam que seria o Rei Leodegrance de Cameliard, e outros que seria o Rei Ryence de Gales do Norte; alguns achavam que seria este rei e outros que seria aquele rei, pois todos estavam divididos em diferentes partes que pensavam de acordo com as próprias vontades.

Então, quando a época do Natal estava se aproximando, parecia que o mundo inteiro estava se dirigindo para a cidade de Londres, pois as estradas e caminhos ficaram cheios de viajantes... reis, lordes, cavaleiros, damas, escudeiros, pajens e soldados... todos indo para o local onde seria feito o teste da espada e da bigorna. Todas as hospedarias e castelos estavam tão cheios de viajantes, que era espantoso ver como tanta gente cabia dentro deles, e em todos os lugares havia tendas e barracas armadas ao longo do caminho para acomodar aqueles que não conseguiam encontrar abrigo em uma hospedaria.

Mas quando o Arcebispo viu as multidões que estavam se reunindo, ele disse a Merlin: – Na verdade, Merlin, seria uma coisa muito estranha se entre todos esses grandes reis, nobres e honrados lordes não encontrássemos alguém digno de ser o soberano deste reino.

Em resposta, Merlin sorriu e disse: – Não se espante, meu senhor, se entre todos aqueles que parecem ser tão extraordinariamente dignos não exista um só que seja digno; e também não se espante se, entre todos aqueles que são desconhecidos, surgir alguém que será totalmente digno.

E o Arcebispo ponderou sobre as palavras de Merlin, e assim começa esta história.

Aqui começa a história da espada, da bigorna e da pedra de mármore, e de como aquela espada foi conquistada pela primeira vez por um jovem desconhecido, até então sem renome, fosse em armas ou em posses.

Então, ouçam o que escrevi a seguir.

PARTE I

A CONQUISTA DO REINO

CAPÍTULO 🜲 PRIMEIRO

Como Sir Kay lutou em um grande torneio na cidade de Londres e como ele quebrou sua espada. E, também, como Arthur encontrou uma nova espada para ele

Aconteceu que entre aqueles valorosos homens que foram convocados à cidade de Londres por ordem do Arcebispo, como mencionado acima, havia um certo cavaleiro, muito honrado e de alta posição, chamado Sir Ector de Bonmaison – apelidado de Cavaleiro Confiável, por causa da fidelidade com que guardava o segredo daqueles que nele confiavam, e porque sempre cumpria o que prometia a qualquer pessoa, fosse ela de classe alta ou baixa, sem falhar com ninguém. Portanto, esse nobre e excelente cavaleiro era tido em grande consideração por todos aqueles que o conheciam; pois não apenas tinha uma conduta honrosa, como também tinha uma posição muito elevada, sendo o dono de sete castelos no País de Gales e no país vizinho ao norte, e também de certas extensões de terra frutíferas com vilarejos ao redor e de diversas florestas de grande extensão, tanto ao norte quanto a oeste. Esse nobre cavaleiro tinha dois filhos: o mais velho era Sir Kay, um jovem cavaleiro de grande valor e promessa, e já bem conhecido nas Cortes de Cavalaria em razão de vários atos muito honrosos e dignos com armas que ele havia realizado; o outro era um rapaz de 18 anos de idade, chamado Arthur, que na época tinha boa reputação, servindo como escudeiro de armas de Sir Kay.

Muito bem, quando Sir Ector de Bonmaison recebeu a ordem do Arcebispo através de um mensageiro, imediatamente chamou os dois filhos para que viessem até onde ele estava e ordenou que se preparassem rapidamente para ir com ele até a cidade de Londres, e assim eles o fizeram. Da mesma forma ele pediu a um grande número de ajudantes, escudeiros e pajens que se preparassem, e eles também o fizeram. Então, com uma quantidade considerável de armas e com toda pompa e circunstância, Sir Ector de Bonmaison dirigiu-se à cidade de Londres, obedecendo as ordens do Arcebispo.

Ao chegar a Londres, acomodou-se em certo campo, onde muitos outros nobres cavaleiros e lordes poderosos já haviam se estabelecido, e montou uma tenda muito bonita de seda verde, onde ergueu sua bandeira com o brasão da família, que era um grifo preto sobre um campo verde.

E sobre esse campo havia uma enorme quantidade de outras tendas de cores diferentes, e acima de cada tenda estava a flâmula e a bandeira do respectivo lorde poderoso a quem a tenda pertencia. Assim, por causa do grande número dessas flâmulas e estandartes, em alguns lugares o céu ficava quase oculto com as cores vistosas das bandeiras esvoaçantes.

Entre os grandes lordes que foram até lá seguindo a ordem do Arcebispo estavam muitos reis e rainhas famosos e nobres de alto grau. Lá estava o rei Lot de Orkney, que se casara com uma enteada de Uther-Pendragon, e também o rei Uriens de Gore, que se casara com a outra enteada daquele grande rei; e lá estavam o rei Ban, o rei Bors, o rei Ryance, o rei Leodegrance e muitos outros de grau semelhante, pois havia nada menos que doze reis e sete duques, de modo que, com sua corte de lordes, damas, escudeiros e pajens, a cidade de Londres nunca tinha visto algo semelhante antes daquele dia.

Ora, o Arcebispo de Canterbury, tendo em mente o extraordinário estado da ocasião que trouxera tantos reis, duques e grandes lordes para aquele teste da espada e da bigorna, ordenou que ali fosse proclamado um torneio grandioso e nobre. Da mesma forma, ele ordenou que essa competição de armas fosse realizada em certo campo próximo à grande catedral, três dias antes que o desafio da espada e da bigorna fosse realizado (que deveria ser realizada, como já foi dito, no dia de Natal). Para esse torneio foram convidados todos os cavaleiros que fossem de nascimento, condição e qualidade suficientes que lhes permitissem participar. Consequentemente, muitos cavaleiros queriam participar, e o número era tão grande que foram necessários três arautos, que se mantiveram bastante ocupados, verificando os direitos que eles tinham de participar da batalha. Esses arautos examinavam os brasões e os títulos de linhagem de todos os candidatos com grande cuidado e atenção.

Bem, quando Sir Kay recebeu a notícia desse torneio, ele foi até seu pai e disse o seguinte:

— Senhor, sendo teu filho e de condição tão elevada, tanto de nascimento quanto das propriedades que herdei do senhor, diria que tenho um desejo extraordinário de arriscar meu corpo nesse torneio. Portanto, se eu conseguir provar minha qualidade quanto ao título de cavaleiro perante esse grupo de arautos, talvez seja para sua grande honra e crédito, e para o honra e crédito de nossa família, se eu possa aceitar esse desafio. Sendo assim, peço sua autorização para fazer o que tenho em mente.

Em seguida, Sir Ector respondeu: – Meu filho, você tem a minha permissão para participar dessa honrosa competição, e espero que Deus te dê uma grande dose de força e também tal graça de espírito para que você possa honrar a ti mesmo e dar crédito para nós que temos o mesmo sangue.

Assim, Sir Kay partiu com grande alegria e imediatamente foi até a reunião de arautos e apresentou a eles suas intenções. Depois de terem devidamente examinado seu título de cavaleiro, incluíram seu nome como um combatente, como era seu desejo; e com isso Sir Kay ficou muito feliz e seu coração encheu-se de alegria.

Então, quando seu nome foi colocado na lista de combatentes, Sir Kay escolheu seu irmão mais novo, Arthur, para ser seu escudeiro e carregar sua lança e flâmula para o campo de batalha, e Arthur também ficou imensamente feliz por causa da honra que coube a ele e seu irmão.

Então, quando chegou o dia em que o torneio seria realizado, uma grande multidão reuniu-se para testemunhar aquela nobre e cortês luta armada. Pois, naquela época, Londres era, como já foi dito, extraordinariamente cheia de nobres e cavaleiros, de modo que não havia menos de vinte mil lordes e damas (além desses doze reis e suas cortes e sete duques e suas cortes) reunidos ao redor do campo de batalha para testemunhar o desempenho dos cavaleiros escolhidos.

E aquelas pessoas nobres se sentaram tão próximas umas das outras, ocupando os bancos e assentos que haviam sido reservados a eles, que parecia como se uma parede inteiramente sólida de almas humanas cercava aquele campo onde a batalha seria travada. E, de fato, qualquer cavaleiro se sentiria pressionado a dar o melhor de si em uma ocasião tão grandiosa com os olhos de tantas belas damas e nobres senhores observando seu desempenho. Assim, o coração de todos os cavaleiros presentes estava desejoso de levar seus inimigos ao chão.

No centro desta maravilhosa corte de lordes e damas foi erguida a tenda e o trono do próprio arcebispo. Acima do trono havia um dossel de tecido púrpura adornado com lírios de prata, e o próprio trono era todo coberto com veludo púrpura, bordado, alternando a figura de São Jorge dourada e a de São Jorge com cruzes de prata envoltas por halos dourados. Ali ficava sentado o arcebispo em grande pompa e circunstância, cercado por clérigos da alta corte e também por honrosos cavaleiros, de modo que todo aquele centro do campo brilhava com o esplendor do bordado dourado e prateado, enfeitado pelas várias cores de ricos e vistosos trajes que brilhavam como uma armadura fina de excelente acabamento. E, de fato, tal era a imponência de tudo isso que muito poucos ali já tinham visto uma preparação tão nobre quanto aquela para uma batalha.

Quando toda aquela grande assembleia estava em seus lugares e tudo havia sido preparado de modo apropriado, um arauto veio, apresentou-se diante do trono do arcebispo e tocou a trombeta bem forte e alto. Após esse sinal, abriram-se imediatamente dois caminhos, e dois grupos de competidores entraram por eles. Um grupo na extremidade norte do prado da batalha e o outro na extremidade sul do mesmo. Então, imediatamente, todo aquele campo solitário brilhou com o esplendor da luz do sol sobre armaduras e acessórios polidos. Assim, essas duas partes assumiram sua posição, cada uma no lugar que lhes havia sido designado... uma ao norte e a outra ao sul.

Ora, o grupo com o qual Sir Kay havia lançado sua sorte estava ao norte do campo, e esse grupo era formado por noventa e três homens; o outro grupo ficou na extremidade sul do campo, e era formado de noventa e seis homens. Porém, embora o grupo ao qual Sir Kay pertencia tivesse três homens a menos do que o outro, parecia ser mais forte, porque havia nele vários cavaleiros de grande força e renome. Na verdade, deve ser mencionado aqui o fato de que dois daqueles cavaleiros tornaram-se, mais tarde, companheiros muito valorizados da Távola Redonda, a saber: Sir Mador de la Porte e Sir Bedevere, o último que viu o Rei Arthur vivo nesta terra.

Então, quando tudo já havia sido preparado de acordo com os regulamentos do torneio, e quando os competidores já haviam se preparado de todas as maneiras necessárias, e já tinham empunhado suas lanças e seus escudos como cavaleiros que estavam prestes a entrar em uma batalha séria, o arauto levou a trombeta aos lábios uma segunda vez e soprou com toda sua força. Depois desse primeiro toque, ele esperou um pouco e tocou a trombeta novamente.

E, com o fim do segundo toque, cada um daqueles grupos de cavaleiros abandonou sua posição e avançou em grande tumulto contra o outro grupo, e houve tanto barulho e fúria que toda a terra rugiu sob os pés dos cavalos de guerra, e tremeu e sacudiu como se fosse um terremoto.

Então os dois grupos se encontraram, um contra o outro, no meio do campo, e o estrondo das lanças se quebrando era tão terrível que aqueles que o ouviam ficavam espantados e horrorizados. Várias damas desmaiaram de terror com o barulho, e outras gritaram bem alto; pois não só havia um grande alvoroço, mas o ar foi totalmente preenchido com as lascas de madeira que voavam por todos os lados.

Naquele famoso embate, setenta cavaleiros muito nobres e honrados foram derrubados, muitos deles sendo pisoteados pelos cascos dos cavalos, e quando os dois grupos se retiraram, cada qual para sua posição, o chão estava todo coberto por fragmentos de lanças e pedaços de armaduras, e muitos cavaleiros estavam caídos no meio de todos aqueles destroços. Alguns desses campeões se esforçavam para levantar-se, mas não conseguiam, enquanto outros estavam completamente imóveis, como se estivessem mortos. Em direção a esses últimos, correram vários escudeiros e pajens, e ergueram os homens caídos levando-os para locais seguros. E da mesma forma alguns assistentes correram e juntaram os pedaços de armaduras e lanças quebradas, e os levaram para outro lugar, de modo que, aos poucos, o campo foi ficando totalmente limpo de novo.

Foi então que todos aqueles que olharam para aquele campo aclamaram bem alto e com grande alegria, pois nunca tinham visto naquele reino um embate amistoso tão nobre e glorioso.

Agora, voltemos a Sir Kay, pois ele lutou com tanta coragem nesse ataque que nenhum cavaleiro que lá estava se saiu tão bem quanto ele. Embora dois oponentes tivessem dirigido suas lanças de uma só vez contra ele, ele resistiu com sucesso ao ataque. E um dos dois ele golpeou com tanta violência ao se defender que o ergueu inteiramente da garupa do cavalo que ele montava, e o jogou a uma distância de meia lança atrás de seu corcel, e o cavaleiro caído ainda rolou três vezes sobre a poeira do chão antes de parar.

E quando aqueles do grupo de Sir Kay que estavam perto dele viram o que ele havia feito, aclamaram-no em voz tão alta e forte, que Sir Kay ficou imensamente satisfeito e feliz.

E, de fato, deve-se dizer que naquela época dificilmente havia algum cavaleiro em todo o mundo que fosse tão excelente em feitos de armas quanto Sir Kay. E, ainda que depois tenham vindo cavaleiros de maior renome e de realizações mais gloriosas (como será registrado aqui quando for o momento), naquele tempo, Sir Kay foi considerado por muitos como um dos cavaleiros mais fortes e valentes (durante suas viagens ou em batalha) de todo aquele reino.

Assim aconteceu o combate, para grande prazer e satisfação de todos os que o viram, e mais especialmente de Sir Kay e seus amigos. E, depois que terminou, os dois grupos retornaram cada um a seus lugares mais uma vez.

E, ao chegarem a seus lugares, cada cavaleiro entregou sua lança ao seu escudeiro, pois o embate que seria feito a seguir seria realizado com espadas. Portanto todas as lanças e outras armas deveriam ser guardadas, porque essa era a ordem daquela luta cortês e gentil.

Sendo assim, quando o arauto tocou sua trombeta novamente, cada cavaleiro tirou sua arma com tal prontidão para a batalha que houve um grande esplendor de lâminas, todas brilhando no ar ao mesmo tempo. E quando o arauto tocou uma segunda vez, cada grupo avançou para a competição com grande nobreza de coração e impetuosidade de espírito, cada cavaleiro movido com a intenção de enfrentar seu oponente com todo o poder e força que havia em si.

Então, imediatamente começou uma batalha tão feroz que, se aqueles cavaleiros tivessem sido inimigos de longa data em vez de combatentes amigáveis, os golpes que davam uns nos outros não poderiam ter sido mais veementes quanto à força ou mais surpreendentes de se contemplar.

E desta vez, como anteriormente, Sir Kay provou ser um campeão tão extraordinário que não havia outro igual a ele em todo aquele campo, pois ele derrotou violentamente cinco cavaleiros, um após o outro, antes interrompessem seu avanço.

Isso aconteceu porque vários cavaleiros do outro grupo investiram contra ele na tentativa de deter seu avanço.

Entre eles estava certo cavaleiro, Sir Balamorgineas, que era tão grande que sua cabeça e ombros ficavam acima de qualquer outro cavaleiro quando ele estava cavalgando. Ele possuía uma força tão extraordinária que se acreditava que poderia resistir com sucesso ao ataque de três cavaleiros comuns ao mesmo tempo. Quando esse cavaleiro viu o que Sir Kay estava fazendo, ele gritou: – Ei! Senhor Cavaleiro do grifo negro, vire-se para cá e lute comigo!

Quando Sir Kay percebeu que Sir Balamorgineas estava decidido a vir contra ele dessa maneira, muito ameaçador e decidido a lutar, virou-se em direção ao inimigo com grande coragem. Naquela época, Sir Kay estava cheio de fogo juvenil e não se importava em atacar qualquer inimigo que viesse lutar contra ele.

(Assim era naquela época. Mas aconteceu depois, quando ele se tornou governador geral, e outros cavaleiros mais poderosos apareciam na corte do rei, que ele às vezes evitava um confronto com cavaleiros como Sir Lancelot, Sir Pellias, Sir Marhaus ou Sir Gawaine, se pudesse fazê-lo sem perder sua honra.)

Então, como ele estava cheio do espírito da juventude, virou-se para ele com grande coragem, totalmente inflamado com a ânsia e a fúria da batalha, e clamou em grande voz: – Muito bem, eu lutarei contigo, e te lançarei ao chão como fiz com teus companheiros! – Depois de dizer isso, golpeou Sir Balamorgineas com tamanha ferocidade e com todas as suas forças. Sir Balamorgineas recebeu o golpe em seu capacete e ficou totalmente perplexo com a fúria de seu rival, pois nunca havia sentido algo assim antes. Ele ficou tão desorientado que foi necessário segurar firme em sua sela para não cair.

Mas foi uma grande lástima para Sir Kay que, com a ferocidade do golpe, a lâmina de sua espada quebrou bem na divisão com o cabo, voando tão alto que pareceu ter passado por cima das torres da catedral. E desse modo Sir Kay ficou sem nenhuma arma. Mesmo assim, pensava-se que, por causa daquele golpe, ele tinha Sir Balamorgineas inteiramente à sua mercê e que, se ele pudesse desferir outro golpe com sua espada, ele o teria facilmente derrotado.

Mas do jeito que as coisas aconteceram, Sir Balamorgineas logo se recuperou e percebeu que seu inimigo estava totalmente indefeso. Como estava com muita raiva por causa do golpe que recebera, ele empurrou Sir Kay com a intenção de derrubá-lo em um ataque violento.

Nessa investida, Sir Kay teria sofrido um grande golpe se não fossem seus três companheiros de armas, que percebendo o extremo perigo em que ele se encontrava, se lançaram entre ele e Sir Balamorgineas com a intenção de assumir o ataque daquele cavaleiro e evitar que Sir Kay fosse atingido. Fizeram isso com tanto sucesso que Sir Kay conseguiu se livrar do aperto e escapar para as barreiras sem sofrer mais nenhum dano nas mãos de seus inimigos.

Bem, quando ele alcançou a barreira, seu escudeiro, o jovem Arthur, veio correndo até ele com uma taça de vinho com especiarias. Sir Kay abriu a portinhola de seu capacete para beber, pois estava sedento demais. E, vejam só! Seu rosto estava todo coberto de sangue e suor, e ele estava tão sedento por causa da batalha que sua língua ficou grudada no céu da boca e ele não conseguia falar. Mas quando bebeu todo vinho que Arthur lhe dera, sua língua se soltou e ele gritou para o jovem em voz alta e violenta: – Ora! Ora! Irmão, consiga outra espada para que eu continue a lutar, pois com certeza estou ganhando muita glória para nossa família neste dia! – E Arthur respondeu: –Onde posso conseguir uma espada para o senhor? – E Kay lhe disse: – Vá correndo até a tenda de nosso pai e traga-me outra espada, pois esta que eu tenho está quebrada. – E Arthur mais uma vez respondeu: – Farei isso o mais rápido possível – e então colocou a mão na barreira e saltou em direção ao beco. Correu com toda a velocidade para ser capaz de cumprir aquela tarefa que seu irmão lhe ordenara; e com a mesma velocidade, correu até aquela tenda que seu pai tinha montado nos prados.

Mas quando chegou à tenda de Sir Ector, não encontrou ninguém lá, pois todos os participantes haviam se dirigido para o torneio. E ele também não conseguiu encontrar nenhuma espada adequada para seu irmão; viu-se, então, diante de um empasse para saber o que fazer naquela situação.

Neste ponto, lembrou-se daquela espada que estava enfiada na bigorna em frente à catedral, e pareceu-lhe que uma espada como aquela serviria muito bem aos propósitos de seu irmão.

Portanto, ele disse a si mesmo: – Irei até lá e pegarei aquela espada se eu puder fazer isso, pois ela certamente servirá muito bem para meu irmão terminar sua batalha. – Em seguida, ele correu a toda velocidade até a catedral. E quando chegou lá, descobriu que ninguém estava protegendo o bloco de mármore, como até então tinha sido o caso, pois todos os que estavam em guarda haviam se encaminhado para a luta de armas que se aproximava. E a bigorna e a espada estavam onde ele pudesse alcançá-las. Assim, não havendo ninguém que o impedisse, o jovem Arthur saltou sobre o bloco de mármore e colocou as mãos no punho da espada. Dobrou seu corpo e puxou a espada com muita força, e vejam só!, ela saiu da bigorna com uma facilidade incrível, e ele segurou a espada em sua mão, e era sua.

E assim que pegou a espada, ele a envolveu em seu manto, para que ninguém a visse (pois ela tinha brilho e esplendor excessivos), saltou do bloco de pedra de mármore e correu até o campo de batalha.

Quando Arthur entrou naquele prado mais uma vez, encontrou Sir Kay aguardando sua chegada com grande impaciência. E quando Sir Kay o viu, gritou veementemente: – Você trouxe uma espada? – E Arthur respondeu: – Sim, eu tenho uma aqui. – Em seguida, abriu sua capa e mostrou a Sir Kay a espada que ele havia trazido.

Quando Sir Kay viu a espada, ele a reconheceu imediatamente e não sabia o que pensar ou dizer, por isso ficou parado por um tempo, como se tivesse sido transformado em pedra, olhando para aquela espada. Em seguida, ele perguntou com uma voz muito estranha: – Onde você conseguiu essa espada? – E Arthur olhou para seu irmão e viu que seu semblante estava muito perturbado e que seu rosto estava branco como cera. Então ele disse: – Meu irmão, o que o deixou tão perturbado a ponto de parecer tão estranho? Vou contar toda a verdade. Não consegui encontrar nenhuma espada na tenda de nosso pai, pelo que me lembrei daquela espada que estava na bigorna sobre o bloco de mármore em frente à catedral. Então fui até lá e tentei tirá-la, e ela saiu com uma facilidade maravilhosa. Então, quando eu a retirei de lá, a envolvi em meu manto e a trouxe aqui até você como pode ver.

Então Sir Kay ficou pensativo e disse a si mesmo: – Bem! meu irmão Arthur ainda é quase uma criança. E, além disso, é extremamente inocente. Portanto, ele não sabe o que fez e nem o que significa isso. Mas, já que ele conquistou a posse da arma, por que eu mesmo não posso reivindicar essa conquista, e assim obter a glória que ela significa?

Em seguida, ele levantou-se e disse a Arthur: – Dê-me a espada e o manto – e Arthur fez o que seu irmão ordenou.

Quando ele fez isso, Sir Kay disse: – Não conte nada a ninguém sobre isso, mantenha tudo em segredo em seu coração. Enquanto isso, vá até onde nosso pai está sentado e peça para ele vir imediatamente à tenda onde estamos acampados.

E Arthur fez o que Sir Kay ordenou, bastante intrigado que seu irmão estivesse tão perturbado quanto parecia estar. Ele não sabia o que tinha feito ao puxar aquela espada da bigorna, nem sabia que grandes coisas aconteceriam a partir daquele momento, pois assim é neste mundo que um homem às vezes prova ser digno de tamanha confiança como essa, e ainda, em humildade de espírito, está completamente inconsciente de que é digno dela. E assim aconteceu com o jovem Arthur naquela época.

CAPÍTULO ♛ SEGUNDO

Como Arthur realizou duas vezes o milagre da espada diante de Sir Ector e como seu direito de primogenitura lhe foi revelado

Assim, Arthur correu até o local onde Sir Ector estava sentado com as pessoas da família. Ele se colocou diante de seu pai e disse: – Senhor, meu irmão Kay me enviou aqui para pedir que venha imediatamente até a tenda que alugamos para estadia. E, sinceramente, acho que algo muito extraordinário aconteceu, pois meu irmão Kay está com um semblante que nunca vi antes.

Então, Sir Ector ficou tão intrigado com o que poderia ter feito Sir Kay interromper a batalha e o convocar naquela hora, que se levantou imediatamente e foi com Arthur. Quando chegaram lá, viram Sir Kay parado bem no meio da tenda, e Sir Ector viu que seu rosto estava branco como cera e que seus olhos tinham um brilho esplêndido.

Sir Ector perguntou: – Meu filho, por que está tão aflito?

E Sir Kay respondeu: – Senhor, tenho que lhe contar sobre algo incrível – Dizendo isso, ele pegou seu pai pela mão e o levou até a mesa que havia na tenda. Sobre a mesa estava um manto e havia algo dentro dele. Então Sir Kay abriu o manto e – ora, vejam! – ali estava a espada da bigorna, e o cabo e a lâmina brilhavam com grande esplendor.

E Sir Ector imediatamente reconheceu aquela espada e de onde ela vinha. E ficou tão surpreso que não sabia o que fazer. Por um tempo, sua língua recusou-se a falar, mas algum tempo depois ele encontrou as palavras certas e disse em voz alta: – O que é isso que meus olhos veem?! – E Sir Kay respondeu: – Senhor, tenho aqui aquela espada que estava há um tempo enfiada na bigorna sobre a pedra de mármore em frente à grande catedral. Por isso lhe peço que me diga o que isso significa?

Então, Sir Ector perguntou: – Como você conseguiu esta espada?

Por um tempo, Sir Kay ficou em silêncio, mas depois disse: – Senhor, quebrei minha espada na última batalha e então encontrei esta espada em seu lugar.

Então, Sir Ector ficou totalmente perplexo e não sabia se devia acreditar no que ouvia. Depois de algum tempo, ele disse: – Se realmente foi você quem retirou esta espada da bigorna, então você também deve ser o Rei da Bretanha, pois assim proclamam as palavras da espada. Porém, se você realmente a retirou da bigorna, então será capaz de colocá-la de volta no lugar de onde a retirou.

Ao ouvir isso, Sir Kay ficou extremamente preocupado e disse em voz muito alta: – Quem pode fazer algo assim, realizar o milagre grandioso de enfiar uma espada em ferro sólido?

Ao que Sir Ector respondeu: – Esse milagre não é maior do que o milagre que você fez ao retirá-la de lá. Pois quem já ouviu falar que um homem pudesse retirar uma espada de um lugar e não conseguisse colocá-la de volta no mesmo local?

Sir Kay ficou sem saber o que dizer ao pai e temia muito não ser capaz de realizar aquele milagre. Mas tentou confortar a si mesmo dizendo: – Se meu irmão mais novo Arthur foi capaz de realizar esse milagre, por que eu não deveria fazer um milagre do mesmo tipo? Pois, com certeza, não sou menos digno do que ele. Se ele desembainhou a espada com tanta facilidade, pode ser que eu, com igual facilidade, consiga colocá-la de volta em seu lugar – Dessa forma, ele fez o que podia para acalmar seus pensamentos.

Então ele envolveu a espada no manto novamente e, em seguida, ele e Sir Ector saíram da tenda e dirigiram-se para onde estavam a pedra de mármore e a bigorna, em frente à catedral. Arthur foi com seu pai e seu irmão e eles não o proibiram. Ao chegarem ao local onde a espada estivera enterrada, Sir Kay subiu no bloco de mármore e olhou para a bigorna. E vejam só! A bigorna estava totalmente lisa e sem nenhum arranhão nem outra marca. E Sir Kay disse a si mesmo: – O que é isso que meu pai quer que eu faça? Que homem nesta vida poderia enfiar uma lâmina de espada em uma bigorna sólida de ferro? – No entanto, ele não podia recusar-se a fazer aquela tarefa impossível, porque tinha o dever de realizar aquele milagre; então, fixou a ponta da espada no ferro e tentou enfiá-la com todas as suas forças. Mas era impossível para ele realizar aquela tarefa, e embora se esforçasse imensamente, pressionando a espada contra a bigorna, ele não conseguia deixar no ferro nem um arranhão da largura de um fio de cabelo.

Então, depois de tentar por um longo tempo, ele finalmente parou e desceu da pedra dizendo a seu pai: – Senhor, nenhum homem na vida pode realizar esse milagre.

A isso, Sir Ector respondeu: – Como é possível que você tenha conseguido desembainhar a espada como disse que fez e agora não consegue colocá-la de volta?

Então o jovem Arthur levantou a voz e disse:

— Meu pai, tenho permissão para falar?

E Sir Ector respondeu:

— Fale, meu filho.

E Arthur disse:

— Gostaria de tentar manusear essa espada!

E então Sir Ector respondeu:

— Com que autoridade gostaria de manusear essa espada?

E Arthur disse:

— Fui eu quem desembainhei essa espada da bigorna para o meu irmão. Portanto, como o senhor mesmo disse, retirá-la não é mais difícil do que colocá-la de volta. Então, acredito que serei capaz de colocá-la de volta no ferro de onde a retirei.

Então, Sir Ector olhou para o jovem Arthur de uma maneira tão estranha que Arthur não sabia por que o olhava assim, e então exclamou: – Senhor, por que me olha de modo tão estranho? O senhor está zangado comigo? – E Sir Ector respondeu: – Por Deus do céu, meu filho, não estou zangado com você de modo algum. Se você quer tentar manusear a espada, pode, com certeza, tentar realizar esse milagre.

Então Arthur pegou a espada de seu irmão Kay e saltou sobre a pedra de mármore. Ele fixou a ponta da espada na bigorna, firmou-a com força, e imaginem só o que aconteceu! A espada penetrou bem suavemente no centro da bigorna até ficar enterrada pela metade, e lá ficou presa. E, depois de ter realizado aquele milagre, ele puxou a espada novamente com muita rapidez e facilidade e, em seguida, empurrou-a de volta mais uma vez, como havia feito antes.

E quando Sir Ector viu o que Arthur fez, gritou em voz bem alta: – Senhor meu Deus! Senhor meu Deus! Que milagre é esse diante dos meus olhos! – E quando Arthur desceu da pedra de mármore, Sir Ector se ajoelhou diante dele e juntou as mãos, palma com palma.

Mas quando Arthur viu o que seu pai fazia, gritou como se estivesse sentindo alguma dor e disse: – Meu pai! meu pai! por que o senhor está ajoelhado diante de mim?

E Sir Ector respondeu: – Não sou teu pai, e agora está evidente que você com certeza é descendente de uma raça muito elevada e que o sangue dos reis corre em suas veias, do contrário não poderias ter manuseado aquela espada como o fez.

Então Arthur começou a chorar com grande agonia e perguntou gritando: – Pai! pai! o que o senhor está dizendo? Eu imploro que se levante e não se ajoelhe diante de mim.

Depois disso, Sir Ector levantou-se e olhou para Arthur dizendo: – Arthur, por que está chorando? – E ele respondeu: – Porque estou com medo.

Enquanto tudo isso acontecia, Sir Kay estava por perto, mas não conseguia nem se mover nem falar, parecia estar em transe e dizia a si mesmo: – O que é isso? Meu irmão é um rei?

Então Sir Ector continuou: – Arthur, chegou a hora de você saber quem realmente é, pois as verdadeiras circunstâncias de sua vida foram, até agora, totalmente ocultadas de você.

— Agora, vou lhe confessar tudo o que aconteceu: dezoito anos atrás veio até mim um homem muito sábio e muito próximo de Uther-Pendragon, e esse homem era o Mago Merlin. E Merlin mostrou-me um anel com o selo de Uther-Pendragon e ordenou, em obediência àquele anel, que eu fosse a um determinado lugar a uma determinada hora que ele escolheu; e o lugar que ele escolheu foi o portão dos fundos do castelo de Uther-Pendragon; e a hora escolhida foi à meia-noite do mesmo dia. E ele me pediu que não contasse nada a ninguém sobre as coisas que havia me dito, e assim segui seu conselho conforme ele me pedira. Então, fui para o portão dos fundos à meia-noite, como Merlin ordenara, e naquele lugar vieram até mim Merlin e outro homem, e o outro homem era Sir Ulfius, chefe dos cavaleiros da casa de Uther-Pendragon. E posso lhe afirmar que

29

esses dois homens dignos eram mais próximos de Uther-Pendragon do que qualquer outra pessoa em todo o mundo.

Quando aqueles dois estavam caminhando em minha direção, percebi que Merlin trazia nos braços algo envolto em um manto vermelho de fina textura. E quando ele abriu o manto puder ver uma criança recém-nascida e envolta em panos. E vi a criança à luz da lanterna que Sir Ulfius trazia consigo, e percebi que tinha um rosto lindo e ossos grandes... você era aquela criança. Então, Merlin ordenou o seguinte: que eu deveria levar aquela criança e criá-la como minha; ele também disse que a criança deveria ser chamada pelo nome de Arthur e que ninguém no mundo deveria saber que a criança não era minha. E eu disse a Merlin que faria o que ele estava ordenando, e então peguei a criança e a carreguei comigo. Contei a todos que a criança era minha, eles acreditaram em minhas palavras, e ninguém jamais soube que você não era meu filho. A senhora que era minha esposa, quando morreu, levou esse segredo consigo para o Paraíso, e desde aquela época até agora ninguém em todo o mundo sabia nada sobre esse assunto, exceto eu e aqueles dois homens dignos que mencionei anteriormente. Até agora, eu também nunca soube de nada sobre quem foi seu pai; mas agora tenho uma suspeita de quem ele era e que corre em suas veias o sangue real. Tenho em mente que talvez seu pai fosse o próprio Uther-Pendragon. Pois quem, senão o filho de Uther-Pendragon, poderia ter tirado aquela espada da bigorna como você fez?

Então, quando Arthur ouviu tudo aquilo de seu pai, gritou em voz bem alta e veemente: – Ai de mim! Ai de mim! Ai de mim!

Sir Ector então lhe perguntou: – Arthur, por que você está se lamentando tanto? – E Arthur respondeu: – Porque perdi meu pai, mas preferiria ter meu pai a ser um rei!

Enquanto tudo isso se passava, chegaram ali dois homens, bem altos e de aparência incrivelmente nobre e altiva. E quando esses dois homens chegaram perto de onde estavam Arthur, Sir Ector e Sir Kay, eles perceberam que um dos homens era o Mago Merlin e que o outro era Sir Ulfius – pois aqueles dois homens eram muito famosos e bem conhecidos de todos. Quando se aproximaram de onde estavam os três, Merlin disse: – O que está acontecendo aqui? – E Sir Ector respondeu: – Está acontecendo algo maravilhoso aqui, pois aquela criança que me trouxeste dezoito anos atrás está bem aqui, Merlin, e veja como cresceu e tornou-se homem.

Então Merlin disse: – Sir Ector, sei muito bem quem é esse jovem, pois tenho mantido uma cuidadosa vigilância por ele todo esse tempo. Também sei que a esperança da Grã-Bretanha está sobre ele. Além disso, lhe digo que hoje, na superfície de um espelho mágico, vi tudo o que ele fez desde a manhã; sei como tirou a espada da bigorna e como a colocou de volta; sei como ele a puxou e empurrou uma segunda vez. E sei tudo o que você disse a ele; portanto, também confirmo que você lhe contou a mais pura verdade. E, vejam só!, o espírito da profecia está sobre mim e prevejo no futuro que você, Arthur, se tornará o maior e o mais famoso rei que já viveu na Bretanha; prevejo que muitos cavaleiros de extraordinária excelência se reunirão ao seu redor e que os homens contarão seus feitos maravilhosos enquanto esta terra existir, e prevejo que, por meio desses cavaleiros, seu reinado será cheio de esplendor e glória. E posso prever que a aventura mais maravilhosa do Santo Graal será alcançada por três cavaleiros da sua corte, o que fará com que seu nome seja eternamente reconhecido, pois será sob o seu reinado que a taça sagrada será encontrada. Todas essas coisas eu prevejo; mas preste atenção! O tempo está próximo em que a glória de sua Casa novamente se manifestará ao mundo, e todo o povo desta terra se alegrará com seu reino. Portanto, Sir Ector, nos próximos três dias, ordeno que proteja este jovem como a menina dos teus olhos, pois nele reside a esperança e a salvação de todo este reino.

Então Sir Ector elevou a voz e gritou para Arthur: – Concede-me um favor! Um favor! – E Arthur disse: – Ai de mim! como assim? O senhor, meu pai, pede um favor para mim, quando posso de dar tudo o que tenho no mundo? Peça o que quiser e será seu! – Então Sir Ector disse: – Eu lhe peço que, quando for Rei, seu irmão Kay possa ser

Governador de todo este reino – E Arthur disse: – Será como o senhor me pede. E quanto ao senhor, será ainda melhor, porque serás meu pai até o fim! – Ao dizer isso, ele pegou a cabeça de Sir Ector em suas mãos e a beijou na testa e nas bochechas, selando assim sua promessa.

Porém, enquanto tudo isso acontecia, Sir Kay permaneceu ali como se tivesse sido atingido por um raio, não sabia se seria elevado aos céus ou lançado nas profundezas, pois seu irmão mais novo o tinha ultrapassado e alcançado uma sorte extraordinária. Naquele momento, Sir Kay não tinha vida nem ação.

E que fique dito aqui que Arthur cumpriu tudo o que havia prometido a seu pai – pois, mais tarde, ele fez de Sir Kay seu Governador, e Sir Ector foi para ele um pai até o dia de sua morte, que aconteceu cinco anos depois.

✳ ✳ ✳

Assim, contei como a realeza de Arthur foi revelada pela primeira vez. E agora, se quiserem ouvir, saberão como isso foi confirmado perante todo o mundo.

CAPÍTULO ♚ TERCEIRO

Como vários reis e grão-duques tentaram retirar a espada da bigorna e como falharam. E, também, como Arthur tentou e teve sucesso

Então, quando chegou a manhã do dia de Natal, milhares de pessoas de todos os tipos, nobres e plebeus, se reuniram em frente à catedral para assistir à tentativa de retirada daquela espada.

Bem, havia um dossel bordado de várias cores estendido sobre a espada e a bigorna, e uma plataforma fora construída ao redor do bloco de pedra de mármore. E perto desse lugar havia um trono para o arcebispo, pois ele deveria supervisionar a tentativa de retirada da espada e cuidar para que todas as regras fossem cumpridas com a devida justiça e seriedade.

Então, quando metade da manhã já havia passado, o próprio arcebispo veio com grande pompa e sentou-se no trono que havia sido preparado para ele, e toda a sua corte de clérigos e cavaleiros se reuniu ao redor dele, para que ele lhes mostrasse sua elegante e orgulhosa aparência de realeza.

Para aquela tentativa, reuniram-se dezenove reis e dezesseis duques, e cada um deles era de tal posição nobre e exaltada, que nutria grandes esperanças de que naquele dia seria aprovado pelo mundo para ser o Rei e Senhor de toda a Bretanha. Portanto, depois que o arcebispo se acomodou em seu trono, vários deles vieram e pediram para ser imediatamente colocados à prova. Então o arcebispo ordenou a seu arauto que soasse uma trombeta e ordenasse a todos os que tinham o direito de fazer o teste da espada que viessem para aquela aventura, e o arauto fez de acordo com as ordens do arcebispo.

E assim que o arauto soou a trombeta apareceu o primeiro daqueles reis a fazer a prova da espada, e quem veio foi o rei Lot de Orkney e das Ilhas. Com o rei Lot vieram onze cavaleiros e cinco escudeiros, o que fez ele parecer muito nobre aos olhos de todos. E quando o rei Lot chegou ali, subiu na plataforma. Primeiro ele saudou o arcebispo, e depois colocou as mãos no punho da espada à vista de todos. Ele curvou o corpo e puxou a espada com grande força, mas a lâmina na bigorna não se moveu nem mesmo um fio de cabelo. Depois daquela primeira tentativa, tentou três vezes mais, mas ainda não conseguia mover a lâmina no ferro. Então, depois de tentar quatro vezes, ele desistiu e desceu da plataforma. Estava com muita raiva e indignado por não ter realizado o feito com sucesso.

E depois do rei Lot, veio seu cunhado, o rei Urien de Gore, e ele também fez a tentativa da mesma maneira que o rei Lot havia feito. Mas também não teve mais sucesso do que o outro rei. E depois do Rei Urien veio o Rei Fion da Escócia, e depois do Rei Fion veio o Rei Mark da Cornualha, e depois do Rei Mark veio o Rei Ryence do Norte de Gales, e depois do Rei Ryence veio o Rei Leodegrance de Cameliard, e depois dele vieram todos aqueles outros reis e duques antes mencionados, e nenhum deles foi capaz de mover a lâmina. Alguns desses nobres e poderosos senhores ficaram cheios de raiva e indignação por não terem conseguido, e outros ficaram envergonhados por terem falhado nessa empreitada diante dos olhos de todos aqueles que ali estavam. Mas nem a raiva nem a vergonha lhes servia de nada naquele caso.

Bem, quando todos os reis e duques haviam falhado em retirar a espada do bloco de mármore, as pessoas que estavam lá ficaram muito surpresas e disseram umas às outras: – Como pode ser isso? Se todos aqueles reis e duques de elevada posição não conseguiram remover a espada, quem então pode realizar essa façanha? Pois aqui estão todos aqueles que eram mais dignos dessa alta honra, e todos tentaram retirar aquela espada e falharam. Quem virá depois deles e terá sucesso?

E aqueles reis e duques faziam a mesma pergunta entre si. E aos poucos vieram seis dos mais dignos – a saber, o rei Lot, o rei Urien, o rei Pellinore, o rei Ban, o rei Ryence e o duque Clarence de Nortúmbria – e estes se colocaram diante do trono do arcebispo e lhe perguntaram:

— Senhor, aqui temos todos os reis e duques deste reino que tentaram remover aquela espada, e, veja só!, nenhum de nós teve sucesso nesse desafio. O que, então, podemos entender senão que o feiticeiro Merlin planejou esta aventura para trazer vergonha e descrédito sobre todos nós que estamos aqui, e sobre o senhor, que é o chefe da igreja neste reino? Pois quem em todo o mundo pode esperar retirar uma lâmina de espada do ferro sólido? Veja! Está além do poder de qualquer homem. Não fica então claro que Merlin nos fez todos de tolos? Portanto, para que toda esta grande multidão não tenha sido chamada aqui em vão, imploramos ao senhor, em sua sabedoria, que escolha agora aquele entre os reis aqui reunidos que pode ser o mais adequado para ser o senhor supremo deste reino. E quando o tiver escolhido, prometemos obedecer-lhe em tudo o que ele ordenar. Na verdade, uma escolha como essa valerá mais a pena do que gastar tempo nessa tarefa tola de se esforçar para tirar uma espada de uma bigorna que nenhum homem em todo o mundo pode realizar.

Então o arcebispo ficou muito confuso e disse a si mesmo: – Será verdade que Merlin me enganou e fez a mim e a todos esses reis e nobres de tolos? Certamente isso não pode ser verdade, porque Merlin é um grande sábio e não zombaria de todo o reino com uma piada tão lamentável como essa. Com certeza ele tem alguma intenção sobre a qual não temos conhecimento, pois temos menos sabedoria do que ele. Portanto, serei paciente por mais algum tempo. – E depois de ter confabulado consigo mesmo, ele disse em voz alta aos sete grandes senhores: – Senhores, ainda tenho fé que Merlin não nos enganou; portanto, rogo sua paciência por mais um pouco de tempo. Digo que, se até que um homem conte duas vezes até quinhentos, ninguém se apresentar para realizar essa tarefa, então eu, como os senhores me pediram, escolherei um dentre vocês e o proclamarei Rei e Soberano de todos.

O arcebispo procedeu assim, pois tinha fé que Merlin estava prestes a declarar um rei diante de todos eles.

* * *

Agora vamos deixá-los de lado e voltar para Arthur, seu pai e seu irmão.

Merlin havia ordenado àqueles três que permanecessem em sua tenda até o momento que ele julgasse adequado para eles saírem de lá. E, agora que chegou a hora, Merlin e Sir Ulfius foram para a tenda de Sir Ector, e Merlin disse: – Arthur, levante-se e saia, pois agora é chegada a hora de você realizar diante de todos aquele milagre que fez há pouco, quando estava sozinho – Então Arthur fez como Merlin mandou que fizesse e saiu da tenda com seu pai e seu irmão e, vejam só!, era como se estivesse em um sonho.

Assim, os cinco desceram dali em direção à catedral e até o local do desafio. E quando eles chegaram aonde a multidão estava reunida, as pessoas abriram caminho para eles, espantadas e dizendo umas às outras: – Quem são estes com o Mago Merlin e Sir Ulfius, e de onde vêm eles? Pois todo mundo conhecia Merlin e Sir Ulfius, e eles sabiam que algo muito extraordinário estava para acontecer. E Arthur estava vestido com um traje cor de fogo, bordado com fios de prata, de modo que outras pessoas comentavam: – Que belo jovem, quem será ele?

Merlin, porém, não disse uma palavra a ninguém, mas conduziu Arthur, no meio da multidão, até onde o arcebispo estava sentado; e a multidão abriu passagem para que ele caminhasse. Quando o arcebispo viu Merlin vindo com aquelas pessoas, ele se levantou e perguntou: – Merlin, quem são essas pessoas que você trouxe até nós, e o que fazem aqui? – E Merlin respondeu: – Senhor, um deles veio para o desafio de retirar aquela espada – E o arcebispo quiz saber: – Qual deles? – e Merlin indicou: – Este aqui – e colocou a mão sobre Arthur.

Então o arcebispo olhou para Arthur e viu que o jovem tinha um rosto muito belo, e sentiu grande simpatia por ele. E o arcebispo disse: – Merlin, com que direito este jovem vem aqui? – E Merlin respondeu: – Senhor, ele veio aqui pelo melhor direito que há no mundo; pois este que está diante do senhor vestido de vermelho é o verdadeiro filho de Uther-Pendragon e de sua legítima esposa, a Rainha Igraine.

Então o arcebispo soltou um grito de espanto, e aqueles que estavam ao redor e que ouviram o que Merlin disse ficaram muito surpresos e não sabiam o que pensar. E o arcebispo disse: – Merlin, o que você está me dizendo? Até esse momento, quem neste mundo, já tinha ouvido falar que Uther-Pendragon tinha um filho?

Em seguida, Merlin respondeu: – Ninguém jamais soube de tal coisa até agora, apenas muito poucos. O que aconteceu foi o seguinte: quando essa criança nasceu, o espírito de profecia se apoderou de mim e previ que Uther-Pendragon morreria dali a pouco tempo. Portanto, eu temia que os inimigos do Rei impusessem mãos violentas sobre a criança por causa de sua herança. Assim, a pedido do rei, eu e um outro pegamos a criança de sua mãe e demos a um terceiro homem, que recebeu a criança real e a criou desde então como se fosse seu próprio filho. E quanto à verdade dessas coisas, há outros aqui que podem atestá-la, pois aquele que estava comigo quando a criança foi tirada de sua mãe era Sir Ulfius, e aquele a quem ela foi confiada era Sir Ector de Bonmaison. E essas duas testemunhas, que são irrepreensíveis, irão atestar a veracidade do que afirmei, pois aqui estão elas diante de ti, para confirmar o que eu disse.

E Sir Ulfius e Sir Ector disseram: – Tudo o que Merlin falou é verdade, e juramos com nossa mais fiel e sagrada palavra de honra.

Então o arcebispo disse: – Quem ousa duvidar da palavra de testemunhas tão honradas? – E ele olhou para Arthur e sorriu para ele.

Então Arthur perguntou: – Tenho sua permissão, Senhor, para tentar retirar aquela espada? – E o arcebispo respondeu: – Você tem minha permissão, e que a graça de Deus esteja com você em sua tentativa.

Em seguida, Arthur foi até o bloco de pedra de mármore e colocou as mãos sobre o cabo da espada que estava enfiada na bigorna. Ele dobrou seu corpo e puxou com força e, vejam só!, a espada saiu com grande facilidade e suavidade. E quando ele tinha a espada em suas mãos, ele a girou sobre sua cabeça de forma que ela brilhou como um relâmpago. Depois de balançá-la assim três vezes sobre sua cabeça, ele colocou a ponta contra a face da bigorna e avançou sobre ela com muita força e a espada deslizou suavemente de volta para o lugar onde antes estivera; e quando estava lá, no meio do caminho, ficou firme como estava antes. E assim Arthur realizou com sucesso aquele milagre maravilhoso da espada diante dos olhos de todos.

Muito bem, quando as pessoas que estavam reunidas naquele lugar viram esse milagre realizado diante de seus olhos, levantaram suas vozes todas de uma só vez e gritaram tão veementemente, que a terra parecia balançar e tremer com o som de seus gritos.

E enquanto eles gritavam, Arthur segurou a espada novamente, puxou-a e balançou-a de novo, e voltou a colocá-la na bigorna. E depois que fez isso, ele puxou-a pela terceira vez e fez a mesma coisa de antes. Foi assim que todos os que estavam lá viram aquele milagre realizado três vezes.

E todos os reis e duques que ali estavam ficaram maravilhados, e não sabiam o que pensar ou dizer quando viram alguém que era pouco mais do que um menino realizar um feito como aquele, em que o melhor deles havia falhado. E alguns deles, vendo aquele milagre, ficaram dispostos a reconhecer Arthur por causa disso, mas outros não queriam aceitá-lo. Esses se retiraram e permaneceram indiferentes; e, enquanto se mantinham separados, comentaram entre si: – O que é isso e quem pode garantir uma coisa assim, que um rapaz tão jovem seja posto diante de todos nós e feito Rei e Senhor deste grande reino para governar sobre nós. Não! não! não queremos que ele seja nosso Rei.

E outros disseram: – Não é evidente que Merlin e Sir Ulfius estão exaltando esse rapaz desconhecido para que possam se elevar junto com ele? – Assim falavam entre si esses reis descontentes, e de todos eles, os mais amargos eram o Rei Lot e o Rei Urien, cunhados de Arthur por casamento.

Quando o arcebispo percebeu o descontentamento desses reis e duques, disse a eles:

— Ora, senhores! Não estão satisfeitos?

E eles responderam:

— Não, não estamos satisfeitos.

Então o arcebispo disse:

— O que vocês querem?

E eles disseram:

— Queremos outro tipo de Rei para a Bretanha, não um jovem rapaz que ninguém conhece e cujo direito de nascença é confirmado apenas por três homens.

E o arcebispo perguntou a eles:

— Qual é o problema? Ele não realizou o milagre que vocês mesmos tentaram e falharam?

Mas esses grandes e poderosos senhores não ficaram satisfeitos e saíram dali com muita raiva e indignados.

No entanto, outros reis e duques vieram e saudaram Arthur e lhe prestaram reverência, proporcionando-lhe alegria por aquilo que ele havia conquistado; e o principal entre aqueles que lhe ofereceram amizade foi o Rei Leodegrance de Cameliard. E toda a multidão o reconheceu e se aglomerou ali gritando tão alto quanto o barulho de um trovão.

Durante todo esse tempo, Sir Ector e Sir Kay estavam ali ao lado. E eles ficaram bastante tristes, pois parecia-lhes que Arthur tinha, de repente, sido elevado a um nível tão alto, que talvez eles nunca mais conseguiriam se aproximar dele. Agora, ele pertencia à realeza, e eles eram apenas cavaleiros comuns. E, depois de algum tempo, Arthur percebeu que eles estavam abatidos e cabisbaixos e imediatamente foi até eles e pegou primeiro um e depois o outro pela mão e beijou cada um no rosto. Em seguida, eles ficaram novamente muito felizes por estarem perto dele.

E quando Arthur partiu daquele lugar, uma grande multidão o seguiu, de modo que as ruas ficaram cheias. A multidão o aclamava continuamente em alta voz como o Rei escolhido da Inglaterra, e os que estavam mais próximos dele procuravam tocar a bainha de suas vestes; então, o coração de Arthur se encheu de alegria e satisfação, de modo que sua alma voou como um pássaro no céu.

✳ ✳ ✳

Assim, Arthur venceu o desafio da espada naquele dia e assumiu seu direito de nascença à realeza. Portanto, que Deus conceda Sua graça a todos vocês, para que também tenham sucesso em suas realizações. Pois qualquer homem pode ser um rei na vida em que foi colocado, contanto que ele possa retirar a espada do sucesso do ferro das circunstâncias. Então, quando chegar a hora do seu teste, espero que aconteça com você o que aconteceu com Arthur naquele dia, e que você também tenha sucesso e fique totalmente satisfeito consigo mesmo, para sua grande glória e perfeita felicidade. Amém.

CONCLUSÃO

Depois que todas essas coisas aconteceram, surgiram muitas discussões entre os homens causando grande confusão e tumulto. Enquanto alguns dos reis e quase toda a multidão diziam: – Vejam! aqui está um rei que veio até nós, por assim dizer, caído do céu para trazer paz à nossa terra atormentada – outros reis (e eles eram em maior número) diziam: – Quem é este jovem rapaz que chega dizendo ser o Rei supremo da Grã-Bretanha? Quem já ouviu falar dele antes? Não o aceitaremos, a menos que haja mais provas e uma confirmação maior.

Desse modo, em nome da paz, o arcebispo ordenou que outra tentativa de retirada da espada fosse realizada no Dia da Purificação. E novamente todos aqueles que se esforçaram para retirar a espada da pedra falharam, mas Arthur a puxou várias vezes, com muita facilidade, perante todos que ali estavam. Depois disso, uma terceira prova foi feita na Páscoa e depois uma quarta prova foi feita no dia de Pentecostes. E em todas essas tentativas Arthur repetidamente puxou a espada da bigorna, e ninguém além dele conseguiu retirá-la.

E, depois daquela quarta tentativa, vários dos reis, muitos dos nobres e cavaleiros e todos os cidadãos comuns declararam que já era o suficiente e que Arthur com certeza havia provado para ser o Rei legítimo. Portanto, exigiram que ele fosse eleito rei de verdade, para que pudesse governar sobre eles. Então, aconteceu que para onde quer que Arthur fosse, uma grande multidão o seguia, saudando-o como o verdadeiro filho de Uther-Pendragon e, por direito, Senhor Supremo da Bretanha. Portanto, o Arcebispo (vendo como o povo amava Arthur e o quanto desejavam que ele fosse seu Rei) ordenou que ele fosse ungido e coroado com toda pompa e circunstância real; e assim foi feito na grande catedral. E alguns dizem que aquela era a Catedral de São Paulo e alguns dizem que não era.

Mas, quando Arthur foi coroado, todos os que se opunham ao seu reinado retiraram-se com grande raiva e imediatamente começaram a preparar a guerra contra ele. O povo, contudo, estava com Arthur e uniu-se a ele, assim como vários reis e muitos nobres e cavaleiros comuns. E, com o conselho de Merlin, Arthur fez amizade e aliança com vários outros reis, e juntos travaram duas grandes guerras contra seus inimigos e venceram ambas. Na segunda guerra, travou-se uma batalha muito famosa perto da Floresta de Bedegraine (por isso foi chamada de Batalha de Bedegraine), e nessa batalha Arthur derrubou seus inimigos de forma tão magnífica que eles não conseguiram mais unir-se para lutar contra ele novamente.

E do rei Lot, seu cunhado, o Rei Arthur trouxe dois de seus filhos para a Corte para lá morarem e servirem como reféns da paz. E esses dois eram Gawaine e Geharris e se tornaram, depois de algum tempo, cavaleiros muito famosos e talentosos. E do rei Urien, seu outro cunhado, Arthur também trouxe para a Corte seu único filho, Ewaine, para mantê-lo como refém de paz; ele também se tornou um cavaleiro muito famoso e talentoso. E por causa desses reféns houve paz entre aqueles três irmãos reais para sempre. E um certo rei e cavaleiro muito famoso, o grande rei Pellinore (que era um de seus inimigos), Arthur expulsou de seus domínios, para que ele vivesse na floresta longe das moradias do reino. E o rei Ryence (que era outro de seus inimigos) ele expulsou para as montanhas do Norte de Gales. E subjugou à sua vontade todos os outros reis que eram seus inimigos, de modo que houve paz em toda aquela terra como não havia desde os tempos de Uther-Pendragon.

E o Rei Arthur fez de Sir Kay seu Governador Geral, como ele havia prometido; e fez de Sir Ulfius seu Camareiro Real; de Merlin, seu Conselheiro; e de Sir Bodwain da Grã-Bretanha fez seu Comandante. E esses homens eram todos tão honrados que engrandeciam a glória e a fama do reinado de Arthur e mantinham seu lugar no trono com total segurança.

Quando o reinado do Rei Arthur estava totalmente estabelecido, e a fama de sua grandeza começou a ser conhecida no mundo, muitos cavaleiros de almas nobres, espírito elevado e grande destreza – cavaleiros que desejavam acima de tudo alcançar a glória em armas nas Cortes de Cavalaria – perceberam que poderiam alcançar grande prestígio e exaltação servindo a esse rei. Foi assim que, pouco a pouco, começaram a chegar de todas as partes, nobres e honrados cavaleiros, que formaram uma Corte em torno do Rei Arthur como os homens nunca tinham visto antes, e como provavelmente nunca mais se verá.

Pois até hoje a história desses bons cavaleiros é conhecida pela maior parte da humanidade. Sim, os nomes de muitos reis e imperadores que morreram foram esquecidos, mas os nomes de Sir Galahad, Sir Lancelot do Lago, Sir Tristram de Lyonesse, Sir Percival of Gales, Sir Gawaine, Sir Ewaine, Sir Bors de Ganis, e de muitos outros que faziam parte daquele nobre grupo de companheiros, ainda são lembrados pelos homens. Portanto, acredito que provavelmente, enquanto existir a palavra escrita, as realizações desses nobres homens serão lembradas.

Assim, nesta história que ainda será escrita, estabeleci como minha tarefa contar aos leitores deste livro muitas dessas aventuras, além das várias circunstâncias que acredito não serem do conhecimento de todos. E, aos poucos, quando eu contar sobre a criação da Távola Redonda, apresentarei uma lista com os nomes de vários nobres que se reuniram na Corte de Arthur como homens escolhidos para fundar essa ordem da Távola Redonda, e que, por esse motivo, foram intitulados "Os Primeiros e Honrados Companheiros da Távola Redonda".

Embora esta história seja principalmente sobre o Rei Arthur, ainda assim a glória desses grandes cavaleiros honrados também era sua glória, e sua glória era a glória deles, portanto, não se pode falar da glória do Rei Arthur sem também falar da glória daqueles nobres cavalheiros acima mencionados.

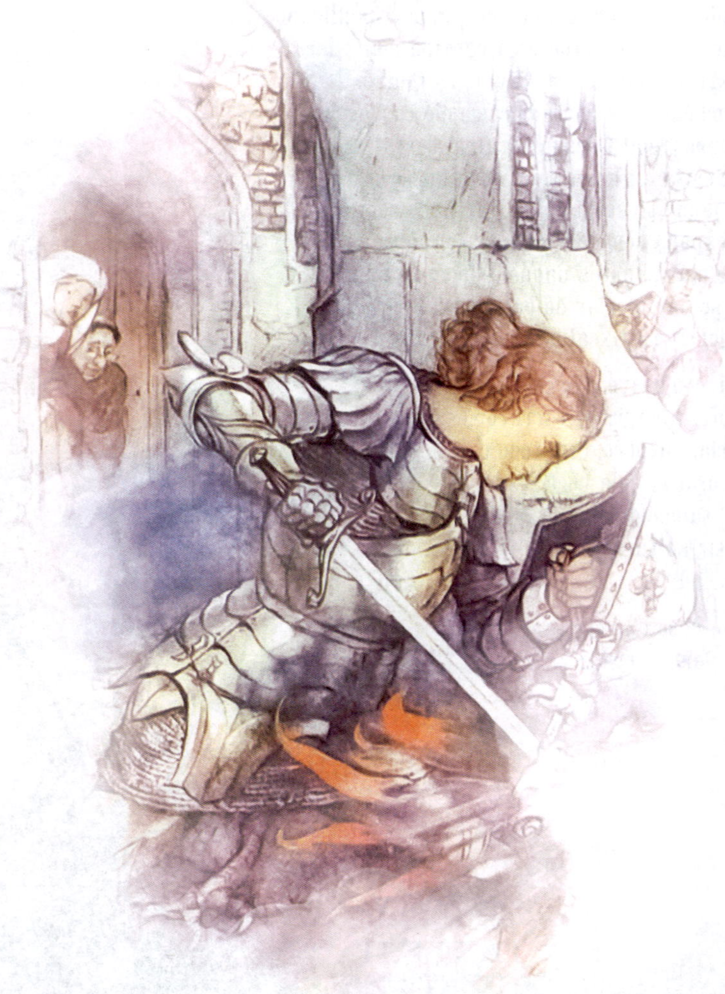

Aqui começa a história de certas aventuras de Arthur depois que ele se tornou rei, e será contado como, com grande coragem e habilidade de cavaleiro, ele lutou uma batalha muito feroz e sangrenta com certo Cavaleiro Negro.

E, também, será contado como ele conseguiu, em consequência dessa batalha, certa espada tão famosa e gloriosa, que sua história durará até quando tivermos palavras para contar. Pois espada como essa nunca foi vista em todo o mundo antes daquela época, e nunca mais se ouviu falar de outra igual. Seu nome era Excalibur.

Assim como tive o imenso prazer e alegria de escrever essas histórias, espero, com todo o meu coração, que você, leitor, também possa divertir-se tanto quanto eu.

Então, peço que ouça o que vem a seguir.

PARTE II
A CONQUISTA DE UMA ESPADA

CAPÍTULO 🜲 PRIMEIRO

Como certo cavaleiro ferido chegou à corte do Rei Arthur; como um jovem cavaleiro da corte do rei tentou vingá-lo e falhou; e como o Rei então assumiu ele mesmo esse desafio

Certa vez, na época da primavera, o Rei Arthur e sua corte estavam fazendo uma viagem pela parte da Bretanha que fica perto das Florestas de Usk. Naqueles dias, o tempo estava extremamente quente, e por isso o rei e a corte fizeram uma pausa sob as árvores da floresta, na sombra fresca e agradável que havia ali. Lá o rei descansou por um tempo sobre um leito de folhas cobertas com um pano escarlate.

E os cavaleiros que lá estavam presentes eram Sir Gawaine, Sir Ewaine, Sir Kay, Sir Pellias, Sir Bedevere, Sir Caradoc, Sir Geraint, Sir Bodwin da Grã-Bretanha, Sir Constantine da Cornualha, Sir Brandiles e Sir Mador de la Porte, e não se encontrava em nenhum lugar do mundo um grupo de cavaleiros tão nobres e exaltados como estes.

Enquanto o rei dormia e esses cavaleiros conversavam animadamente, começou, de repente, uma considerável agitação ali perto, e então eles tiveram uma visão muito triste e melancólica. Um cavaleiro ferido e sustentado em seu cavalo acompanho de um pajem de cabelos dourados, vestido com um traje branco e azul. O traje do cavaleiro e as armaduras de seu cavalo também tinham as cores branco e azul, e em seu escudo ele carregava o brasão de uma solitária flor de lírio de prata em contraste com um fundo de azul puro.

Porém, o cavaleiro estava em uma situação terrível, seu rosto estava pálido como cera e pendia sobre o peito. Seu olhar estava fixo e não conseguia ver nada que passava ao seu redor, seu belo traje de branco e azul estava coberto com o vermelho do sangue que escorria de uma grande ferida que ele tinha na lateral do corpo. Quando estavam chegando perto, era possível ouvir o jovem pajem lamentando de tal maneira que doía o coração só de ouvi-lo.

Ao se aproximarem, o Rei Arthur despertou e exclamou: – Meu Deus! Que cena triste é essa? Vamos, apressem-se, meus caros nobres, e socorram o cavaleiro. Rápido, Sir Kay, traga aquele jovem pajem até aqui para que possamos ouvir de sua boca que infortúnio sofreu seu senhor.

Então, alguns dos cavaleiros se apressaram para obedecer às ordens do rei e deram todo o socorro ao cavaleiro ferido, levando-o até a tenda do próprio Rei Arthur, que havia sido erguida ali perto. E, assim que ele chegou lá, o cirurgião do rei pessoalmente cuidou dele, embora seus ferimentos fossem tão graves que ninguém esperava que vivesse por muito mais tempo.

Enquanto isso, Sir Kay trouxe aquele jovem pajem até onde o rei estava sentado e, olhando para ele, o rei achou que nunca tinha visto um semblante tão formoso e disse: – Por favor, senhor pajem, diga-me quem é o seu senhor, e como ele chegou a essa condição tão lamentável como a que acabamos de ver.

— Assim o farei, senhor – disse o jovem. – O nome do meu senhor é Sir Myles da Fonte Branca e ele vem das terras ao norte, que ficam bem distantes daqui. Lá ele é o dono de sete castelos e várias propriedades nobres, portanto, como o senhor pode ver, ele é de considerável importância. Há quinze dias (sem dúvida dominado pelos ares da primavera), ele partiu apenas comigo como seu escudeiro, pois tinha a intenção de buscar aventuras como um bom cavaleiro errante. Na realidade, tivemos várias aventuras, e em todas elas o meu senhor foi inteiramente bem-sucedido, pois venceu seis cavaleiros em vários lugares e os enviou a todos para seu castelo para provar o seu valor à sua dama. Por fim, esta manhã, chegando a lugar bem distante daqui, encontramos um belo castelo na floresta que ficava em um vale cercado por um lindo e bem aparado gramado, com muitas flores de diversos tipos. Lá nós vimos três donzelas que jogavam uma bola dourada uma para outra, e as donzelas estavam todas vestidas de cetim cor de fogo e seus cabelos eram dourados. E à medida que nos aproximávamos delas, elas foram parando de brincar, e aquela que parecia ser a líder chamou meu senhor, perguntando para onde ele estava indo e qual era a sua missão. Então, meu senhor respondeu a ela que estava em busca de aventuras, e, diante disso, as três donzelas riram, e a que havia falado primeiro disse:

— Já que o senhor está em busca de aventuras, Cavaleiro, felizmente posso ser capaz, para lhe ajudar, a encontrar uma que atende o pedido do seu coração. – A isso meu senhor respondeu: – Muito bem, bela donzela, diga-me qual é essa aventura para que eu possa ir buscá-la.

— Em seguida, essa donzela ordenou ao meu senhor que tomasse um determinado caminho e seguisse em frente pela distância de uma légua ou um pouco mais, e disse que ele então chegaria a uma ponte de pedra que cruzava um riacho de águas violentas, e ela garantiu-lhe que lá ele encontraria aventura o suficiente para satisfazer qualquer homem. Assim, meu senhor e eu rumamos para lá conforme aquela donzela havia indicado e, pouco a pouco, chegamos à ponte sobre a qual ela havia falado. E, além da ponte, havia um castelo solitário com uma torre alta e reta, e em frente ao castelo havia um gramado amplo e nivelado de grama bem aparada. Logo depois da ponte havia uma macieira pendurada com inúmeros escudos. E no meio da ponte havia um único escudo, inteiramente preto; ao lado dele estava pendurado um martelo de bronze; e sob o escudo estavam escritas essas palavras em letras vermelhas:

> Quem golpear este escudo
> O fará por sua conta e risco.

— Assim que meu senhor, Sir Myles, leu essas palavras, ele foi direto até o escudo e, agarrando o martelo que estava pendurado ao lado, deu um golpe que soou como um trovão. Naquele instante, como em resposta, a ponte levadiça do castelo se abriu e imediatamente saiu um cavaleiro, vestido da cabeça aos pés com armadura negra. Seu traje, as armaduras de seu cavalo e todos os seus acessórios também eram negros.

Quando o Cavaleiro Negro viu meu senhor, ele cavalgou rapidamente pela campina até o outro lado da ponte. Ao chegar lá, puxou as rédeas e saudou meu senhor dizendo: "Senhor Cavaleiro, exijo saber por que golpeou aquele escudo. E digo-lhe que por causa de sua ousadia, vou tirar seu próprio escudo e pendurá-lo naquela macieira, onde pode ver todos aqueles outros escudos pendurados". E meu amo respondeu em seguida:

— Isso você não fará, a menos que possa me vencer, de cavaleiro para cavaleiro.

Imediatamente colocou seu escudo em posição de combate e preparou-se para o duelo.

— No mesmo instante, meu senhor colocou seu escudo em posição de combate. Então, ele e o Cavaleiro Negro, já preparados para a luta, se lançaram um em direção ao outro com força e ousadia. Eles se chocaram no meio do caminho, quando a lança do meu senhor ficou em pedaços. Mas a lança do Cavaleiro Negro ficou intacta e perfurou Sir Myles, o escudo dele e penetrou seu lado, de modo que ele e seu cavalo foram derrubados violentamente no chão; ele ficou tão gravemente ferido, que não conseguiu se levantar novamente. Então o Cavaleiro Negro pegou o escudo do meu senhor e pendurou-o nos galhos da macieira, onde os outros escudos estavam pendurados e, sem prestar mais atenção ao meu senhor, nem indagar sobre seu ferimento, ele voltou cavalgando para seu castelo, e a ponte levadiça fechou-se imediatamente atrás dele. Depois que ele partiu, levei meu senhor até seu cavalo com muito trabalho, e imediatamente o tirei dali, sem saber onde poderia encontrar abrigo, até que cheguei aqui. E esta, meu senhor Rei, é a verdadeira história de como meu senhor adquiriu essa ferida mortal.

— Ora! Pela glória do Paraíso! – exclamou o Rei Arthur – Considero uma grande vergonha que, em meu reino e tão perto da minha

Corte, estranhos sejam tratados com tanta falta de educação como foi o caso de Sir Myles. Pois é certamente uma descortesia deixar um cavaleiro caído no chão, sem procurar saber qual é a seriedade de seu ferimento. E ainda mais descortês é tirar o escudo de um cavaleiro caído que fez um bom combate.

E assim todos os cavaleiros da Corte do Rei protestaram contra a descortesia do Cavaleiro Negro.

Então apareceu um escudeiro chamado Griflet, que era muito amado pelo Rei, e ele se ajoelhou diante do Rei e disse em alta voz:

— Quero receber sua bênção, meu senhor Rei! Peço-lhe encarecidamente que aceite meu pedido!

Então o Rei Arthur olhou para o jovem que estava ajoelhado diante dele e disse: – Peça o que quiser, Griflet, e seu desejo será concedido.

Em seguida, Griflet respondeu:

— Gostaria que o Rei me ordenasse cavaleiro imediatamente, e que me desse permissão para punir esse cavaleiro cruel, derrubando-o, e assim recuperar aqueles escudos que ele pendurou na macieira.

Então o Rei Arthur ficou muito preocupado, pois Griflet era apenas um escudeiro e ainda totalmente inexperiente com armas. Então ele disse: – Você ainda é muito jovem para lidar com um cavaleiro tão poderoso como esse campeão negro, que já derrotou tantos cavaleiros sem sofrer nenhum arranhão. Meu caro Griflet, peço que reconsidere e peça outro favor.

Mas o jovem Griflet implorou ainda mais: – Esse favor! Será uma bênção se me concedê-lo.

Em seguida, o Rei Arthur respondeu: – Você terá a sua bênção, embora meu coração sinta que você poderá sofrer grandes males e infortúnios com essa aventura.

Então, naquela noite, Griflet ficou vigiando sua armadura em uma capela da floresta, e, pela manhã, tendo recebido o Sacramento, ele foi feito cavaleiro pelas mãos do Rei Arthur. E não havia maior honra para um cavaleiro do que isso. O próprio Rei Arthur amarrou as esporas douradas nos pés de Sir Griflet.

Assim Griflet foi feito cavaleiro e, depois de montar em seu cavalo, partiu direto para sua aventura, muito feliz e cantando por puro prazer. E foi naquele instante que Sir Myles morreu por causa de seus ferimentos, pois muitas vezes a morte e o infortúnio chegam para alguns, enquanto outros riem e cantam de esperança e alegria, como se as coisas dolorosas como tristeza e morte nunca pudessem existir no mundo em que eles vivem.

Naquela tarde, o Rei Arthur sentou-se esperando com grande ansiedade por notícias daquele jovem cavaleiro, mas não houve nenhuma notícia até o anoitecer, quando chegaram alguns de seus assistentes correndo e dizendo que Sir Griflet estava voltando, mas sem seu escudo, e de tal forma que parecia que um grande infortúnio havia acontecido com ele. Logo em seguida veio o próprio Sir Griflet, sustentado em seu cavalo de um lado por Sir Constantine e do outro por Sir Brandiles. E, vejam só!, a cabeça de Sir Griflet pendia sobre o peito, e sua bela armadura nova estava toda quebrada e manchada com sangue e poeira. Sua aparência era tão terrível que o coração do Rei Arthur se encheu de tristeza ao ver aquele jovem cavaleiro em uma condição tão lamentável.

Então, a pedido do Rei Arthur, eles conduziram Sir Griflet até a Tenda Real, e lá o deitaram em uma cama macia. Em seguida, o cirurgião do rei examinou seus ferimentos e descobriu que a ponta e parte do cabo de uma lança ainda perfuravam o lado de Sir Griflet, de modo que ele sentia uma dor horrível.

E quando o Rei Arthur viu em que estado preocupante estava Sir Griflet, ele disse: – Meu pobre cavaleiro, o que aconteceu para que você ficasse nessa condição tão horrível?

Então Sir Griflet, falando com uma voz muito fraca, contou ao Rei Arthur tudo o que havia acontecido. Disse que havia seguido pela floresta até encontrar as três belas donzelas que o pajem de Sir Myles havia mencionado. E contou também que essas donzelas o orientaram quanto à maneira como ele deveria prosseguir em sua aventura. Contou como encontrou a ponte sobre a qual estavam pendurados os escudos e o martelo de bronze, e disse que havia visto a macieira cheia de escudos; e ele disse que golpeou o escudo do Cavaleiro Negro com o malho de bronze e que o próprio Cavaleiro Negro então veio cavalgando até ele. Contou que o Cavaleiro Negro não parecia querer lutar contra ele; em vez disso, disse com grande nobreza que ele era muito jovem e muito inexperiente com armas para se envolver com um cavaleiro experiente; desse modo, aconselhou Sir Griflet a retirar-se da aventura antes que fosse tarde demais. Mas, apesar desse conselho, Sir Griflet não desistiu e declarou que certamente queria lutar contra aquele cavaleiro vestido todo de preto. No primeiro ataque, a lança de Sir Griflet ficou em pedaços, mas a lança do Cavaleiro Negro ficou firme e perfurou o escudo e a lateral de Sir Griflet, causando-lhe o ferimento tão doloroso. E Sir Griflet disse que o Cavaleiro Negro, muito cortesmente, colocou-o em seu cavalo novamente (embora ele tenha ficado com o escudo de Sir Griflet e o pendurado na árvore com os outros que já estavam lá) e então o mandou de volta pela estrada, e foi assim que ele conseguiu cavalgar até lá, embora com grande dor e pesar.

O Rei Arthur ficou muito preocupado e aflito, pois na verdade ele tinha grande afeição por Sir Griflet. Então ele declarou que ele próprio iria agora punir aquele Cavaleiro Negro e humilhá-lo com as próprias mãos. E, embora os cavaleiros de sua Corte se esforçassem para dissuadi-lo da ideia, ele declarou que conseguiria humilhar aquele cavaleiro orgulhoso com as próprias mãos e que partiria para a aventura, com a Graça de Deus, no dia seguinte.

E ele ficou tão perturbado que mal pôde tocar em sua comida naquela noite, nem se deitou para dormir, mas perguntou minuciosamente a Sir Griflet onde poderia encontrar aquele vale de flores e aquelas três donzelas e passou a noite caminhando para cima e para baixo em sua tenda, esperando o amanhecer do dia.

Assim que os pássaros começaram a cantar e o sol a brilhar, anunciando o dia, o Rei Arthur convocou seus dois escudeiros e, com a ajuda deles, vestiu sua armadura, montou um cavalo de guerra e logo partiu para a aventura, na qual havia decidido se lançar.

E, de fato, é muito agradável cavalgar no alvorecer de um dia de primavera, porque os passarinhos cantam seu canto mais doce, todos juntos em uma alegre mistura, na qual não se consegue distinguir um canto do outro, como se fosse uma sinfonia; no frescor do início do dia, tudo o que cresce na terra tem o cheiro mais doce... as belas flores, os arbustos e os brotos nas árvores; então o orvalho cobre toda a relva como uma incrível multidão de joias de várias cores; e o mundo todo é doce, limpo e novo, como se tivesse sido criado para aquele que veio andar pela floresta tão cedo pela manhã.

Então o coração do Rei Arthur se encheu de grande alegria, e ele entoou uma canção especial enquanto cavalgava pela floresta em busca daquela aventura de cavaleiro.

Então, por volta do meio-dia, ele chegou àquela parte da floresta sobre a qual já tinha ouvido falar várias vezes. De repente, ele descobriu diante de si um vale largo e suavemente inclinado, uma descida que corria um riacho brilhante como prata. E, vejam só!, o vale estava coberto por uma infinidade de flores lindas e perfumadas de diversos tipos. E no meio do vale havia um castelo atraente, com telhados altos e vermelhos e muitas janelas iluminadas, de modo que pareceu ao Rei Arthur que era um castelo bastante imponente, de fato. E, sobre um gramado verde liso, ele percebeu aquelas três donzelas vestidas de cetim cor de fogo, de quem o pajem de Sir Myles e Sir Griflet haviam falado. E elas brincavam com uma bola dourada, e os cabelos de cada uma eram da cor do ouro, e parecia ao Rei Arthur, quando ele se aproximou, que elas eram as mais belas donzelas que ele já tinha visto em toda sua vida.

Quando o Rei Arthur se aproximou delas, as três pararam de jogar bola, e a mais bela de todas perguntou a ele para onde ele ia e qual era sua missão.

Então o Rei Arthur respondeu: – Ora! bela dama! para onde um cavaleiro de armadura cavalgaria em um dia como este, e qual seria sua missão a não ser a busca de aventura como convém a um cavaleiro errante com força e determinação?

Então as três donzelas sorriram para o rei, pois ele tinha um rosto extremamente formoso e elas gostaram muito dele. – Ora, senhor cavaleiro! – disse aquela que já havia falado anteriormente: – Eu lhe peço que não tenha tanta pressa de lançar-se nessa aventura tão perigosa. Em vez disso, fique conosco por um, dois ou três dias, para festejar e se divertir. Pois, certamente, o bom ânimo alarga muito o coração, e de bom grado desfrutaríamos da companhia de um cavaleiro tão valente como parece ser. Aquele castelo é nosso, assim como todo este vale feliz, e aqueles que já o visitaram ficam satisfeitos, por causa de sua alegria em chamá-lo de Vale dos Deleites. Portanto, fique conosco um pouco e não tenha tanta pressa de seguir em frente.

— Não – disse o Rei Arthur – não posso ficar com vocês, belas damas, pois estou empenhado em uma aventura da qual vocês sabem bem, quando lhes revelar que procuro aquele Cavaleiro Negro, que venceu tantos outros cavaleiros e tirou seus escudos. Por isso, peço o favor de me dizerem onde posso encontrá-lo.

— Pela graça de Deus! – exclamou aquela que falava por todas – esta é certamente uma triste aventura que está buscando, nobre cavaleiro! Pois nos últimos dois dias, dois cavaleiros enfrentaram aquele cavaleiro negro, e ambos caíram em grande dor e humilhação. No entanto, se realmente deseja enfrentar o perigo, não pode partir antes de comer e descansar. – Dizendo isso, ela ergueu um pequeno apito de marfim pendurado em seu pescoço por uma corrente de ouro e soprou-o estridentemente.

Em resposta a esse chamado, saíram do castelo três belos jovens pajens, todos vestidos com roupas cor de fogo, carregando uma mesa de prata coberta com uma toalha branca. E depois deles vieram outros cinco pajens vestidos do mesmo jeito, carregando jarros de vinho branco e tinto, frutas secas e doces, além de pão branco.

Então o Rei Arthur desceu de seu cavalo de guerra com grande alegria, pois ele estava com fome e com sede, e, sentando-se à mesa com as donzelas ao seu lado, comeu com grande prazer, enquanto conversava agradavelmente com aquelas belas damas, que o ouviam com grande alegria. No entanto, ele não disse quem era, embora elas estivessem admiradas com quem poderia ser o nobre guerreiro que tinha vindo até ali.

Assim, depois de saciar sua fome e sede, o Rei Arthur montou em seu corcel novamente, e as três donzelas o conduziram através do vale por algum tempo... ele montado em seu cavalo, e elas caminhando ao lado dele. Então, aos poucos, ele percebeu que havia um caminho escuro conduzindo para o outro lado da terra da floresta, e quando chegou lá, a donzela que o estava guiando disse a ele: – Lá está o caminho que o senhor deve seguir para entrar nessa aventura. Então, até logo, e que a sorte o acompanhe, pois, com certeza, o senhor é o cavaleiro mais agradável que já passou por aqui.

Em seguida, o Rei Arthur se despediu das donzelas com toda a cortesia e partiu bem alegre com o sentimento da aventura que acabara de passar.

* * *

Quando o Rei Arthur já tinha cavalgado por algum tempo, ele chegou a certo lugar, onde os carvoeiros estavam trabalhando. Pois ali havia vários montes de terra, todos enfumaçados com toras fumegantes por dentro, enquanto o ar ficava com o cheiro das fogueiras abafadas.

Quando o rei se aproximou do local, logo percebeu que algo estava errado. Pois, na clareira aberta, ele viu três sujeitos cheios de fuligem com longas facas nas mãos, perseguindo um velho, cuja barba era branca como a neve. E ele percebeu que o velhinho, ricamente vestido de preto, e cujo cavalo estava a uma pequena distância, estava correndo para cá e para lá, como se quisesse escapar daqueles homens perversos, e ele parecia estar em grandes apuros e correndo perigo de vida.

— Valha-me Deus! – disse o Rei a si mesmo – Aqui certamente tem alguém que precisa de socorro – Em seguida, ele exclamou em voz bem alta: – Parem aí, seus vilões! O que acham que estão fazendo? – e com isso cutucou seu cavalo com as esporas e pegou sua lança, avançando sobre eles com um ruído semelhante a um trovão.

Mas quando os três malvados viram o Cavaleiro armado lançando-se sobre eles, imediatamente largaram suas facas e correram para cá e para lá, gritando alto de medo, até que escaparam entre os arbustos da floresta, onde o cavalo não conseguia passar para continuar a persegui-los

Depois de ter expulsado aqueles homens perversos, o Rei Arthur cavalgou até o velho que ele havia ajudado, pensando em oferecer-lhe consolo. Mas, vejam só!, quando se aproximou, percebeu que o velho era o Mago Merlin. No entanto, o Rei não conseguia entender de forma alguma de onde ele tinha vindo tão repentinamente, porque apenas um pouco antes o Mago estava na Corte do Rei em Carleon, e o Rei não entendia o que ele fez para estar ali naquele momento. Então, ele disse assim ao Mago: – Ora!, Merlin, parece que salvei sua vida. Pois, certamente, não escaparia das mãos daqueles homens ímpios se eu não estivesse aqui neste momento.

— Acha mesmo isso, senhor? – perguntou Merlin. – Agora, deixe-me dizer que talvez eu parecesse estar em perigo, mas eu poderia ter me salvado muito facilmente se assim o quisesse. Mas, assim como o senhor me viu neste perigo aparente, pensando que era um perigo real, um perigo muito maior do que este está diante de ti, e não haverá nenhum cavaleiro errante para socorrê-lo. Portanto, rogo-te, senhor, que me leve junto nessa aventura que deseja realizar, pois eu digo que certamente sofrerás grande aflição e dor.

— Merlin – disse o Rei Arthur –, mesmo que eu tivesse de enfrentar a minha morte, não voltaria atrás nesta aventura. Mas, ouvindo o conselho que você acaba de me dar, parece que será prudente levá-lo comigo, se tal perigo estiver diante de mim como você mesmo disse.

E Merlin respondeu: – Sim, seria a melhor coisa a fazer. Então Merlin montou em seu cavalo, e junto com o Rei Arthur partiram daquele lugar em busca da aventura que o Rei se comprometera a realizar.

CAPÍTULO ♛ SEGUNDO

Como o Rei Arthur lutou com o Cavaleiro Negro e ficou gravemente ferido. E, também, como Merlin o tirou com segurança do campo de batalha

Assim, o Rei Arthur e Merlin cavalgaram juntos pela floresta por um tempo considerável, até perceberem que deviam estar se aproximando do local onde morava o Cavaleiro Negro que o Rei tanto procurava. A floresta, que até então estava totalmente deserta, muito escura e densa, começou a ficar mais leve e aberta, como se houvesse uma moradia por perto.

E, depois de algum tempo, viram diante deles um riacho que tinha uma violenta corrente de água e passava através de um vale escuro e sombrio. E, da mesma forma, perceberam que através desse riacho de água havia uma ponte de pedra, e que do outro lado da ponte havia um gramado liso e nivelado de grama verde, onde os competidores poderiam lutar muito bem. Depois do gramado, eles avistaram um castelo alto e imponente, com paredes lisas e uma torre reta; e esse castelo foi construído sobre as rochas de modo que parecia fazer parte do rochedo. Então, souberam que aquele era o castelo do qual o pajem e Sir Griflet haviam falado.

Pois, no meio da ponte, eles viram pendurados o escudo negro e o martelo de bronze, exatamente como o pajem e Sir Griflet haviam dito; e do outro lado do riacho havia uma macieira, em cujas folhas pendiam muitos escudos de vários emblemas, exatamente como aqueles dois haviam relatado: e eles viram que alguns daqueles escudos eram limpos e bonitos, e que alguns estavam imundos e manchados de sangue, e que alguns estavam lisos e intactos, e outros ainda estavam rachados, como acontece em uma batalha de cavaleiro contra cavaleiro. E todos aqueles eram os escudos de diferentes cavaleiros, que o Cavaleiro Negro, que vivia dentro do castelo, derrubara em combate com as próprias mãos.

— Esplendor do Paraíso! – disse o Rei Arthur – Aquele deve, de fato, ser um cavaleiro valente e correto, que, com sua força, derrubou e derrotou tantos outros cavaleiros. Pois, de fato, Merlin, deve haver uma centena de escudos pendurados naquela árvore.

E então Merlin respondeu: – E o senhor, meu Rei, fique muito feliz se o seu escudo também não estiver pendurado lá antes que o sol se ponha.

Então o Rei Arthur disse com um semblante muito firme:

— Isso será como Deus quiser. Pois, com certeza, estou mais decidido do que nunca a testar meu poder contra aquele cavaleiro. Pois, imagine quanta honra seria para mim vencer um guerreiro tão valente quanto esse Campeão Negro parece ser, visto que ele foi vitorioso sobre tantos outros bons cavaleiros.

E depois de falar o que estava pensando, o Rei Arthur imediatamente avançou com seu cavalo, e, assim, chegando à ponte, ele leu claramente aquele desafio escrito em letras vermelhas sob o escudo:

> Quem golpear este escudo
> O fará por sua conta e risco.

Ao ler essas palavras, o Rei pegou o martelo de bronze e deu um golpe tão violento no escudo que o som ecoou nas paredes lisas do castelo, nas rochas sobre as quais ele se erguia e nas margens da floresta ao redor, como se doze outros escudos tivessem sido golpeados em vários lugares.

E, em resposta àquele som, a ponte levadiça do castelo baixou imediatamente, e de lá saiu um cavaleiro, de estatura bem alta e todo vestido com uma armadura negra. E, da mesma forma, todas as suas roupas e todos os adornos de seu cavalo eram totalmente negros, de modo que ele apresentava um aspecto muito sombrio e ameaçador. E o Cavaleiro Negro veio atravessando o campo de grama lisa com um trote muito majestoso e honrado, pois nem ele cavalgava com pressa, nem muito lentamente, mas com um semblante orgulhoso e altivo, considerando que era um campeão, que, por acaso, nunca tinha ainda sido vencido em batalha. Assim, chegando à extremidade da ponte, puxou as rédeas e saudou o Rei Arthur com grande dignidade e também com altivez:

— Ora! Senhor Cavaleiro! – ele disse – Por que depois de ler aquelas palavras gravadas lá atrás, ainda golpeou meu escudo? Agora eu lhe digo que, por sua falta de cortesia, em breve tomarei o seu escudo e o pendurarei ali na macieira onde pode ver todos aqueles outros escudos pendurados. Portanto, entregue seu escudo a mim sem mais delongas ou então prepare-se para defendê-lo com sua pessoa... e, nesse caso, seu corpo certamente sofrerá grande dor e desconforto.

— Fico imensamente grato pela escolha que está me concedendo – disse o Rei Arthur. – Mas, quanto a tirar meu escudo... creio que isso será de acordo com a vontade de Deus e não como o cavaleiro deseja. Fique sabendo, cruel cavaleiro, que vim aqui com o propósito único de lutar contra o senhor e assim redimir com minha pessoa todos aqueles escudos que estão pendurados naquela macieira. Portanto, prepare-se imediatamente para entrar em combate e, talvez, para sua grande desvantagem.

— Farei isso mesmo – respondeu o Cavaleiro Negro. E então ele virou a cabeça de seu cavalo e, cavalgando de volta certa distância através do gramado nivelado, posicionou-se no lugar que lhe pareceu conveniente. E o Rei Arthur também cavalgou naquele gramado e ocupou seu posto como lhe pareceu conveniente.

Então, cada cavaleiro empunhou sua lança e seu escudo para o combate e, assim preparados para o ataque, cada um deu um grito de ordem a seu cavalo e cravou suas esporas com toda a força na lateral do animal.

Então aqueles dois nobres corcéis avançaram como um relâmpago, percorrendo o solo com uma velocidade tão forte, que a terra estremecia e sacudia sob suas patas, como se fosse um terremoto. Então, aqueles dois cavaleiros se encontraram no meio do campo, chocando-se como um trovão. Golpearam um ao outro com tanta violência, que as lanças se estilhaçaram, até a altura da proteção das mãos e do cabo, e os cavalos ficaram cambaleando de tal forma, que apenas não caíram depois do grande choque devido à extraordinária habilidade dos cavaleiros que os conduziam.

Mas, com grande ímpeto, os dois cavaleiros controlaram cada um seu cavalo e assim completaram seu percurso em segurança.

E, de fato, o Rei Arthur ficou muito surpreso por não ter derrubado seu oponente, pois, naquela época, como já foi dito, ele era considerado o melhor cavaleiro e o mais admirado em feitos de armas que vivia em toda a Bretanha. Além disso, ficou espantado com o poder do golpe daquele cavaleiro contra o qual estava lutando, e também pelo fato de não ter conseguido derrubá-lo. Então, quando se encontraram novamente no meio do campo, o Rei Arthur fez uma saudação ao cavaleiro com grande cortesia e disse assim: – Senhor Cavaleiro, não sei quem és, mas dou minha palavra de cavaleiro que jamais conheci cavaleiro mais forte em toda a minha vida. Agora, eu lhe peço que desça imediatamente de seu cavalo, e vamos travar esta batalha a pé com a espada, pois seria uma pena deixá-la terminar desta forma.

— De modo algum – disse o Cavaleiro Negro – de modo algum aceitarei a luta a pé com a espada antes que um de nós dois seja derrubado – E tendo dito isso, ele gritou: – Ei! Ei! – em voz muito alta, e logo em seguida a porta do castelo se abriu e surgiram dois escudeiros bem altos, vestidos de preto e carmesim. E cada um desses escudeiros trazia em suas mãos uma grande lança de madeira de freixo, nova e bem seca, e ainda nunca usada em batalha.

Então o Rei Arthur escolheu uma dessas lanças, e o Cavaleiro Negro pegou a outra, e cada um voltou para a posição de onde ele havia saído antes do combate.

Então, mais uma vez, cada cavaleiro correu com seu cavalo para o ataque, e mais uma vez cada um golpeou tão certeiramente no meio da defesa do outro, que as lanças ficaram estilhaçadas, de modo que apenas a proteção das mãos e o cabo permaneceram nas mãos do cavaleiro que os seguravam.

Então, como antes, o Rei Arthur pediu para lutar em pé com espadas, mas novamente o Cavaleiro Negro não quis, e chamou em voz alta os escudeiros que estavam dentro do castelo e que imediatamente surgiram com novas lanças de madeira de freixo. Assim, cada cavaleiro novamente pegou uma lança e, tendo se armado com ela, cada um escolheu sua posição no lindo gramado nivelado.

E agora, pela terceira vez, tendo assim se preparado para o ataque, aqueles dois excelentes cavaleiros se lançaram juntos em um ataque furioso. E agora, como nas duas vezes anteriores, o Rei Arthur atingiu o Cavaleiro Negro com tanta força no centro de sua defesa, que a lança que ele segurava foi despedaçada. Mas, desta vez, a lança do Cavaleiro Negro não se quebrou dessa maneira, mas se manteve firme; e o golpe que ele desferiu no escudo do Rei Arthur foi tão violento, que o atravessou pelo meio. Em seguida, a cinta da sela do rei arrebentou-se por causa daquele grande e violento golpe, e ele e seu cavalo foram lançados violentamente para trás. O Rei Arthur teria caído se não tivesse soltado sua sela com extraordinária habilidade e manejo de cavaleiro, pois, embora seu cavalo tivesse sido derrubado, ele próprio se manteve firme e não caiu na poeira do chão. No entanto, o golpe que recebeu foi tão violento, que por algum tempo ele ficou completamente privado de seus sentidos e tudo girava diante de seus olhos.

Mas, ao recuperar sua visão, ele foi tomado por uma raiva tão imensa, que lhe pareceu como se todo o sangue do seu coração corresse para seu cérebro, de forma que ele não viu nada além de vermelho, cor de sangue, diante de seus olhos. E quando isso também passou, ele percebeu que o Cavaleiro Negro estava sentado em seu cavalo a uma distância não muito grande. Então, imediatamente o Rei Arthur correu até ele e, agarrando as rédeas de seu cavalo, gritou em voz alta para o Cavaleiro Negro com grande violência:

— Desça, Cavaleiro Negro!, e lute comigo a pé e com a sua espada.

— Não farei isso – disse o Cavaleiro Negro –, olhe como você está! Eu o derrotei. Entregue-me o seu escudo, para que eu possa pendurá-lo naquela macieira e siga seu caminho como os outros fizeram antes de ti.

— Isso não farei de modo algum – exclamou o Rei Arthur, com excessiva coragem –, nem me entregarei nem sairei daqui até que você ou eu tenhamos derrotado o outro por completo. – Em seguida, ele empurrou o cavalo do Cavaleiro Negro para trás pelas rédeas com tanta veemência, que o outro foi forçado a saltar da sela para evitar ser derrubado.

Nesse momento, cada cavaleiro estava tão furioso com o outro, que cada um desembainhou sua espada, pegou seu escudo e então avançaram juntos como dois touros selvagens em batalha. Eles atacaram, golpearam, lutaram, pararam, continuaram a golpear, e o som de seus golpes, batendo e chocando-se um contra o outro, encheram todo o espaço ao redor com um estrondo extraordinário. Ninguém pode imaginar a fúria daquele encontro, pois, por causa da violência dos golpes que um desferia contra o outro, pedaços inteiros de armadura eram cortados e muitas feridas profundas e dolorosas foram feitas e recebidas, de modo que a armadura de cada um ficou totalmente manchada de vermelho por causa do sangue que escorria sobre ela.

Por fim, o Rei Arthur, enfurecido, por assim dizer, desferiu um golpe tão violento, que nenhuma armadura poderia resistir se aquele golpe tivesse caído no local certo. Mas aconteceu que aquele golpe fez com que sua espada quebrasse na altura do punho e a lâmina voou em três pedaços pelo ar. No entanto, o golpe foi tão maravilhosamente violento, que o Cavaleiro Negro gemeu, cambaleou e ficou correndo em círculos como se estivesse cego e não soubesse onde pisar. Mas logo recuperou-se, e percebendo que o Rei Arthur estava perto, sem saber que seu inimigo agora não tinha espada para se defender, ele jogou de lado seu escudo, pegou sua espada com ambas as mãos e com ela golpeou de forma dolorosa o escudo do Rei Arthur atravessando o capacete e chegando até o osso de seu crânio.

Foi então que o Rei Arthur pensou ter recebido seu ferimento mortal, pois começou a perder os sentidos, suas pernas tremiam excessivamente, e ele caiu de joelhos, enquanto o sangue e o suor se misturavam na escuridão do seu capacete, fluíam por cima de seus olhos como uma espuma e o cegavam. Então, vendo-o tão gravemente ferido, o Cavaleiro Negro pediu com grande veemência que ele se rendesse e entregasse seu escudo, porque agora estava ferido demais para continuar a lutar.

Porém, o Rei Arthur não se rendeu, e agarrando o outro pelo cinturão da espada, levantou-se. Então, recuperando um pouco os sentidos, ele abraçou o outro com os dois braços e, colocando o joelho atrás da coxa do Cavaleiro Negro, jogou-o de costas no chão com tanta violência, que o som da queda foi surpreendente de ouvir. E com essa queda o Cavaleiro Negro ficou, por algum tempo, totalmente sem consciência. Então o Rei Arthur soltou imediatamente o capacete do Cavaleiro Negro, viu seu rosto e o conheceu, apesar do sangue que ainda corria em seu semblante em grandes quantidades, e aquele cavaleiro era o Rei Pellinore, já mencionado anteriormente nesta história, que havia lutado duas vezes contra o Rei Arthur. (Já foi dito como o Rei Arthur expulsou esse outro rei da convivência com os homens, mandando-o para as florestas, de modo que agora ele vivia nesse castelo pobre e sombrio, de onde travava guerra contra todos os cavaleiros que viessem até ali.)

Quando o Rei Arthur viu contra quem ele havia lutado, gritou em voz alta: –Ora!, Pellinore, é você? Agora, entregue-se a mim, pois você está inteiramente à minha mercê – e dizendo isso puxou sua arma de misericórdia e colocou a ponta dela na garganta do Rei Pellinore.

Mas agora o rei Pellinore havia se recuperado bastante de sua queda e, percebendo que o sangue escorria em grande quantidade do capacete de seu inimigo, ele sabia que o outro havia sido gravemente ferido pelo golpe que acabara de receber. Portanto, ele pegou o pulso do Rei Arthur com sua mão e direcionou a ponta da adaga para longe de sua garganta, de modo que não houvesse mais nenhum grande perigo.

E, de fato, com seu ferimento grave e com a perda de sangue, o Rei Arthur estava agora extremamente doente e fraco, e ele achava que estava bem próximo da morte. Consequentemente, sem muito esforço, o Rei Pellinore levantou-se de repente e derrubou seu inimigo, o Rei Arthur, que estava agora debaixo de seus joelhos.

E a essa altura, o Rei Pellinore estava extremamente enlouquecido com a fúria da batalha dolorosa que ele havia travado. Estava tão enfurecido, que seus olhos estavam totalmente cobertos de sangue, como os de um javali, e uma espuma, como a de um javali selvagem, descia por sua barba, ao redor de seus lábios. Então, ele arrancou a adaga da mão de seu inimigo e imediatamente começou a soltar seu capacete, com a intenção de matá-lo ali onde ele estava. Mas, nesse momento, Merlin veio com muita pressa, gritando: – Pare! Pare! Sir Pellinore. O que está fazendo? Mantenha sua mão profana longe dele! Este a quem você está segurando é ninguém menos que Arthur, o Rei de todo este reino!

Diante dessa declaração, o Rei Pellinore ficou totalmente espantado. Ficou em silêncio por algum tempo e depois gritou em voz bem alta:

— O que está dizendo é verdade, Mago? Então, suas palavras condenaram este homem à morte. Pois ninguém em todo este mundo jamais sofreu tantos males e injustiças como eu sofri nas mãos dele. Ora, veja bem! Ele tirou de mim todo o poder, realeza, honras e propriedades, e me deixou apenas este castelo sombrio e triste na floresta para me servir de moradia. Portanto, visto que ele está assim em meu poder, ele agora morrerá; mesmo porque, se eu agora o deixar partir, ele certamente se vingará quando tiver se recuperado de todas as doenças que sofreu em minhas mãos.

Então Merlin disse: – De jeito nenhum! Ele não morrerá nas suas mãos, pois eu mesmo o salvarei – Em seguida, ergueu seu cajado e bateu nos ombros do rei Pellinore. Então, imediatamente o rei Pellinore caiu deitado de cara no chão, como se tivesse morrido de repente.

Com isso, o Rei Arthur ergueu-se, apoiando-se em seu cotovelo, e viu seu inimigo caído ali como se estivesse morto, e gritou: – Ora! Merlin! O que foi que você fez? Lamento muito, pois percebo que você, com suas artes mágicas, matou um dos melhores cavaleiros de todo o mundo.

— De jeito nenhum, meu senhor Rei! – disse Merlin. – Na verdade, vou lhe dizer que o senhor está muito mais próximo da morte do que ele. Pois ele está apenas dormindo e logo despertará; mas o senhor está em tal estado que bastaria mais um pouco para que morresse.

Realmente o Rei Arthur estava extremamente abatido, até mesmo na alma, com o ferimento dolorido que recebera, tanto que foi apenas com muito esforço que Merlin conseguiu ajudá-lo a subir em seu cavalo. Tendo feito isso, e depois de pendurar o escudo do rei na sela, Merlin imediatamente conduziu o homem ferido através da ponte e, puxando o cavalo pela rédea, levou-o para a floresta.

Agora devo contar-lhes que havia naquela parte da floresta certo eremita tão consagrado, que os pássaros selvagens da floresta vinham e pousavam em sua mão enquanto ele lia seu breviário. Ele era tão gentil, que as corças selvagens chegavam até a porta de sua morada e ali ficavam enquanto ele as ordenhava para saciar sua sede com leite. E esse eremita morava naquela parte da floresta tão distante das habitações dos homens que, quando tocava o sino para as orações matinais ou vespertinas, dificilmente havia alguém para ouvi-lo, exceto as criaturas selvagens que moravam por ali. Contudo, era para esse lugar remoto e solitário que o povo real e outros de alto nível às vezes vinham, como se em uma peregrinação, por causa da extrema santidade do eremita.

Então Merlin conduziu o Rei Arthur até esse santuário e, assim que chegaram, ele e o eremita levantaram o homem ferido de sua sela. O eremita proferiu muitas palavras de piedade e tristeza, e juntos o transportaram para a cabana do homem santo. Lá eles o colocaram sobre um leito de musgo e soltaram sua armadura, examinaram seus ferimentos e os lavaram com água pura, fazendo curativos em suas feridas, pois aquele eremita era um médico muito hábil. Então, durante todo aquele dia e parte do dia seguinte, o Rei Arthur ficou deitado no catre do eremita como alguém que está prestes a morrer. Ele via tudo embaçado ao seu redor, como se estivesse olhando através da água, a respiração chegava em seus lábios e palpitava, ele não conseguia nem mesmo levantar a cabeça do catre por causa da fraqueza que o dominava.

Bem, na tarde do segundo dia, houve um grande barulho e tumulto naquela parte da floresta. Aconteceu que Lady Guinevere de Cameliard, junto de sua corte, damas e cavaleiros, veio em peregrinação para consultar aquele homem santo, cuja fama da santidade havia chegado até o lugar onde ela morava. Aquela senhora tinha um pajem favorito que estava muito doente de febre, e ela confiava que o homem santo poderia dar-lhe algum amuleto ou talismã, cuja virtude pudesse curá-lo. Então aquela parte da floresta para onde ela tinha vindo com toda a sua corte, se alegrou com as roupas elegantes, e o silêncio foi preenchido com o som das conversas, risos, o canto de canções e o relinchar dos cavalos. Lady Guinevere cavalgava no meio de suas donzelas e de sua corte, e sua beleza ofuscava a beleza de suas donzelas como o esplendor da estrela da manhã ofusca o de todas as estrelas menores que a cercam. Naquela época, e mesmo depois, ela era considerada por todas as Cortes de Cavalaria como a dama mais bonita do mundo.

Quando Lady Guinevere chegou ao lugar, ela notou a presença do cavalo de guerra branco como leite do Rei Arthur, pois ele estava pastando na grama verde da clareira perto da cabana do eremita. E da mesma forma ela percebeu Merlin, que estava ao lado da porta da cabana. Então, perguntou a ele de quem era aquele nobre cavalo de guerra que estava pastando naquele lugar solitário, e quem era aquele que estava dentro da cabana. E Merlin respondeu: – Senhora, aquele que está lá dentro é um cavaleiro, gravemente ferido, tanto que está à beira da morte!

— Misericórdia! – exclamou Lady Guinevere. – Que coisa triste é esta que está me contando! Gostaria de lhe pedir que me leve até esse cavaleiro, para que eu possa vê-lo. Pois tenho em minha corte um médico muito habilidoso, que está acostumado a cuidar dos ferimentos que os cavaleiros sofrem em batalha.

Então Merlin levou a dama até a cabana, e lá ela viu o Rei Arthur, deitado estendido sobre o catre. Ela não sabia quem ele era. No entanto, parecia-lhe que em toda a sua vida não tinha visto um cavaleiro tão nobre como aquele que estava ali gravemente ferido naquele lugar solitário. O Rei Arthur lançou seus olhares para cima, para onde ela estava ao lado de seu leito de dor, cercada por suas donzelas, e na grande fraqueza que se abatia sobre ele, ele não sabia se aquela que ele viu era uma dama mortal ou se era algum anjo alto e esguio que havia descido de uma das Nobres Cortes do Paraíso para visitá-lo em sua dor e angústia. Lady Guinevere sentiu grande pena ao contemplar o estado lastimável do Rei Arthur. Por isso ela chamou o médico habilidoso que estava com sua corte. Ela pediu que ele trouxesse uma caixa de alabastro que continha um bálsamo extremamente precioso. Ela ordenou que ele examinasse os ferimentos daquele cavaleiro e os ungisse com o bálsamo, para que ele pudesse ser curado bem depressa.

Então aquele médico sábio e habilidoso fez de acordo com as ordens de Lady Guinevere, e imediatamente o Rei Arthur sentiu grande alívio de todas as suas dores e enorme alegria na alma. E quando a senhora e sua corte partiram, ele estava sentindo-se muito mais animado, e três dias depois ele estava totalmente curado e tão bem, forte e vigoroso como nunca tinha estado em toda sua vida.

* * *

E esta foi a primeira vez que o Rei Arthur viu aquela bela dama,

Lady Guinevere de Cameliard, e desde então ele nunca mais a esqueceu e ela quase sempre estava presente em seus pensamentos. Quando ele se recuperou totalmente, disse a si mesmo: – Esquecerei que sou rei, pensarei nessa dama com toda a ternura e irei servi-la fielmente como um bom cavaleiro serve sua dama escolhida.

E assim ele fez, como vocês saberão mais tarde neste livro.

CAPÍTULO 👑 TERCEIRO

Como o Rei Arthur encontrou uma espada nobre de modo magnífico. E como ele lutou novamente com ela e venceu aquela batalha

Assim que o Rei Arthur, por meio daquele bálsamo extraordinário, ficou completamente curado de seus dolorosos ferimentos que havia recebido em sua batalha com o rei Pellinore, sentiu um desejo veemente de encontrar seu inimigo de novo, para tentar terminar a batalha com ele mais uma vez, e assim recuperar o crédito que havia perdido naquele combate. Na manhã do quarto dia, estando totalmente curado, e depois de fazer seu desjejum, saiu caminhando para se refrescar na floresta, enquanto ouvia o som alegre dos pássaros cantando suas canções matinas, com toda a força e vigor. Merlin caminhava ao lado dele, e o Rei Arthur disse o que pensava a Merlin sobre sua intenção de se envolver mais uma vez em uma disputa de cavalaria com o rei Pellinore. E ele disse: – Merlin, estou muito irritado por ter saído tão mal em meu encontro com o rei Pellinore. Certamente, ele é o melhor cavaleiro que já encontrei em toda esta terra. No entanto, poderia ter sido diferente comigo se eu não tivesse quebrado minha espada e ficado totalmente indefeso a esse respeito. Seja como for, estou disposto a realizar essa aventura mais uma vez, e assim o farei tão logo quanto possível.

A isso Merlin respondeu: – O senhor, sem dúvida, é um homem muito corajoso por ter tanta vontade de lutar novamente, considerando que quase morreu há quatro dias. No entanto, como o senhor espera realizar essa aventura sem a devida preparação? Pois, veja só!, o senhor não tem espada, nem lança, nem tem nem mesmo sua adaga para lutar. Como, então, espera realizar essa aventura?

E o Rei Arthur disse: – Isso eu não sei, no entanto, irei em breve procurar alguma arma assim que for possível. Pois, mesmo que eu não tenha melhor arma do que uma clava de carvalho, ainda assim, entrarei nessa batalha novamente, mesmo que tenha de usar uma ferramenta tão fraca como essa.

— Ora!, Senhor – disse Merlin –, percebo que está totalmente determinado a realizar novamente essa disputa. Portanto, não tentarei impedir-lhe, mas farei tudo o que estiver ao meu alcance para ajudá-lo. Para que faça isso, devo informar-lhe que em uma parte desta floresta (que é, de fato, um lugar muito estranho) há um bosque, às vezes chamado de Arroy e outras vezes chamado de Floresta da Aventura, pois nenhum cavaleiro jamais entrou lá sem que alguma aventura acontecesse com ele. E perto de Arroy fica uma terra encantada que já foi vista várias vezes. É uma terra maravilhosa, pois nela há um imenso lago que também é encantado. E, às vezes, emerge do centro desse lago algo que parece ser um braço de mulher, extremamente bonito e adornado com seda branca, cuja mão segura uma espada de tal excelência e formosura, que nenhum olho jamais viu igual. E o nome dessa espada é Excalibur, chamada assim por aqueles que a viram por causa de seu maravilhoso brilho e beleza. Pois aconteceu que vários cavaleiros já viram essa espada e se esforçaram para obtê-la, mas, até agora, ninguém foi capaz de tocá-la e muitos perderam a vida nessa aventura. Pois, quando alguém se aproxima dela ou afunda no lago, o braço desaparece inteiramente ou nem aparece; portanto, nenhum homem jamais foi capaz de conquistar a posse dessa espada. Bem, posso conduzi-lo até aquele Lago Encantado, e lá você poderá ver Excalibur com os próprios olhos. Então, quando olhar para ela, provavelmente, terá o desejo de conquistá-la, e se for capaz de tal façanha, o senhor terá uma espada muito adequada para a batalha.

— Merlin – disse o Rei –, essa história que está me contando é muito estranha. Agora nasceu em mim um desejo imenso de obter essa espada, então peço que me conduzas o mais depressa possível até esse lago encantado do qual está falando.

E Merlin disse: – Eu farei isso.

Então, na manhã seguinte, o Rei Arthur e Merlin se despediram daquele santo eremita (o rei havia se ajoelhado na grama para receber sua bênção), e partindo daquele lugar, entraram nas profundezas da floresta mais uma vez, seguindo seu caminho para aquela parte que era conhecida como Arroy.

E depois de algum tempo eles chegaram a Arroy, e era por volta do meio-dia. Quando entraram naquele bosque, chegaram a um pequeno lugar aberto, e viram uma corça branca com um colar dourado ao redor do pescoço. E o Rei Arthur disse: – Olhe, Merlin, que visão maravilhosa bem ali.

E Merlin respondeu: – Vamos seguir essa corça – E assim que a corça se virou, eles a seguiram. E aos poucos, ao segui-la, chegaram a uma abertura nas árvores onde havia um pequeno gramado macio e agradável. Ali eles viram um caramanchão e em frente a ele havia uma mesa com uma toalha branca como a neve, e sobre ela pão branco, vinho e carnes de vários tipos. E na porta desse caramanchão havia um pajem, todo vestido de verde, e seu cabelo era preto como ébano, e seus olhos negros como azeviche e extremamente brilhantes. E quando esse pajem avistou o Rei Arthur e Merlin, ele os cumprimentou e deu as boas-vindas ao Rei muito gentilmente, dizendo: – Salve!, Rei Arthur, seja bem-vindo a este lugar. Agora peço-lhe que desça de seu cavalo e descanse antes de prosseguir.

Então o Rei Arthur ficou em dúvida se não poderia haver algum feitiço naquela comida que pudesse deixá-lo mal, pois ele estava surpreso que aquele pajem no meio da floresta densa o conhecesse tão bem. Mas Merlin disse que ele deveria ficar alegre e falou assim: – Na verdade, senhor, meu Rei, pode alimentar-se e beber à vontade porque foi tudo preparado especialmente para o senhor. Além disso, veja como isso já antecipa um resultado bem feliz para essa aventura.

Assim, o Rei Arthur sentou-se à mesa com grande alegria no coração (pois estava faminto) e aquele pajem e outro igual a ele atendiam às suas necessidades, servindo-lhe toda a comida em pratos de prata e todo o vinho em taças de ouro, como ele estava acostumado a ser servido em sua corte. Só que essas coisas eram muito mais engenhosamente forjadas e modeladas, e eram mais bonitas do que a mobília da mesa da corte do rei.

Então, depois de se fartar e lavar as mãos em uma bacia de prata que o primeiro pajem ofereceu a ele, limpou as mãos em um guardanapo de linho fino que o outro pajem lhe trouxe, e depois que Merlin também se alimentou, eles seguiram seu caminho, muito felizes com esta aventura agradável, que, aos olhos do Rei, só poderia indicar um resultado muito bom para sua missão.

Bem, mais ou menos no meio da tarde, o Rei Arthur e Merlin saíram, de repente, da floresta e se depararam com uma planície clara e plana, coberta de tantas flores, que nenhum homem poderia imaginar aquela quantidade nem sua beleza.

Era uma terra maravilhosa, pois, imaginem só!, todo o ar parecia ser de ouro... de tão claro e singularmente radiante que era. E aqui e ali naquela planície havia várias árvores em flor, e o perfume das flores era tão doce, que o Rei nunca sentira nenhuma fragrância semelhante. E nos galhos daquelas árvores havia uma multidão de pássaros de muitas cores, e a melodia de seu canto arrebatava o coração do ouvinte. No meio da planície havia um lago de água brilhante como prata, e ao redor das margens do lago havia um número incrível de lírios e narcisos. No entanto, embora esse lugar fosse tão bonito, não havia, entretanto, em nenhum lugar sobre ele um único sinal de vida humana de qualquer tipo, parecia tão solitário quanto o céu vazio em um dia de verão. Assim, por causa de toda a beleza maravilhosa

desse lugar, e por causa de sua estranheza e de toda sua solidão, o Rei
Arthur percebeu que ele estava entrando em uma terra encantada,
onde provavelmente morava uma fada com grandes poderes. Então,
um medo começou a tomar conta dele enquanto cavalgava em seu
grande cavalo de guerra, branco como leite, por aquele gramado
extenso e claro, todo coberto de flores, e ele não sabia que coisas
estranhas estavam prestes a lhe acontecer.

Assim, quando chegou perto da margem do lago, viu ali o milagre
que Merlin tinha lhe contado. Pois, vejam só!, no meio da vastidão de
água havia algo que parecia ser um braço formoso e alvo, como o de
uma mulher, todo coberto de seda branca. E o braço estava enfeitado
com vários braceletes de ouro forjado; e a mão segurava uma espada
maravilhosa no ar, acima da superfície da água; e nem o braço nem
a espada se moviam, nem mesmo na espessura de um fio de cabelo,
estavam imóveis como uma imagem esculpida na superfície do lago.
E, vejam só!, o sol daquela terra estranha brilhava sobre o punho da
espada, e era de ouro puro cravado de joias, de modo que o punho
da espada e os braceletes que circundavam o braço brilhavam no
meio do lago como uma estrela singular com enorme esplendor. E o
Rei Arthur sentado em seu cavalo de guerra olhava a distância para
o braço e a espada, e estava maravilhado com tudo aquilo; ainda
assim, ele não sabia como poderia obter aquela espada, pois o lago
era muito largo e profundo, e ele não sabia como poderia chegar até
lá. Enquanto ele pensava sobre isso, de repente percebeu uma estranha dama, que se aproximou dele no meio daquelas flores altas que
floresciam ao longo da margem do lago. E quando ele a percebeu
vindo em sua direção rapidamente desmontou de seu cavalo e foi
ao encontro dela, segurando a rédea em seu braço. Ao aproximar-se
dela, percebeu que ela era extraordinariamente linda, e que seu rosto
era claro como cera, e que seus olhos eram perfeitamente negros e
tão brilhantes e cintilantes como se fossem duas joias encrustadas
em marfim. Percebeu também que o cabelo dela parecia seda, e era
tão preto quanto podia ser, e tão comprido que chegava ao chão

conforme ela andava. A dama estava toda vestida de verde... exceto por um fino cordão dourado e carmesim envolto nas tranças de seu cabelo. Ao redor de seu pescoço pendia um colar muito bonito, com várias correntes de opalas e esmeraldas, incrustadas de ouro, habilmente trabalhado. Ao redor de seus pulsos havia pulseiras do mesmo tipo... de opala e esmeraldas incrustadas de ouro. Então, quando o Rei Arthur viu sua aparência maravilhosa, que era como uma estátua de marfim de extrema beleza, toda vestida de verde, ele imediatamente se ajoelhou diante dela no meio de todas aquelas flores e disse: – Senhora, certamente percebo que não é uma dama mortal, e sim uma Fada. Além disso, este lugar, por causa de sua beleza extraordinária, não pode ser outro senão uma terra das fadas na qual entrei.

E a dama respondeu: – Rei Arthur, o senhor está certo, pois sou realmente uma fada. Além disso, posso lhe dizer que meu nome é Nymue, e que sou a principal Dama do Lago do qual já deve ter ouvido falar. Também deve saber que o que está vendo lá como um grande lago é, na verdade, uma planície como esta, toda forrada de flores. E da mesma forma o senhor deve saber que no meio daquela planície há um castelo de mármore branco e de luz ultramarina enfeitado de ouro. Mas, para que olhos mortais não contemplem nossa morada, minhas irmãs e eu fizemos com que essa aparência de um lago se estendesse por todo o castelo, de modo que ficasse inteiramente escondido. Nenhum homem mortal pode cruzar aquele lago, exceto de uma única maneira; caso contrário, ele certamente perecerá.

— Senhora – disse o Rei Arthur – o que está me contando me preocupa muito. E, de fato, temo que eu tenha cometido um erro ao vir para cá, invadindo a solidão de sua morada.

— Não, não é assim, Rei Arthur – disse a Dama do Lago –, pois, na verdade, o senhor é muito bem-vindo aqui. Além disso, posso lhe dizer que tenho uma grande simpatia pelo senhor e por aqueles nobres cavaleiros da sua corte, bem maior do que possa imaginar. Mas peço a gentileza de me dizer: o que traz o senhor à nossa terra?

— Senhora – disse o Rei –, eu contarei toda a verdade. Recentemente, lutei uma batalha com certo cavaleiro negro, na qual fui ferido dolorosa e gravemente, e na qual minha lança foi feita em pedaços, quebrei minha espada e perdi até minha adaga, de modo que nada me sobrou pelo caminho que pudesse usar como arma. Ao me ver nessa situação, Merlin, que aqui está, me falou da Excalibur e de como ela é continuamente sustentada por um braço no meio deste lago mágico. Então eu vim até aqui e encontrei tudo o que ele descreveu. Agora, senhora, se for possível, gostaria de conquistar essa espada maravilhosa, para que, por meio dela, eu possa lutar minha batalha até o fim.

— Ah! meu senhor rei – disse a Dama do Lago –, aquela espada não é algo fácil de se conseguir e, além disso, posso lhe dizer que vários cavaleiros perderam suas vidas tentando o que o senhor pensa em fazer. Pois, na realidade, nenhum homem pode conquistar aquela espada a menos que esteja livre do medo e de reprovação.

— Pobre de mim, senhora! – disse o Rei Arthur – É realmente muito triste ouvir essa declaração. Pois, embora não me falte coragem de cavaleiro, ainda, na verdade, há muitas coisas pelas quais eu me censuro. No entanto, eu gostaria de tentar, mesmo que tenha de correr grande perigo. Portanto, peço-lhe que me diga qual é a melhor maneira de realizar essa aventura.

— Rei Arthur – disse a Dama do Lago –, farei o que está pedindo para ajudá-lo em seu desejo. – Em seguida, ela ergueu uma única esmeralda pendurada por uma pequena corrente de ouro em sua corrente e, imaginem!, a esmeralda foi habilmente esculpida na forma de um apito. Ela levou o apito aos lábios e soprou bem estridentemente. Então, no mesmo instante, apareceu sobre a água, bem distante, algo que brilhava intensamente. E isso se aproximou com grande velocidade, e quando se aproximou, vejam só!, era um barco todo esculpido em bronze. E a proa do barco era esculpida na forma da cabeça de uma bela mulher, e em cada lado havia asas, como as asas de um cisne. E o barco se movia sobre a água como um cisne, muito rapidamente, de modo que longas linhas, semelhantes a fios de prata, ficavam estendidas para trás, através da superfície da água, que por sua vez era transparente como vidro. E quando o barco de bronze chegou à margem, parou ali e não se moveu mais.

Então a Dama do Lago convidou o Rei Arthur para entrar no barco, e ele entrou. E, imediatamente, o barco afastou-se da margem com a mesma rapidez com que chegou. E Merlin e a Dama do Lago ficaram na margem da água observando o Rei Arthur e o barco de bronze.

E o Rei Arthur viu que o barco flutuava rapidamente através do lago até onde estava o braço erguendo a espada, e que o braço e a espada não se moviam, mas permaneciam onde estavam.

Então o Rei Arthur estendeu a mão e pegou a espada em sua mão, e imediatamente o braço desapareceu embaixo da água, e o Rei Arthur segurou a espada, a bainha e o cinto na mão e, vejam só!, agora eles eram seus.

Na verdade, seu coração ficou tão cheio de felicidade que parecia que iria arrebentar dentro do peito, pois Excalibur era cem vezes mais bela do que ele pensara ser possível. Seu coração estava prestes a explodir de pura alegria por ter obtido aquela espada mágica.

Então o barco de bronze o levou rapidamente de volta à terra e ele pisou na praia, onde estavam a Dama do Lago e Merlin. E, ao chegar à praia, ele agradeceu muitíssimo à Dama por tudo o que ela fizera para ajudá-lo em sua missão; e ela respondeu a ele com palavras alegres e agradáveis.

Então o Rei Arthur saudou a dama, como devia fazer, montou em seu cavalo, esperou até que Merlin montasse no dele e saíram cavalgando... o coração do rei ainda estava explodindo de alegria e de puro deleite por ter conquistado aquela bela espada... a espada mais bela e mais famosa de todo o mundo.

* * *

Naquela noite, o Rei Arthur e Merlin ficaram com o eremita no santuário da floresta, e quando a manhã seguinte chegou (depois que o rei se banhou na fonte gelada da floresta e sentiu-se extremamente refrescado), eles partiram, agradecendo aquele santo homem pelo abrigo que ele lhes dera.

Por volta do meio-dia, eles chegaram ao vale do Cavaleiro Negro, e todas as coisas estavam exatamente iguais a quando o Rei Arthur tinha estado lá, ou seja, o castelo sombrio, o gramado liso, a macieira coberta com escudos e a ponte sobre a qual pendia aquele escudo negro solitário.

— Agora, Merlin – disse o Rei Arthur –, eu o proíbo terminantemente que interfira neste combate. Além disso, não quero que exerça nenhuma de suas artes mágicas em meu favor ou ficarei extremamente zangado. Portanto, ouça o que eu digo e atenda com toda a diligência possível.

Então, imediatamente, o rei cavalgou sobre a ponte e, agarrando o martelo de bronze, golpeou o escudo negro com toda a sua força e vigor. Imediatamente a ponte levadiça do castelo baixou, como nas vezes anteriores, e, da mesma maneira que naquela outra vez, o Cavaleiro Negro veio cavalgando dali, já equipado para o combate. Quando ele chegou à extremidade da ponte, o Rei Arthur disse-lhe:

— Sir Pellinore, agora que um já sabe quem é o outro e que cada um julga que tem um motivo de desavença contra o outro, você, por não concordar com minhas razões, que me pareciam adequadas, quando retirei a sua propriedade real e o mandei para esta floresta solidária, e eu, porque não concordo com os ferimentos e a afronta que causa aos cavaleiros e senhores e a outras pessoas deste meu reino. Portanto, como cavaleiro errante, eu o desafio a lutar comigo, de homem para homem, até que um de nós seja derrotado.

Diante desse discurso, o rei Pellinore curvou a cabeça em obediência e, em seguida, girou seu cavalo e, cavalgando até uma pequena distância, ocupou seu lugar onde antes estivera. E o Rei Arthur também cavalgou até uma pequena distância e assumiu sua posição onde antes estivera. Ao mesmo tempo, saiu do castelo um daqueles altos pajens vestido de preto e carmesim, e deu ao Rei Arthur uma boa e robusta lança de madeira de freixo, bem seca e nunca usada em batalha; e quando os dois cavaleiros estavam devidamente preparados, eles gritaram e armaram seus cavalos juntos, um golpeando o outro tão justamente no meio de suas defesas, que as lanças estremeceram nas mãos de cada um, explodindo em pequenos estilhaços como havia acontecido anteriormente.

Então cada um desses dois cavaleiros imediatamente saltou de seu cavalo com grande destreza e habilidade, e cada um desembainhou sua espada. Então, entraram em combate, tão furioso e tão violento, que dois touros selvagens nas montanhas não teriam se envolvido em um confronto tão feroz.

Mas agora, tendo Excalibur para ajudá-lo em sua batalha, o Rei Arthur logo venceu seu inimigo. Pois ele lhe deu vários golpes e ainda assim não recebeu nenhum, nem derramou uma única gota de sangue em toda aquela luta, embora a armadura de seu inimigo estivesse em pouco tempo toda manchada de vermelho. E, por fim, o Rei Arthur desferiu um golpe tão forte, que o Rei Pellinore ficou inteiramente entorpecido, deixou cair sua espada e seu escudo, suas pernas começaram a tremer e ele caiu de joelhos no chão. Então ele clamou ao Rei Arthur por misericórdia, dizendo: – Poupe minha vida e eu me entregarei.

E o Rei Arthur disse: – Irei poupá-lo e farei mais do que isso. Pois agora que se entregou a mim, restaurarei o seu poder e a sua propriedade. Pois não tenho raiva de você, Pellinore; no entanto, não posso tolerar rebeldes contra meu poder neste reino. Pois Deus é testemunha que penso unicamente no bem do povo de meu reino. Portanto, quem é contra mim também é contra eles, e quem é contra eles também é contra mim. Mas agora, como prova de sua boa vontade para comigo no futuro, exigirei que você me envie seus dois filhos mais velhos, Sir Aglaval e Sir Lamorack. Seu filho mais jovem, Dornar, poderá ficar para lhe amparar.

Então, esses dois jovens cavaleiros acima mencionados vieram para a Corte do Rei Arthur, e eles se tornaram cavaleiros muito famosos, e aos poucos se tornaram companheiros da Távola Redonda, com grande honra.

E o Rei Arthur e o Rei Pellinore foram juntos para o castelo do Rei Pellinore, e lá as feridas do Rei Pellinore foram tratadas e ele ficou confortável. Naquela noite, o Rei Arthur permaneceu no castelo do Rei Pellinore, e quando a manhã seguinte chegou, ele e Merlin voltaram para o local da floresta onde estava a corte do Rei, no lugar que ele tinha escolhido.

* * *

Ora, o Rei Arthur estava muito satisfeito enquanto ele e Merlin cavalgavam juntos por aquela floresta; pois era a época mais frondosa de todo o ano, época em que as florestas ficavam enfeitadas com suas melhores folhagens claras e brilhantes. Cada pequeno vale e desfiladeiro estava cheio do perfume das matas, e em cada emaranhado de galhos havia um pequeno pássaro cantando com toda a sua força e vigor, era como se ele fosse arrebentar a pequena garganta com a melodia de seu canto. E o solo sob os pés dos cavalos era tão macio, com musgo perfumado, que o ouvido não conseguia ouvir nenhum som de cascos batendo na terra. A luz brilhante do sol descia através das folhas, de modo que todo o solo ficava salpicado de uma multidão de círculos trêmulos dourados. E, de vez em quando, a luz do sol caia sobre o cavaleiro armado enquanto ele cavalgava e nesse momento sua armadura parecia incendiar-se de tanto esplendor, brilhando como uma estrela que aparece de repente em meio às sombras escuras da floresta.

E assim o Rei Arthur teve momentos felizes naquela terra da floresta, pois ele não sentia nenhum tipo de dor, e seu coração estava exultante com o maravilhoso sucesso daquela aventura na qual ele havia entrado, porque ele não havia apenas derrotado um inimigo, transformando-o em um amigo que lhe traria ajuda e satisfação, mas também havia conquistado uma espada que o mundo nunca tinha visto antes. E sempre que ele pensava naquela espada esplêndida, que agora estava pendurada ao seu lado, e lembrava daquela terra de fadas onde havia peregrinado, e em tudo o que havia acontecido lá, seu coração ficava tão cheio de felicidade, que ele mal conseguia se conter por causa do grande deleite que enchia seu peito.

De fato, não conheço nenhum bem maior que pudesse desejar a vocês nessa vida do que sentir a mesma felicidade que uma pessoa sente quando faz o melhor de si e é bem-sucedida em sua jornada. Pois, são nesses momentos que o mundo parece estar preenchido com uma luz brilhante, o corpo parece estar flutuando e os pés tocam a terra muito levemente por causa da leveza do espírito. Portanto, se eu tivesse o poder de dar-lhes o melhor que o mundo tem a dar, gostaria que vocês vencessem suas batalhas como o Rei Arthur venceu a dele naquele dia, e que vocês pudessem cavalgar de volta para casa com o mesmo triunfo e alegria que encheu o coração do rei naquele dia, e que a luz do sol brilhasse ao seu redor como brilhou ao redor dele, e as brisas soprassem e todos os passarinhos cantassem com força e vigor como cantaram para ele, e que o coração de vocês também pudesse cantar uma canção de júbilo pelo prazer de viver no mundo em que vocês vivem.

Enquanto eles cavalgavam juntos pela floresta, Merlin perguntou ao rei:

— Senhor, o que prefere, a Excalibur ou a bainha que a segura? –

E o Rei Arthur respondeu:

— Dez mil vezes eu prefiro a Excalibur a sua bainha.

— O senhor está enganado – disse Merlin – deixe-me dizer que, embora a Excalibur seja tão poderosa que pode cortar em dois uma pena ou uma barra de ferro, sua bainha é de um tipo que aquele que a usa não sofrerá ferimentos em batalha, nem perderá uma única gota de sangue. Como prova disso, o senhor deve lembrar-se que, em sua batalha final com o Rei Pellinore, não sofreu nenhum ferimento, nem perdeu uma só gota de sangue.

Então o Rei Arthur olhou para seu companheiro com grande desgosto e disse: – Agora, Merlin, você tirou de mim toda a glória da batalha que acabei de vencer. Qual é o crédito que pode haver para qualquer cavaleiro que luta com seu inimigo por meio de um encantamento, como você acabou de me dizer? E, de fato, estou pensando em levar esta espada gloriosa de volta para aquele lago mágico e lançá-la ao local de onde veio; pois acredito que um cavaleiro deve lutar por meio da própria força, e não por meio de magia.

— Meu Senhor – disse Merlin –, está totalmente certo em pensar dessa forma. Porém, deve ter em mente que não é um cavaleiro errante comum, mas um Rei, e que sua vida não pertence ao senhor, mas a seu povo. Consequentemente, o senhor não tem o direito de colocá-la em perigo, mas deve fazer tudo o que estiver ao seu alcance para preservá-la. Portanto, fique com essa espada para que ela possa proteger sua vida.

Então o Rei Arthur meditou naquelas palavras do mago por um longo tempo em silêncio e disse: – Merlin, tem razão no que me disse e, pelo bem do meu povo, guardarei tanto a Excalibur para lutar por eles como também a sua bainha para preservar a minha vida por causa deles. No entanto, nunca vou usá-la novamente a não ser em uma grande batalha – E o Rei Arthur manteve sua palavra, e depois disso ele só lutou por diversão com a lança e o cavalo.

* * *

O Rei Arthur manteve a Excalibur como seu maior tesouro, pois dizia para si mesmo: – Uma espada como esta é digna de um rei superior a outros reis e um nobre superior a outros nobres. Agora, se Deus achou por bem colocar esta espada sob minha guarda de maneira tão extraordinária, então Ele deve desejar que eu seja Seu servo para realizar coisas extraordinárias. Portanto, valorizarei esta nobre arma não mais por seu excelente valor, mas porque será para mim um sinal das grandes coisas que Deus, em Sua misericórdia, evidentemente designou que eu realize para servi-Lo.

Então, o Rei Arthur fez uma arca (ou cofre) bem forte para guardar a Excalibur, e essa arca era amarrada com várias correntes de ferro forjado, presas por todos os lados com grandes pregos de ferro e trancada com três grandes cadeados. Nessa caixa-forte ele guardou a Excalibur, deitada sobre uma almofada de seda carmesim e envolta em faixas de linho fino, e muito poucas pessoas viram a espada em sua glória, exceto quando ela brilhava como uma chama repentina no tumulto da batalha.

Pois quando chegava a hora do Rei Arthur defender seu reino ou seus súditos dos inimigos, ele pegava a espada e a prendia ao lado do corpo; e ao fazer isso, era como um herói de Deus cingido com uma lâmina brilhante. Nesses momentos, a Excalibur brilhava tão intensamente que a simples visão da espada dela deixava qualquer malfeitor abalado com tanto medo que ele sofria, de certa forma, as dores da morte antes que a ponta da lâmina tocasse sua carne.

Assim, o Rei Arthur valorizou a Excalibur, e a espada permaneceu com ele por toda a sua vida, assim, os nomes de Arthur e de Excalibur são como um só. Então, eu acredito que essa espada é a mais famosa de todas que já se viu ou se ouviu falar em todas as Cortes de Cavalaria.

Quanto à bainha da lâmina, o Rei Arthur a perdeu pela traição de alguém que deveria, por direito, ter sido seu amigo mais querido (como vocês ouvirão falar em breve), e a perda daquela bainha milagrosa causou-lhe muita dor e tristeza.

Vocês lerão sobre tudo isso, se Deus quiser, no tempo devido.

※ ※ ※

Assim termina a história da conquista de Excalibur, e que Deus permita que vocês tenham a verdade Dele para ajudá-los em suas vidas, como uma espada brilhante, para vencer seus inimigos; e que Ele lhes dê Fé (pois a Fé sustenta a Verdade como uma bainha sustenta sua espada), e que essa Fé cure todas as suas feridas de tristeza como a bainha de Excalibur curou todas as feridas daquele que usasse aquela arma maravilhosa. Pois com a Verdade e a Fé cingidas sobre vocês, serão capazes de lutar todas as suas batalhas assim como aquele nobre herói da antiguidade, a quem os homens chamavam de Rei Arthur.

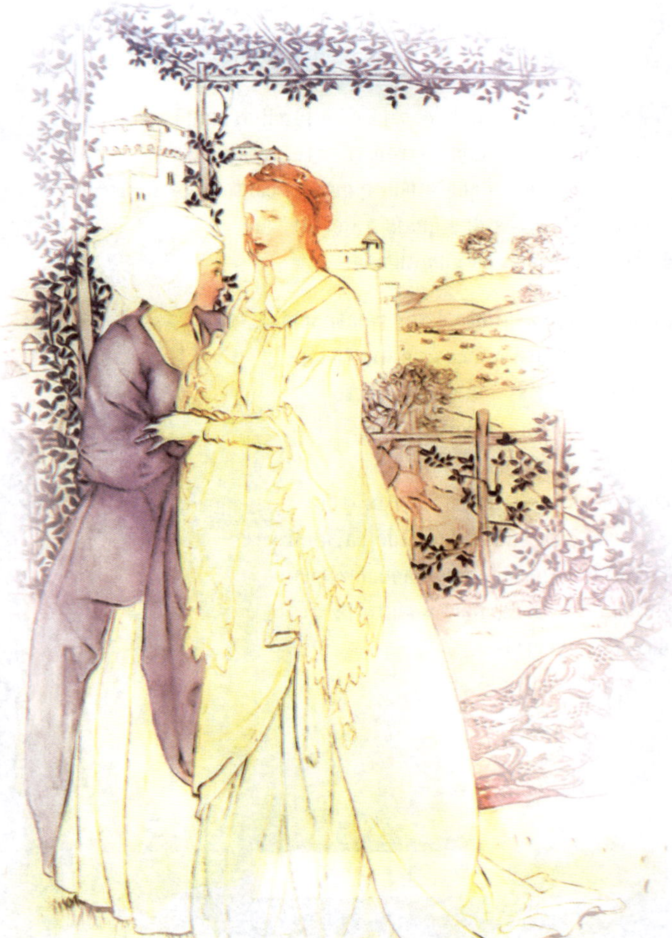

Muito bem, depois de ter contado como o Rei Arthur obteve aquela excelente espada, a Excalibur, como arma de defesa, agora contarei várias outras aventuras nobres de cavaleiro pelas quais ele conquistou para si uma senhora muito linda e gentil para ser sua Rainha.

Pois, embora todo o mundo esteja bem familiarizado com o nome daquela dama extremamente graciosa, Lady Guinevere, acho que ainda ninguém contou as aventuras através das quais o Rei Arthur conquistou o coração de sua amada.

Portanto, como o assunto a ser relatado a seguir não se trata apenas de um caso, mas também da história de um certo disfarce mágico que o Rei Arthur usou para alcançar seus objetivos, bem como diversas aventuras nas quais ele se lançou com sua ousadia de cavaleiro, tenho grande esperança que aqueles que lerem o que escrevi achem a história agradável e divertida.

PARTE III

A CONQUISTA DE UMA RAINHA

CAPÍTULO ♛ PRIMEIRO

Como o Rei Arthur foi para Tintagalon com quatro homens de sua corte e como ele se disfarçou para um determinado propósito

Certo dia, o Rei Arthur anunciou um grande banquete, que foi realizado em Carleon, em Usk. Muitos convidados nobres foram convidados, e uma corte extremamente esplêndida se reuniu no castelo do Rei. À mesa do banquete estavam sentados sete reis e cinco rainhas com toda a pompa real, e havia setenta e sete grandes nobres e belas damas da alta sociedade, e também uma multidão de famosos cavaleiros da corte do Rei que eram considerados os mais renomados em armas de toda a cristandade. E de toda essa grande reunião de reis, nobres e cavaleiros, nenhum deles olhava para o outro com desconfiança, todos estavam reunidos em grande comunhão. Assim, quando o jovem rei olhou ao redor e contemplou tamanha paz e amizade entre todos esses nobres senhores, onde antes havia discórdia e má consideração, ele pensou consigo mesmo: – Com certeza, é maravilhoso como este meu reinado uniu os homens em bondade e boa camaradagem! – E por causa de pensamentos como esse, seu espírito ficava leve como as asas de um pássaro e cantava dentro do seu peito.

Enquanto o rei estava sentado apreciando o banquete, chegou um mensageiro, vindo das terras do oeste, e disse ao Rei: – Saudações, Rei Arthur!

Então o Rei disse: "Fala e diga-me: qual é a tua mensagem?"

E o mensageiro respondeu: – Venho da parte do Rei Leodegrance de Cameliard, que está com graves problemas. O Rei Ryence do Norte de Gales, inimigo dele e seu, aquele que uma vez, por desprezo ao senhor, ordenou que lhe enviasse sua barba para colocá-la em seu manto, faz diversas exigências ao meu senhor, o Rei Leodegrance, e ameaça trazer guerra a Cameliard se o rei Leodegrance não cumprir imediatamente tais exigências. Porém, o Rei Leodegrance não possui mais tantos cavaleiros e homens armados como tinha ao seu redor para defender seu reino contra ataques. Pois, como sua majestade trouxe paz a este reino e reduziu o poder de todos aqueles reis abaixo de ti, os cavaleiros que faziam parte da tão famosa Corte do Rei Leodegrance foram para outro lugar buscar melhores oportunidades para seu grande valor e proezas de armas do que sua corte pacífica podia oferecer. Portanto, meu mestre, o Rei Leodegrance, implora sua ajuda, que é seu Rei e Soberano.

O Rei Arthur e a corte, que festejava com ele, ouviram em silêncio a todas essas coisas que o mensageiro disse. O semblante do rei, que antes estava repleto de alegria, ficou carregado e sombrio de raiva. Então ele disse:

— Meu Deus! Na verdade, as notícias que você está trazendo não são nem um pouco boas. Darei toda a ajuda que puder ao seu senhor, o Rei Leodegrance, para resolver esse problema o mais rápido possível. Mas, antes de tudo, conte-me quais são essas coisas que o rei Ryence está exigindo de seu senhor?

— Eu lhe contarei tudo, senhor – disse o mensageiro. – Em primeiro lugar, o Rei Ryence exige do meu senhor uma grande parte das terras de Cameliard que fazem fronteira com o norte de Gales. Em segundo lugar, ele exige que Lady Guinevere, a filha do rei, seja entregue em casamento ao duque Mordaunt da Nortúmbria, que é parente do rei Ryence. Esse duque, embora seja um valente guerreiro, tem uma aparência horrível e um temperamento muito violento; acredito que não exista ninguém mais feio ou de temperamento tão difícil em todo o mundo.

Depois que o Rei Arthur ouviu tudo o que o mensageiro contou, ele foi imediatamente dominado por uma raiva extraordinária. Seus olhos pareciam soltar faíscas, seu rosto ficou vermelho como fogo e ele cerrou os dentes como as pedras de um moinho. Imediatamente levantou-se da cadeira e saiu dali, e todos os que perceberam sua raiva ficaram estremecidos e desviaram os olhos de seu semblante.

Então o Rei Arthur foi sozinho para uma sala interna do castelo, e lá ele caminhou para um lado e para o outro por um longo tempo, e durante esse tempo ninguém ousava se aproximar dele. A razão da raiva do rei era a seguinte: desde que esteve ferido, doente e quase morreu na floresta, ele lembrava como Lady Guinevere apareceu de repente diante dele como um anjo alto, esguio e brilhante, que desceu até ele do Paraíso... cheia de piedade e excessivamente bela. Portanto, ao pensar naquele malvado e terrível Duque Mordaunt de Nortúmbria exigindo casar-se com ela, ele foi tomado por uma raiva tão violenta que sacudia sua alma como um vento poderoso.

Então, por um longo tempo, como já mencionado acima, ele caminhou de um lado para o outro em sua fúria, e ninguém ousou aproximar-se dele, mas todos ficaram observando-o a distância.

Então, depois de um tempo, ele deu a ordem para que Merlin, Sir Ulfius e Sir Kay viessem até ele. E quando chegaram, ele conversou com eles por um tempo considerável, ordenando a Merlin que se preparasse para sair em uma jornada com ele, e ordenando a Sir Ulfius e Sir Kay que reunissem um grande exército de cavaleiros escolhidos e homens armados, e que trouxessem esse exército imediatamente para os arredores do castelo real de Tintagalon, que fica perto das fronteiras do norte de Gales e de Cameliard.

Então Sir Ulfius, Sir Kay e Merlin fizeram o que o Rei Arthur havia mandado. No dia seguinte, o Rei Arthur e Merlin, junto com outros cavaleiros famosos da Corte do Rei que eram os mais aprovados para o uso de armas, Sir Gawaine e Sir Ewaine (que eram sobrinhos do Rei), Sir Pellias e Sir Geraint, o filho de Erbin, partiram para Tintagalon atravessando a floresta de Usk.

Assim, eles viajaram durante todo aquele dia e uma parte do seguinte, sem aventura nem desventura de qualquer tipo. Finalmente, chegaram ao grande e nobre castelo Tintagalon, que protege o país que faz fronteira com Cameliard e o norte de Wales. O Rei Arthur foi recebido com grande alegria, pois, aonde quer que ele fosse, o povo o amava muito. Então, o povo de Tintagalon ficou muito feliz que ele veio até eles.

* * *

Ora, na manhã seguinte à chegada do Rei Arthur a Tintagalon, considerando que a noite de verão tinha sido muito quente, ele e Merlin ficaram felizes porque levantaram-se a tempo de desfrutar do frescor orvalhado do início do dia. Caminharam juntos pelo jardim, que era um lugar muito agradável, sob a sombra de uma torre alta e reta. Ao redor havia muitas árvores de boa sombra, onde os passarinhos cantavam docemente na alegria do verão.

Foi ali que o Rei Arthur abriu seu coração para Merlin e disse:

— Merlin, acredito que Lady Guinevere é a dama mais bela de todo o mundo; por isso, meu coração parece estar sempre transbordando de amor por ela, penso nela durante o dia todo, seja comendo, bebendo, caminhando, sentado quieto ou cuidando de meus negócios. Também sonho com ela muitas vezes à noite. Isso está acontecendo comigo há um mês, Merlin, desde que fiquei doente deitado naquela cabana do eremita na floresta, e ela veio e ficou ao meu lado como um anjo reluzente vindo do Paraíso. Portanto, não quero que nenhum outro homem, a não ser eu, a tenha como esposa. Bem, sei muito bem que você é bastante astuto nas artes de magia e que pode mudar a aparência de um homem para que mesmo aqueles que o conhecem melhor não possam reconhecê-lo. Portanto, quero que me disfarce, mudando minha aparência, para que eu possa ir, sem que ninguém saiba, para Cameliard, e que possa ficar lá e ver Lady Guinevere todos os dias. Tenho que lhe dizer que verdadeiramente desejo observá-la de tal maneira que ela não possa de forma alguma saber que sou eu. Da mesma forma, gostaria de ver por mim mesmo quais são os grandes perigos que ameaçam o Rei Leodegrance, um rei que é um amigo tão correto.

— Meu Rei – disse Merlin –, será como o senhor deseja, e nesta manhã mesmo farei com que se disfarce de tal forma que ninguém no mundo poderá saber quem é.

Assim, naquela manhã, um pouco antes do amanhecer, Merlin foi até o rei e deu-lhe um gorro. Quando o rei o colocava na cabeça, assumia, no mesmo instante, a aparência de um camponês simples e rústico. Então o rei ordenou que lhe trouxessem um gibão de lã, e com isso ele cobriu suas vestes reais de cavaleiro e também o colar de ouro e o pendente, que ele continuamente usava ao redor do pescoço. E assim, colocando o gorro na cabeça, ele assumia imediatamente o disfarce de um camponês.

Estando assim, totalmente disfarçado, ele deixou Tintagalon sem o conhecimento de qualquer homem, e seguiu seu caminho a pé até a cidade de Cameliard.

Quando o dia foi chegando ao fim, ele se aproximou daquele lugar e, ora!, viu diante de si uma cidade grande e considerável. com muitas casas bonitas com paredes vermelhas e janelas brilhantes. E as casas da cidade ficavam todas sobre uma colina alta e íngreme, uma de frente para a outra, e a própria cidade era cercada por uma grande muralha, alta e forte. Um grande castelo guardava a cidade, e o castelo tinha muitas torres e telhados. Ao redor da torre havia belos jardins, gramados e prados, e vários pomares e bosques de árvores com sombra densa e agradável. Naquela hora do dia, o céu atrás da torre era, por assim dizer, uma chama inteira de fogo, de modo que as torres, as muralhas, os telhados e as chaminés do castelo ficavam totalmente negros contra o brilho da luz. E, vejam só!, enormes bandos de pombos cercavam as torres do castelo em um voo contínuo naquele céu de fogo. Então, como o Rei Arthur estava cansado de caminhar durante todo aquele dia, parecia-lhe que nunca havia visto em toda a sua vida um lugar tão belo e agradável como aquele castelo maravilhoso com seus jardins, gramados e bosques de árvores.

Assim o Rei Arthur chegou ao castelo de Cameliard, disfarçado de camponês, e nenhum homem naquela terra sabia quem ele era.

Quando conseguiu falar com o jardineiro-chefe do castelo, perguntou a ele se não poderia ser contratado para trabalhar cuidando da parte do jardim que pertencia à residência de Lady Guinevere. O jardineiro olhou para ele e gostou muito, pois viu que ele era alto, forte e robusto, então deu-lhe o trabalho que desejava.

E foi assim que o Rei Arthur da Bretanha se tornou ajudante de jardineiro em Cameliard.

* * *

O rei ficou muito feliz por estar naquele jardim, pois na agradável estação do verão Lady Guinevere vinha todos os dias passear com suas donzelas entre as flores, e o Rei Arthur, disfarçado de ajudante de jardineiro, a via muitas vezes quando ela aparecia.

O Rei Arthur ficou ali por mais de uma semana, e nem se importou, durante todo esse tempo, por não estar desfrutando de suas regalias de rei, mas vivia como simples ajudante de jardineiro no jardim do castelo de Cameliard.

Ora, aconteceu que em um dia muito quente, uma das donzelas que servia a Lady Guinevere levantou-se de madrugada enquanto o ar ainda estava fresco e refrescante. Assim, deixando Lady Guinevere ainda dormindo, essa donzela, cujo nome era Mellicene da Mão Branca, foi até a antessala e, abrindo a janela, olhou para o jardim de rosas que ficava ao lado do quarto de Lady Guinevere.

Havia naquele lugar uma estátua esculpida em mármore de um jovem segurando em seus braços um jarro, e uma fonte de água, clara como cristal, fluía da jarra para uma bacia de mármore. A estátua, a fonte e a bacia de mármore ficavam sob a sombra de uma tília, e ao redor havia uma densa roseira, de modo que o lugar ficava totalmente escondido, exceto das janelas do castelo que ficavam logo acima.

Aconteceu então que quando a donzela olhou para baixo, pela janela, ela teve uma visão maravilhosa. Pois, vejam só!, um estranho cavaleiro ajoelhou-se ao lado da fonte e lavou o rosto e o peito nas águas cristalinas. A donzela viu que o sol descia pelas folhas da tília e pousava sobre aquele estranho cavaleiro. Percebeu que seu cabelo e sua barba eram da cor do ouro vermelho e brilhavam mais do que a claridade da manhã. Ela viu que sua testa, seu pescoço e seu peito eram brancos como alabastro. Também viu que ao redor de seu pescoço e ombros pendia um colar de ouro de beleza extraordinária, de modo que, quando a luz do sol brilhava sobre ele, refletia como se fosse um relâmpago.

Então, ao observar aquela aparência estranha, como se fosse uma visão, a donzela Mellicene ficou por um longo tempo extasiada de admiração e prazer, e não sabia se o que ela viu era um sonho ou não, nem se aquele que estava sentado ali era um espírito ou se era um homem de carne e osso.

Então, aos poucos, recuperando-se um pouco de seu espanto, ela retirou-se suavemente da janela e desceu correndo as escadas, saindo dali para aquele belo e florido jardim ao pé da torre. Ela correu pelo jardim rapidamente e em silêncio, e assim passou por uma passagem estreita que levava à fonte de mármore e às tílias e às roseiras ao redor de onde ela havia visto aquele estranho cavaleiro se banhando nas águas cristalinas.

Mas o Rei Arthur tinha ouvido a chegada daquela donzela e rapidamente colocou o gorro na cabeça novamente. Quando a donzela Mellicene chegou lá, ela não encontrou ninguém perto da fonte, exceto o ajudante do jardineiro. Então ela perguntou: – Quem é você, rapaz? E por que está sentado aqui perto da fonte?

E ele respondeu: – Sou o ajudante do jardineiro que veio há pouco tempo para trabalhar aqui.

— Então, conte-me uma coisa, rapaz – disse ela –, e conte-me a verdade. Quem era aquele jovem cavaleiro que estava aqui ao lado da fonte, bem agora, e para onde ele foi?

— Como assim, senhora? – perguntou ele – Não havia ninguém nesta fonte, apenas eu.

— Não, meu rapaz – retrucou ela – você está me enganando, porque garanto que vi com meus próprios olhos um jovem cavaleiro estranho sentado aqui e se banhando nas águas desta fonte.

E o ajudante do jardineiro disse: – Senhora, o que eu disse é a pura verdade, pois ninguém esteve aqui nesta manhã, apenas eu.

Com isso, a dama olhou para ele com grande espanto. Por outro lado, ela estava maravilhada, pois não conseguia desacreditar totalmente dele. Tampouco podia acreditar inteiramente nele, porque seus olhos haviam contemplado o que ela havia visto, e ela sabia que não estava enganada. Portanto, como ela não sabia o que pensar, ficou extremamente irritada com o ajudante do jardineiro.

— Vou lhe dizer uma coisa: – disse ela – se você estiver me enganando, eu certamente farei com que você sofra uma grande dor, porque mandarei que seja chicoteado com cordas. – Em seguida, ela virou-se e foi embora dali, assustada e encantada com o que havia acontecido e se perguntando o que tudo isso significava.

Naquela manhã, ela contou a Lady Guinevere tudo o que tinha visto, mas Lady Guinevere apenas sorriu e zombou dela, dizendo-lhe que ela estava dormindo e sonhando, quando teve aquela visão. E, de fato, a própria donzela havia começado a pensar que esse devia ser o caso. No entanto, depois disso, ela olhava pela janela todas as manhãs e não viu mais nada por um bom tempo, pois o Rei Arthur não voltou tão cedo àquele lugar.

Assim, depois de algum tempo, aconteceu que ela estava olhando pela janela logo cedo e, ora vejam!, lá estava aquele estranho cavaleiro sentado perto da fonte mais uma vez, como ele havia feito antes. E ele lavou seu rosto e seu peito na água como havia feito antes. Ele parecia tão formoso e nobre quanto antes, e seu cabelo e sua jovem barba brilhavam como ouro na luz do sol. E desta vez ela viu que seu colar de ouro, que estava à beira da fonte ao lado dele, brilhava com grande esplendor à luz do sol, enquanto ele banhava seu peito. Então, depois de ter olhado para ele por um tempo considerável, ela correu com toda pressa até o quarto de Lady Guinevere e gritou em voz alta: –Senhora! Senhora! Acorde e venha comigo! Pois, veja só! Aquele mesmo jovem cavaleiro que eu vi antes, está agora mesmo se banhando na fonte sob a tília.

Então Lady Guinevere, muito confusa, despertou rapidamente e foi correndo com a donzela até a janela que dava para aquela parte do jardim. E lá ela mesma viu o jovem cavaleiro banhando-se na fonte. Ela viu que seu cabelo e sua barba brilhavam como ouro ao sol; e viu que sua vestimenta era de linho púrpura trançado com ouro; viu que ao lado dele estava aquele colar de ouro habilmente trabalhado com muitas joias de várias cores, e o colar brilhava com grande esplendor na beira da fonte de mármore.

Ela olhou algumas vezes, extremamente surpresa; então ela ordenou à donzela Mellicene que a acompanhasse, e desceu as escadas da torre, saindo rapidamente para o jardim, como sua donzela havia feito anteriormente, e passou apressadamente pela passagem estreita em direção à fonte.

Mas, vejam só!, quando ela chegou lá, não encontrou nenhum jovem cavaleiro, mas apenas o ajudante do jardineiro, exatamente como havia acontecido com a donzela Mellicene. Pois o Rei Arthur a ouviu chegando e imediatamente colocou aquele gorro encantado em sua cabeça. Então Lady Guinevere ficou muito perplexa ao encontrar ali apenas o ajudante do jardineiro, e não sabia o que pensar de uma coisa tão estranha. Por isso ela perguntou a ele, assim como Mellicene havia feito, para onde tinha ido o jovem cavaleiro que ela vira há pouco ali na fonte. E o ajudante do jardineiro respondeu como antes: – Senhora, não havia ninguém aqui, a não ser eu mesmo.

Porém, quando o Rei Arthur vestiu o gorro assim que a senhora chegou, na sua grande pressa, ele esqueceu seu colar de ouro, e Guinevere viu o colar brilhando intensamente na margem da fonte. – Muito bem! – disse ela. – Como você ousa zombar de mim? Agora diga-me, rapaz, os ajudantes de jardineiros da terra de onde você vem usam colares de ouro no pescoço, como aquele ali ao lado da fonte? Eu devia mandar açoitá-lo. Mas pegue aquela bugiganga ali e devolva-a a quem pertence por direito, e diga a ele que mandei dizer que é uma vergonha para um homem que tem título de cavaleiro esconder-se nos jardins particulares de uma dama. – Então, ela virou-se e saiu com a donzela Mellicene, voltando novamente para seu quarto.

No entanto, durante todo aquele dia, enquanto ela estava bordando, não parou de pensar e se perguntar como era possível que aquele jovem cavaleiro desconhecido tivesse desaparecido tão repentinamente e deixado apenas o pobre ajudante do jardineiro em seu lugar. Por muito tempo, ela não conseguia decifrar aquela coisa estranha.

Então, de repente, naquela hora em que o calor do dia estava declinando para o frescor da tarde, ela levantou-se por causa de um pensamento que surgiu de súbito. Ela chamou a donzela Mellicene e pediu-lhe que fosse e dissesse ao ajudante do jardineiro que lhe trouxesse imediatamente um cesto de rosas frescas para enfeitar seus aposentos na torre.

Então Mellicene foi e fez o que ela mandou, e depois de um tempo considerável, o ajudante do jardineiro veio carregando uma grande cesta de rosas. E, vejam só!, ele usava um gorro na cabeça. E todas as damas de companhia de Lady Guinevere, quando viram que ele usava seu gorro na presença dela, gritaram com ele, e Mellicene da Mão Branca exigiu: – Rapaz, como você ousa usar o gorro diante de Lady Guinevere? Ordeno que retire esse gorro da cabeça imediatamente.

E o Rei Arthur respondeu: – Senhora, não posso retirar meu gorro.

E Lady Guinevere disse: – E por que não pode retirar o gorro, rapaz insolente?

— Senhora – disse ele –, não posso tirar meu gorro porque tenho uma deformidade na minha cabeça.

— Então pode manter o seu gorro – disse Lady Guinevere. – Apenas traga as rosas para mim.

E, então, a seu pedido, ele trouxe as rosas para ela. Mas quando ele se aproximou da senhora, ela, de repente, agarrou o gorro e o arrancou de sua cabeça. Então, vejam só!, ele foi instantaneamente transformado; pois em vez do ajudante do jardineiro que estava diante de Lady Guinevere e sua donzela, surgiu alguém com aparência de um nobre jovem cavaleiro com cabelos e barba como fios de ouro. Então ele deixou cair a cesta de rosas, espalhando as flores por todo o chão, e ele levantou-se e olhou para todos que estavam ali. Algumas daquelas donzelas que serviam Lady Guinevere gritaram, e outras ficaram paradas de puro espanto e não sabiam como acreditar no que seus olhos viam. Mas nenhuma daquelas damas sabia que aquele era o Rei Arthur. No entanto, Lady Guinevere lembrou-se de que aquele era o cavaleiro que ela havia encontrado tão gravemente ferido, deitado na cabana do eremita na floresta.

Então ela riu e jogou para trás o gorro novamente. – Pegue seu gorro – disse ela –- e segue seu caminho, ajudante de jardineiro com uma deformidade na cabeça – Ela disse isso porque estava decidida a zombar dele.

Mas o Rei Arthur nada respondeu e, imediatamente, com grande seriedade, colocou o gorro na cabeça de novo. Então, retomando sua aparência humilde mais uma vez, ele virou-se e saiu dali, deixando aquelas rosas espalhadas por todo o chão.

E, depois disso, sempre que Lady Guinevere encontrava o ajudante no jardim, ela dizia a sua donzela, usando um tom de voz que ele pudesse ouvir: – Veja, ali está o ajudante do jardineiro que tem uma deformidade na cabeça, e precisa sempre usar seu gorro para escondê-la!

Assim ela falava abertamente, zombando dele; mas secretamente ela pediu a suas donzelas que nada dissessem sobre essas coisas, mas que guardassem para si todas as coisas que haviam acontecido.

* * *

CAPÍTULO 🜲 SEGUNDO

Como o rei Ryence veio a Cameliard e como o Rei Arthur lutou com o Duque de Nortúmbria

Agora, em um certo dia nesta hora, veio um mensageiro ao Tribunal do rei Leodegrance, com notícias de que o rei Ryence de Gales do Norte e o Duque Mordaunt de Nortúmbria estavam vindo para lá e que trazem com eles uma corte muito nobre e considerável de cavaleiros e senhores. Com essa notícia, o Rei Leodegrance ficou muito perturbado, pois não sabia o que tal visita poderia significar; no entanto, temia muito que isso fosse um mau presságio para ele. Então, naquele dia em que o Rei Ryence e o Duque de Nortúmbria apareceram diante do castelo, o rei Leodegrance saiu para saudá-los, e os três se encontraram nos prados que ficavam em frente às muralhas do castelo de Cameliard.

Ali, o Rei Leodegrance deu as boas-vindas a eles da maneira como devia, convidando-os para irem ao castelo com ele, para que pudesse recebê-los de acordo com as honras da casa.

Mas o Rei Ryence não se dignou a dar uma resposta agradável a essa cortesia e disse: – Não, não iremos ao seu castelo, Rei Leodegrance, enquanto não soubermos se é nosso amigo ou inimigo. Por enquanto, certamente, não somos tão bons amigos para sentar-se à sua mesa e comer da sua comida. E também seremos seus inimigos se antes de tudo você não atender às nossas exigências, ou seja, que me dê as terras que exijo e que dê ao meu primo, o Duque Mordaunt de Nortúmbria, Lady Guinevere por esposa. Ao resolver essas questões, você tem o poder de nos tornar seus amigos ou inimigos. Portanto, permaneceremos aqui, fora do seu castelo, por cinco dias, durante os quais você poderá pensar em sua resposta, e assim poderemos saber se seremos amigos ou inimigos.

— Enquanto isso – disse o Duque Mordaunt de Nortúmbria –, estou pronto para duelar pelo meu direito à mão de Lady Guinevere com qualquer cavaleiro de sua corte que queira negar meu justo título; e se o seu reino não tem nenhum cavaleiro em toda a Corte que possa me vencer no combate com armas, o senhor mesmo dificilmente obterá êxito em defender-se contra o grande exército de cavaleiros que o Rei Ryence reuniu para trazer contra o seu reino, caso se recuse a entregar o que pedimos.

Então o Rei Leodegrance ficou extremamente abatido, pois temia aqueles senhores orgulhosos e não sabia que resposta devia dar a eles. Então, ele voltou ao castelo, atormentado por grande ansiedade e tristeza. E o Rei Ryence, o Duque Mordaunt e sua corte de senhores e cavaleiros ergueram suas tendas naqueles prados em frente ao castelo, de modo que a planície ficou inteiramente coberta por tendas. E ali se estabeleceram com grande algazarra e ao som de festejos, cantando e se divertindo, pois o Rei Ryence havia reunido uma corte que era muitíssimo esnobe.

E quando chegou a manhã seguinte, o Duque Mordaunt de Nortúmbria saiu vestido com a armadura de combate. Ele cavalgou para cima e para baixo no campo diante do castelo, desafiando qualquer cavaleiro que estivesse lá dentro a vir encontrá-lo para um confronto. Ele gritava:

— Ora! Onde estão os cavaleiros de Cameliard? Não há ninguém para vir ao meu encontro? Como então esperam lutar contra os cavaleiros do norte de Gales se temem encontrar-se com um único cavaleiro de Nortúmbria? – E assim ele zombava deles com todo seu orgulho, e ninguém ousava sair de Cameliard para lutar contra ele, pois o duque de Nortúmbria era um dos cavaleiros mais famosos de sua época, em força e domínio total das armas, e não havia agora, nestes tempos de paz, ninguém na corte do Rei Leodegrance que fosse capaz de enfrentar um guerreiro com sua habilidade e valor comprovados. Portanto, ninguém aceitou o desafio que o Duque de

Nortúmbria dirigiu à Corte de Cameliard. Enquanto isso, muitas pessoas se reuniram nas muralhas de Cameliard e olhavam lá para baixo, onde estava aquele duque orgulhoso e arrogante, vestido em sua armadura esplêndida, e todos estavam tristes e envergonhados por não haver ninguém naquela cidade pacífica que pudesse lutar contra ele. E todos os senhores e cavaleiros da Corte do rei Ryence vieram e ficaram em frente à tenda do rei e riam e batiam palmas juntos, aplaudindo o duque Mordaunt, enquanto ele cavalgava para um lado e para outro, desfilando diante deles. E, quanto mais eles se agitavam com alegria, mais envergonhado ficava o povo de Cameliard.

— Ora! Ora! – exclamou o duque, orgulhoso. – Vejam só! Ninguém virá lutar comigo? Como o povo de Cameliard espera enfrentar o rei de Gales do Norte e todos os seus cavaleiros, se tem medo de enfrentar eu, que sou apenas um homem? – E o povo de Cameliard, reunido lá em cima nas muralhas, ouvia-o com vergonha e tristeza.

Durante todo esse tempo o Rei Arthur estava cavando no jardim; porém, sabia muito bem de tudo o que se passava e de como o duque de Nortúmbria cavalgava de um lado para o outro com tanto orgulho na frente das muralhas do castelo. Então, de repente, ele decidiu que não poderia suportar mais aquilo e, deixando de lado sua pá, saiu secretamente por um caminho por dentro do castelo e subiu até a cidade.

Ora, havia em Cameliard um comerciante extremamente rico, chamado Ralph de Cardiff, e a fama de suas posses e sua alta propriedade chegaram até mesmo aos ouvidos do Rei Arthur em Carleon. Por isso, foi para a casa dele que o Rei Arthur se dirigiu.

Enquanto ele estava em um caminho estreito, não muito longe da casa do comerciante, tirou seu disfarce de gorro mágico e assumiu um pouco de sua aparência nobre mais uma vez, pois agora estava decidido a mostrar que era cavaleiro para aqueles que olhavam para ele. De fato, quando encontrou com o rico comerciante em sua mercearia, e este olhou em seu rosto, ele não sabia o que pensar ao ver um cavaleiro tão nobre vestido com lã tão grosseira. Pois, embora o Rei

Arthur fosse um estranho para aquele bom homem, porque ele não conhecia seu rosto, ainda assim aquele comerciante sabia que não era um cavaleiro comum, mas que certamente devia ser alguém de alto grau e autoridade, embora estivesse vestido daquele jeito.

Então o Rei Arthur abriu o seu gibão e mostrou ao comerciante o colar de ouro que estava em seu pescoço. E também mostrou que, embaixo daquele traje rústico de lã, havia uma roupa fina de seda púrpura bordada com ouro. E então ele mostrou ao bom homem seu anel real e, quando o comerciante o viu, soube que era o anel do rei da Bretanha. Portanto, vendo esses sinais de soberania e autoridade, o comerciante levantou-se, curvando-se e tirando o chapéu perante o Rei.

— Senhor mercador -- disse o Rei –, saiba que sou um cavaleiro desconhecido disfarçado neste lugar. No entanto, posso lhe dizer que sou um grande amigo do Rei Leodegrance e tenho muito estima por ele. Com certeza, o senhor sabe que o Duque de Nortúmbria está cavalgando sem parar de um lado para o outro em frente ao castelo do rei e desafia qualquer um a sair para lutar contra ele pela honra de Lady Guinevere. Bem, estou disposto a arriscar essa luta e espero muito ter sucesso em defender a honra de Cameliard e envergonhar seus inimigos. Senhor mercador, eu o conheço muito bem e sei que tem várias armaduras nobres guardadas aqui, pois a fama delas chegou aos meus ouvidos, embora eu more bem longe daqui. Desejo, portanto, que me prepare da melhor maneira que puder, para que eu possa imediatamente travar uma luta com esse Duque de Nortúmbria. Além disso, dou-lhe minha palavra de cavaleiro de que será totalmente recompensado pela melhor armadura que puder me dar, e isso acontecerá em pouco tempo.

— Meu senhor – disse Mestre Ralph –, vejo que não é um cavaleiro errante comum, mas, sim, alguém de nível extraordinário; portanto, é um grande prazer cumprir todas as suas ordens. Mas, mesmo que fosse outra pessoa, eu estaria totalmente disposto a equipá-lo com uma armadura, visto que tem a intenção de lutar contra aquele duque.

Depois disso, ele tocou um pequeno sino de prata que estava perto dele e, em resposta, vários atendentes imediatamente apareceram. Em suas mãos ele confiou a pessoa do Rei, ordenando-lhes que lhe prestassem extraordinário respeito. Assim, alguns desses atendentes prepararam para o Rei um banho de água morna perfumada com âmbar, muito agradável. E, depois que ele foi banhado nessa água, eles o enxugaram com toalhas de linho macias e outros atendentes o conduziram a um salão todo decorado com tapeçarias e bordados, e nesse lugar um nobre banquete foi oferecido a ele. Ali, o próprio nobre comerciante atendeu às necessidades do rei, servindo-o com várias carnes... muito saborosas e de vários tipos... e também um fino pão branco. E serviu-lhe vinho de vários países... alguns vinhos tintos tinham a cor do rubi, outros eram tão amarelos quanto ouro; e, de fato, o rei nunca havia desfrutado de um banquete melhor do que aquele que o comerciante Ralph de Cardiff havia oferecido a ele.

E depois que ele se fartou com a comida, vieram seis pajens ricamente vestidos de cetim de seda azul e levaram o rei a um aposento magnífico, onde o vestiram com uma armadura espanhola, muito habilmente trabalhada e toda incrustada de ouro. Aquele tipo de armadura dificilmente era encontrado em toda a terra. O manto e os vários adornos da armadura eram todos de cetim e brancos como leite. E o escudo era branco, e totalmente sem brasão ou emblema de qualquer tipo. Então, os assistentes conduziram o Rei ao pátio, e lá estava um nobre cavalo de guerra, branco como leite, e todos os adornos do cavalo eram de tecido branco como leite, sem brasão ou emblema de qualquer espécie; e as rédeas eram todas cravejados com tachas de prata.

Então, depois que os assistentes ajudaram o Rei Arthur a montar em seu cavalo, o nobre mercador veio, disse-lhe muitas palavras de estímulo e, então, o rei deu-lhe adeus e partiu, cavalgando com todo o brilho da armadura fina, de modo que parecia a lua cheia na época da colheita.

Enquanto ele passava pelas ruas de pedra da cidade, as pessoas se viraram e olhavam, pois sua aparência era muito nobre ao passar pelas estreitas ruas entre as casas da cidade.

Assim, o Rei Arthur dirigiu-se ao portão dos fundos do castelo e, quando chegou lá, desmontou e amarrou seu cavalo. Imediatamente ele entrou no jardim, e lá, encontrando um assistente, pediu que ele chamasse Lady Guinevere. Então o atendente, todo maravilhado com sua nobre presença, foi e entregou a mensagem, e depois de algum tempo veio Lady Guinevere, muito curiosa, passando por uma galeria com várias de suas donzelas, até que ficou bem acima de onde o Rei Arthur estava. E quando o Rei Arthur olhou para cima e a viu acima dele, ficou ainda mais apaixonado. E ele disse-lhe:

— Senhora, desejo honrar-te o mais que puder. Saio agora para lutar com aquele Duque de Nortúmbria que cavalga de um lado para o outro em frente deste castelo. Além disso, espero e realmente acredito que irei derrotá-lo; para tal, peço-lhe um amuleto, como o que uma dama oferece a um cavaleiro para que ele use ao cavalgar para defender sua honra.

Então Lady Guinevere disse: – Certamente, Cavaleiro, mas gostaria de saber quem é o senhor. No entanto, mesmo que eu não saiba, estou totalmente disposta a aceitar sua oferta como meu campeão. Então, sobre o amuleto que está me pedindo, é só me dizer o que o senhor deseja, que terei prazer em lhe dar.

— Assim sendo, senhora – disse o Rei Arthur – gostaria de ter aquele colar que usa no pescoço, pois, me parece que se eu o tiver amarrado em meu braço, terei muito mais força.

— Com certeza, Cavaleiro – respondeu a dama –, o seu desejo será certamente atendido – Em seguida, ela tirou de seu pescoço longo e liso o colar de pérolas que usava e deixou-o cair onde estava o Rei Arthur.

E o Rei Arthur pegou o colar e amarrou-o no braço e sentiu-se muito agradecido por isso. Em seguida, ele saudou Lady Guinevere com a elegância de um cavaleiro, e ela o saudou, e então, imediatamente, ele saiu daquele lugar, exultante de alegria por Lady Guinevere ter lhe concedido o colar.

Naquele momento, já circulava a notícia em Cameliard de que um cavaleiro deveria sair para lutar contra o Duque de Nortúmbria. Portanto, uma enorme multidão se aglomerou nas muralhas, e o Rei Leodegrance, Lady Guinevere e toda a corte chegaram próximos das muralhas do castelo que dava para a campina onde o Duque de Nortúmbria montava guarda. Ali havia tanta gente reunida que qualquer cavaleiro se sentiria encorajado a dar o melhor de si diante de uma multidão como aquela que observava o campo.

Então, de repente, os portões do castelo se abriram, a ponte levadiça foi abaixada, e o Campeão Branco cavalgou para realizar o duelo que ele havia aceitado. E, ao cruzar aquela ponte estreita, os cascos de seu cavalo de guerra batiam nas tábuas com um ruído semelhante ao de um trovão, e quando ele saiu para a luz do sol, vejam só!, sua armadura reluziu como um raio, e quando o povo o viu começou a gritar.

Quando o Duque de Nortúmbria avistou o cavaleiro todo vestido de branco, cavalgou diretamente até ele e fez uma saudação:

— Meu senhor – disse ele –, vejo que não tem brasão no elmo, nem emblema no escudo, portanto não sei quem é. No entanto, acredito que seja um cavaleiro de boa linhagem e de coragem comprovada, ou então não teria vindo até aqui.

— Com certeza, senhor cavaleiro – disse o Rei Arthur –, tenho uma linhagem igual à sua. E quanto à minha coragem, acredito que já foi aprovada em tantos confrontos assim como a sua.

— Nobre cavaleiro – disse o Duque de Nortúmbria – o senhor fala com grande altivez de espírito. No entanto, pode começar a fazer as orações que puder, pois agora o derrubarei da cela, de tal modo que nunca mais se levantará, pois já derrotei homens melhores do que o senhor jamais espera ser.

A isto o Rei Arthur respondeu com grande calma dizendo: – Isso será de acordo com a vontade de Deus, cavaleiro, e não conforme o seu desejo.

Cada cavaleiro saudou o outro e cavalgou até sua posição, e lá cada um empunhou sua lança e seu escudo, preparando-se para o combate. Então, um silêncio tão grande caiu sobre todos, que cada um poderia ouvir o próprio coração batendo. Por um curto espaço de tempo, cada cavaleiro ficou imóvel, como se fosse uma estátua de ferro. De repente, cada um deles deu um grito para seu cavalo, lançando as esporas em seu flanco e avançou contra seu rival. E assim eles se encontraram no meio do caminho, com um estrondo semelhante a um trovão bem forte. E, vejam só!, a lança do duque de Nortúmbria estilhaçou-se até o cabo, mas a lança do Rei Arthur não se quebrou, se manteve firme, de modo que o duque foi lançado para fora da sela girando no ar, como se estivesse em um moinho de vento e caindo a terra de tal forma que o chão abaixo dele estremeceu. E, de fato, ele rolou mais três vezes antes de parar.

Então, todas as pessoas que estavam lá em cima nas muralhas gritaram com tanta força e vigor, que o barulho foi surpreendente, pois realmente não esperavam que seu campeão fosse tão forte e habilidoso.

Enquanto isso, as da corte do rei Ryence correram imediatamente para o duque de Nortúmbria, que estava deitado no chão, e soltaram seu capacete para que ele pudesse respirar. Primeiro, eles pensaram que ele estava morto, e depois acharam que estava prestes a morrer; pois, vejam só!, ele ficou deitado sem nenhum sinal de vida nem movimento. Ele só se recuperou daquele desmaio depois de duas horas ou mais.

Enquanto os assistentes estavam ocupados com o Duque Mordaunt da Nortúmbria, o Rei Arthur estava sentado em seu cavalo, muito quieto, observando tudo o que eles faziam. Então, percebendo que seu inimigo não estava morto, ele virou-se e partiu.

Não voltou a Cameliard naquele momento, pois considerou que

ainda não tinha acabado totalmente com esses inimigos para a paz de seu reino, portanto, ele ainda não estava pensando em devolver o cavalo e a armadura ao comerciante, mas em mantê-los por um tempo para outra ocasião.

Então ele se lembrou de que, quando estava chegando a Cameliard, havia passado por um trecho da floresta onde alguns lenhadores estavam derrubando árvores. E pensou que deveria ir até lá e deixar seu cavalo e armadura aos cuidados daqueles homens simples até que ele precisasse daquelas coisas novamente. Ele partiu para o campo, deixando para trás a cidade, o castelo e todo o barulho de gritos e algazarra; nem sequer uma vez virou a cabeça para olhar para trás em direção ao lugar onde havia derrubado seu inimigo com tanta violência.

* * *

Agora vocês ouvirão algumas aventuras agradáveis e alegres que ele viveu antes de alcançar todos os seus objetivos. Pois quando um homem é um rei entre os homens, como o foi o Rei Arthur, então ele tem um temperamento tão calmo e constante, que nem a vitória nem a derrota podem fazer com que ele fique demasiadamente cheio de si ou tão perturbado a ponto de entrar em total desespero. Portanto, se quiserem ser como o Rei Arthur, devem encarar todos os triunfos como ele encarou essa vitória, pois assim não se desviarão de seus objetivos devido a grandes aplausos que muitos podem lhes dar, mas primeiro terminarão o trabalho que se propuseram a realizar, antes de sentar-se e usufruir dos frutos de sua vitória.

Sim, aquele que é um verdadeiro rei entre os homens não dirá a si mesmo: "Vejam como sou digno de ser coroado com louros", ao contrário, ele dirá a si mesmo: "O que mais posso fazer para que o mundo seja um lugar melhor graças aos meus esforços?"

CAPÍTULO 🜲 TERCEIRO

Como o Rei Arthur encontrou quatro
cavaleiros e o que aconteceu depois

O dia estava extraordinariamente doce e agradável, para alguém com uma estrutura tão vigorosa e um coração tão leve quanto o bom Rei Arthur. As nuvens claras flutuavam suavemente pelo céu azul em volumes prodigiosos de vapor e o vento soprava pela grama alta das terras dos prados e pelos campos de trigo crescido, de modo que uma multidão de ondas viajava pelas colinas e vales como se fosse um mar verde. E, de repente, toda a terra escurecia com largas sombras daquelas nuvens, e, em seguida, tudo voltava com um maravilhoso esplendor da luz solar. Os passarinhos piavam alegremente nas sebes e nos matagais frondosos com toda a força de suas minúsculas gargantas e o galo cantava, forte e vigoroso, no galinheiro da fazenda, e tudo estava tão alegre e formoso, que o jovem rei, com a viseira de seu capacete levantada para receber o frescor da brisa suave, às vezes cantava uma melodia alegre durante o caminho. Assim viajava o Rei Arthur naquela temporada de verão alegre e doce, quando a terra era jovem e os tempos eram outros.

Vocês devem se lembrar de que, quando o Rei Arthur veio de Carleon para o castelo de Tintagalon, ele trouxe consigo quatro jovens cavaleiros para lhe fazerem companhia. E os cavaleiros acima mencionados eram os seguintes: Sir Gawaine, o filho do rei Lot e da Rainha Margaise, Sir Ewaine, o filho do rei Uriens e da rainha Morgana la Fay (e esses dois eram meio-sobrinhos de sangue do Rei), Sir Pellias e Sir Geraint, filho de Erbin. Estes eram os quatro nobres jovens cavaleiros que tinham vindo com o Rei Arthur de Camelot para Tintagalon.

Aconteceu que, enquanto o Rei Arthur cavalgava alegremente no verão, conforme mencionado acima, ele chegou a uma parte da estrada onde viu diante de si uma torre alta e bonita que se erguia sobre uma colina verde bem ao lado da estrada. E, vejam só!, ali estavam, na sacada daquela torre, três belas donzelas, todas vestidas de tafetá verde. E, na estrada principal, em frente ao castelo havia um cavaleiro vestido com uma bela armadura. O cavaleiro estava montado em um lindo cavalo e em suas mãos segurava um alaúde que estava tocando e cantava com uma voz de extraordinária doçura. Enquanto ele cantava, aquelas três damas em tafetá verde ouviam-no com grande alegria. E sempre que aquele cavaleiro parava de cantar, aquelas três damas batiam palmas juntas com grande aclamação e pediam que ele cantasse novamente, o que ele fazia de imediato.

O Rei Arthur assistia a tudo com muita alegria, porque ele achava que aquela era uma cena muito agradável.

Ao aproximar-se, ele viu que o cavaleiro montado no cavalo, tocando o alaúde e cantando, era ninguém menos que Sir Geraint, filho de Erbin. Pois aquele cavaleiro usava em seu brasão a figura de um dragão, e o brasão em seu escudo eram dois dragões rampantes, um de frente para o outro, sobre um campo azul-celeste, e o Rei Arthur sabia que aquele era o brasão e o emblema de Sir Geraint. Quando o rei percebeu quem era o cavaleiro que estava sentado ali cantando, ele riu para si mesmo e imediatamente fechou sua viseira e preparou-se para o embate que poderia, por acaso, acontecer. Então ele se aproximou de onde o cavaleiro cantava e as senhoras ouviam.

Quando Sir Geraint percebeu que o Rei Arthur se aproximava, parou de cantar e pendurou o alaúde atrás de si, por cima do ombro. Então, lançando seu olhar para as três belas damas acima dele, disse ele: – Senhoras, vos agradeço por ouvir o canto que tenho ensaiado em sua honra. Agora, da mesma forma, em sua honra, realizarei um ato de destreza cavaleiresca, que, espero, trará grande glória. Pois, se me fizerem a gentileza de dar seu encorajamento que sua imensa beleza pode facilmente me oferecer, verão, não tenho dúvidas, que derrubarei aquele cavaleiro completamente, e isso para sua fama e renome.

— Senhor cavaleiro – disse a dama que falava em nome de todas – o senhor verdadeiramente tem um porte nobre e é extremamente gentil, portanto, desejamos-lhe grande sucesso neste combate e acreditamos que terá sucesso naquilo que pretende fazer.

Diante disso, Sir Geraint agradeceu muito àquelas três donzelas por suas palavras e, em seguida, fechou a viseira de seu capacete. Assim, empunhou sua lança e escudo, saudou as três damas com grande humildade e saiu ao encontro do Rei Arthur, que agora estava sentado a uma pequena distância, aguardando muito quieto e sóbrio.

Bem, Sir Geraint não reconheceu o Rei Arthur porque ele não tinha nenhum brasão em seu elmo e nenhum emblema em seu escudo, portanto, ao saudá-lo, disse-lhe da seguinte forma: – Ora! Cavaleiro, não posso saber quem é, uma vez que não está carregando nenhum brasão nem emblema. No entanto, estou disposto a lhe dar a honra de combater comigo em nome daquelas três donzelas que estão ali naquela varanda. Pois afirmo que aquelas donzelas são mais belas do que sua senhora, seja ela quem for, e estou pronto a prová-lo com minha honra de cavaleiro.

— Senhor cavaleiro – disse o Rei Arthur – terei prazer em realizar o combate em honra da minha senhora, pois devo lhe dizer que ela é uma princesa, e é considerada por muitos como a mais bela dama em todo o mundo. Porém, só lutarei com uma condição. Essa condição é a de que aquele que for derrotado seja servo do outro por sete dias, e nesse tempo fará tudo o que for exigido dele.

— Aceito o seu desafio, senhor cavaleiro desconhecido. – disse Sir Geraint –E quando eu o derrotar, lhe entregarei àquelas belas damas ali para que as sirva por sete dias. E posso lhe dizer que há muitos cavaleiros que certamente considerariam essa uma tarefa agradável e honrosa.

— E se eu tiver a chance de vencer – disse o Rei Arthur – enviarei o nobre cavaleiro para servir a minha senhora pelo mesmo período, e isso será uma tarefa ainda mais agradável e mais honrosa do que aquela que tem em mente para mim.

Em seguida, um cavaleiro saudou o outro e cada um tomou uma posição embaixo da sacada onde estavam as três belas donzelas. Cada um deles empunhou sua lança e seu escudo e, preparando-se para o confronto, cada um ficou imóvel por alguns momentos antes do embate. Então cada um deu seu grito de guerra para seu cavalo, batendo com a espora na lateral do animal e lançando-se com incrível velocidade para o ataque. Eles se encontraram bem no meio do caminho com tanta força, que o estrondo foi terrível de ouvir. Um cavaleiro feriu o outro bem no centro de suas defesas. E, vejam só!, a lança de Sir Geraint se partiu em pequenos pedaços, até o início do cabo, mas a lança do Rei Arthur resistiu, e Sir Geraint foi jogado para trás com tanta violência, que ele e seu cavalo foram lançados em terra com um estrondo semelhante a um trovão monstruoso.

E quando Sir Geraint recuperou o equilíbrio, ficou, por algum tempo, tão surpreso que não sabia onde estava, pois nunca havia sido derrubado dessa maneira em toda a sua vida. Voltando rapidamente a si, sacou sua espada e chamou o Rei Arthur com extrema veemência para que descesse da sela e lutasse com ele.

— Não, de modo algum, cavaleiro – disse o Rei Arthur –, não terei de lutar dessa maneira. Além disso, não esqueça que prometeu entregar-se como meu servo por sete dias, pois, não há dúvida que venci inteiramente este embate, e agora deverá cumprir o prometido.

Então Sir Geraint não soube o que dizer, pois estava totalmente envergonhado com sua derrota. No entanto, percebeu que precisava manter sua palavra de cavaleiro cumprindo o que havia prometido, e então embainhou sua espada novamente, embora com muito desgosto. – Senhor Cavaleiro – disse ele – reconheço que fui vencido neste embate, pelo que me rendo agora às tuas ordens, de acordo com a minha palavra empenhada.

— Bem, a minha ordem é que você vá imediatamente até Lady

Guinevere em Cameliard, e que lhe diga que foi derrubado por aquele cavaleiro a quem ela deu seu colar como um símbolo. Além disso, desejo que a obedeça em tudo o que ela ordenar que faça, e isso pelo espaço de sete dias.

— Senhor cavaleiro – respondeu Sir Geraint –, farei tudo de acordo com suas ordens.

Então ele montou em seu cavalo e seguiu seu caminho. O Rei Arthur também seguiu seu caminho em seu cavalo e aquelas três senhoras que estavam na sacada do castelo ficaram extremamente contentes por terem assistido a um embate tão nobre quanto aquele.

Muito bem, depois de viajar umas duas ou três léguas, o Rei Arthur chegou a um lugar que parecia um pântano, onde havia muitas valas com água, e onde as garças e galinhas d'água procuravam abrigo no junco. E ali, em diversos pontos, havia vários moinhos de vento, com suas pás girando lentamente à luz do sol ao sabor do vento que soprava nas planícies de charcos. Nesse lugar havia uma passagem longa e reta, com duas longas fileiras de salgueiros, uma de cada lado. Ao se aproximar da passagem, o Rei Arthur percebeu dois cavaleiros montados em seus cavalos à sombra de um grande moinho de vento que ficava de um lado da estrada. E uma grande sombra feita pelas pás movia-se de vez em quando na estrada enquanto a roda do moinho girava lentamente na direção do vento. E por toda parte ao redor do moinho havia grandes quantidades de andorinhas que voavam de um lado para o outro como abelhas ao redor de uma colmeia no meio do verão. O Rei Arthur viu que aqueles dois cavaleiros, sentados à sombra do moinho, comiam um grande pedaço de pão de centeio, recém-assado e crocante; também estavam comendo um queijo branco fresco, que o moleiro, todo coberto com o pó da farinha, estava lhes servindo. Mas quando esses dois cavaleiros perceberam o Rei Arthur, imediatamente pararam de comer aquele pão e o queijo, e fecharam seus capacetes. Quanto ao moleiro, quando os viu se preparando assim, voltou rapidamente para o moinho e fechou a porta; em seguida foi espiar por uma janela que ficava acima de onde os cavaleiros estavam.

Mas o Rei Arthur ficou muito feliz quando percebeu que aqueles dois cavaleiros eram Sir Gawaine e Sir Ewaine. Ele sabia que um deles era Sir Gawaine, porque o emblema em seu capacete era um leopardo rampante, e em seu escudo era um leopardo rampante sobreposto em um campo vermelho; também sabia que o outro era Sir Ewaine, porque trazia em seu capacete um unicórnio, e o emblema em seu escudo era o de uma dama empunhando uma espada em um campo dourado. Assim, enquanto ainda estava a alguma distância, o Rei Arthur fechou seu capacete para que os dois jovens cavaleiros não o reconhecessem.

Então, quando chegou perto dos dois cavaleiros, Sir Gawaine cavalgou um pouco mais adiante para encontrá-lo e disse: – Senhor cavaleiro, deve saber que este é um terreno bem perigoso, pois não há nenhum atalho através do pântano, e o senhor não pode avançar se não travar um embate comigo.

— Senhor cavaleiro – respondeu o Rei Arthur –, não vejo nenhum problema em travar uma disputa. No entanto, só o farei com uma condição, que é a seguinte: aquele que for derrubado servirá ao outro inteiramente pelo espaço de sete dias inteiros.

— Aceito seu desafio, cavaleiro – disse Sir Gawaine, pois ele pensou consigo mesmo: "Com certeza, um cavaleiro tão extremamente forte e habilidoso como eu facilmente conseguirá derrubar esse cavaleiro desconhecido".

Assim, cada cavaleiro imediatamente assumiu sua posição, empunhou sua lança e escudo, e depois de estarem totalmente preparados e ter descansado por algum tempo, cada um gritou repentinamente para seu cavalo, batendo com a espora na lateral de seu animal, e então correram para o confronto. Cada cavaleiro feriu o outro no meio de sua defesa, e imaginem só! A lança de Sir Gawaine ficou em pedaços, mas a lança do Rei Arthur resistiu. De modo que Sir Gawaine foi levantado inteiramente da sela e da garupa de seu cavalo. De fato, ele caiu com toda a força na poeira do chão. Ele não conseguiu levantar-se imediatamente após a queda, e ficou bastante tonto por um tempo. Quando se levantou, percebeu que o cavaleiro branco que o havia derrubado estava montado em seu cavalo perto dele.

Então o Rei Arthur disse: – Senhor cavaleiro, eu o derrubei completamente, e agora o senhor deve me servir para cumprir sua palavra de cavaleiro.

Então Sir Ewaine, que estava sentado perto de seu cavalo, disse: – Nada disso, cavaleiro. Isso não acontecerá até que tenha lutado comigo. Pois eu exijo que imediatamente lute comigo. E se eu lhe derrubar, exigirei que liberte meu primo da servidão a que ele se comprometeu. Mas, se o senhor me derrotar, então eu me comprometo a lhe servir por sete dias do mesmo modo que meu primo.

— Senhor cavaleiro – disse o Rei Arthur –, aceito seu desafio com toda a prontidão!

Assim, cada cavaleiro ocupou seu lugar e preparou-se para o confronto. Então gritaram e avançaram um sobre o outro como dois carneiros brigando na encosta. E a lança de Sir Ewaine também se despedaçou. Mas a lança do Rei Arthur resistiu, de modo que as cintas da sela de Sir Ewaine se romperam, e tanto a sela quanto o cavaleiro foram arremessados do dorso do cavalo com tanta violência, que a queda de uma torre não poderia ter feito tamanho estrondo do que Sir Ewaine ao cair no chão.

Então Sir Ewaine levantou-se e olhou ao redor, totalmente surpreso. Em seguida, o Rei Arthur veio até ele e disse assim: – Ora, cavaleiro, parece que você foi vencido de maneira justa hoje. E então, de acordo com suas promessas, tanto você quanto aquele outro cavaleiro devem cumprir todas as minhas ordens pelo espaço de sete dias inteiros. Bem, a minha ordem é que vocês devem ir imediatamente até Lady Guinevere em Cameliard e fazer a saudação de cavaleiro. Vocês dirão a ela que o cavaleiro a quem ela deu o colar os enviou para obedecerem a suas ordens, e digam também que são filhos de Reis. Façam tudo o que ela ordenar, nos mínimos detalhes, nos próximos sete dias.

— Senhor cavaleiro – disse Sir Gawaine –, faremos de acordo com as suas ordens, uma vez que assumimos o compromisso. Mas quando esses sete dias se passarem, prometo que o procurarei e realizaremos outro combate até o fim. Pois, embora qualquer cavaleiro possa ser derrubado do cavalo, como aconteceu comigo, acredito que poderia ter obtido sucesso se tivesse lutado até o fim das minhas forças.

— Senhor cavaleiro – disse o Rei Arthur – será como o senhor deseja. No entanto, eu realmente acredito que quando esses sete dias se passarem, o senhor não terá um desejo tão grande de lutar comigo como tem agora.

Tendo dito isso, o Rei Arthur saudou aqueles dois cavaleiros, e eles também o saudaram. Então, ele deu meia volta em seu cavalo e seguiu seu caminho. E sempre que ele lembrava em como aqueles dois bons cavaleiros haviam acreditado em sua história, e quando pensava em como eles ficaram surpresos e envergonhados com a derrota, ele ria alto de pura alegria e dizia a si mesmo que nunca em sua vida tinha tido uma aventura tão alegre como esta.

Depois que Sir Ewaine consertou as cintas de sua sela, ele e Sir Gawaine montaram em seus cavalos e dirigiram-se a Cameliard bastante desanimados.

Então o moleiro saiu do moinho mais uma vez, muito feliz por ter assistido aquele espetáculo incrível de luta de um lugar tão seguro.

E então o Rei Arthur seguiu cavalgando muito satisfeito até o cair da tarde, e nessa altura ele tinha chegado perto daquela parte da floresta que tinha em mente como o lugar apropriado para deixar seu cavalo e sua armadura.

Ao se aproximar dessa parte da floresta, ele percebeu à sua frente, na beira da estrada, um carvalho retorcido e atrofiado. E ele percebeu que sobre o carvalho havia um escudo pendurado, e embaixo do escudo estavam escritas essas palavras em letras grandes:

> Aquele que golpear este escudo
> Estará colocando o próprio corpo em perigo.

Então o Rei Arthur encheu-se de ímpeto e, erguendo sua lança, golpeou aquele escudo com tanta força, que ressoou como um trovão.

Em seguida, ele ouviu uma voz saindo da floresta e gritando:

— Quem ousa golpear meu escudo! – E imediatamente saiu dali um cavaleiro de grande porte, montado em um cavalo branco, como aquele em que o próprio Rei Arthur cavalgava. E as armaduras do cavalo e do cavaleiro eram todas brancas como as do Rei Arthur e seu cavalo. E o cavaleiro trazia em seu capacete um cisne com asas estendidas, e em seu escudo ele carregava o brasão de três cisnes em um campo de prata. Por causa do brasão e do escudo, o Rei Arthur sabia que esse cavaleiro era Sir Pellias, que viera com ele de Camelot para Tintagalon.

Assim, quando Sir Pellias se aproximou de onde o Rei Arthur o esperava, puxou as rédeas e o advertiu com grande seriedade: – Ora! Ora! Senhor cavaleiro, por que se atreveu a golpear meu escudo? Na verdade, esse golpe lhe trará grande perigo e tristeza. Agora, prepare-se para defender-se imediatamente do que você fez.

— Espere! Espere! Senhor cavaleiro – disse o Rei Arthur –, será como deseja, eu lutarei com o senhor. No entanto, não entrarei nessa aventura até que o senhor concorde que o cavaleiro vencido no confronto deve servir o outro do modo que o outro desejar, pelo espaço de uma semana a partir deste momento.

— Senhor cavaleiro – respondeu Sir Pellias – aceito esse risco, e, para tanto, peço-lhe que se prepare agora para o confronto.

Em seguida, cada cavaleiro assumiu sua posição e empunhou sua lança e seu escudo. Assim que estavam preparados, imediatamente se lançaram um contra o outro com uma violência de duas pedras atiradas de uma catapulta. Assim, quando se encontraram no meio do percurso, novamente o Rei Arthur foi totalmente bem-sucedido naquele ataque que fez. A lança de Sir Pellias se despedaçou, e a do Rei Arthur resistiu, e Sir Pellias foi lançado com violência de sua sela por uma distância maior do que o meia lança atrás da garupa de seu cavalo. Levou um bom tempo para ele se recuperar totalmente daquela queda, de modo que o Rei Arthur teve de esperar ao lado dele por um tempo considerável antes que ele fosse capaz de se levantar do chão.

— Ora! Cavaleiro! – disse o Rei Arthur – Certamente esse dia não foi muito bom para o senhor, porque foi totalmente derrotado, e agora precisa cumprir sua promessa de me servir durante sete dias seguidos. Portanto, minha ordem é que siga direto para Cameliard e, chegando lá, faça a saudação de cavaleiro a Lady Guinevere dizendo-lhe que o cavaleiro a quem ela deu seu colar foi o vencedor do confronto que teve com o senhor. Da mesma forma, determino que o senhor deve obedecê-la pelo espaço de sete dias, em tudo o que ela ordenar.

— Senhor cavaleiro – disse Sir Pellias –, farei exatamente como ordenou. Mesmo assim, gostaria de saber quem você é, pois declaro que nunca, em toda a minha vida, fui derrubado dessa forma. E, de fato, acho que há bem poucos homens no mundo que poderiam enfrentar um confronto comigo com o senhor o fez.

— Senhor cavaleiro – disse o Rei Arthur –, um dia desses o senhor saberá quem eu sou. Mas, por enquanto, preciso manter segredo absoluto.

Depois disso, ele despediu-se de Sir Pellias, deu meia-volta, entrou na floresta e partiu.

Sir Pellias montou em seu cavalo e partiu em direção a Cameliard, muito abatido e incomodado, mas intrigado com quem poderia ser aquele cavaleiro que o enfrentou daquela maneira.

Então, naquele dia, chegaram a Cameliard, primeiro Sir Geraint e depois Sir Gawaine e Sir Ewaine e, por último, veio Sir Pellias. E quando esses quatro se encontraram ficaram tão envergonhados que não tinham coragem de olhar um no rosto do outro. Quando eles se apresentaram a Lady Guinevere e revelaram sua condição a ela, contando como aquele cavaleiro que usava seu colar havia derrubado todos eles e os havia enviado para Cameliard para servi-la por uma semana, e quando ela percebeu que aqueles quatro cavaleiros em valorosos e grandiosos em seus feitos de cavalaria, ela sentiu-se extremamente lisonjeada que seu cavaleiro tivesse provado ser tão grandioso através daqueles combates que havia realizado. Porém, ficou intrigada e debatendo consigo mesma porque queria muito saber quem aquele campeão poderia ser. Pois era algo totalmente inédito que um único cavaleiro, em um dia, e com uma única lança, tivesse derrubado cinco cavaleiros tão valorosos e famosos como o Duque Mordaunt de Nortúmbria, Sir Geraint, Sir Gawaine, Sir Ewaine e Sir Pellias. Então, ela ficou muito alegre por ter entregado seu colar como presente a um cavaleiro tão digno, e sentiu um prazer extraordinário ao pensar na honra que ele havia concedido a ela.

* * *

Muito bem, depois que o Rei Arthur entrou na floresta, ele foi até onde aqueles cortadores de lenha, dos quais falamos anteriormente, estavam trabalhando. Ele ficou com eles naquela noite, e quando a manhã seguinte chegou, confiou-lhes seu cavalo e armadura, encarregando-os de guardá-los com todo o cuidado, e dizendo que seriam maravilhosamente recompensados por isso. Então ele partiu daquele lugar com a intenção de retornar a Cameliard. Estava vestido com aquele gibão de lã que usava desde que deixou Tintagalon.

E quando ele chegou aos limites da floresta, colocou seu gorro de disfarce sobre a cabeça e assim retomou sua aparência de camponês mais uma vez. Desse modo, com sua posição real totalmente oculta, voltou a Cameliard para ser o ajudante do jardineiro como tinha sido antes.

CAPÍTULO ♛ QUARTO

Como os quatro cavaleiros serviram a Lady Guinevere

Assim que o Rei Arthur voltou a Cameliard mais uma vez (o que aconteceu na tarde do segundo dia), ele encontrou o jardineiro esperando por ele, completamente enfurecido. E o jardineiro tinha uma longa vara de madeira que trouxera para puni-lo, quando ele voltasse ao jardim novamente. Então, quando ele viu o Rei Arthur, ele disse: – Seu patife! Por que abandonou seu trabalho para vadiar por aí?

O Rei Arthur riu e respondeu: – Não toque em mim – Com isso, o jardineiro ficou ainda mais furioso e agarrou o Rei pela gola do gibão com a intenção de espancá-lo, dizendo: – Você está zombando de mim, seu patife? Agora vou espancá-lo pela ofensa que cometeu.

Mas, quando o Rei Arthur sentiu a mão daquele homem sobre ele, e ouviu as palavras que o jardineiro dizia em sua ira, seu espírito de rei despertou e ele disse em voz alta: – Ora, seu miserável! Como você ousa colocar as mãos assim em minha sagrada pessoa? – E assim dizendo, ele agarrou o jardineiro pelos pulsos, tomou a vara dele e o atingiu com ela nas costas. E quando aquele pobre coitado se viu nas mãos poderosas do rei zangado, e sentiu a vara em suas costas, imediatamente começou a gritar, embora o golpe não o tenha ferido nem um pouco.

— Agora vá embora! – disse o Rei Arthur – e não me perturbe mais; do contrário, não vai gostar nem um pouco do que vou fazer com você.

Com isso ele soltou aquele pobre homem e o deixou ir. O jardineiro ficou tão assustado, que tudo girava ao seu redor, pois ele ficou completamente tonto com o olhar do Rei Arthur sobre ele, como se fossem faíscas saindo de um raio; e aquelas duas mãos segurando seus pulsos com um poder maravilhoso o deixaram tão apavorado que assim que o rei o soltou, ele saiu correndo o mais rápido possível, tremendo e suando de grande medo.

Então ele foi direto para Lady Guinevere e queixou-se da maneira como fora tratado por seu ajudante.

— Senhora – disse ele, chorando ao lembrar o que aconteceu – meu ajudante desapareceu por um ou mais dias, não sei para onde e quando eu quis puni-lo por abandonar o trabalho, ele imediatamente tirou a vara de mim e me bateu com ela. Portanto, gostaria de pedir que ele fosse tratado de acordo e que vários homens fortes o expulsassem daqui com varas.

Então Lady Guinevere riu e disse: – Esqueça o que aconteceu! E não se importe mais com ele, pois, de fato, ele parece ser um sujeito muito atrevido. Não se preocupe com suas idas e vindas, porque eu mesma cuidarei do caso da maneira que for mais apropriada.

Diante disso, o jardineiro foi embora, espantado com o fato de Lady Guinevere ser tão branda ao lidar com aquele patife. E Lady Guinevere seguiu seu caminho, muito alegre, pois ela começou a pensar que havia um motivo muito justo para explicar tudo aquilo, pois quando surgia o Campeão Branco com seus feitos incríveis, desaparecia o ajudante do jardineiro; e, quando esse mesmo campeão ia embora, o ajudante do jardineiro retornava. Por isso ela começou a suspeitar de várias coisas e ficou muito feliz e animada.

Naquela tarde, Lady Guinevere teve a chance de caminhar no jardim com suas donzelas, e com ela caminhavam aqueles quatro nobres cavaleiros que foram enviados para lá por seu Campeão Branco, a saber, Sir Gawaine, Sir Ewaine, Sir Geraint e Sir Pellias. E o ajudante do jardineiro estava cavando nos jardins e, ao passarem por onde ele estava, Lady Guinevere riu alto e exclamou:

— Vejam só! Cavaleiros e damas! Lá está um sujeito muito atrevido para ser ajudante de jardineiro, pois ele continuamente usa seu gorro, mesmo quando está na presença de nobres e damas.

Então Sir Gawaine respondeu em seguida: – Isso é verdade? Irei imediatamente até aquele patife e tirarei seu gorro, e farei isso de uma forma tão marcante que ele jamais a ofenderá novamente usando o gorro em sua presença.

Lady Guinevere achou isso engraçado e respondeu: – Deixe estar, Sir Gawaine! Seria desagradável alguém tão gentil como o senhor ter de lidar com aquele sujeito atrevido. Além disso, ele nos garantiu que tem uma deformidade na cabeça, portanto, deixe-o usar seu gorro pela Misericórdia Divina.

Assim, Lady Guinevere, embora suspeitasse de muitas coisas, ainda ficou satisfeita em zombar daquele de quem ela suspeitava.

Naquele mesmo dia, o duque Mordaunt de Nortúmbria havia se recuperado inteiramente das feridas que sofrera ao ser derrubado pelas mãos do Campeão Branco. Assim, na manhã seguinte, ele apareceu novamente diante do castelo, como havia feito antes, vestido com a armadura completa. Porém, desta vez, dois arautos cavalgavam à sua frente, e quando o duque e os dois arautos chegaram às planícies que ficavam logo em frente ao castelo de Cameliard, os arautos tocaram suas trombetas bem alto. Ao som das trombetas, muitas pessoas vieram e se reuniram nas muralhas, e o rei Leodegrance veio e se posicionou em uma torre menor, que dava para a planície onde estavam o duque de Nortúmbria e os dois arautos. Então o duque de Nortúmbria ergueu os olhos, avistou o rei Leodegrance no topo da torre e gritou em alta voz:

— Ora! Rei Leodegrance! Não pense que está livre de mim só porque sofri uma queda do meu cavalo durante o combate armado. Apesar disso, vim fazer-lhe uma oferta justa. Amanhã estarei em frente ao seu castelo com seis cavaleiros companheiros meus. Agora, se o senhor tiver sete cavaleiros que são capazes de lutar contra mim e meus companheiros em um combate com armas, seja com lanças ou espadas, a cavalo ou a pé, então desisto de pedir a mão de Lady Guinevere em casamento. Mas se o senhor não pode fornecer tais campeões para lutar com sucesso contra mim e meus companheiros, então eu não apenas terei o direito de casar-me com Lady Guinevere, mas também tomarei a posse de três dos seus castelos que permanecem nas fronteiras de Nortúmbria. E, da mesma forma, tomarei como minhas todas as terras de cultivo pertencentes a esses mesmos castelos. Além disso, esse meu desafio será válido apenas até amanhã ao pôr do sol, depois disso será considerado nulo e sem efeito. Portanto, rei Leodegrance, é melhor o senhor cuidar disso imediatamente, para conseguir os campeões que poderão defendê-lo dessas exigências já mencionadas.

Em seguida, aqueles dois arautos tocaram as trombetas mais uma vez, e o duque Mordaunt de Nortúmbria deu meia-volta com seu cavalo e afastou-se dali. O rei Leodegrance também se retirou, muito triste e abatido, pois ele disse a si mesmo: – Será que outro campeão virá até mim como aquele maravilhoso Campeão Branco que veio há dois dias, não sei de onde, para me defender contra meus inimigos? E, falando nesse mesmo Campeão Branco, se eu não sei de onde ele veio, também não sei para onde ele partiu, como então saberei onde procurá-lo para implorar sua ajuda nesta hora de dificuldade? – Então, ele seguiu seu caminho, muito triste, e não sabia o que fazer para se defender. Como estava extremamente perturbado, ele foi direto para seu quarto e ali se fechou; não queria ver nem falar com ninguém e entregou-se inteiramente à tristeza e ao desespero.

Nessa hora, Lady Guinevere pensou nos quatro cavaleiros que haviam prometido servi-la por sete dias. Então ela foi até eles e disse: – Senhores, foram enviados aqui com a promessa de servir-me por sete dias. Agora imploro que aceitem este desafio do duque Mordaunt a meu pedido, e desejo muito que enfrentem amanhã o duque de Nortúmbria e seus companheiros de batalha, pois sei que são cavaleiros incrivelmente poderosos e acredito que podem nos defender facilmente de nossos inimigos.

Mas Sir Gawaine respondeu: – Não é possível, senhora, não é possível! Pois embora estejamos a seu serviço por sete dias, não temos o compromisso de servir ao rei Leodegrance, seu pai. Também não temos nada contra o duque de Nortúmbria, nem contra seus seis cavaleiros. Como somos cavaleiros do Rei Arthur e de sua corte, não podemos, exceto sob o comando de nosso rei, assumir qualquer disputa estrangeira a serviço de outro rei.

Então Lady Guinevere ficou extremamente zangada e disse com grande veemência: – Ou o senhor é extremamente fiel ao seu rei, Sir Gawaine, ou então está com medo de lutar com esse duque de Nortúmbria e seus cavaleiros.

E com essas palavras de Lady Guinevere, Sir Gawaine também ficou extremamente irado e respondeu: – Se a senhora fosse um cavaleiro e não uma dama, Lady Guinevere, pensaria três ou quatro vezes antes de ter a ousadia de falar assim comigo – Então ele levantou-se e saiu dali com o semblante cheio de ódio.

Em seguida, Lady Guinevere também saiu dali e foi para seus aposentos, onde chorou muito, tanto de tristeza quanto de raiva.

O Rei Arthur estava totalmente ciente de tudo o que se passava e, então, levantou-se de onde estava e saiu ao encontrou do jardineiro. E ele segurou o jardineiro fortemente pela gola de seu casaco e disse-lhe: – Muito bem! Vou lhe dar uma ordem e você fará tudo que puder para cumpri-la ao pé da letra, do contrário, se não a cumprires, você poderá ter grandes sofrimentos – Depois de dizer essas palavras, ele enfiou a mão no gibão e tirou de lá o colar de pérolas que Lady Guinevere lhe dera para pendurar no pescoço e continuou a dar ordens ao jardineiro: – Você tem de levar este colar para Lady Guinevere e dizer-lhe o seguinte: que ela deve enviar-me imediatamente pão, carne, vinho e doces de sua própria mesa. Diga que desejo que ela convoque aqueles quatro cavaleiros, Sir Gawaine, Sir Ewaine, Sir Geraint e Sir Pellias, e que ela ordene que os quatro venham me servir essas comidas. Também diga a ela que deve ordenar que aqueles cavaleiros obedeçam às minhas ordens, e que doravante serão meus servos e não dela. E essas são as ordens que deve levar até Lady Guinevere.

Quando o jardineiro ouviu essas palavras, ficou tão surpreso que não sabia o que pensar, pois achava que o ajudante tinha enlouquecido. Então ergueu a voz e disse: – Veja só! O que é que está me pedindo?! Na verdade, se eu fizer o que está mandando, isso vai custar a minha própria vida ou então vai custar a sua. Pois quem se atreveria a dizer essas palavras a Lady Guinevere?

Mas o Rei Arthur continuou: – No entanto, o senhor com certeza fará o que estou mandando, porque, se desobedecer em um único ponto, então eu lhe asseguro que isso lhe causará um mau tremendo. Pois tenho poder para lhe fazer sofrer como nunca sofreu antes.

E depois que o jardineiro ouviu tudo isso ele disse: – Eu irei – pois pensou consigo mesmo: – Se eu fizer o que esse sujeito me pede, então Lady Guinevere o punirá em grande medida, e me sentirei vingado por ele pelo que ele me fez ontem. Além disso, me irrita muito ter um rapaz para trabalhar no jardim que se comporta como esse sujeito. Portanto, eu irei.

Então ele pegou aquele colar de pérolas que o Rei Arthur lhe deu, saiu e, depois de um tempo, encontrou Lady Guinevere. E quando a encontrou, explicou a situação desta forma:

— Senhora, meu ajudante com certeza ficou completamente louco, pois, sob a ameaça de me causar grande dano, ele mandou que eu fizesse uma grave afronta à senhora. Ele me enviou com este colar de pérolas para lhe entregar e mandou dizer que a senhora deve enviar a ele pão, carne, doces e vinho, como os que tem em sua mesa. Ele também ordenou que essas comidas sejam servidas a ele pelos quatro nobres cavaleiros que vieram aqui anteontem. E ele ainda disse que a senhora deve ordenar a esses mesmos cavaleiros que obedeçam em tudo o que ele mandar, pois doravante serão servos dele e não seus.

Na realidade, senhora, ele não deu ouvidos a nada do que eu disse em contrário, e até me ameaçou com ferimentos terríveis se eu não viesse aqui para lhe entregar esta mensagem.

Quando Lady Guinevere ouviu a história do jardineiro e viu o colar que ela havia dado àquele Campeão Branco, ela percebeu que o Campeão Branco e o ajudante do jardineiro eram de fato a mesma pessoa e ficou tão animada e feliz que não sabia se devia rir ou chorar de tanta alegria. Então ela levantou-se, pegou o colar de pérolas e pediu ao jardineiro que fosse com ela. Ela saiu até encontrar aqueles quatro cavaleiros, e ao encontrá-los, disse o seguinte:

— Meus senhores, há pouco pedi que lutassem contra o duque Mordaunt de Nortúmbria em meu nome e me disseram que não o fariam. E o senhor, caro Sir Gawaine, me dirigiu palavras de ódio que não são apropriadas para serem usadas por um servo à sua senhora, muito menos de um cavaleiro dirigindo-se à filha de um rei. Por causa disso, decidi que lhes darei uma punição, e se vocês se recusarem a cumprir minha ordem, então saberei que não têm a intenção de manter a promessa que fizeram ao meu cavaleiro quando ele derrubou vocês quatro em um combate justo. Bem, minha ordem é a seguinte: vocês deverão levar os alimentos preparados para a minha mesa, ou seja, carnes, pão branco, doces e vinho, e entregá-las para o ajudante do meu jardineiro, cujo gorro, Sir Gawaine, o senhor ameaçou tão corajosamente tirar esta manhã. E vocês quatro devem servir a comida a ele como se ele fosse um cavaleiro real. E depois de o servirem, deverão obedecê-lo em tudo o que ele ordenar. Apliquei esse castigo como uma penalidade, porque vocês não assumiram a luta em meu nome como deveriam ter feito por serem verdadeiros cavaleiros, pois doravante vocês devem ser servos daquele ajudante de jardineiro e não meus. Agora vocês devem ir imediatamente à despensa do castelo e pedir que lhes tragam os alimentos como os que são servidos em minha mesa. E a comida deve ser servida em travessas de prata, e o vinho em taças de prata. E vocês devem servir o ajudante do jardineiro como se ele fosse um senhor de grande fama e renome.

Assim falou Lady Guinevere, e então virou-se e deixou aqueles quatro cavaleiros levando consigo o jardineiro, que estava muito surpreso com o que tinha ouvido, e não sabia se era ele ou Lady Guinevere que havia enlouquecido. Lady Guinevere pediu ao jardineiro que fosse até seu ajudante e lhe dissesse que todas as coisas foram cumpridas de acordo com as ordens dele. E então o jardineiro obedeceu.

Agora voltemos a falar daqueles quatro cavaleiros que Lady Guinevere tinha acabado de deixar. Eles ficaram espantados e constrangidos com as ordens que ela lhes tinha dado. Ao se recuperarem do espanto, ficaram extremamente indignados e tão nervosos que não sabiam se o que estavam vendo com seus olhos era a luz do dia ou se era escuridão total. Um não conseguia encarar o outro de tanta vergonha que sentiam pela afronta que lhes fora dirigida. Em seguida, Sir Gawaine levantou-se e falou com a voz tremida de tanta raiva que mal conseguia contê-la:

— Senhores, não veem como esta senhora arbitrariamente nos fez uma enorme afronta, só porque não aceitamos assumir o confronto com o Duque de Nortúmbria em nome dela? Agora temos que servir ao ajudante deste jardineiro como ela ordenou. Pois bem, o serviremos com comida e bebida e prestaremos nosso serviço a ele como ela nos ordenou que fizéssemos. Mas observem, não somos mais servos dela, mas somos servos dele; portanto, podemos servi-lo como quisermos. Assim, quando cumprirmos a ordem dela de servir comida e bebida a ele, e depois de obedecermos aos pedidos que ele nos fizer, então juro perante vocês que, com minhas próprias mãos, matarei o ajudante do jardineiro. E quando eu o matar, colocarei sua cabeça em uma sacola e a enviarei para Lady Guinevere pelo pior carregador que eu puder encontrar para tal propósito. E então esta senhora orgulhosa receberá uma afronta tão grande quanto a que nos fez.

E todos eles concordaram que tudo deveria ser feito exatamente como Sir Gawaine havia planejado.

Então aqueles quatro senhores foram até a despensa do castelo e pediram a melhor comida que seria servida a Lady Guinevere, carnes, pães, doces e vinho. Em seguida, eles pegaram pratos e travessas de prata e colocaram a comida sobre eles; e pegaram copos e taças de prata e colocaram vinho e, então, saíram carregando todas essas coisas. Quando voltaram do castelo, perto dos estábulos, encontraram o ajudante do jardineiro e pediram que ele se sentasse para comer e beber. Eles o serviram como se ele fosse um nobre importante. Nenhum dos quatro cavaleiros sabia quem ele era de fato, nem desconfiaram que ele era o grande Rei a quem eles serviam, pois ele usava seu gorro como disfarce, então eles achavam que ele era apenas um pobre camponês.

Agora, quando Sir Ewaine viu que ele ainda usava o gorro perante eles, ficou muito indignado e disse a ele: – Ora, seu plebeu! Você vai continuar a usar esse gorro mesmo na presença de grandes príncipes e senhores como nós?

E Sir Gawaine acrescentou: – Deixe estar, não tem importância – e então ele disse muito amargamente ao ajudante do jardineiro: – Coma bem, rapaz! Pois dificilmente comerá outra refeição como esta nesta terra.

A isso o ajudante do jardineiro respondeu: – Senhor cavaleiro, isso não cabe ao senhor determinar, somente a Deus. Pois talvez eu ainda coma muitas outras refeições além desta. E, talvez, o senhor me servirá como está servindo agora.

Os quatro cavaleiros ficaram espantados pelo modo tão calmo e sem medo como o ajudante se dirigiu a eles.

Então, depois de ter comido, o ajudante do jardineiro disse àqueles cavaleiros: – Muito bem, senhores, já basta, estou satisfeito. Agora tenho outras ordens que preciso dar a vocês, e a próxima é que vocês devem se aprontar imediatamente para partir comigo e para isso devem se vestir com uma armadura completa. E o senhor, Sir Gawaine, deve ir até o chefe do estábulo deste castelo e ordenar que prepare o cavalo de guerra de Lady Guinevere para que eu possa cavalgar imediatamente. E quando todos estiverem vestidos em suas armaduras e tudo estiver devidamente pronto de acordo com minhas ordens, vocês devem trazer o cavalo até o portão dos fundos do castelo, e lá eu os encontrarei para cavalgarmos juntos.

Então, Sir Gawaine disse: – Tudo será feito de acordo com as suas ordens. Mas depois que saímos deste castelo, a sua jornada será lamentável.

E o ajudante do jardineiro respondeu: – Eu acho que não, Sir Gawaine.

Então os quatro foram embora e fizeram de acordo com as ordens do ajudante. E quando eles se prepararam vestindo a armadura completa e pegaram o cavalo de Lady Guinevere, foram até o portão dos fundos e lá estava o ajudante do jardineiro esperando por eles. E quando ele viu que eles montaram seus cavalos e que não se moveram ao vê-lo chegar, ele disse: Ora, Senhores! Não irão ajudar àquele a quem devem servir? Agora eu ordeno que Sir Gawaine e Sir Ewaine desçam e segurem as rédeas para mim; e Sir Geraint e Sir Pellias, desçam e segurem meu cavalo para que eu possa montá-lo.

Então, aqueles quatro nobres cavaleiros seguiram as ordens que receberam. E Sir Gawaine disse: – Você pode dar as ordens que quiser e deve aproveitar ao máximo enquanto puder, pois você terá apenas um pouco mais de tempo para desfrutar da grande honra que está recebendo, pois em breve essa mesma honra irá esmagá-lo até a morte.

E o ajudante do jardineiro disse: – De jeito nenhum. Acredito que ainda não chegou minha hora de morrer – E novamente aqueles quatro senhores ficaram muito surpresos com a sua tranquilidade.

E então eles saíram dali cavalgando e o ajudante do jardineiro não permitia que eles cavalgassem à sua frente ou ao lado dele, mas ordenou que cavalgassem atrás dele enquanto ainda fossem seus servos.

Então eles cavalgaram conforme designado por um tempo considerável. Depois de terem avançado uma grande distância, aproximaram-se de uma floresta sombria e escura que ficava além das fronteiras de Cameliard. Ao chegarem perto dessa floresta, Sir Gawaine cavalgou um pouco à frente e disse: – Ajudante do jardineiro, está vendo aquela floresta? Quando entrarmos nela, você morrerá imediatamente, e isso por uma espada que só tocou sangue de nobre ou cavaleiro.

E o Rei Arthur virou-se na sela e disse: – Ora! Sir Gawaine! Cavalga na minha frente quando ordenei que cavalgasse atrás de mim?

E, enquanto falava, tirou o gorro da cabeça e, ora! todos viram que era o Rei Arthur quem cavalgava com eles.

Então, um imenso silêncio de puro espanto caiu sobre todos eles, e cada homem sentou-se como se tivesse sido transformado em pedra. O Rei Arthur foi o primeiro a falar: – Ah! E agora, senhores cavaleiros? Não têm palavras para me saudar? Com certeza, vocês me serviram com uma imensa má vontade hoje. Além disso, ameaçaram me matar e agora, quando eu falo com vocês, não têm nada a dizer.

Então aqueles quatro cavaleiros imediatamente deram um grito, pularam de seus cavalos e se ajoelharam na poeira da estrada. E quando o Rei Arthur os viu ajoelhados ali, ele riu porque estava muito feliz e ordenou que montassem novamente em seus cavalos, pois o tempo estava passando e eles tinham muito o que fazer.

Eles montaram em seus cavalos e partiram, e enquanto seguiam em frente, o rei contou-lhes tudo o que havia acontecido com ele, e eles ficaram maravilhados e elogiaram a dignidade de cavaleiro que ele havia mostrado naquelas incríveis aventuras que tinha vivido. E eles se alegraram muito por terem um rei que possuía um espírito tão elevado e cavaleiresco.

E assim cavalgaram até o lugar da floresta onde o Rei Arthur havia deixado seu cavalo e sua armadura.

CAPÍTULO ♛ QUINTO

Como o Rei Arthur derrotou os inimigos do rei Leodegrance
e como sua realeza foi revelada

Muito bem, no dia seguinte, o duque de Nortúmbria e os seis cavaleiros que eram seus companheiros apareceram no campo em frente ao castelo de Cameliard, como ele havia devidamente declarado que faria. E aqueles sete campeões apareceram com grande pompa, pois na frente deles cavalgavam sete arautos com trombetas e tambores, e atrás deles cavalgavam sete escudeiros, cada escudeiro carregando a lança, o escudo, o brasão e o estandarte do cavaleiro que era seu senhor e mestre.

Os sete arautos tocaram suas trombetas tão alto, que o som penetrou até as partes mais escondidas de Cameliard, de modo que o povo veio correndo de todos os lugares. Enquanto os arautos tocavam suas trombetas, os sete escudeiros gritavam e agitavam as lanças e os estandartes. Então, os sete cavaleiros cavalgaram com grande altivez, quase nunca vista por aqueles que estavam contemplando uma apresentação tão esplêndida de cavalaria.

Eles desfilaram de uma ponta a outra do campo três vezes e, enquanto isso, uma grande multidão, convocada pelo toque das trombetas dos arautos, subia até as muralhas para assistir de lá aquele nobre espetáculo. Toda a corte do rei Ryence veio e ficou na planície em frente à tenda do rei, e gritavam e aplaudiam o duque de Nortúmbria e seus seis cavaleiros.

Enquanto isso, o rei Leodegrance de Cameliard estava tão abatido e envergonhado, que preferiu nem mostrar seu rosto, e escondeu-se de toda a sua corte. Ele também não queria que ninguém viesse até sua presença naquele momento.

No entanto, Lady Guinevere foi até ele, com várias de suas donzelas, mas o rei não permitiu que ela entrasse. Então, ela falou com ele pela porta, trazendo-lhe palavras de ânimo e dizendo assim: – Meu senhor rei e pai, peço-lhe que erga a cabeça e tenha ânimo, pois eu lhe asseguro que há um homem que tomou nossa causa em suas mãos, e com certeza é um campeão muito glorioso. Ele certamente virá antes que este dia termine, e quando ele vier, certamente derrubará nossos inimigos.

O rei Leodegrance não abriu a porta, mas respondeu: – Minha filha, você está dizendo isso só para me consolar, pois não há outra ajuda para mim nesta hora de angústia, apenas Deus, com Sua graça e auxílio.

E ela mais uma vez disse a ele: – Não, meu pai, o que eu digo é verdade, e Deus com certeza está enviando Sua ajuda através desse campeão digno, que, neste momento, tomou nossa causa em suas mãos.

Isso foi o que Lady Guinevere disse, e, embora o rei Leodegrance não tenha aparecido, ele sentiu-se muito consolado com as palavras da filha.

Assim se passou toda aquela manhã e parte da tarde, e ninguém apareceu para aceitar aquele desafio que os sete cavaleiros haviam declarado. Mas, enquanto faltavam ainda três ou quatro horas para o pôr do sol, de repente, apareceu, bem longe, uma nuvem de poeira. E, no meio daquela nuvem de poeira, apareceram cinco cavaleiros, cavalgando em grande velocidade. E quando chegaram perto das muralhas, ora vejam!, o povo percebeu que aquele que vinha cavalgando na frente era o mesmo Campeão Branco que já havia derrubado o duque de Nortúmbria. Além disso, também perceberam que os quatro cavaleiros que cavalgavam com aquele Campeão Branco eram muito famosos e de grande destreza e glória em armas, pois um deles era Sir Gawaine, o outro era Sir Ewaine, o outro era Sir Geraint e o último era Sir Pellias. As pessoas do castelo e da cidade conheciam aqueles quatro cavaleiros, porque eles tinham ficado em Cameliard por dois dias e eram tão renomados que as pessoas vinham de todos os cantos para vê-los sempre que estavam passando em algum lugar.

Então, quando as pessoas nas muralhas viram quem eram aqueles cavaleiros, e quando perceberam que estavam junto com o Campeão Branco que antes lhes dera tanta honra, gritaram alto pela segunda vez com uma voz mais poderosa do que na primeira vez.

Quando o rei Leodegrance ouviu o povo gritando, a esperança despertou de repente dentro dele. Então, imediatamente veio correndo para ver o que estava acontecendo, e viu aqueles cinco nobres campeões prestes a entrar no campo sob as muralhas do castelo.

E Lady Guinevere também ouviu os gritos e saiu correndo e, vejam!, lá estava o Campeão Branco e os outros quatro cavaleiros, e assim que os viu, seu coração quase explodiu de tanta alegria e ela começou a chorar e rir ao mesmo tempo de tanta emoção. Ela acenou com seu lenço para os cinco nobres cavaleiros e jogou beijos com sua mão para eles, e os cinco cavaleiros a saudaram enquanto cavalgavam passando por ela e entrando no campo.

Ora, quando o duque de Nortúmbria foi informado de que aqueles cinco cavaleiros tinham vindo para lutar contra ele e seus cavaleiros, aceitando o desafio, saiu imediatamente da tenda e montou em seu cavalo. Seus companheiros fizeram o mesmo, e eles saíram para encontrar aqueles que tinham vindo para enfrentá-los.

E quando o duque se aproximou o suficiente, percebeu que o principal dos cinco cavaleiros era o Campeão Branco que o havia derrotado anteriormente. Então ele disse: – Senhor cavaleiro, já aceitei lutar com o senhor uma vez, embora nem eu nem qualquer outra pessoa aqui saibamos quem realmente o senhor é. Mesmo sem verificar sua procedência, realizei o combate e, por um acaso, o senhor me derrotou. Ora, esta briga é mais séria do que isso, portanto, eu e meus companheiros de armas não lutaremos com o senhor e seus cavaleiros sem antes saber qual é a estirpe daquele contra quem irei lutar. Portanto, exijo que declare agora quem é o senhor e qual é a sua estirpe.

Então Sir Gawaine abriu o visor de seu capacete e disse: – Senhor cavaleiro, veja meu rosto e saiba que sou Gawaine, filho do rei Lot. Portanto, pode perceber que minha estirpe e minhas posses são ainda maiores do que as suas. Posso afirmar-lhe que aquele Cavaleiro Branco é de tal estirpe que é ele que está fazendo uma concessão em lutar com o senhor e não o contrário.

— Ora, Sir Gawaine! – disse o duque de Nortúmbria – O que o senhor diz é muito estranho, pois, de fato, poucos há neste mundo que teriam o direito de me fazer uma concessão. No entanto, visto que está dando sua palavra em favor dele, não posso contradizer o que diz. No entanto, há ainda outra razão pela qual não podemos lutar com vocês. Somos sete cavaleiros comprovados e famosos, e vocês são apenas cinco; então, considere que as forças são desiguais e que vocês correm grande perigo ao prosseguir com um confronto tão perigoso.

Então Sir Gawaine sorriu repulsivamente para o duque de Nortúmbria e respondeu: – Agradecemos a sua compaixão e o respeito pela nossa segurança, Sir duque. No entanto, o senhor pode deixar que cuidaremos desse assunto, pois considero que o perigo que vocês sete correm é exatamente igual ao nosso. Além disso, se o senhor não fosse um cavaleiro graduado, um homem simples poderia achar que está sendo mais cuidadoso com a própria segurança do que com a nossa.

Ao ouvir essas palavras, o rosto do duque de Nortúmbria ficou totalmente ruborizado, pois ele sabia que não tinha, de fato, nenhum desejo por aquela batalha e, portanto, sentiu-se envergonhado com as palavras que Sir Gawaine lhe disse. Depois disso, cada cavaleiro fechou seu capacete e todos deram meia-volta com seus cavalos; um grupo cavalgou até uma extremidade do campo e o outro grupo até a outra extremidade, e cada um deles assumiu sua posição no lugar designado.

E eles se organizaram da seguinte forma: no meio estava o Rei Arthur, com dois cavaleiros de cada lado; e no meio estava o duque de

Nortúmbria, com três cavaleiros de cada lado. E, então, organizados dessa forma, empunharam suas lanças e seus escudos e prepararam-se para o ataque. O Rei Arthur e o duque de Nortúmbria gritaram em voz alta, e um grupo lançou-se sobre o outro com tal violência, que o solo estremeceu sob as patas dos cavalos, e as nuvens de poeira ergueram-se até os céus.

E então eles se encontraram no meio do campo com um tumulto de violência tão terrível, que podia ser ouvido a mais de uma milha de distância.

Quando um grupo passou pelo outro, e a poeira do confrontou abaixou, vejam só!, três dos sete haviam sido derrubados e nenhum dos cinco havia caído da sela.

E um dos que haviam sido derrubados era o duque de Nortúmbria. E, imaginem só!, ele nem se levantou mais do chão onde estava deitado, pois o Rei Arthur mirou sua lança bem no meio de suas defesas e a lança penetrou o escudo do duque de Nortúmbria e perfurou sua armadura. O golpe foi tão violento, que o duque foi arremessado para fora da sela, a distância de uma lança de seu cavalo. Assim morreu aquele homem mau, pois quando o Rei Arthur passou perto dele, sua alma perversa deixou o corpo com um ruído fraco como o guincho de um morcego, e o mundo se livrou dele totalmente.

Quando o Rei Arthur se virou no final da pista e viu que havia apenas quatro cavaleiros sobrando em seus cavalos, de todos aqueles sete contra os quais ele e seus companheiros haviam lutado, ele ergueu sua lança e puxou as rédeas de seu cavalo, e disse a seus cavaleiros: – Senhores, estou cansado de toda essa confusão e disputa, e não quero mais lutar hoje, então podem ir agora e lutem com aqueles cavaleiros. Quanto a mim, ficarei aqui assistindo sua aventura.

— Senhor – responderem eles – faremos o que deseja, de acordo com as suas ordens.

Então, os quatro bons cavaleiros fizeram o que o Rei havia mandado e partiram imediatamente contra os outros quatro, muito animados porque seu rei estava apoiando todos os seus esforços. E o Rei Arthur sentou-se com a ponta da lança apoiada no peito do pé e olhou para o campo com grande satisfação e um semblante sério.

Quanto aos quatro cavaleiros do grupo do duque de Nortúmbria, eles não vieram para esse segundo embate com tanta prontidão quanto antes, pois agora estavam bem cientes da excelente destreza daqueles outros cavaleiros. Eles perceberam que seus inimigos avançaram para esse segundo confronto com muita ferocidade, grande bravura e prontidão, de modo que seus corações se encheram de dúvidas e ansiedade quanto ao resultado desse segundo encontro.

Mesmo assim, prepararam-se com toda a determinação possível e partiram para dar continuidade ao combate.

Então Sir Gawaine cavalgou direto para o cavaleiro que vinha primeiro, que era um campeão muito conhecido, chamado Sir Dinador de Montcalm. E quando se aproximou suficientemente dele, ergueu-se nos estribos e deu um golpe tão violento em Sir Dinador, que partiu o escudo dele em pedaços, atingiu seu elmo e quebrou uma parte da lâmina de sua espada.

E quando Sir Dinador sentiu aquele golpe, ficou tão atordoado que teve vontade de agarrar a alça de sua sela para não cair dali. Então, um grande terror imediatamente caiu sobre ele, de modo que puxou as rédeas violentamente para o lado e fugiu dali com o terror da morte pairando sobre ele como uma nuvem negra de fumaça. Assim que seus companheiros viram o golpe que Sir Gawaine havia desferido e Sir Dinador fugindo diante deles, também puxaram as rédeas para o lado e fugiram a toda velocidade, com verdadeiro terror de seus inimigos. Sir Gawaine, Sir Ewaine, Sir Geraint e Sir Pellias os perseguiram enquanto fugiam. E eles atravessaram o acampamento onde estavam as tendas do rei Ryence, de modo que os cavaleiros e nobres tiveram de espalhar-se de um lado para o outro como palha. Eles perseguiram os cavaleiros em fuga e nenhum homem os deteve; e quando conseguiram expulsar aqueles cavaleiros completamente, voltaram até onde estava o Rei Arthur, que os aguardava firmemente, mantendo sua posição.

Quando o povo de Cameliard viu a derrubada de seus inimigos, e quando viram como aqueles inimigos fugiram da frente de seus campeões, eles gritaram com toda a força e vigor, e fizeram grande aclamação. Também não pararam de gritar quando aqueles quatro cavaleiros voltaram da perseguição de seus inimigos e encontraram o Campeão Branco novamente. E gritaram ainda mais quando os cinco cavaleiros cavalgaram através da ponte levadiça e entraram pelos portões da cidade.

Assim terminou o grande confronto de armas, que foi um dos mais famosos em toda a história da cavalaria da Corte do Rei Arthur.

Agora que o Rei Arthur já havia cumprido seus propósitos, ele foi até aquele comerciante que havia emprestado a armadura que ele usava e a devolveu dizendo: – Amanhã, senhor mercador, enviarei dois sacos de ouro pelo aluguel da armadura que me permitiu usar.

A isso o comerciante respondeu: – Senhor, não é necessário que me recompense por aquela armadura, pois o senhor prestou grande honra a Cameliard com sua destreza.

Mas o Rei Arthur disse: – De modo algum, senhor mercador, não deve negar o que estou dizendo. Portanto, aceite o que eu lhe enviar.

Então, ele seguiu seu caminho e, colocando seu gorro de disfarce na cabeça, voltou para os jardins de Lady Guinevere mais uma vez.

Assim que amanheceu, o povo de Cameliard veio dar uma espiada e, vejam só! O Rei Ryence tinha saído da frente do castelo. Naquela noite, ele desmontou suas tendas, retirou sua corte e partiu do lugar onde ele e seu povo tinham se amontoado por cinco dias. Com ele levou o corpo do duque de Nortúmbria, transportando-o numa liteira rodeada de muitas velas acesas e toda pompa da cerimônia fúnebre. Quando o povo de Cameliard viu que ele havia partido, todos se alegraram muito e se divertiram, gritaram, cantaram e riram. Porém eles não sabiam quão profundamente furioso o rei Ryence estava, pois sua inimizade com o rei Leodegrance era apenas uma pequena chama comparada com a raiva que ele agora sentia por eles.

* * *

Naquela manhã, Lady Guinevere entrou em seu jardim, e com ela caminhavam Sir Gawaine e Sir Ewaine e, vejam só!, lá ela viu o ajudante do jardineiro novamente.

Então ela riu alto e disse àqueles dois cavaleiros: – Senhores, vejam!, Lá está o ajudante do jardineiro, que usa seu gorro continuamente porque tem uma deformidade na cabeça.

Então, aqueles dois cavaleiros, sabendo quem era o ajudante do jardineiro, ficaram extremamente envergonhados com sua fala, e não sabiam o que dizer ou para onde olhar. E Sir Gawaine puxou Sir Ewaine para o lado e disse:

— Por Deus, essa dama não sabe quem é o homem por trás daquele ajudante de jardineiro, pois, se ela soubesse, seria mais moderada em seu discurso.

E Lady Guinevere percebeu que Sir Gawaine estava falando algo, mas não ouviu suas palavras. Então ela virou-se para Sir Gawaine e perguntou: – Sir Gawaine, eu sei que considera uma afronta esse ajudante de jardineiro usando seu gorro em nossa presença e talvez deseje tirá-lo de sua cabeça como se ofereceu para fazer dois ou três dias atrás.

E Sir Gawaine disse: – Calma, senhora! Não diga uma coisa dessas. Esse ajudante de jardineiro pode arrancar minha cabeça com mais facilidade do que eu poderia retirar o gorro da cabeça dele.

Diante disso, Lady Guinevere deu uma gargalhada, mas em seu coração ela secretamente ponderava sobre essas palavras e ficou imaginando o que Sir Gawaine queria dizer com elas.

* * *

Por volta do meio-dia daquele dia, veio um arauto do rei Ryence de Gales do Norte, e apareceu corajosamente diante do rei Leodegrance, que estava sentado em seu salão, rodeado de vários súditos e disse: – Meu senhor rei: o meu senhor, o rei Ryence do Norte de Gales, está muito zangado com o senhor, pois seus cavaleiros mataram o duque de Nortúmbria, que era parente próximo do rei Ryence. Além disso, o senhor não atendeu às exigências que, meu senhor, o rei Ryence, fez quanto à entrega de certas terras e castelos que fazem fronteira com o Norte de Gales. Por isso, meu senhor está extremamente ofendido. Portanto, o meu senhor, o rei Ryence, pede que cumpra as seguintes exigências: em primeiro lugar, que entregue imediatamente em suas mãos aquele Cavaleiro Branco que matou o duque de Nortúmbria; em segundo lugar, que cumpra a promessa de entregar as terras e castelos em questão ao rei Ryence.

Então o rei Leodegrance levantou-se e falou àquele arauto com grande dignidade: – Senhor mensageiro, as exigências que o rei Ryence faz sobre mim ultrapassam todos os limites da insolência. A morte do duque de Nortúmbria ocorreu por causa de seu orgulho e loucura. Eu não entregaria o Cavaleiro Branco nas mãos de seu senhor, mesmo se fosse possível. Quanto às terras que seu senhor exige de mim, pode dizer ao rei Ryence que não vou entregar a ele nem mesmo uma única folha de árvore ou um único grão de milho que cresce nelas.

E o mensageiro respondeu: – Se esta é a sua resposta, rei Leodegrance, então devo informar-lhe que, meu senhor, o rei Ryence do Norte de Gales virá em breve com um enorme e poderoso exército e tirará à força as coisas que o senhor não quis entregar a ele por bem – Depois de dizer essas palavras, virou-se e seguiu seu caminho.

Depois que o mensageiro partiu, o rei Leodegrance foi para seus aposentos e mandou chamar Lady Guinevere em segredo. Então Lady Guinevere veio até ele e o rei Leodegrance disse-lhe: – Minha filha, aconteceu que um cavaleiro todo vestido de branco, sem nenhum brasão ou emblema de qualquer tipo, veio duas vezes em nosso socorro e derrotou nossos inimigos. Bem, todos dizem que aquele cavaleiro é o seu campeão particular, e ouvi dizer que ele usou o seu colar como um favor quando lutou pela primeira vez contra o duque de Nortúmbria. Agora eu lhe peço minha filha, diga-me quem é esse Campeão Branco, e onde ele pode ser encontrado.

Então Lady Guinevere ficou bastante confusa, desviou o olhar do semblante de seu pai e respondeu: – Na realidade, meu Senhor, não sei quem pode ser esse cavaleiro.

Então o rei Leodegrance tomou a mão de Lady Guinevere e falou bem sério com ela: – Minha filha, agora você já tem uma idade em que deve pensar em casar-se com um homem que possa cuidar de você e protegê-la de seus inimigos. Veja bem! Estou envelhecendo rapidamente e talvez já não possa mais sempre defender você dos perigos que temos de enfrentar em nossas terras. Além disso, desde que o Rei Arthur, que é um grande Rei na verdade, trouxe paz a este reino, toda aquela nobre corte de cavalaria que antes se reunia ao meu redor agora está espalhada em outros lugares onde eles podem encontrar aventuras maiores do que em meu reino pacífico. Portanto, como todo mundo viu na semana passada, agora eu não tenho nenhum único cavaleiro de quem possa depender para nos defender em tempos de perigo como estes que agora nos assolam. Então, minha filha, parece-me que você não poderia esperar encontrar alguém que pudesse protegê-la tão bem quanto esse Cavaleiro Branco, pois ele, de fato, parece ser um campeão em destreza e força extraordinárias. Portanto, seria bom que você estivesse interessada nele como ele parece estar interessado em você.

Lady Guinevere ficou tão corada, que seu rosto parecia estar pegando fogo até o pescoço. E ela riu, embora as lágrimas transbordassem de seus olhos e corressem por suas bochechas. Então ela disse sorrindo e chorando ao mesmo tempo: – Meu senhor e pai, se seu tivesse de entregar meu coração a alguém da maneira como diz, só o faria ao pobre ajudante de jardineiro que está cavando em meu jardim.

E, ao escutar sua filha, o semblante do rei Leodegrance se contraiu com raiva violenta, e exclamou: – Ora, senhora! Você está zombando das palavras de seu pai?

Então Lady Guinevere respondeu: – É claro que não, meu senhor! Não estou brincando nem zombando. Além disso, eu te digo com certeza que o mesmo ajudante do jardineiro sabe mais sobre o Campeão Branco do que qualquer outra pessoa em todo o mundo.

Então o rei Leodegrance perguntou: – O que está dizendo?

E Lady Guinevere disse: – Mande chamar o ajudante do jardineiro e o senhor saberá.

E o rei Leodegrance disse: – Na verdade, há algo mais em tudo isso que eu não consigo entender.

Então ele chamou o chefe de seus pajens, Dorisand e disse-lhe: – Vai, Dorisand, e traga aqui o ajudante do jardineiro do jardim de Lady Guinevere.

Então Dorisand, o pajem, fez como o rei Leodegrance havia ordenado e em pouco tempo voltou, trazendo com ele o ajudante do jardineiro. E com eles vieram Sir Gawaine, Sir Ewaine, Sir Pellias e Sir Geraint. E aqueles quatro senhores pararam defronte da porta por onde entraram, mas o ajudante do jardineiro veio e ficou ao lado da mesa onde o rei Leodegrance estava sentado. E o Rei ergueu os olhos, viu o ajudante do jardineiro e disse: – Ora! Você ousa usar seu gorro em minha presença?

E o ajudante do jardineiro respondeu: – Não posso retirar meu gorro.

Mas Lady Guinevere, que estava ao lado da cadeira do Rei Leodegrance, disse: – Peço-lhe, senhor, que retire o gorro na presença do meu pai.

E o ajudante do jardineiro respondeu: – Já que está me pedindo, então o farei.

Então ele tirou o boné da cabeça, e o rei Leodegrance viu seu rosto e o reconheceu. E quando ele viu quem era que estava diante dele, deu um grande grito de espanto, dizendo: – Meu Senhor e meu Rei! O que é isso?

Em seguida, levantou-se e ajoelhou-se diante do Rei Arthur. Ele juntou a palma das mãos e colocou suas mãos entre as mãos do Rei Arthur, e o Rei Arthur segurou as mãos dele nas suas. E o rei Leodegrance disse: – Meu Senhor! Meu Senhor! Então foi o senhor quem realizou todas essas coisas maravilhosas?

Então o Rei Arthur respondeu: – Sim, fui eu quem fiz todas essas coisas.

E ele abaixou-se e deu um beijo no rosto do rei Leodegrance e o pôs de pé e lhe deu palavras de ânimo.

Muito bem, quando Lady Guinevere viu tudo o que estava acontecendo, ficou perplexa. E, de repente, ela começou a entender tudo com incrível clareza. Então, um grande temor caiu sobre ela, de tal modo que começou a tremer e disse a si mesma: – O que eu disse a este grande Rei e como zombei e caçoei dele diante de todos os que estavam ao meu redor! – E, ao pensar nisso, ela colocou a mão sobre o peito para acalmar a extrema agitação de seu coração. Então, enquanto o Rei Arthur e o rei Leodegrance trocavam palavras de saudação real e elogio, ela retirou-se e foi até a janela no canto da parede.

Depois de algum tempo, o Rei Arthur ergueu os olhos, a viu no canto e foi direto até ela. Ele pegou sua mão e disse: – Senhora, qual é o problema?

E ela respondeu: – Senhor, tenho medo da sua grandeza.

E ele disse: – De modo algum, senhora. Sou eu que tem medo da senhora, pois sua consideração é mais preciosa para mim do que qualquer outra coisa neste mundo, de outra forma eu não a teria servido durante esses doze dias como ajudante de jardineiro em seu jardim, tudo por causa de tua boa vontade.

E ela disse: – O senhor tem a minha boa vontade.

E ele disse: – Tenho grande parte da sua boa vontade?

E ela disse: – Sim, o senhor a tem por inteiro.

Então ele abaixou a cabeça e beijou-a diante de todos os que estavam lá, e assim o compromisso deles foi firmado e o rei Leodegrance encheu-se de tanta alegria que mal podia se conter.

Depois de todos esses acontecimentos, seguiu-se uma guerra com o rei Ryence de Gales do Norte. Pois Sir Kay e Sir Ulfius reuniram um grande exército, como o Rei Arthur havia ordenado que fizessem, de modo que, quando o rei Ryence veio contra Cameliard, ele foi completamente derrotado, e seu exército se dispersou, e ele próprio foi perseguido como um pária, de volta para suas montanhas.

Então, houve grande alegria em toda a Cameliard, pois, depois de sua vitória, o Rei Arthur permaneceu lá por algum tempo com uma corte esplêndida de nobres senhores e de belas damas. E havia festejos, torneios e muitos combates famosos, como nunca haviam visto. E o Rei Arthur e Lady Guinevere estavam totalmente felizes juntos.

Certo dia, enquanto o Rei Arthur e o rei Leodegrance estavam em um banquete festejando extremamente animados, o rei Leodegrance perguntou ao Rei Arthur: – Meu Senhor, que dote posso oferecer-lhe com minha filha, quando levá-la como sua Rainha?

Então o Rei Arthur virou-se para Merlin, que estava perto dele, e disse: – Diga-me, Merlin! O que devo exigir do meu amigo como dote?

E Merlin respondeu: – Meu senhor Rei, seu amigo rei Leodegrance tem uma coisa que, caso lhe der, aumentará singularmente a glória e o renome de seu reino, de modo que sua fama jamais será esquecida.

E o Rei Arthur rapidamente perguntou: – Eu imploro, Merlin, diga-me o que é!

Então Merlin respondeu: – Meu senhor e rei, vou contar-lhe uma história: nos dias de seu pai, Uther-Pendragon, mandei fazer uma mesa para ele em formato de anel, e os homens a chamaram de a TÁVOLA REDONDA. Nesta mesa havia cinquenta assentos, que foram projetados para os cinquenta cavaleiros mais dignos de todo o mundo. Esses assentos eram de tal tipo, que sempre que um cavaleiro digno aparecia, seu nome aparecia em letras de ouro no assento que pertencia a ele; e quando aquele cavaleiro morria, seu nome desapareceria repentinamente daquele lugar que antes ocupara.

Muito bem, quarenta e nove desses assentos, exceto um deles, eram totalmente iguais (exceto um, que foi reservado para o próprio rei e que era mais elevado do que os outros e fora habilmente esculpido e incrustado de marfim e ouro), e um assento era diferente de todos os outros, chamado de Assento Perigoso. Esse assento era diferente dos outros tanto em estrutura quanto em significado, pois havia sido habilmente incrustado de ouro e prata com um instrumento curioso, e era coberto com um dossel de cetim bordado em ouro e prata; e sua aparência era totalmente magnífica. Nenhum nome jamais apareceu nesse assento, pois apenas um cavaleiro em todo o mundo poderia esperar sentar-se nele com segurança. Pois, se qualquer outro ousasse sentar-se ali, ou morreria de morte repentina e violenta dentro de três dias, ou então sofreria um grande infortúnio. Por isso esse assento era chamado de Assento Perigoso.

Nos dias do Rei Uther-Pendragon, havia trinta e sete cavaleiros sentados na Távola Redonda. E, quando o Rei Uther-Pendragon morreu, ele deu a Távola Redonda a seu amigo, o rei Leodegrance de Cameliard. E no início do reinado do rei Leodegrance, sentavam-se vinte e quatro cavaleiros na Távola Redonda.

Mas os tempos mudaram desde então, e a glória do reinado do rei Leodegrance foi ofuscada pela glória do seu reinado, de modo que sua nobre corte de cavaleiros o abandonou por completo. Portanto agora não resta nenhum nome, exceto o nome do rei Leodegrance, em todos aqueles cinquenta assentos da Távola Redonda, e agora ela está jogada em algum canto totalmente inutilizada.

Ainda assim, se o rei Leodegrance lhe der aquela Távola Redonda, como dote de Lady Guinevere, então ela proporcionará ao seu reinado sua maior glória, pois, a seu tempo, cada assento dessa Távola será preenchido, até o Assento Perigoso, e a fama dos cavaleiros que se sentarem nela nunca será esquecida.

— Ah! – disse o Rei Arthur – esse seria um verdadeiro dote para qualquer rei receber junto com sua rainha.

— Então – disse o rei Leodegrance – esse dote o senhor terá com minha filha; e se lhe trouxer grande glória, então sua glória será minha glória, e sua fama será minha fama. Se minha glória diminuir e sua glória aumentar, veja que benção! Pois, não é minha filha a sua esposa?

E o Rei Arthur respondeu: – Suas palavras são boas e sábias.

Assim, o Rei Arthur se tornou o senhor da famosa Távola Redonda. E a Távola Redonda foi colocada em Camelot (que alguns chamam de Winchester atualmente). E pouco a pouco reuniu-se em torno dela uma ordem de cavaleiros que o mundo nunca tinha visto antes, e que nunca mais verá.

Esta foi a história do início da Távola Redonda no reino do Rei Arthur.

CAPÍTULO ♚ SEXTO

Como o Rei Arthur casou-se com honras de rei
e como a Távola Redonda foi instituída

E agora havia chegado o início do outono, aquela estação agradável em que os campos e as matas ainda estão verdes do verão que acabou de passar, quando o céu também é de verão – extraordinariamente azul e cheio de grandes nuvens flutuando –, quando um pássaro aqui e outro ali canta uma breve canção que lembra a primavera, quando todo o ar fica temperado com calor, e ainda assim as folhas estão em toda parte, mas já ficando marrons, vermelhas e douradas. E, quando o sol brilha através delas, é como se houvesse um tecido de ouro, bordado de marrom, carmesim e verde, estendido acima de nossas cabeças. Nessa estação do ano, é extremamente agradável passear pelo campo entre as nogueiras com gaviões e cães, ou viajar por esse mundo de cor amarela, seja a cavalo ou a pé.

Ora, essa foi a época do ano que ficou marcado o casamento do Rei Arthur e Lady Guinevere em Camelot, onde tudo foi preparado com extrema pompa e circunstância. Todos estavam animados e muito felizes, porque o Rei Arthur, enfim, teria sua rainha.

Em preparação para aquela grande ocasião, a cidade de Camelot foi esplendidamente enfeitada, e até a rua de pedras pela qual Lady Guinevere deveria chegar ao castelo real foi coberta de juncos recém-cortados e bem-dispostos. Além disso, em vários lugares foram colocados tapetes de excelente padrão, que poderiam ser usados no chão de algum belo salão. Da mesma forma, todas as casas ao longo do caminho foram enfeitadas com cortinas de tecidos delicados, entrelaçadas com fios azuis e vermelhos, e em todos os lugares havia bandeiras e estandartes flutuando na brisa quente e suave em contraste com o céu azul, de modo que o mundo todo parecia estar vibrando com cores vivas. Olhar para aquela rua era como avistar um caminho sinuoso de extrema beleza e alegria, estendido diante de si.

Assim chegou o dia do casamento do Rei... brilhante, claro e extremamente iluminado.

O Rei Arthur estava sentado em seu salão, rodeado por sua corte, aguardando notícias da chegada de Lady Guinevere. Era por volta do meio da manhã, quando um mensageiro chegou montado em um corcel branco da cor do leite, seu traje e as armaduras de seu cavalo eram todos de tecido dourado bordado de vermelho e branco, e sua capa era decorada com muitas joias de vários tipos, de modo que ele brilhava de longe enquanto cavalgava, com um esplendor singular.

Então esse mensageiro veio direto para o castelo onde o Rei

estava esperando e disse: – Levante-se, meu senhor e Rei, pois Lady Guinevere e sua corte estão chegando.

Depois dessa anúncio, o rei imediatamente levantou-se com grande alegria e saiu com sua corte de cavaleiros, cavalgando com grande pompa. E, enquanto ele passava naquela rua maravilhosamente adornada, as pessoas gritavam alegres, e ele sorria e inclinava a cabeça de um lado para o outro, pois ele estava muito feliz e sentia uma imensa simpatia de todo o seu povo.

Assim ele cavalgou até o portão da cidade, e depois de atravessá-lo entrou na estrada larga e bem batida que corria serpenteando ao lado do rio brilhante entre os salgueiros e vimeiros.

E, vejam só!, o Rei Arthur e seus acompanhantes viram a Corte da Princesa chegando a distância, e então se alegraram e avançaram a toda velocidade. E quando eles chegaram perto, o sol batia sobre as vestimentas de seda e tecidos dourados, e sobre as correntes de ouro e as joias penduradas, de modo que todo aquele nobre grupo que acompanhava Lady Guinevere brilhava e cintilava com esplendor insuperável.

Dezessete dos mais nobres cavaleiros da Corte do Rei, vestidos com armadura completa, e enviados por ele para escoltar a princesa, cavalgaram em grande esplendor, cercando a liteira onde ela estava. A estrutura daquela liteira era de madeira ricamente trabalhada, e suas cortinas e almofadas eram de seda vermelha bordada com fios de ouro. Atrás da liteira cavalgava a Corte da princesa em alegre disposição, com o brilho de muitas cores... suas damas de companhia, senhores, damas, pajens e atendentes.

Assim, os grupos do Rei e de Lady Guinevere aproximaram-se até se encontrarem e se misturarem um com o outro.

Imediatamente o Rei Arthur desmontou de seu nobre cavalo e, todo vestido de realeza, foi a pé até a liteira de Lady Guinevere, enquanto Sir Gawaine e Sir Ewaine seguravam as rédeas de seu cavalo. Em seguida, um de seus pajens puxou de lado as cortinas de seda da liteira de Lady Guinevere, e o rei Leodegrance deu-lhe a mão para que ela descesse. Todos eles vestidos e arrumados com extrema beleza. O rei Leodegrance a conduziu ao Rei Arthur, e o Rei Arthur veio até ela, colocou uma mão sob seu queixo e a outra sobre sua cabeça e inclinou-se, beijando seu rosto macio, cálido e perfumado, a pele imaculada e suave como veludo. Quando ele a beijou no rosto, todos que estavam lá levantaram suas vozes em grande aclamação, demonstrando a imensa alegria por aquelas duas nobres almas terem se encontrado.

Assim, o Rei Arthur recebeu Lady Guinevere e o rei Leodegrance, seu pai, na estrada, sob as muralhas da cidade de Camelot, a meia légua daquele lugar. Ninguém que estava lá jamais se esqueceu daquele encontro, pois foi cheio de graça e cortesia extraordinárias.

Então o Rei Arthur e sua corte de cavaleiros e nobres trouxeram o rei Leodegrance e Lady Guinevere com grande honra a Camelot e ao castelo real, onde havia aposentos para todos, de modo que todo o lugar ficou cheio de alegria e beleza.

E quando chegou ao meio-dia, toda a Corte foi até a catedral em grande pompa e circunstância, e lá, cercados com incrível magnificência, o Arcebispo realizou o casamento daquelas duas nobres almas.

Todos os sinos tocaram com alegria, e todas as pessoas que estavam fora da catedral gritaram aclamando o Rei e a Rainha, que saíram brilhando, como o sol em seu esplendor e a lua com sua beleza.

No castelo, foi oferecido um grande banquete ao meio-dia, e ali se sentaram quatrocentos e oitenta e seis membros da nobreza... reis, cavaleiros, nobres, rainhas e damas, todos magnificamente vestidos. E, perto do Rei e da Rainha, estavam o rei Leodegrance e Merlin, Sir Ulfius, Sir Ector, o Confiável, Sir Gawaine, Sir Ewaine, Sir Kay, o rei Ban, o rei Pellinore e muitas outras pessoas famosas e celebridades, de modo que nenhum homem jamais viu uma corte tão magnífica quanto aquela na famosa festa de casamento do Rei Arthur e da Rainha Guinevere.

* * *

E aquele dia também foi muito famoso na história da cavalaria, pois, à tarde, a famosa Távola Redonda foi estabelecida, e essa Távola Redonda foi ao mesmo tempo a menina dos olhos e a maior glória do reino do Rei Arthur.

No meio da tarde, o Rei e a Rainha, precedidos por Merlin e seguidos por toda aquela esplêndida Corte de reis, lordes, nobres e cavaleiros bem-vestidos, seguiram para o lugar onde Merlin, parte por magia e parte por habilidade, tinha mandado levantar uma tenda maravilhosa acima da Távola Redonda.

E quando o Rei, a Rainha e a Corte entraram ali, ficaram maravilhados com a beleza daquela tenda, pois perceberam que era um grande espaço e parecia ser uma terra maravilhosa de fadas. As paredes eram todas ricamente douradas e pintadas com maravilhosas figuras de santos e anjos, vestidos em ultramarino e carmesim, e todos esses santos e anjos tocavam vários instrumentos musicais que pareciam ser feitos de ouro. O teto da tenda era como o céu, todo azul-celeste salpicado de estrelas. E no meio daquele céu havia uma imagem pintada, que era como o sol em sua glória. E o chão era coberto de mármore em quadrados pretos e brancos, azuis e vermelhos, além de várias outras cores.

No meio da tenda, estava a távola redonda, exatamente com cinquenta assentos, e em cada um dos cinquenta lugares havia um cálice de ouro cheio de vinho aromático, e em cada lugar havia uma vasilha dourada com um pedaço de pão branco dentro. Quando o rei e sua corte entraram na tenda, uma música maravilhosamente suave começou a tocar.

Então Merlin veio, pegou o Rei Arthur pela mão e o levou para longe da Rainha Guinevere. E ele disse ao Rei: – Olhe!, esta é a Távola Redonda.

E o Rei Arthur disse: – Merlin, o que vejo é tão maravilhoso que não tenho palavras para descrever.

Depois disso, Merlin mostrou ao Rei as várias maravilhas da Távola Redonda. Primeiro ele apontou para um assento alto, maravilhosamente trabalhado em madeira de lei com lindos enfeites dourados, e disse: – Aqui está, senhor, o "Assento Real", e ele é seu. – E enquanto Merlin falava, imaginem só!, várias letras de ouro começaram a aparecer nas costas daquele assento, e as letras mostravam o nome: ARTHUR, REI

E Merlin disse: – Senhor, esse assento pode muito bem ser chamado de assento central da Távola Redonda, pois, na verdade, o senhor é, de fato, o centro de tudo, o mais digno da verdadeira cavalaria. Portanto, esse assento será denominado o assento central entre todos os outros assentos.

Então Merlin apontou para o assento que ficava em frente ao Assento Real, e aquele assento também tinha uma aparência maravilhosa, conforme já foi contado nesta história. E Merlin disse ao Rei: – Meu senhor e rei, aquele assento é chamado de Assento Perigoso, pois somente um homem poderá sentar-se nele, e esse homem ainda não nasceu. E se qualquer outro homem se atrever a sentar-se ali, ele sofrerá a morte ou um infortúnio repentino e terrível por sua ousadia. É por isso que ele é chamado de Assento Perigoso.

— Merlin – disse o Rei –, tudo o que está me dizendo ultrapassa o limite do entendimento e é maravilhoso. Agora, peço-lhe com toda a pressa que encontre imediatamente um número suficiente de cavaleiros para preencher esta Távola Redonda, de forma que minha glória seja totalmente completa.

Então Merlin sorriu para o Rei, embora não com alegria, e disse: – Senhor, por que está com tanta pressa? Saiba que quando esta Távola Redonda for inteiramente preenchida em todos os seus assentos, então sua glória será inteiramente alcançada e imediatamente seus dias começarão a diminuir. Pois quando qualquer homem atinge o ápice de sua glória, então seu trabalho está concluído, e Deus o quebra, como um homem quebraria um cálice cheio de um licor tão perfeito que nenhum vinho comum pode contaminá-lo. Então, quando o seu trabalho estiver concluído, Deus quebrará o cálice da sua vida.

Então, o Rei olhou para o rosto de Merlin muito sério e disse:

— Ancião, o que está dizendo é impressionante, porque suas palavras são sábias. Contudo, visto que estou nas mãos de Deus, desejo que minha glória e a boa vontade Dele sejam cumpridas, embora Ele me quebre inteiramente quando eu tiver servido aos Seus propósitos.

— Senhor – disse Merlin – fala como um rei digno e com um coração muito grande e nobre. No entanto, não posso preencher a Távola Redonda neste momento. Pois, embora o senhor tenha reunido ao seu redor a mais nobre corte de cavalaria de toda a cristandade, ainda assim existem apenas trinta e dois cavaleiros aqui presentes que podem ser considerados dignos de se sentar à Távola Redonda.

— Então, Merlin – disse o Rei Arthur –, desejo que escolha imediatamente os trinta e dois.

— É o que farei, senhor rei – disse Merlin.

Então Merlin olhou ao redor e viu o rei Pellinore a uma pequena distância. Merlin foi até ele e o pegou pela mão. – Olhe aqui, meu senhor e rei – disse ele. – Aqui temos um cavaleiro tão digno quanto o senhor de sentar-se à Távola Redonda. Ele é extremamente gentil com os pobres e necessitados e ao mesmo tempo é terrivelmente forte e habilidoso, que, num confronto entre cavaleiros, não sei quem seria o mais temido, o senhor ou ele.

Então Merlin conduziu o Rei Pellinore e, ora!, sobre o assento que ficava à esquerda do Assento Real, apareceu de repente o nome, PELLINORE

E o nome estava estampado em letras de ouro, que tinham um brilho extraordinário. Quando o rei Pellinore tomou seu assento, todos aqueles que estavam ao redor fizeram uma longa e forte aclamação.

Depois que Merlin tinha escolhido o Rei Arthur e o rei Pellinore, ele escolheu os seguintes cavaleiros da Corte do Rei Arthur, trinta e dois no total, que foram os de grande renome na cavalaria e que formaram a Távola Redonda pela primeira vez, passando a ser chamados de "Os Antigos e Ilustres Cavaleiros da Távola Redonda".

Para começar, havia Sir Gawaine e Sir Ewaine, que eram sobrinhos do rei, e estavam sentados perto dele à direita; havia Sir Ulfius (que ocupou seu lugar por apenas quatro anos e oito meses, até o momento de sua morte, após o qual Sir Geheris – que era escudeiro de seu irmão, Sir Gawaine – ocupou aquele lugar). Havia Sir Kay, o Senescal, irmão adotivo do rei; Sir Baudwain da Grã-Bretanha (que ocupou seu cargo por apenas três anos e dois meses até sua morte, após a qual Sir Agravaine ocupou seu lugar); Sir Pellias, Sir Geraint e Sir Constantine, filho de Sir Caderes, o Senescal da Cornualha (o mesmo que foi rei depois do Rei Arthur); Sir Caradoc e Sir Sagramore, apelidado de o Desejoso, Sir Dinadan e Sir Dodinas, apelidado de o Selvagem, Sir Bruin, apelidado de o Negro, Sir Meliot de Logres, e Sir Aglaval, Sir Durnure e Sir Lamorac (esses três jovens cavaleiros eram filhos do rei Pellinore), e havia Sir Griflet, Sir Ladinas, Sir Brandiles, Sir Persavant de Ironside, Sir Dinas da Cornualha, Sir Brian de Listinoise, Sir Palomides, Sir Degraine e Sir Epinogres, filho do rei de Nortúmbria e irmão da feiticeira Vivien, Sir Lamiel de Cardiff, Sir Lucan o Garrafeiro e Sir Bedevere seu irmão (que mesmo levou o Rei Arthur para o navio das Fadas quando ele ficou gravemente ferido e quase morreu na última batalha que lutou). Estes trinta e dois cavaleiros eram os Antigos e Ilustres Cavaleiros da Távola Redonda, e a eles se juntaram outros até que houvesse quarenta e nove ao todo, e depois Sir Galahad também se juntou a eles, e com ele a Távola Redonda ficou completa.

Enquanto Merlin escolhia cada um desses cavaleiros, ele pegava o cavaleiro pela mão e o nome desse cavaleiro aparecia de repente em letras douradas, muito brilhantes e resplandecentes, no assento que pertencia a ele.

Mas, quando todos foram escolhidos, o Rei Arthur viu que o assento à direita do Assento Real não havia sido preenchido e que não trazia nenhum nome nele. E ele perguntou a Merlin: – Merlin, por que o assento à minha direita não foi preenchido e não tem nome?

E Merlin respondeu: – Senhor, dentro de pouco tempo haverá um nome nele, e aquele que nele se sentar será o maior cavaleiro de todo o mundo, até que venha o cavaleiro que ocupará o Assento Perigoso. Pois aquele que vier excederá a todos os outros homens em beleza, força e graça de cavaleiresca.

E o Rei Arthur disse: – Gostaria que ele estivesse aqui conosco.

E Merlin respondeu: – Ele virá em breve.

Assim foi estabelecida a Távola Redonda, com grande pompa e circunstância. Pois primeiro o Arcebispo de Canterbury abençoou cada assento, indo de um para o outro, cercado por sua Corte Sagrada, enquanto o coro cantava belíssimas canções e outros balançavam incensários dos quais subia um vapor extremamente perfumado de olíbano, enchendo toda aquela tenda com um perfume de bençãos celestiais.

E depois que o arcebispo abençoou cada um daqueles assentos, cada cavaleiro escolhido ocupou seu respectivo assento na Távola Redonda, e seu escudeiro veio e ficou atrás dele, segurando o estandarte com seu brasão na ponta da lança acima da cabeça do cavaleiro. E todos aqueles que estavam ali, tanto cavaleiros quanto damas, levantaram suas vozes em alta aclamação.

Então todos os cavaleiros se levantaram, e cada cavaleiro ergueu diante de si a cruz do punho de sua espada e repetiu as palavras faladas pelo Rei Arthur. E este foi o juramento da Ordem dos Cavaleiros da Távola Redonda: que seriam gentis com os fracos, corajosos com os fortes, terríveis para os iníquos e malfeitores e que defenderiam os desamparados que lhes pedissem ajuda; que todas as mulheres deveriam ser consideradas sagradas, que se defenderiam uns dos outros sempre que tal defesa fosse necessária; que seriam misericordiosos para com todos os homens e que seriam gentis nas ações, verdadeiros na amizade e fiéis no amor. Esse foi o juramento deles, e cada cavaleiro jurou sobre a cruz de sua espada e, como prova, beijou-lhe o punho. Em seguida, todos os que estavam por perto mais uma vez elevaram suas vozes em aclamação.

Então todos os cavaleiros da Távola Redonda sentaram-se e cada um partiu o pão que estava na vasilha dourada e bebeu o vinho do cálice de ouro que estava diante dele, dando graças a Deus por tudo o que estavam comendo e bebendo.

Assim foi o casamento do Rei Arthur com a Rainha Guinevere, e assim foi estabelecida a Távola Redonda.

CONCLUSÃO

Assim termina este Livro do Rei Arthur, que escrevi com imensa alegria e, ao encerrar este primeiro volume do meu trabalho, tenho o grande prazer de anunciar o segundo volume que virá a seguir.

No próximo volume, será contada as histórias de vários homens notáveis que pertenciam à Corte do Rei Arthur, pois me parece muito bom conhecer a história de homens e cavaleiros tão nobres e honrados. Na realidade, pode muito bem ser do agrado de qualquer pessoa ler tais histórias, saber o que esses homens nobres e honrados diziam e faziam em tempos de provação e tribulação. Pois o exemplo deles, sem dúvida, nos ajudará a nos comportarmos da mesma maneira em casos semelhantes.

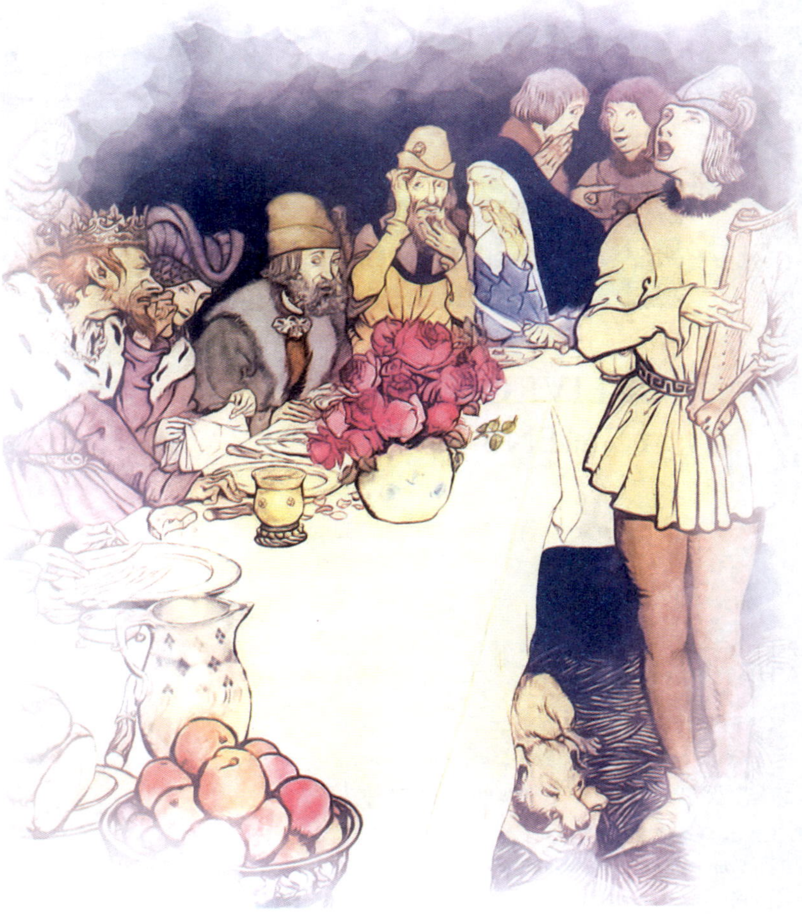

Sumário

O Livro dos Três Homens Notáveis

Parte I
A História de Merlin 160

CAPÍTULO PRIMEIRO 161
Como a rainha Morgana, a Fada, tramou contra o rei Arthur e enviou uma dama para enganar o mago Merlin

CAPÍTULO SEGUNDO 169
Como Merlin viajou com Vivien até o Vale da Felicidade e construiu para ela um castelo naquele lugar. E, também, como lhe ensinou o conhecimento da magia, e como ela, através dessa magia, planejou a ruína dele

CAPÍTULO TERCEIRO 177
Como a rainha Morgana, a Fada, retornou a Camelot e à corte com a intenção de prejudicar o Rei Arthur. E, também, como o Rei Arthur e outros saíram para caçar e o que aconteceu com eles

CAPÍTULO QUARTO 186
O que aconteceu com Sir Accalon, e como o Rei Arthur lutou em um duelo de espadas. E, também, como ele quase perdeu sua vida nesse duelo

PARTE II
A HISTÓRIA DE SIR PELLIAS 200

CAPÍTULO PRIMEIRO 201
Como a rainha Guinevere foi colher flores na primavera e como Sir Pellias assumiu uma missão em nome dela

CAPÍTULO SEGUNDO 210
Como Sir Pellias venceu um Cavaleiro Vermelho, chamado Sir Adresack, e como ele libertou 22 prisioneiros do castelo desse cavaleiro

CAPÍTULO TERCEIRO 220
Como Sir Pellias lutou com Sir Engamore, conhecido como o Cavaleiro das Mangas Verdes, e o que aconteceu a Lady Ettard

CAPÍTULO QUARTO 235
Como a rainha Guinevere brigou com Sir Gawaine e como Sir Gawaine deixou a corte do Rei Arthur por um tempo

CAPÍTULO QUINTO 250
Como Sir Gawaine conheceu Sir Pellias e como ele prometeu ajudá-lo com Lady Ettard

CAPÍTULO SEXTO 263
Como a Dama do Lago tomou de volta seu colar de Sir Pellia

PARTE III
A HISTÓRIA DE SIR GAWAINE 282

CAPÍTULO PRIMEIRO 283
Como um cervo branco apareceu diante do Rei Arthur e como Sir Gawaine e Gaheris, seu irmão, partiram em busca dele, e o que lhes aconteceu nessa busca

CAPÍTULO SEGUNDO 297
Como o Rei Arthur se perdeu na floresta e como ele se envolveu em uma aventura muito singular no castelo aonde chegou

CAPÍTULO TERCEIRO 308
Como o Rei Arthur venceu o Cavaleiro-Feiticeiro e como Sir Gawaine demonstrou à alta nobreza seu título de cavaleiro

Prólogo

Certo dia, o Rei Arthur, sua Rainha e as cortes reais de ambos estavam todos sentados no salão real de Camelot e havia muita alegria e felicidade naquele lugar.

Enquanto estavam festejando, de repente chegou um cavaleiro armado ao salão, com sua armadura toda coberta com sangue e poeira, e ele tinha muitos ferimentos por todo o corpo. Todos que ali estavam ficaram surpresos e assustados com o aspecto daquele cavaleiro, pois parecia que não trazia boas notícias para o Rei Arthur.

O cavaleiro-mensageiro foi até o Rei quase desmaiando de fraqueza, por causa dos muitos ferimentos que havia recebido, e trouxe a notícia para os presentes de que cinco reis, inimigos do Rei Arthur, chegaram repentinamente e estavam queimando e assolando toda aquela região.

E o cavaleiro-mensageiro disse que esses cinco reis eram o Rei da Dinamarca, o Rei da Irlanda, o Rei de Soleyse, o Rei do Vale e o Rei de Longtinaise. Eles haviam trazido consigo um exército enorme e estavam devastando a terra ao redor, de modo que todo o reino estava em apuros e triste por causa daquela devastação.

Ao ouvir essa notícia, o Rei Arthur bateu na palma das mãos com grande veemência e gritou: – Que tristeza! Vejam só como é difícil ser um rei! Será que nunca chegará o tempo em que essas guerras e revoltas cessarão e teremos paz total nesta terra? – Em seguida, ele se levantou muito agitado e saiu dali, e todos os que lá estavam ficaram muito preocupados.

Então, o Rei Arthur imediatamente enviou mensageiros a dois reis amigos, que ficavam mais próximos dele, o rei Pellinore e o rei

Uriens de Gore, e pediu-lhes que viessem em seu auxílio sem perda de tempo. Nesse ínterim, ele mesmo reuniu um grande exército com a intenção de ir ao encontro de seus inimigos.

Então ele partiu, e no terceiro dia ele chegou com seu exército à floresta de Tintagalon, e lá ele ficou, com a intenção de descansar um pouco até que o rei Pellinore e o rei Uriens se juntassem a ele. Mas os cinco reis, seus inimigos, tiveram notícias de que o Rei Arthur estava naquele lugar, e então fizeram uma marcha forçada através do norte de Gales com a intenção de atacá-lo antes que os outros dois reis pudessem vir em seu auxílio. Eles chegaram à noite ao local onde o Rei Arthur estava e caíram sobre ele de forma tão inesperada, que havia grande perigo de seu exército ser derrotado antes mesmo do ataque.

Mas o Rei Arthur manteve seu exército unido com sua coragem e generosidade, e então eles se defenderam com grande ímpeto, até que o rei Pellinore chegou com seu exército e se juntou à batalha. Assim, no final, o Rei Arthur obteve uma grande vitória sobre seus inimigos; pois eles foram derrotados e espalhados em todas as direções. Da mesma forma, por meio dessa guerra, e por causa das submissões desses cinco reis, o Rei Arthur recuperou todo o reino que outrora fora de seu pai, e muito mais.

Nessa guerra, oito dos cavaleiros da Távola Redonda perderam suas vidas e o Rei Arthur lamentou a perda com grande tristeza, pois estes foram os primeiros cavaleiros da Távola Redonda a morrerem lutando em sua defesa.

Enquanto o Rei Arthur estava sofrendo profundamente por esses oito cavaleiros, Merlin foi até ele e disse: – Não fique abatido, senhor, veja bem! O senhor ainda tem muitos cavaleiros excelentes à sua volta e certamente não terá nenhum problema em preencher os oito lugares que foram esvaziados pela morte. Agora, siga o meu conselho e escolha mais um conselheiro muito digno entre os cavaleiros da Távola Redonda, para que possa consultá-lo neste assunto, pois o conselho de dois é melhor do que o conselho de um, e assim poderá preencher os lugares que ficaram vagos por causa da guerra.

O Rei Arthur achou que esse conselho parecia muito bom e então seguiu a sugestão de Merlin. Naquela manhã, ele convocou o rei Pellinore aos seus aposentos e expôs o assunto a ele, e os dois discutiram a respeito.

Nessa consulta, o rei Pellinore aconselhou o Rei Arthur da seguinte forma: quatro cavaleiros velhos e valorosos deveriam ser escolhidos para preencher quatro desses assentos vazios, e quatro cavaleiros jovens e viçosos deveriam ser escolhidos para preencher os outros quatro assentos e, dessa forma, todos os oito assentos seriam ocupados.

Muito bem, o Rei Arthur também gostou desse conselho e disse:
– Que assim seja.

Portanto, primeiro os dois escolheram os quatro cavaleiros velhos: o rei Uriens de Gore, o rei Lac, Sir Hervise de Reuel e Sir Galliar de Rouge. E, dentre os cavaleiros mais jovens da Corte, eles escolheram Sir Marvaise de Leisle, Sir Lionel, filho do rei Ban de Benwick, e Sir Cadar da Cornualha. Porém, havia ainda um lugar a ser preenchido.

Foi uma coisa muito difícil determinar quem deveria preencher aquele lugar, pois havia naquela época dois jovens cavaleiros muito honrados na corte. Um deles era Sir Baudemagus, um jovem cavaleiro, irmão de Sir Ewaine e filho do rei Uriens de Gore e da rainha Morgana a Fada (que era meia-irmã do Rei Arthur, como já foi mencionado). E o outro jovem cavaleiro era Sir Tor, que, embora tivesse chegado a pouco tempo à Corte, havia realizado várias proezas muito famosas. Sir Tor era filho do rei Pellinore (embora não de sua Rainha), e o rei Pellinore o amava muito.

Então o Rei Pellinore disse ao Rei Arthur:

— Senhor, certamente há apenas dois cavaleiros em toda a sua Corte entre os quais escolher qual irá ocupar o oitavo assento na Távola Redonda: um deles é o filho de sua irmã, Sir Baudemagus, e o outro é meu filho, Sir Tor. Não posso aconselhá-lo neste assunto, portanto o senhor mesmo deve escolher um ou outro para ocupar o lugar. Mas posso dizer que me agradaria muito se a sua escolha recaísse sobre Sir Baudemagus, pois então todo o mundo acreditará que estou acima de qualquer suspeita nesse assunto, e, caso Sir Tor seja o escolhido, todos dirão que favoreci meu próprio filho.

Então o Rei Arthur meditou sobre o assunto por um longo tempo e depois disse:

— Senhor, ponderei muito sobre esse assunto e não tenho dúvidas de que Sir Tor é o melhor cavaleiro entre os dois, pois ele realizou várias aventuras extraordinárias, ao passo que Sir Baudemagus, embora seja um cavaleiro digno, ainda não teve nenhuma grande realização no campo da cavalaria. Então, em nome de Deus, que Sir Tor sente-se como companheiro da Távola Redonda.

Então o Rei Pellinore respondeu:

— Que assim seja – e ambos se levantaram e saíram.

E, vejam só! naquele mesmo momento, os nomes dos oito cavaleiros notáveis escolhidos apareceram, cada um nas costas do assento na Távola Redonda que pertencia a ele, e assim a decisão daqueles dois cavaleiros foi confirmada à vista de todos.

Muito bem, quando tudo isso chegou aos ouvidos da rainha Morgana, a Fada, ela ficou muito ofendida por Sir Baudemagus, seu filho, ter sido ignorado e outro ter sido escolhido em seu lugar. Por isso ela clamou contra o Rei Arthur diante de várias pessoas, dizendo:
– Ora! Como o senhor pode fazer isso! Será que o sangue e o parentesco de nada valem aos olhos desse Rei, que ele ignora um cavaleiro tão nobre como o próprio sobrinho para escolher alguém que não é nem de nascimento nobre em seu lugar? Muito bem, a família do meu marido já sofreu muitos danos graves nas mãos do Rei Arthur, pois, vejam só!, ele tirou nosso poder real e nos transformou quase em prisioneiros em sua corte. Isso por si só é uma afronta tão grande como se fôssemos seus inimigos ferozes, em vez de seus parentes próximos. Mas o que ele fez agora ao meu filho, preferindo o outro cavaleiro, é uma afronta muito maior do que a outra.

E a rainha Morgana, a Fada, falou desta maneira não apenas ao rei Uriens, que era seu marido, mas a Sir Ewaine e a Sir Baudemagus, que eram seus filhos. Mas o rei Uriens de Gore a repreendeu por suas palavras, pois ele havia aprendido a amar muito o Rei Arthur, em razão da alta nobreza de seu caráter, e da mesma forma Sir Ewaine a repreendeu dizendo que não daria ouvidos a nenhuma coisa ruim sobre o Rei Arthur, pois não apenas amava o Rei Arthur mais do que qualquer outra pessoa em todo o mundo, mas também porque o rei era ao mesmo tempo o espelho de toda a cavalaria e também a fonte de honra.

Assim falaram os dois, mas Sir Baudemagus deu ouvidos ao que sua mãe, a Rainha Morgana, havia dito, pois estava muito zangado com o Rei Arthur porque ele não o escolhera. Então, ele partiu da corte sem pedir licença ao Rei Arthur e saiu em busca de aventura e, é claro que o Rei Arthur lamentou muito essa atitude dele.

Agora, como já foi dito, a rainha Morgana, a Fada, expressou sua indignação a várias outras pessoas da corte, e suas palavras acabaram chegando aos ouvidos do Rei Arthur e isso o deixou muito entristecido. Então, quando a rainha Morgana veio a ele um dia pedindo permissão para ausentar-se da corte, ele disse a ela com grande tristeza: – Minha irmã, lamento muito que não esteja satisfeita com o que decidi sobre o assunto, pois Deus sabe que me esforcei ao máximo para fazer o melhor, dentro das possibilidades. E, embora eu gostaria muito que Sir Baudemagus fosse membro da Távola Redonda, vária motivos que deram a convicção sincera de que Sir Tor tinha mais direito de fazer parte da Távola. Agora, se eu escolhesse outra coisa que não estivesse de acordo com meu julgamento correto, favorecendo um homem somente por causa de seu parentesco comigo, que virtude teria a Távola Redonda?

Então a Rainha Morgana ficou muito exaltada e disse: – Senhor, tudo o que o senhor diz só aumenta a afronta que nossa família sofreu em suas mãos. Pois, agora, o senhor não apenas nega a meu filho aquele assento, mas o menospreza ao compará-lo em desvantagem com esse cavaleiro de origem humilde que escolheu. Portanto, meu único desejo agora é pedir-lhe permissão para ir embora deste lugar.

Então o Rei Arthur, falando com grande dignidade, disse: – Senhora, será como deseja, e poderá ir para o lugar que mais lhe agradar. Deus me livre de contrariá-la em seus desejos. Além disso, providenciarei para que a senhora não saia deste lugar sem a companhia de uma corte, porque isso é digno de alguém que é esposa de um rei e irmã de outro.

E, então, ele cumpriu sua palavra e mandou a rainha Morgana, a Fada, para longe de sua corte com grande pompa e circunstância. Mas, quanto mais paciente o Rei Arthur era com ela, quanto mais ele a favorecia, mais irritada a Rainha Morgana ficava com ele e mais ela o odiava.

Então ela dirigiu-se até um braço do mar e de lá dispensou aqueles que o rei havia enviado com ela e embarcou com sua corte em vários navios, indo para a ilha encantada, chamada Avalon, que era seu lar.

A ilha de Avalon era uma terra muito estranha e maravilhosa, como nenhum outro lugar do mundo. Era um paraíso de beleza, totalmente coberta por diversos jardins de flores, misturados com plantações de belas árvores, algumas dando frutos e outras desabrochando com flores. Além disso, havia muitos terraços com gramados e encostas de grama espalhadas por toda a extensão da ilha, com altas paredes brancas de puro mármore que davam vista para o mar. E, no meio desses jardins, pomares, plantações, gramados e terraços, havia uma infinidade de castelos e torres construídos um acima do outro... alguns brancos como a neve e outros muito alegres com várias cores.

E a maior maravilha daquela ilha encantada era esta: no meio de todos aqueles castelos e torres, havia uma única torre construída inteiramente de pedra ímã. E nela estava o grande mistério daquele lugar.

A ilha flutuava sobre a superfície da água, e aquela torre de ímã tinha um poder tão forte, que Avalon flutuava de um lugar para outro de acordo com a vontade da rainha Morgana. Às vezes estava aqui, outras vezes lá, dependendo do desejo da rainha.

Além disso, eram poucas as pessoas que já tinham visto a ilha, pois havia períodos em que ela ficava toda coberta por uma névoa encantada e prateada e nenhum olho conseguia contemplá-la, a menos que fosse de fada. Porém, já tinha sido vista algumas vezes como se fosse uma visão do paraíso, e aquele que a via também escutava vozes alegres vindas de seus gramados e plantações, muito fracas e tênues, por causa da grande distância (pois ninguém jamais se aproximava de Avalon a não ser que fosse convidado da rainha Morgana). A pessoa que conseguia ver a ilha escutava uma música tão suave, que sua alma se entregava quase até desmaiar. Então Avalon desaparecia de repente de forma extraordinária, e quem a tinha visto saberia que provavelmente não a veria de novo.

Essa era a ilha de Avalon, e se quiserem ler sobre ela poderão encontrar mais detalhes em certo livro francês chamado *Ogier le Danois* (Ogier, o Dinamarquês)

A rainha Morgana amava demais essa ilha, e muitos dizem que o Rei Arthur ainda vive lá, descansando tranquilamente enquanto espera o tempo de retornar ao mundo para corrigir tudo o que está errado. Foi por isso que contei a vocês sobre as particularidades desse lugar.

Segue aqui um relato particular de como Merlin foi enfeitiçado por certa dama chamada Vivien, e todas as circunstâncias relacionadas a isso.

Também teremos a narrativa de como o Rei Arthur foi traído por sua irmã e como ele certamente teria sido assassinado se não fosse a ajuda da mesma feiticeira Vivien, que foi a causa da ruína de Merlin.

Também será contado como a bainha de Excalibur foi perdida naquela ocasião.

PARTE I
A HISTÓRIA DE MERLIN

CAPÍTULO ♛ PRIMEIRO

Como a rainha Morgana, a Fada, tramou contra o Rei
Arthur e enviou uma dama para enganar o mago Merlin

Bem, Morgana, a Fada, era uma feiticeira muito astuta e dominava a arte da magia tão bem que, por meio de feitiços poderosos, podia exercer sua vontade sobre todas as coisas, estivessem vivas ou mortas. O próprio Merlin tinha sido seu mestre no passado e lhe ensinara suas artes enquanto ela ainda era uma jovem dama na corte de Uther-Pendragon. Portanto, ao lado de Merlin, ela era, naquela época, a feiticeira mais poderosa de todo o mundo. No entanto, ela não tinha o dom de prever o futuro como Merlin e nem seu dom de profecia, pois essas coisas ele não podia ensinar a ninguém e, portanto, ela não pôde aprender com ele.

Pois bem, depois que a Rainha Morgana voltou para a Ilha de Avalon, como já foi dito, ela passou um bom tempo refletindo sobre a afronta que considerava que o Rei Arthur havia feito à sua família; e quanto mais ela pensava, maior se tornava sua raiva. Finalmente, ela chegou à conclusão de que nada lhe traria mais prazer na vida do que se pudesse punir o Rei Arthur pelo que ele havia feito. Sim, ela teria ficado feliz em vê-lo morto a seus pés por causa da raiva que sentia dele.

Mas a rainha Morgana estava bem ciente de que nunca poderia causar nenhum mal ao Rei, seu irmão, enquanto Merlin estivesse lá para protegê-lo, pois Merlin certamente preveria qualquer perigo que pudesse ameaçar a vida do Rei e o neutralizaria; portanto, ela sabia que se quisesse destruir o Rei, teria primeiro de destruir Merlin.

Bem, havia na corte da rainha Morgana uma certa dama de beleza extraordinária e encantadora, que não havia outra como ela em todo o mundo. Essa donzela tinha 15 anos e sangue de família real, pois era filha do rei de Nortúmbria. Seu nome era Vivien. E Vivien era muito sábia e astuta para alguém tão jovem. Além disso, ela não tinha coração, era fria e cruel com todos os que não realizavam seus desejos. Assim, por ser tão astuta e sábia, a rainha Morgana gostava dela e ensinou-lhe muitas coisas de magia e feitiçaria. Mas, apesar de tudo o que a rainha Morgana fez por ela, essa donzela não sentia nenhum amor por sua senhora, sendo totalmente desprovida de qualquer sentimento bom.

Um dia, essa donzela e a rainha Morgana sentaram-se juntas em um jardim da ilha mágica de Avalon, e o jardim ficava em um terraço muito alto com vista para o mar. O dia estava muito lindo e o mar tão maravilhosamente azul que parecia misturar-se ao azul do céu, que, por sua vez, parecia ter derretido na água do mar. Enquanto Vivien e a rainha estavam sentadas nesse belo lugar, a rainha disse à donzela: – Vivien, o que você mais desejaria ter no mundo?

E Vivien respondeu: – Senhora, desejaria mais do que tudo ter tanta sabedoria quanto a senhora tem.

Então a Rainha Morgana riu e respondeu: – Você pode ser tão sábia quanto eu, e até mais sábia do que eu, se fizer o que eu lhe ordenar, pois sei um meio de obter tal sabedoria.

— Como posso obter essa sabedoria, Senhora? – perguntou Vivien.

Então a Rainha Morgana disse:

— Preste atenção no que vou lhe dizer. Você deve saber que Merlin, a quem já viu várias vezes na corte do Rei Arthur, é o mestre de toda a sabedoria que qualquer pessoa pode possuir neste mundo. Foi Merlin que me ensinou tudo o que sei sobre magia, e ele sabe muitas coisas que não me ensinou, mas escondeu de mim. Ele me ensinou tudo o que sei quando eu era uma jovem donzela na corte do marido de minha mãe, porque ele me achava muito bela e Merlin ama a beleza acima de todas as coisas no mundo; por isso, ele me ensinou muitas coisas sobre magia e foi muito paciente comigo. Porém,

Merlin tem um dom que pertence a ele e que não pode transmitir a ninguém, pois é natural dele. É o dom de prever o futuro e o poder de profetizar sobre ele. No entanto, embora possa prever o destino de outros, ele não consegue prever nada sobre o próprio destino. Ele mesmo me confessou o seguinte várias vezes: ele não consegue prever o que irá acontecer com ele, se tal acontecimento estiver relacionado apenas a ele. Muito bem, Vivien, você é muito mais bonita do que eu era na sua idade. Portanto, acredito que chamará a atenção de Merlin facilmente. Além disso, se eu lançar um certo encanto, posso fazer com que Merlin a ame tanto, que revelará a você muito mais de sua sabedoria do que jamais me ensinou quando eu era sua discípula. Mas deve saber, Vivien, que, ao receber esse dom de sabedoria de Merlin, você estará em grande perigo, pois, aos poucos, quando o encanto de sua beleza começar a diminuir para ele, então ele poderá facilmente se arrepender do que fez ao transmitir a sabedoria dele para você. Nesse caso, haverá grande perigo de que ele possa lançar algum feitiço sobre você para lhe privar de seus poderes; pois seria impossível que vocês dois vivessem no mesmo mundo onde cada um tivesse tanto conhecimento de magia.

Vivien ouviu tudo com muita atenção, e quando a rainha Morgana terminou, a donzela disse:

— Querida senhora, tudo o que me contou é maravilhoso, e sinto um grande desejo de obter esse conhecimento da magia. Portanto, se quiser me ajudar nesse assunto, para que eu possa obter a sabedoria de Merlin, terei uma dívida com a senhora enquanto eu viver. E quanto à questão de qualquer risco que eu possa correr, estou totalmente disposta a assumir isso; pois tenho grande esperança de ser capaz de me proteger de Merlin para que nenhum mal me aconteça. Pois, quando eu tiver extraído toda a sabedoria dele, então usarei ela mesma para lançar um feitiço sobre ele, de modo que ele nunca mais será capaz de prejudicar a mim ou a qualquer outra pessoa novamente. Jogarei minha inteligência contra sua sabedoria e minha beleza contra sua astúcia, e acredito que vencerei esse jogo.

Então a rainha Morgana caiu na gargalhada e, quando parou de rir, exclamou: – Ora, Vivien! Com certeza você é a pessoa mais astuta de quem já ouvi falar, e acredito que seja tão perversa quanto astuta. Quem é que já ouviu falar de uma criança com 15 anos de idade falando desse modo? Ou quem é que já imaginou uma moça tão jovem concebendo a ideia de derrotar o mago mais sábio que já existiu?

Então a rainha Morgana pôs nos lábios um pequeno apito de marfim e ouro e soprou de modo estridente, e em resposta veio correndo um jovem pajem de sua corte. A rainha Morgana ordenou que ele trouxesse para ela uma certa urna de alabastro, habilmente esculpida, adornada com ouro e incrustada de várias pedras preciosas. A rainha Morgana abriu a caixa e tirou de dentro dela dois anéis de ouro amarelo puro, lindamente trabalhados e enfeitados, um com uma pedra branca de extraordinário brilho e o outro com uma pedra vermelha como sangue. Então a rainha Morgana disse:

— Vivien, temos aqui dois anéis! Cada um deles possui um feitiço de poder maravilhoso. Enquanto você usar o anel com a pedra branca, aquele que usar o anel com a pedra vermelha te amará com uma paixão tão imensa que você poderá fazer com ele tudo o que desejar. Portanto, pegue estes anéis, vá para a corte do Rei Arthur e use-os como sua astúcia lhe permitir imaginar.

Então Vivien pegou os dois anéis e agradeceu à rainha Morgana por eles.

* * *

Muito bem, o Rei Arthur tinha grande prazer em realizar uma linda festa no Dia de Pentecostes, ocasião em que toda sua corte se reunia com muita alegria e prazer. Nessas ocasiões, ele gostava de ter algum entretenimento especial para divertir a si e aos outros, portanto acontecia que quase sempre havia alguma diversão para o Rei. Então, quando chegou o dia da Festa de Pentecostes, o Rei Arthur sentou-se à mesa com vários nobres, lordes, reis e rainhas. Enquanto todos eles estavam sentados aproveitando aquele banquete, cheios de alegria e com espírito elevado, de repente entrou no salão uma jovem donzela muito bonita, e com ela um anão, totalmente disforme e de um semblante horrível. E a donzela estava usando um vestido de cetim cor de fogo, muito bonito, com belos bordados de ouro e prata. Seu cabelo, que era vermelho como ouro, tinha um coque que estava preso por uma rede dourada. Seus olhos eram negros como carvão e extraordinariamente vivos e brilhantes. Ela tinha ao redor de seu pescoço um colar de ouro de três fios, de modo que, ao entrar no salão, com todo aquele ouro e aquelas vestes reluzentes, ela brilhava com um esplendor incrível. Da mesma forma, o anão que a acompanhava tinha vestes da cor do fogo e trazia em suas mãos uma almofada de seda cor de fogo com borlas de ouro, e sobre a almofada ele carregava um anel de extrema beleza incrustado com uma pedra vermelha.

Assim, quando o Rei Arthur viu essa bela donzela, ele achou que se tratava de algum entretenimento excelente, e com isso se alegrou muito.

Mas quando ele olhou bem para a donzela pareceu-lhe que conhecia o rosto dela, então ele perguntou: – Donzela, quem é a senhorita?

E ela respondeu: – Senhor, sou a filha do rei de Nortúmbria e meu nome é Vivien – e o Rei Arthur ficou satisfeito com a resposta.

Então o Rei Arthur disse a ela: – Donzela, o que traz sobre essa almofada, e por que temos a honra de recebê-la?

E Vivien respondeu: – Senhor, tenho aqui uma ótima diversão para esta festa de Pentecostes, pois aqui está um anel que só o mais sábio e o mais digno de todos os homens aqui presente poderá usá-lo.

E o Rei Arthur disse: – Mostre-nos o anel.

Vivien tirou então o anel da almofada que o anão segurava e levou-o até o Rei Arthur, e o rei pegou o anel com as próprias mãos. Ele percebeu que o anel era extraordinariamente lindo, por isso disse: – Donzela, tenho permissão para experimentar este anel em meu dedo?

E Vivien disse: – Sim, senhor.

Então o Rei Arthur tentou colocar o anel em seu dedo; mas, vejam só!, o anel encolheu de tamanho e não passava além da primeira junta. Por isso o Rei Arthur comentou: – Parece que não sou digno de usar este anel.

Então a donzela Vivien disse: – Tenho permissão de meu senhor para oferecer este anel a outros de sua corte?

E o Rei Arthur respondeu: – Deixe os outros experimentarem o anel.

Então Vivien levou o anel para várias pessoas da corte, tanto lordes quanto damas, mas nenhum deles conseguiu colocar o anel.

Então, por fim, Vivien chegou ao lugar onde Merlin estava sentado, ajoelhou-se no chão diante dele e lhe ofereceu o anel; e, como isso dizia respeito só a ele, Merlin não conseguiu prever o futuro para saber qual o mal lhe aguardava. Mesmo assim, ele olhou desconfiado para a donzela e perguntou:

— Menina, que truque tolo é esse que você está me oferecendo?

— Senhor – disse Vivien – peço-lhe que experimente este anel.

Então Merlin observou a donzela mais de perto e percebeu que ela era muito bela, de modo que seu coração se derreteu todo por ela. Então ele perguntou com mais gentileza: – Por que devo experimentar o anel? – Ao que ela respondeu: – Porque acredito que o senhor é o mais sábio e o mais digno entre os homens deste lugar, portanto o anel deve lhe pertencer.

Então Merlin sorriu, pegou o anel e colocou-o em seu dedo. E vejam só! O anel se encaixava perfeitamente. Em seguida, Vivien gritou: – Vejam! O anel coube em seu dedo, ele é o mais sábio e o mais digno.

E Merlin ficou muito satisfeito que o anel que a bela donzela lhe dera tinha se encaixado tão bem daquele modo.

Então, depois de certo tempo, ele quis retirar o anel, mas não conseguiu, pois o anel havia se agarrado ao dedo como se fosse parte da carne e do osso. Com isso Merlin ficou muito perturbado e ansioso, porque não entendia o que significava a magia do anel. Então ele perguntou: – Senhora, de onde veio este anel?

E Vivien respondeu: – O senhor sabe todas as coisas e não sabe que este anel foi enviado por Morgana, a Fada?

Então, novamente Merlin ficou em dúvida e disse: – Espero que não haja mal neste anel.

E Vivien sorriu para ele e disse: – Que mal pode haver nisso?

A essa altura, a grande magia que estava no anel começou a agir em Merlin, então ele olhou fixamente para Vivien e, de repente, sentiu um enorme encanto por sua beleza. A magia do anel se apoderou dele e, vejam só!, uma paixão arrebatadora imediatamente encheu seu coração e apertou-o de tal modo que parecia estar sentindo uma agonia violenta.

E Vivien viu o que se passava na mente de Merlin, riu e se afastou.

E vários outros que estavam lá também observaram a maneira muito estranha com que Merlin a olhava, pelo que comentaram entre si: – Com certeza Merlin está enfeitiçado pela beleza daquela jovem donzela.

Então, depois daquele momento, o encantamento do anel de Morgana, a Fada, foi agindo tão forte no espírito de Merlin, que ele não conseguiu de forma alguma se libertar do encanto de Vivien. Daquele dia em diante, para onde quer que ela fosse, ele estava sempre por perto; se ela estivesse no jardim, ele estaria lá; e se ela estivesse no salão, ele também estaria lá; e se ela saísse para caçar, ele a seguiria montado em um cavalo. E toda a corte observava essas coisas e muitos se divertiam e até zombavam daquela situação. Mas Vivien odiava Merlin com todas as suas forças, pois ela via que todos eles se divertiam com aquela loucura de Merlin, e ele a cansava com toda aquela atenção. Mas ela disfarçava esse desprezo quando estava com ele e o tratava muito bem, como se tivesse uma grande amizade por ele.

Certo dia, Vivien estava sentada no jardim porque o clima de verão estava muito agradável e Merlin entrou e a viu ali sentada. Porém, quando Vivien percebeu a chegada de Merlin, de repente sentiu um desprezo tão grande por ele, que não suportou ficar perto dele naquele momento, então ela levantou-se apressadamente com a intenção de sair dali. Mas Merlin se apressou, a alcançou e disse a ela: – Menina, você me odeia?

E Vivien disse: – Não senhor, eu não o odeio.

Mas Merlin respondeu: – Acredito que você realmente me odeia. E Vivien ficou em silêncio.

E logo em seguida Merlin disse: – Gostaria de saber o que posso fazer por você para que pare de me odiar, pois sinto que estou apaixonado por você.

Depois disso, Vivien olhou para Merlin de modo estranho e, falando lentamente, disse: – Senhor, se ao menos me transmitisse sua sabedoria e sua astúcia, acredito que poderia amá-lo muito. Veja bem! Sou apenas uma criança no conhecimento, e o senhor é tão velho e tão sábio que isso me dá medo. Se me ensinasse a sua sabedoria, para que eu pudesse ficar igual ao senhor, então provavelmente eu poderia crescer e sentir pelo senhor a mesma consideração que tem por mim.

Diante disso, Merlin olhou fixamente para Vivien e disse: – Donzela, você com certeza não é nenhuma criança tola como diz ser, pois vejo que seus olhos são muito brilhantes, com uma astúcia que vai muito além da sua idade. Agora, tenho dúvidas de que se eu lhe ensinar a sabedoria que você deseja possuir, isso servirá para sua própria destruição ou então para a minha.

Então Vivien exclamou com uma voz bem alta e estridente: – Merlin, se você me ama, ensine-me sua sabedoria e a astúcia de sua magia e então eu te amarei mais do que qualquer outra pessoa em todo o mundo!

Mas Merlin suspirou profundamente, pois seu coração tinha um mal pressentimento. Então, depois de alguns minutos, ele disse: – Vivien, você terá o que deseja e eu lhe ensinarei todas as coisas de sabedoria e magia.

Ao ouvir isto, Vivien foi tomada por uma alegria tão voraz, que não permitiu que Merlin visse seu rosto para não ler o que estava escrito nele. Então, ela baixou os olhos e desviou o rosto dele. Em seguida, ela disse: – Mestre, quando me ensinarás essa sabedoria?

E a resposta de Merlin foi: – Não vou lhe ensinar nada hoje, nem amanhã, nem neste lugar, pois só posso lhe ensinar esses conhecimentos em um local isolado, para que não haja nada que perturbe seus estudos. Mas amanhã você deve dizer ao Rei Arthur que precisa retornar ao reino de seu pai. Então partiremos juntos acompanhados da sua corte e, quando chegarmos a algum lugar isolado, ali construirei uma moradia por meio de minha magia e permaneceremos nela até que eu lhe transmita o meu conhecimento.

Então Vivien ficou extremamente feliz e pegou a mão de Merlin entre as suas e a beijou com grande paixão.

No dia seguinte, Vivien pediu permissão ao Rei Arthur para retornar à corte de seu pai e, no terceiro dia, ela, Merlin e vários atendentes que estavam a serviço da donzela deixaram a corte do Rei Arthur e partiram como se estivessem indo para o reino de Nortúmbria.

Mas depois de terem se distanciado um pouco da corte do Rei, eles desviaram para o leste e seguiram em direção a um certo vale, que Merlin conhecia, e que era um lugar tão belo e agradável que às vezes era chamado de Vale do Prazer, e às vezes de Vale da Felicidade.

CAPÍTULO ♚ SEGUNDO

Como Merlin viajou com Vivien até o Vale da Felicidade e construiu para ela um castelo naquele lugar. E, também, como lhe ensinou o conhecimento da magia, e como ela, através dessa magia, planejou a ruína dele

Assim, Merlin, Vivien e aqueles que estavam com eles viajaram por três dias para o leste, até que, no final do terceiro dia, alcançaram os limites de uma floresta muito escura e sombria. E lá eles encontraram árvores tão densamente entrelaçadas, que os olhos não conseguiam ver nada do céu por causa da espessura da folhagem. E eles observaram que os galhos e as raízes das árvores pareciam serpentes, todas enroladas entre si. Então Vivien disse: – Senhor, esta é uma floresta muito sombria.

E Merlin respondeu: – É o que parece ser. Entretanto, há dentro desta floresta um lugar que é chamado por alguns de Vale da Felicidade e, por outros, Vale do Prazer, por causa de sua grande beleza. E existem vários caminhos na floresta pelos quais é possível chegar até lá, seja a cavalo ou a pé.

E, depois de um tempo, eles descobriram que era exatamente como Merlin havia dito, pois eles passaram por uma das trilhas, entraram nela e penetraram na floresta. E, vejam só!, dentro daquela floresta tristonha era tão escuro, que parecia que a noite havia caído, embora fosse dia claro fora dali, por isso muitas pessoas no grupo ficaram com bastante medo. Mas Merlin continuou os encorajando e, então, eles seguiram em frente. Aos poucos, eles finalmente saíram daquele lugar, ficaram ao ar livre novamente e isso os deixou bem felizes e consolados.

Àquela altura, a noite havia chegado, muito pacífica, tranquila e bela. No centro do vale havia um pequeno lago, tão liso e claro, semelhante a um cristal, que parecia um escudo oval de prata pura colocado no chão. E em toda a margem do lago havia campos planos cobertos por uma incrível variedade de flores de diversas cores e tipos, muito lindas de se ver.

Quando Vivien viu esse lugar, exclamou cheia de felicidade: – Mestre, este é, de fato, um vale muito alegre, pois não acredito que os campos abençoados do Paraíso sejam mais bonitos do que isso.

E Merlin respondeu: – Muito bem, vamos descer até lá.

Então eles desceram e, enquanto desciam, a noite caiu rapidamente e a lua redonda surgiu no céu, e era difícil dizer se aquele vale era mais bonito durante o dia ou à noite, quando a lua brilhava sobre ele daquele jeito.

Finalmente, quando todos chegaram às margens do lago, perceberam que não havia nem casa nem castelo naquele local.

Vendo isso, aquelas pessoas que estavam seguindo Merlin murmuraram entre si, dizendo:

— Este feiticeiro nos trouxe para cá, mas como fará para nos proporcionar um lugar de descanso, que possa nos proteger das mudanças inclementes do tempo. Pois a beleza deste local não será suficiente para nos proteger da chuva e das tempestades.

E Merlin, ouvindo seus murmúrios, respondeu:

— Fiquem calmos! Não se preocupem com isso, pois muito em breve lhes darei um bom lugar de descanso.

E, em seguida, ele lhes disse: – Fiquem um pouco distantes até que eu lhes mostre o que posso fazer.

Então eles se retiraram um pouco, conforme ele havia pedido, e ele e Vivien permaneceram onde estavam. E Vivien perguntou: – Mestre, o que quer fazer?

E Merlin respondeu: – Espere um pouco e verá.

Com isso ele começou a invocar uma conjuração muito poderosa, de forma que a terra começou a tremer e a sacudir e uma aparência como de uma grande poeira vermelha ergueu-se no ar. Nessa poeira começaram a aparecer diversas formas e figuras, e todas elas se erguiam muito alto no ar e, aos poucos, aqueles que olhavam para ela perceberam que havia uma grande estrutura surgindo no meio da nuvem de poeira vermelha.

Então, depois de um tempo, tudo ficou quieto e a poeira lentamente desapareceu do ar, e, ora!, surgiu um castelo maravilhoso, como ninguém jamais vira antes, nem mesmo em sonho. As paredes eram pintadas de ultramarino e vermelho, enfeitadas e adornadas com imagens de ouro, de modo que o castelo era uma visão única de esplendor à luz do luar.

Depois que Vivien viu tudo o que Merlin havia realizado ali, ela ajoelhou-se no chão diante dele, pegou sua mão e a levou aos lábios. Enquanto estava ajoelhada, ela disse: – Mestre, esta é com certeza a coisa mais maravilhosa do mundo. O senhor irá, então, me ensinar toda essa magia, para que eu possa construir um castelo como esse com elementos naturais?

E Merlin disse: – Sim, tudo isso eu lhe ensinarei e muito mais, pois lhe ensinarei não apenas como criar tal estrutura a partir de coisas invisíveis, mas também como dissipar, com um único toque de sua varinha mágica, esse castelo instantaneamente no ar; do mesmo modo que uma criança, com o toque de um palito, pode dissipar uma bela bolha brilhante, que em um instante está ali, e em outro instante não está mais. Eu a ensinarei muito mais do que isso, pois você aprenderá como transformar algo para que fique com a aparência de uma coisa diferente; e também a ensinarei feitiços e encantos dos quais você nunca ouviu falar antes.

Então Vivien exclamou: – Mestre, o senhor é o homem mais maravilhoso do mundo!

E Merlin olhou para Vivien, e seu rosto estava muito lindo à luz do luar, e ele ficou ainda mais apaixonado por ela. Então ele sorriu e disse: – Vivien, você ainda me odeia?

E ela respondeu: – Não, mestre.

Mas ela não falava a verdade, pois em seu coração ela era má, e o coração de Merlin era bom, e o que é mau sempre odiará o que é bom. Portanto, embora Vivien desejasse o conhecimento da prática da magia, e embora proferisse palavras amorosas com seus lábios, em seu espírito ela temia e odiava Merlin, por causa de sua sabedoria. Pois ela sabia muito bem que, exceto pelo feitiço daquele anel que ele usava, Merlin não a amaria daquela forma. Por isso ela dizia para si mesma:

— Se Merlin me ensinar toda a sua sabedoria, então eu e ele não poderemos ficar nesse mundo juntos.

✳ ✳ ✳

Durante um ano e um pouco mais Merlin morou com Vivien naquele lugar, e nesse período ele ensinou a ela toda a magia que era capaz de transmitir. Então, no final daquele tempo, ele disse a ela: – Vivien, já lhe ensinei tanto, que acredito que não há ninguém em todo o mundo que saiba mais do que você sobre as coisas de magia que aprendeu. Pois agora você não somente tem poderes mágicos para fazer os elementos invisíveis tomarem forma de acordo com a sua vontade, também pode transformar uma coisa em algo totalmente diferente, mas também tem uma magia tão poderosa que pode aprisionar qualquer alma vivente em suas mãos, a menos que a pessoa tenha algum talismã muito bom para se defender das suas artimanhas. Nem eu mesmo tenho muito mais poderes do que estes que lhe ensinei.

Assim disse Merlin, e Vivien encheu-se de imensa alegria. Então, ela pensou consigo mesma: – Muito bem, Merlin, se eu tiver a sorte de lhe aprisionar com meus feitiços, então você nunca mais verá o mundo.

Quando o dia seguinte chegou, Vivien preparou um banquete maravilhoso para ela e Merlin. E, por meio do conhecimento que Merlin havia transmitido a ela, ela preparou uma poção do sono muito poderosa, que era totalmente sem sabor. Ela mesma misturou essa poção em um vinho nobre e colocou o vinho em um cálice de ouro de extraordinária beleza.

Então, quando aquele banquete acabou, e enquanto ela e Merlin estavam sentados juntos, Vivien disse: – Mestre, quero dar-lhe uma grande honra.

E Merlin perguntou: – O que é?

E Vivien disse: – O senhor verá! – Com isso, ela bateu as mãos e imediatamente veio um jovem pajem até onde eles estavam, e trouxe aquele cálice de vinho em sua mão e deu a Vivien. Então ela pegou o cálice e foi até onde Merlin estava sentado e se ajoelhou diante dele e disse: – Senhor, peço que pegue este cálice e beba o vinho que está dentro, pois este vinho é tão nobre e precioso quanto sua sabedoria; e assim como o vinho está contido em um cálice de valor inestimável, também a sua sabedoria está contida em uma vida que está além de todo valor deste mundo.

Com isso, ela colocou seus lábios no cálice e beijou o vinho que estava nele.

Então Merlin não suspeitou de mal algum, pegou o cálice e bebeu o vinho com grande alegria.

Depois de pouco tempo os vapores daquela poderosa bebida começaram a subir até o cérebro de Merlin, e foi como se uma nuvem lhe ofuscasse a visão, e quando isso aconteceu, ele soube que havia sido traído e gritou três vezes com uma voz muito amarga e cheia de agonia: – Ai! Ai! Ai! Fui traído! – e depois de dizer essas palavras tentou levantar-se, mas não conseguiu.

Enquanto isso, Vivien ficou sentada com o queixo apoiado nas mãos e o olhava fixamente, sorrindo para ele de modo estranho. Então Merlin parou de debater-se e caiu em um sono tão profundo que era quase como se ele estivesse morto. Foi então que Vivien levantou-se, inclinou-se sobre ele e lançou-lhe um feitiço muito poderoso. Ela estendeu o dedo indicador e teceu um encantamento ao redor dele, de modo que era como se ele estivesse totalmente envolvido por uma rede prateada de encantamento. Quando ela terminou, Merlim não conseguia mover as mãos, nem os pés, nem mesmo a ponta de um dedo; parecia um grande inseto que uma astuta e bela aranha havia enredado em uma teia fina e forte.

Quando a manhã seguinte chegou, Merlin acordou de seu sono e viu que Vivien estava sentada diante dele, olhando-o de perto. E eles estavam no mesmo quarto em que ele havia adormecido. E quando Vivien percebeu que Merlin estava acordado, ela riu e disse: – Merlin, como está?

E Merlin gemeu com grande tristeza, dizendo: – Vivien, você me traiu.

Ao ouvir o que Merlin disse, Vivien deu uma gargalhada estridente e penetrante e respondeu: – Veja! Merlin, você está inteiramente em meu poder, porque está totalmente envolvido nos encantamentos que você mesmo me ensinou. Veja só! Não pode mover um único fio de cabelo se não for da minha vontade. E quando eu for embora, o mundo não o verá mais, e toda a sua sabedoria será a minha sabedoria e todo o seu poder será o meu poder, e não haverá outro em todo o mundo que possua a sabedoria que possuo.

Então Merlin soltou um gemido com tanto fervor que era como se seu coração fosse explodir. E ele disse: – Vivien, você me envergonhou tanto, que, mesmo se eu fosse libertado desse feitiço, não suportaria que um homem voltasse a ver meu rosto. Pois não lamento por minha ruína tanto quanto lamento a loucura que fez com que minha sabedoria se voltasse contra mim para minha própria destruição. Portanto, eu perdoo todas as coisas que você fez para me trair; no entanto, só há uma coisa que eu preciso que você faça.

E Vivien perguntou: – Isso diz respeito a você?

E Merlin respondeu: – Não, diz respeito a outra pessoa.

Em seguida, Vivien disse: – O que é?

Então Merlin continuou: – É o seguinte: voltei a ter meu dom de previsão e vejo que o Rei Arthur está correndo grande perigo de vida. Portanto, eu imploro, Vivien, que vá imediatamente até onde ele está e que use seus poderes mágicos para salvá-lo. Assim, realizando esta única boa ação, você irá amenizar o pecado que cometeu ao me trair.

Naquela época, Vivien não era de todo má como depois se tornou, pois ainda sentia uma pequena pena de Merlin e tinha um pouco de respeito pelo Rei Arthur. Então ela sorriu e disse: – Muito bem, vou fazer o que está me pedindo. Onde tenho de ir para salvar aquele Rei?

Então Merlin respondeu: – Vá para as terras do oeste, até o castelo de um cavaleiro chamado Sir Domas de Noir, e quando chegar lá verá imediatamente como pode ajudar o bom rei.

Em seguida, Vivien disse: – Farei isso pelo senhor, pois será o último favor que alguém pode lhe fará neste mundo.

Com isso, Vivien bateu as mãos e convocou muitos de seus assistentes. E quando eles entraram, ela apresentou Merlin diante deles e disse: – Vejam como eu o enfeiticei. Vão até lá! Vejam vocês mesmos! Sintam as mãos e o rosto dele e vejam se ainda há alguma vida nele.

E eles foram até Merlin e apalparam suas mãos, braços e seu rosto, e até mesmo puxaram sua barba, e Merlin não conseguia se mover de maneira alguma, mas apenas gemer de grande dor. Então, todos riram e zombaram daquele estado melancólico.

Então Vivien fez com que por meio de sua magia aparecesse naquele lugar um grande cofre de pedra. E ela ordenou aos que estavam lá que levantassem Merlin e o colocassem lá dentro, e eles fizeram exatamente o que ela ordenou. Então, usando a sua magia, ela fez com que fosse colocada uma enorme laje de pedra em cima daquele cofre, tão pesada que dez homens não conseguiriam erguê-la, e Merlin ficou sob a pedra como se estivesse morto.

Então Vivien fez com que o castelo mágico desaparecesse imediatamente, e assim aconteceu de acordo com sua vontade. Em seguida, ela fez com que uma névoa surgisse naquele lugar, e essa névoa era de tal intensa que ninguém conseguia penetrá-la ou dissipá-la e nenhum olho humano conseguia ver o que havia dentro. Quando ela terminou de fazer tudo isso, partiu daquele vale e seguiu seu caminho com toda a sua corte, sentindo grande alegria por ter triunfado sobre Merlin.

No entanto, ela não esqueceu sua promessa e foi para o castelo de Sir Domas de Noir, e tudo o que aconteceu lá será contado em seguida.

※ ※ ※

Assim foi a morte de Merlin, e queira Deus que vocês não façam mau uso da sabedoria que Ele deu a vocês, deixando que ela seja usada contra vocês para destruí-los. Pois não há maior amargura no mundo do que esta: que um homem seja traído por alguém a quem ele mesmo deu o poder de traí-lo.

E agora voltemos para o Rei Arthur, para saber o que aconteceu com ele depois que Merlin foi traído dessa forma.

CAPÍTULO 🜲 TERCEIRO

Como a rainha Morgana, a Fada, retornou a Camelot e à corte com a intenção de prejudicar o Rei Arthur. E, também, como o Rei Arthur e outros saíram para caçar e o que aconteceu com eles

Muito bem, depois que Merlin havia deixado a corte com Vivien, como foi dito anteriormente, a rainha Morgana, a Fada, retornou a Camelot. Ao chegar lá foi até o Rei Arthur, ajoelhou-se diante dele e curvou o rosto aparentando grande humildade. Então ela disse: – Irmão, pensei muito sobre tudo o que aconteceu e percebi que fiz muito mal em ser tão rebelde contra a sua realeza. Por isso peço-lhe que perdoe as minhas palavras e pensamentos maldosos contra você.

Então o Rei Arthur ficou muito comovido, aproximou-se da rainha Morgana, tomou-a pela mão e erguendo-a, beijou sua testa e seus olhos, dizendo:– Minha irmã, não guardo nenhum ressentimento contra ti. Só tenho amor por você em meu coração.

E assim, a rainha Morgana permaneceu na corte da mesma forma que antes, pois o Rei Arthur acreditava que eles estavam reconciliados.

Certo dia, a rainha Morgana e o Rei começaram uma conversa amigável sobre a Excalibur, e a rainha Morgana expressou um grande desejo de ver aquela nobre espada mais de perto do que ela jamais tinha visto, e o Rei Arthur disse que algum dia a mostraria para dela.

Então, no dia seguinte, ele disse: – Irmã, venha comigo e eu lhe mostrarei a Excalibur.

Em seguida, ele pegou a rainha Morgana pela mão e a conduziu até um outro aposento, onde havia um forte cofre de madeira preso com correntes de ferro. O Rei abriu o cofre e nele a rainha Morgana viu a Excalibur dentro de sua bainha. Então o Rei Arthur disse a ela: – Senhora, pegue essa espada e examine-a como quiser.

Assim, a rainha Morgana pegou a Excalibur nas mãos e tirou-a do cofre. Ela puxou a espada da bainha e, ora!, a lâmina reluzia como um raio. Então ela disse: – Senhor, esta é uma espada tão linda, que eu gostaria de tirá-la daqui e guardá-la por um tempo para que pudesse apreciá-la o máximo possível.

Ora, o Rei Arthur pretendia demonstrar maior cortesia à rainha nesse momento de reconciliação, pelo que disse a ela: – Pegue-a e seja sua guardiã enquanto quiser.

Então a rainha Morgana levou a Excalibur e sua bainha para seus aposentos e escondeu a espada na cama em que ela dormia.

Então a rainha Morgana mandou buscar diversos ourives, oito no total, e alguns armeiros, oito no total, e alguns joalheiros hábeis, oito no total, e disse a eles: – Façam-me uma espada com todos os detalhes desta aqui – E então ela mostrou a Excalibur em sua bainha. Então, esses ourives, armeiros e joalheiros trabalharam com grande diligência e, em quinze dias, fizeram uma espada exatamente igual à Excalibur, ao passo que ninguém conseguiria perceber a diferença entre uma e outra. A rainha Morgana manteve ambas consigo até que conseguisse realizar seus propósitos.

* * *

Certo dia, o Rei Arthur anunciou uma caçada na qual ele e toda a sua corte participariam.

Um dia antes da caçada acontecer, a rainha Morgana veio até o Rei Arthur e disse: – Irmão, tenho aqui um cavalo muito bonito e nobre que quero lhe dar como um sinal do meu amor.

Depois isso ela chamou em voz alta dois cavalariços, que vieram trazendo um cavalo negro como a noite e todo enfeitado com arreios de prata. O cavalo era de uma beleza tão extraordinária que nem o Rei Arthur nem ninguém que estava com ele havia visto algo semelhante. Então, um maravilhoso deleite se apoderou do Rei ao ver o cavalo, e ele disse: – Irmã, este presente é um dos mais nobres que já recebi.

— Ora! Irmão – disse a rainha Morgana –, então você gostou do cavalo?

— Sim – disse o Rei Arthur – É melhor do que qualquer cavalo que já vi antes.

— Então – disse a rainha Morgana –, considere isso como um presente de reconciliação. E em sinal dessa reconciliação, eu lhe peço que monte esse cavalo na caçada de amanhã.

E o Rei Arthur prontamente respondeu: – Farei isso.

E, no dia seguinte, ele saiu para caçar montado naquele cavalo, como disse que faria.

Ora, aconteceu algum tempo depois do meio-dia, quando os cães avistaram um cervo de tamanho extraordinário, e o rei e toda a sua corte seguiram-no em perseguição com grande ímpeto. Mas o cavalo do Rei Arthur logo superou todos os outros cavalos, exceto o de certo cavaleiro da corte, muito honrado e digno, chamado Sir Accalon da Gália. Assim, Sir Accalon e o rei cavalgaram a passos largos pela floresta e estavam tão ansiosos com a perseguição que não perceberam para onde cavalgavam. Finalmente, eles alcançaram o cervo e descobriram que ele estava preso em uma parte muito densa e emaranhada da floresta. Então, o Rei Arthur matou o cervo, e assim a caçada foi encerrada.

Depois que isso aconteceu, o Rei Arthur e Sir Accalon tentaram voltar pelo mesmo caminho de onde tinham vindo, mas logo perceberam que estavam perdidos nos labirintos da floresta e não sabiam onde estavam. Tinham cavalgado tão longe, que estavam em terras totalmente estranhas. Assim, eles vagaram para cá e para lá por muito tempo até o anoitecer, quando foram dominados pela fome e pelo cansaço. Então o Rei Arthur disse a Sir Accalon: – Senhor, parece que não teremos nenhum lugar para descansar nesta noite, a menos que seja debaixo de uma árvore nesta floresta.

E Sir Accalon respondeu: – Senhor, siga meu conselho e deixe que nossos cavalos busquem um próprio caminho através da floresta

179

e, provavelmente, por causa de seus instintos, eles nos levarão até algum lugar habitado.

Bem, esse conselho pareceu ser muito bom para o Rei Arthur, portanto ele fez como Sir Accalon aconselhou, soltou as rédeas e permitiu que seu cavalo seguisse por onde quisesse. Então, o cavalo do Rei Arthur cavalgou por certo caminho, e o cavalo de Sir Accalon o seguiu. Eles caminharam por um bom tempo desse modo e a noite estava descendo sobre eles na floresta.

Mas, antes que ficasse totalmente escuro, eles saíram da floresta para um lugar aberto, onde avistaram um estuário muito largo, como se fosse uma enseada do mar. E diante deles estava uma praia de areia muito lisa e branca, e os dois desceram e foram até aquela praia e ficaram ali. Mas não sabiam o que fazer, pois não havia nenhuma habitação à vista.

Enquanto estavam lá pensando no que fazer, de repente perceberam um navio a uma distância muito grande. Conforme o navio se aproximava, eles acharam que tinha uma aparência exótica e magnífica, pois era pintado com várias cores, vistosas e brilhantes, e as velas eram todas de seda em diversas cores e bordadas com figuras como de uma tapeçaria; e o Rei Arthur ficou encantado com o aspecto daquele navio.

Muito bem, enquanto olhavam para o navio, perceberam que ele chegava cada vez mais perto e em pouco tempo atracou na praia de areia não muito longe deles.

Então o Rei Arthur disse a Sir Accalon: – Senhor, vamos caminhar pela praia para olhar o navio de perto, pois nunca vi algo igual em toda a minha vida, portanto, acho que deve ser encantado.

Então os dois foram até onde o navio estava e pararam na praia para olhar dentro dele. A princípio pensaram que não havia ninguém a bordo, pois parecia estar totalmente vazio. Mas, enquanto eles estavam ali maravilhados com aquele navio e com a maneira como ele tinha chegado, eles viram algumas cortinas que se abriam na outra extremidade do navio, e de lá saíram doze lindas donzelas. Cada uma delas usava um vestido de cetim escarlate muito vivo e brilhante, uma tiara de ouro na cabeça e muitos braceletes de ouro. Essas donzelas avançaram até onde os dois cavaleiros estavam e disseram: – Bem--vindo, Rei Arthur! – E também disseram: – Bem-vindo, Sir Accalon!

Diante disso, o Rei Arthur ficou muito surpreso que elas o conhecessem e disse: – Belas damas, como isso é possível? Parece que me conhecem muito bem, mas eu não as conheço. Quem são vocês que conhecem a mim e ao meu companheiro e nos chamam pelo nome?

Então a líder daquelas donzelas respondeu: – Senhor, nós somos meio fadas e sabemos tudo a seu respeito; sabemos que vocês vieram de uma longa caçada e que estão cansados, famintos e com sede. Portanto, os convidamos para vir a bordo deste navio, descansar e relaxar com boa comida e bebida.

Bem, o Rei Arthur achou que essa seria uma bela aventura e então disse a Sir Accalon: – Senhor, estou com muita vontade de embarcar neste navio e seguir essa aventura.

E Sir Accalon respondeu: – Se o senhor assim o fizer, eu irei também.

Então, aquelas damas baixaram uma prancha do navio e o Rei Arthur e Sir Accalon subiram com seus cavalos na prancha, entraram a bordo do navio e navegaram do mesmo modo como ele tinha chegado, muito rápido. Agora era o início da noite, com a lua muito redonda e cheia no céu, como um disco de prata pura e brilhante.

Então aquelas doze donzelas ajudaram o Rei Arthur e Sir Accalon a desmontar, e algumas levaram seus cavalos e outras os conduziram a um belo aposento na extremidade do navio. Neste aposento, o Rei Arthur encontrou uma mesa colocada para eles, coberta com um pano de linho e cheia de diversos pratos saborosos, pedaços de pão branco e vários tipos diferentes de excelentes vinhos. Quando o Rei Arthur e Sir Accalon viram aquela mesa ficaram muito felizes, pois estavam extremamente esfomeados.

Então, imediatamente sentaram-se à mesa, comeram e beberam com grande cordialidade, e enquanto o faziam algumas daquelas donzelas serviam-lhes comida, outras continuavam conversando com eles, e outras tocavam música em alaúdes e cítaras para entretê-los. Então eles festejaram e se divertiram muito.

Mas, passado algum tempo, uma grande sonolência começou a cair sobre o Rei Arthur. Ele achou que a sonolência era por causa do cansaço da caçada e logo disse: – Belas donzelas, vocês nos divertiram muito e esta foi uma aventura muito agradável. Mas gostaria agora que vocês nos oferecessem um lugar para dormir.

Ao ouvir isso, a líder das donzelas respondeu: – Senhor, este barco foi preparado para o seu descanso, portanto todas as coisas foram preparadas para o senhor com toda a plenitude.

Com isso, algumas daquelas doze donzelas conduziram o Rei Arthur para um aposento que havia sido preparado para ele, e outras conduziram Sir Accalon para outro aposento preparado para ele. O Rei Arthur ficou encantado com a beleza de seu aposento, achando que nunca tinha visto um quarto tão lindo quanto aquele em que acabara de entrar. Então o Rei Arthur deitou-se com muito conforto e imediatamente caiu em um sono profundo e suave, sem sonho ou qualquer perturbação.

* * *

Quando o Rei Arthur acordou desse sono, ficou tão espantado porque não sabia se ainda estava dormindo e sonhando ou se já havia acordado. Vejam só! ele estava deitado sobre um estrado em um local muito escuro e sombrio, todo de pedra. Ele percebeu que esse aposento era uma masmorra e começou a ouvir o som de muitas vozes lamentando ao redor. E ele pensou: – Onde está aquele navio em que eu estava ontem à noite, e o que aconteceu com aquelas donzelas com quem conversei?

Depois disso, ele olhou ao redor e percebeu que estava realmente em uma masmorra e que havia muitos cavaleiros em estado lastimável ali também. Compreendeu que eles também eram prisioneiros e que vinha deles aquele som de lamentação horrível que ele ouvira ao acordar.

Então o Rei Arthur levantou-se e viu que todos os cavaleiros que ali estavam prisioneiros eram estranhos para ele, ele não os conhecia e eles não o conheciam. O total de prisioneiros naquele lugar era vinte e dois.

Então o Rei Arthur perguntou: – Senhores, quem são vocês e onde estou agora?

A isso o chefe dos cavaleiros prisioneiros respondeu: – Senhor, somos como o senhor, prisioneiros em uma masmorra deste castelo, e o castelo pertence a um certo cavaleiro, Sir Domas, cujo sobrenome é le Noir.

O Rei Arthur estava muito espantado com o que havia acontecido a ele, e disse: – Senhores, isso que me aconteceu é muito esquisito, pois na noite passada eu adormeci em um navio maravilhoso, que acredito ser de fadas, e junto comigo estava outro cavaleiro e, vejam só!, esta manhã eu acordei sozinho nesta masmorra, e não sei como vim parar aqui.

— Senhor – disse o cavaleiro que falava em nome de todos –, ontem à noite o senhor foi trazido por dois homens vestidos de preto, e o colocaram deitado naquele estrado sem que acordasse, pelo que me parece óbvio que aconteceu com o senhor o mesmo que a nós, e que agora é prisioneiro deste Sir Domas le Noir.

Então o Rei Arthur disse: – Digam-me, quem é este Sir Domas, porque eu nunca ouvi falar dele antes.

— Eu lhe digo quem ele é – disse o cavaleiro prisioneiro. E assim continuou: – Acredito que esse Sir Domas é o cavaleiro mais falso que existe, pois ele é cheio de traições, mentiras e, na realidade, é um perfeito covarde. No entanto, ele é um homem de grandes posses e muito poderoso por estas bandas.

Pois bem, são dois irmãos, um é Sir Domas e o outro é Sir Ontzlake. Sir Domas é o mais velho e Sir Ontzlake o caçula. Quando o pai desses dois cavaleiros morreu, ele deixou um patrimônio igual para cada um. Porém, Sir Domas tomou posse de quase todas essas propriedades, e Sir Ontzlake tem apenas um castelo, que ele mantém pela força das armas e por causa de sua própria coragem. Pois, embora Sir Domas seja um covarde, ainda assim ele é muito mais astuto e ardiloso do que alguém já ouviu falar; então, do patrimônio de seu pai, Sir Domas tem tudo, e Sir Ontzlake não tem nada, exceto aquele castelo e as terras ao redor dele. Pode parecer muito estranho que Sir Domas não esteja satisfeito com tudo isso, mas na verdade ele não está e ainda cobiça esse único castelo e as poucas terras ao redor que são de seu irmão, tanto que não sente nenhum prazer na vida por causa dessa cobiça. No entanto, ele não sabe como fazer para obter essas terras de seu irmão, pois Sir Ontzlake é um cavaleiro excelente, e a única maneira que Sir Domas tem para assumir a posso das terras é enfrentando seu irmão, de homem para homem em uma luta armada, e isso ele tem medo de fazer.

Então, há muito tempo, Sir Domas está procurando um cavaleiro que possa assumir seu caso e lutar contra Sir Ontzlake em seu nome. Portanto, todos os cavaleiros que ele consegue prender ele traz para este castelo e lhes propõe uma escolha: ou assumem o caso contra seu irmão, ou permanecerão neste lugar como seu prisioneiro, sem resgate. Ele prendeu todos nós e exigiu que cada um lutasse por ele. Mas nenhum de nós aceitará o caso de um cavaleiro mal-intencionado quanto Sir Domas e, assim, todos nós continuamos seus prisioneiros.

— Bem – disse o Rei Arthur – este é um caso extraordinário. Mas acredito que se Sir Domas fizer seu apelo a mim, aceitarei seu caso. Pois prefiro fazer isso a permanecer prisioneiro aqui por toda a minha vida. Mas se eu assumir essa batalha e tiver sucesso, então terei de lidar com o próprio Sir Domas de um jeito que acho que não será muito de seu agrado.

Pouco tempo depois, um dos guardas abriu a porta da prisão e entrou uma jovem donzela muito formosa. E essa donzela veio até o Rei Arthur e disse a ele: – Que bom vê-lo aqui!

— Eu não posso dizer o mesmo – disse o Rei Arthur – pois parece que estou em uma situação desolada neste lugar

— Senhor – disse a donzela – fico triste em ver um cavaleiro tão nobre em um caso tão doloroso. Mas se aceitar defender a causa do dono deste castelo com a sua pessoa contra o inimigo, então terá permissão para ir aonde quiser.

Diante disso, o Rei Arthur respondeu:

— Senhora, este é um caso muito difícil, pois devo lutar uma batalha que não me diz respeito ou então permanecer prisioneiro aqui, sem resgate, por todos os meus dias. Então prefiro lutar a viver aqui o resto da minha vida e, portanto, aceitarei essa aventura como está me pedindo. Mas, se eu lutar pelo dono deste castelo e pela Graça de Deus vencer essa batalha, então todos esses meus companheiros na prisão também serão libertados comigo?

E a resposta da donzela foi a seguinte: – Muito bem, que assim seja, pois isso deixará o dono deste castelo muito feliz.

Então o Rei Arthur olhou mais de perto para a donzela e disse: – Donzela, parece que conheço seu rosto, pois acho que já a vi em algum lugar antes.

— Não, senhor – disse ela – isso não seria possível, pois sou a filha do dono deste castelo.

Mas nisso ela estava mentindo, pois era uma das donzelas de Morgana, a Fada; e ela era uma das que haviam atraído o Rei Arthur para o navio na noite anterior. Foi ela quem o trouxe para aquele castelo e o entregou nas mãos de Sir Domas. Ela havia feito todas essas coisas sob o comando da rainha Morgana, a Fada.

Então o Rei Arthur disse: – Mas se eu travar essa batalha, vocês devem levar uma mensagem minha à corte do Rei Arthur, e a entreguem à rainha Morgana, a Fada, em mãos. Então, quando isso tiver sido feito, lutarei em nome de Sir Domas.

E a donzela respondeu: – Assim será feito.

Logo em seguida, o Rei Arthur escreveu uma carta selada à rainha Morgana, a Fada, pedindo a ela que lhe enviasse sua espada Excalibur e mandou que entregassem a mensagem. Ao receber a carta, a rainha

Morgana caiu na gargalhada e disse: – Muito bem, ele terá uma espada que agradará a seus olhos tanta quanto a Excalibur.

E com isso ela enviou a ele aquela outra espada que tinha mandado fazer, exatamente igual a Excalibur.

Então, Sir Domas enviou uma mensagem a seu irmão, Sir Ontzlake, informando que ele agora tinha um campeão para lutar em seu nome e recuperar toda a parte de seu patrimônio que Sir Ontzlake havia tomado dele.

Quando recebeu a mensagem, Sir Ontzlake ficou realmente preocupado porque fazia pouco tempo que ele tinha sido gravemente ferido em um torneio quando uma lança atingiu suas duas coxas, de modo que ele estava bem ferido e não podia levantar-se dali. Portanto ele não sabia o que fazer naquela situação, porque não poderia lutar em seu próprio nome e não tinha ninguém para lutar por ele.

CAPÍTULO ♛ QUARTO

O que aconteceu com Sir Accalon, e como o Rei Arthur lutou em um duelo de espadas. E, também, como ele quase perdeu sua vida nesse duelo

Aqui segue o relato do que aconteceu a Sir Accalon na manhã depois que ele embarcou naquele navio mágico com o Rei Arthur, como já foi contado.

Quando Sir Accalon acordou daquele mesmo sono, ficou do mesmo jeito que o Rei Arthur; pois, a princípio, ele não sabia se ainda estava dormindo e sonhando ou se já havia acordado. Vejam só! Ele viu-se deitado ao lado de uma bacia de mármore com água límpida que jorrava muito alto de um cano de prata. E ele percebeu que não muito longe dessa fonte havia uma grande tenda de seda colorida, que ficava às margens de um belo gramado.

Então, Sir Accalon ficou totalmente surpreso por estar neste lugar, pois havia adormecido a bordo daquele navio, e isso o fez ficar com medo que tudo fosse fruto de algum feitiço muito maligno. Então ele fez o sinal da cruz e disse: – Deus proteja o Rei Arthur de qualquer mal, pois parece que aquelas donzelas do navio lançaram algum feitiço sobre nós para nos separar um do outro.

Assim dizendo, ele levantou-se com a intenção de descobrir mais sobre o que estava acontecendo.

Enquanto fazia barulho, ao se mexer para levantar-se, saiu daquela tenda já mencionada um anão horrível, que o saudou com toda a gentileza e grande respeito. Então Sir Accalon disse ao anão:
– Quem é o senhor?

E o anão respondeu: – Meu senhor, sirvo à senhora daquele pavilhão, e ela me enviou para lhe dar as boas-vindas e para convidá-lo a participar de um banquete com ela.

— Ah! – disse Sir Accalon – e como vim parar aqui?

— Senhor – disse o anão – eu não sei, mas quando olhamos esta manhã, o vimos deitado aqui ao lado da fonte.

Então, Sir Accalon ficou muito espantado com o que havia acontecido com ele e resolveu perguntar:

— Quem é sua senhora?

Ao que o anão respondeu:

— Ela se chama Lady Gomyne do Cabelo Louro e ficará extremamente feliz com sua companhia na tenda dela.

Diante disso, Sir Accalon levantou-se e, depois de banhar-se na fonte e assim se refrescar, foi com o anão até a tenda daquela senhora. Ao chegar lá, ele viu que no centro da tenda havia uma mesa de prata coberta com uma toalha branca sobre a qual havia comida excelente para um homem quebrar seu jejum.

Assim que Sir Accalon entrou na tenda, as cortinas do outro lado se abriram e de lá saiu uma dama muito bonita, que deu as boas-vindas a Sir Accalon. E Sir Accalon disse-lhe: – Senhora, acho que foi muito gentil de sua parte me convidar para entrar em sua tenda.

— Não, senhor – disse a dama –, não me custa nada ser gentil com um cavaleiro tão digno como o senhor. O senhor não quer sentar-se aqui à mesa comigo para o desjejum?

Sir Accalon ficou muito contente com o convite, pois estava com fome, e a beleza da senhora também lhe agradava muito e, portanto, sentia-se muito feliz por estar em sua companhia.

Então os dois se sentaram à mesa muito animados e alegres e o anão os serviu.

Depois que Sir Accalon e a dama da tenda fizeram sua refeição, ela disse: – Cavaleiro, o senhor parece ser muito forte, valoroso, com grande experiência no uso de armas e habilidade nas lutas.

Então, Sir Accalon respondeu: – Senhora, não me parece certo ficar falando dos meus feitos, mas posso dizer que já me envolvi em várias lutas com armas, no que diz respeito a um cavaleiro com cinto e esporas, e acredito que tanto meus amigos quanto meus inimigos tiveram motivos para dizer que sempre cumpri meu dever da melhor maneira possível.

Então a dama disse: – Acredito que o senhor é um cavaleiro muito valente e digno e, sendo assim, pode ajudar um cavaleiro bom e digno que necessita desesperadamente de sua ajuda, da mesma forma como um cavaleiro ajuda outro.

Em seguida Sir Accalon perguntou: – Que ajuda seria essa?

E a dama respondeu: – Eu lhe direi. Não muito longe daqui vive um cavaleiro chamado Sir Ontzlake, que tem um irmão mais velho, conhecido como Sir Domas. Esse Sir Domas tem tratado Sir Ontzlake muito mal de várias maneiras e tomou quase todo o seu patrimônio, de modo que apenas um pouco sobrou para Sir Ontzlake, de todas as grandes posses que um dia foram de seu pai. Sir Ontzlake precisa defender com a força de armas até mesmo a pequena propriedade que tem, pois Sir Domas também tem inveja dela. Agora Sir Domas encontrou um campeão que é um homem de grande força e destreza, e através desse campeão Sir Domas desafia o direito de Sir Ontzlake de possuir até mesmo aquela pequena parte das terras que um dia foram de seu pai; portanto, se Sir Ontzlake quiser guardar o que é seu, ele precisa aceitar essa batalha agora.

Bem, acontece que, há pouco tempo, Sir Ontzlake foi ferido por uma lança em um torneio e teve as duas coxas perfuradas, portanto ele agora não consegue sentar-se em seu cavalo e defender seus direitos em um ataque. Assim, me parece que um cavaleiro não teria melhor motivo para mostrar sua destreza do que na defesa de um caso tão triste como esse.

Assim falou aquela dama, e Sir Accalon ouviu tudo o que ela disse com grande atenção, e, quando ela terminou, ele disse: – Senhora, eu estaria realmente bem disposto a defender o direito de Sir Ontzlake, mas, veja só!, não tenho armadura nem armas para lutar.

Então aquela dama sorriu muito gentilmente para Sir Accalon e disse:

— Sir Ontzlake pode facilmente fornecer ao senhor uma armadura que seja totalmente do seu agrado. E quanto às armas, tenho aqui nessa tenda uma espada especial. Igual a ela só há mais uma em todo o mundo.

Ao dizer isso, levantou-se e voltou para o recinto fechado com cortinas de onde viera, e dali voltou trazendo algo embrulhado em um pano escarlate. Ela abriu o pano diante dos olhos de Sir Accalon e, imaginem só!, o que ela tinha era a espada Excalibur do Rei Arthur em sua bainha. Então a dama disse: – Esta espada será sua se assumir essa luta em nome de Sir Ontzlake.

Quando Sir Accalon viu aquela espada, ele não sabia o que pensar e disse a si mesmo: – Com certeza essa espada é a Excalibur ou então é sua irmã gêmea.

Depois disso, ele tirou a espada de sua bainha e ela brilhou com extraordinário esplendor. Então, Sir Accalon disse: – Não sei o que pensar de puro espanto, pois esta espada é de fato a própria imagem de outra espada que eu conheço.

Quando ele falou assim, a dama sorriu para ele novamente e disse: – Ouvi dizer que existe no mundo outra espada como esta.

Então, Sir Accalon disse: – Senhora, para ganhar esta espada, eu estaria disposto a lutar em qualquer batalha.

E a dama respondeu: – Então, se quiser lutar essa batalha por Sir Ontzlake, poderá ficar com esta espada.

Ao ouvir isso, Sir Accalon ficou extremamente feliz e não podia conter-se de tanta alegria.

E assim aconteceu que, pelas artimanhas da Rainha Morgana, o Rei Arthur foi levado, sem saber, a travar uma batalha com um cavaleiro muito amado por ele, e esse cavaleiro tinha a Excalibur para usar contra seu mestre. Pois todas essas coisas aconteceram por causa da astúcia de Morgana, a Fada.

* * *

Bem, um campo muito bonito foi preparado para aquela batalha, em um lugar que fosse conveniente tanto para Sir Domas quanto para Sir Ontzlake, e lá eles chegaram no dia designado, cada um com seu cavaleiro-campeão e seus assistentes, Sir Ontzlake sendo levado para lá em uma liteira por causa do ferimento nas coxas. Além deles, muitas outras pessoas vieram assistir ao combate, pois as notícias se espalharam a uma grande distância ao redor daquele lugar. Então, estando todos preparados, os dois cavaleiros que iriam lutar naquele campo foram trazidos para dentro dos limites de combate, cada um totalmente armado e montado em um cavalo muito bom.

O Rei Arthur estava vestido com a armadura de Sir Domas, e Sir Accalon estava vestido com a armadura que pertencia a Sir Ontzlake, e a cabeça de ambos estava coberta por seu elmo, de modo que um não conseguia ver o outro.

Então o arauto veio e anunciou que a batalha estava próxima, e cada cavaleiro imediatamente preparou-se para o ataque. Em seguida, quando foi dado o sinal para o ataque, os dois avançaram, cada um de sua posição, com tal velocidade e fúria que era incrível de se ver. E assim eles se encontraram no meio do caminho com um estrondo como de um trovão, e a lança de cada cavaleiro foi quebrada em pequenos pedaços até a parte de proteção para as mãos. Depois disso, cada cavaleiro desceu do seu cavalo com grande habilidade e destreza, deixando-o correr à vontade pelo campo. E cada um jogou de lado sua lança e desembainhou sua espada, e veio contra o outro, com a maior fúria de luta.

Foi nesse instante que Vivien chegou àquele lugar a pedido de Merlin, e trouxe com ela uma corte tão bela, que muitas pessoas a notaram com grande prazer. Assim, Vivien e sua corte tomaram posição nas barreiras de onde podiam ver tudo o que estava acontecendo. E Vivien olhou para aqueles dois cavaleiros e não conseguia dizer qual deles era o Rei Arthur e qual era seu inimigo, portanto ela disse: – Bem, farei o que Merlin desejava que eu fizesse, mas devo esperar e assistir a esta luta por um tempo, antes de ser capaz de dizer quem é o Rei Arthur, pois seria uma pena lançar meus feitiços sobre o cavaleiro errado.

Então, os dois cavaleiros começaram a lutar em pé, e primeiro eles estavam alternando os ataques, mas depois atacaram ao mesmo tempo e, imaginem só!, a espada do Rei Arthur não perfurou a armadura de Sir Accalon, mas a espada de Sir Accalon atingiu profundamente a armadura do Rei Arthur e o feriu tão terrivelmente, que o sangue jorrava de sua armadura. Eles continuaram se atacando com muita frequência e com muita força, e como havia sido desde o início, a espada de Sir Accalon sempre perfurava a armadura do Rei Arthur, e a espada do Rei Arthur não atingia de forma alguma a armadura de seu oponente. Então, em pouco tempo, a armadura do Rei Arthur estava toda manchada de vermelho com o sangue que escorria de muitos ferimentos, e Sir Accalon não sangrava por causa da bainha de Excalibur que ele usava na lateral. E o sangue do Rei Arthur escorreu pelo chão de modo que toda a grama ao redor ficou ensanguentada. Quando o Rei Arthur viu como o chão ao seu redor estava molhado com seu próprio sangue e como seu oponente não sangrava uma única gota, ele começou a achar que morreria naquela batalha. então ele disse a si mesmo: – Como pode ser isso? Será que o poder da Excalibur e de sua bainha desapareceu? Caso contrário, eu poderia achar que esta minha espada não é a Excalibur e sim aquela que me atinge tão dolorosamente.

Depois isso, um grande desespero de morte veio sobre ele, e ele correu para Sir Accalon e deu-lhe um golpe tão forte no elmo que Sir Accalon quase caiu no chão.

Mas, naquele golpe, a espada do Rei Arthur quebrou-se repentinamente na junção do cabo e caiu na grama sobre o sangue, e a base da espada e o punho eram tudo o que o Rei Arthur segurava naquele momento.

Com aquele golpe, Sir Accalon ficou furioso e correu para o Rei Arthur com a intenção de desferir um golpe doloroso. Mas quando viu que o Rei Arthur estava sem arma, ele interrompeu seu ataque e disse: – Senhor Cavaleiro, vejo que está sem arma e que perdeu muito sangue. Portanto, exijo que se entregue a mim como um derrotado.

O Rei Arthur ficou novamente com muito medo de o momento de sua morte estivesse chegando, mas, por causa de sua realeza, não podia render-se a qualquer cavaleiro. Então ele disse:

— Não, Senhor Cavaleiro, não posso me entregar, pois prefiro morrer com honra a me render sem honra. Embora eu não tenha uma arma, há razões peculiares para que não me falte adoração. Portanto, pode me matar, já que estou sem arma e isso trará desonra ao senhor e não a mim.

— Muito bem – disse Sir Accalon – quanto à desonra, não vou poupá-lo, a menos que se entregue a mim.

E o Rei Arthur respondeu: – Não vou me entregar.

Em seguida, Sir Accalon disse:– Então, afaste-se um pouco de mim para que eu possa atacá-lo.

E, quando o Rei Arthur o obedeceu, Sir Accalon deu-lhe um golpe tão violento, que o rei caiu de joelhos. Então Sir Accalon ergueu

Excalibur com a intenção de atacar o Rei Arthur novamente, e com isso todas as pessoas que estavam lá gritaram para que ele poupasse um cavaleiro tão respeitável. Mas Sir Accalon não faria isso.

Então Vivien disse a si mesma:

— Com certeza aquele deve ser o Rei Arthur que está tão perto de morrer, e juro que seria uma grande pena para ele morrer depois de ter lutado tão bravamente.

Então, quando Sir Accalon ergueu a espada pela segunda vez com a intenção de golpear seu oponente, Vivien bateu suas mãos com grande força e liberou ao mesmo tempo um feitiço de tamanho poder que pareceu a Sir Accalon, naquele instante, como se tivesse recebido um golpe muito poderoso em seu braço. Pois, com aquele feitiço, seu braço ficou entorpecido, desde a ponta dos dedos até a axila, e então a Excalibur caiu de suas mãos na grama.

Então o Rei Arthur viu a espada e percebeu que era a Excalibur e com isso soube que havia sido traído. Por isso ele clamou três vezes em alta voz:

— Traição! Traição! Traição! - e com isso ele colocou o joelho sobre a lâmina e, antes que Sir Accalon pudesse detê-lo, ele a agarrou em suas mãos.

Naquele momento, o Rei Arthur sentiu que um grande poder havia se apossado dele por causa daquela espada, então, levantou-se e correu até Sir Accalon, atacando-o com tanta força, que a lâmina penetrou meio palmo em sua armadura. Ele o feriu várias vezes, e Sir Accalon gritou em alta voz e caiu de joelhos. Então o Rei Arthur correu até ele, agarrou a bainha de Excalibur, arrancou-a de Sir Accalon e jogou-a longe; em seguida, os ferimentos de Sir Accalon começaram a sangrar em grande escala. Então o Rei Arthur pegou o elmo de Sir Accalon e arrancou-o de sua cabeça com a intenção de matá-lo.

Mas, como o Rei Arthur não conseguia enxergar anda devido ao seu próprio sangue sobre seu rosto, ele não conheceu Sir Accalon e perguntou:

— Cavaleiro, quem é o senhor que me traiu?

E Sir Accalon respondeu: – Eu não o traí. Sou Sir Accalon da Gália e sou um cavaleiro respeitável da Corte do Rei Arthur.

E quando o Rei Arthur ouviu isso, ele gritou em voz alta: – Como pode isso? Você sabe quem eu sou?

E Sir Accalon disse: – Não, não o conheço.

Então o Rei Arthur disse: – Sou o Rei Arthur, seu mestre.

E, ao dizer isso, tirou o elmo, e Sir Accalon o conheceu.

E quando Sir Accalon viu o Rei Arthur, ele desmaiou e caiu como morto no chão, e o Rei Arthur disse: – Levem-no daqui.

Então, quando as pessoas ali presentes souberam que era o Rei Arthur, eles pularam as barreiras e correram em sua direção com gritos de compaixão. O Rei Arthur teria saído dali, mas também desmaiou, porque havia perdido muito sangue. E todos que estavam ao redor ficaram muito tristes, pensando que ele estava morrendo e lamentavam sem parar.

Então Vivien atravessou o campo e disse:

— Deixe-me ficar com ele, pois acredito que serei capaz de curar suas feridas.

Então ela pediu que trouxessem duas liteiras e colocou o Rei Arthur em uma e Sir Accalon na outra, e os dois foram levados para um convento de freiras que não ficava muito longe daquele lugar.

Quando Vivien chegou lá, cuidou das feridas do Rei Arthur e as banhou com um bálsamo muito precioso, de modo que começaram a sarar imediatamente. Quanto a Sir Accalon, ela não precisa cuidar de seus ferimentos, mas permitiu que um de seus assistentes o banhasse e fizesse curativos.

Na manhã seguinte, o Rei Arthur estava tão recuperado, que foi capaz de levantar-se, embora muito fraco e abatido, pois havia quase morrido. Então ele levantou-se de sua cama e não permitiu que ninguém o impedisse, enrolou-se em um manto e foi até onde Sir Accalon estava deitado. Quando chegou lá, fez várias perguntas a Sir Accalon, e este lhe contou tudo o que tinha acontecido com ele, depois de ter deixado aquele navio, e como a estranha donzela havia dado a ele uma espada para lutar. Então, quando o Rei Arthur ouviu tudo o que Sir Accalon tinha a dizer, ele disse: — Meu senhor, acho que não é o culpado nesse caso, mas tenho quase certeza de que houve traição para me destruir.

Então ele saiu daquele lugar e encontrou Vivien e pediu a ela:

— Donzela, peço que trate os ferimentos daquele cavaleiro com o mesmo bálsamo que usou para curar os meus.

— Senhor — disse Vivien — não posso fazer isso, pois não tenho mais daquele bálsamo.

Mas o que ela dizia era mentira, pois tinha mais daquele bálsamo, mas não queria usá-lo em Sir Accalon.

Então, naquela tarde, Sir Accalon morreu, devido aos ferimentos que havia sofrido em sua luta com o Rei Arthur.

Naquele dia, o Rei Arthur convocou Sir Domas e Sir Ontzlake à sua presença, e eles compareceram diante dele tão amedrontados, que não conseguiam ficar em pé e caíram de joelhos diante de sua majestade.

Então o Rei Arthur disse:

— Vou perdoá-los porque vocês não sabiam o que estavam fazendo. Mas o senhor, Sir Domas, creio eu, é um cavaleiro muito falso e traiçoeiro, portanto vou retirar todas as suas posses, exceto aquele castelo que seu irmão possui, e que darei ao senhor, mas todas as suas outras posses entregarei a Sir Ontzlake. E ordenarei ainda que, daqui em diante, nunca mais terás o direito de montar em qualquer cavalo, exceto em um palafrém, porque não é digno de cavalgar em um corcel como um verdadeiro cavaleiro tem o direito de fazer. Também ordeno que liberte imediatamente todos aqueles cavaleiros que foram meus companheiros no cativeiro, e deverá recompensá-los por todo o dano que causou a eles de acordo com o que for decidido por uma Corte de Cavalaria.

Com isso, ele dispensou os dois cavaleiros, e eles ficaram muito felizes por terem sido tratado com misericórdia pelo rei.

CONCLUSÃO

Pouco depois daquele combate entre o Rei Arthur e Sir Accalon, a notícia foi levada à Rainha Morgana, e no dia seguinte ela soube que Sir Accalon estava morto, e não conseguia entender como seus planos tinham dado errado. Então ela ficou em dúvida sobre o quanto o Rei Arthur poderia saber de sua traição e disse a si mesma: – Vou visitar meu irmão, o Rei, e se ele souber de minha traição, implorarei a ele que me perdoe essa transgressão.

Então, depois de fazer uma investigação diligente sobre onde estava o Rei Arthur, ela reuniu sua corte de cavaleiros e escudeiros e foi para lá.

No quinto dia após a luta, ela foi até lá e, ao chegar ao local perguntou aos que estavam presentes qual era o estado do rei. Eles responderam:

— Ele está dormindo e não deve ser incomodado.

Ao que a Rainha Morgana retrucou: – Não importa, ninguém pode me proibir de ver e falar com meu irmão.

Então, eles não se atreveram a detê-la porque ela era a irmã do rei.

Então a rainha Morgana entrou na câmara onde o rei estava deitado, e ele não acordou com a chegada dela. Ela se encheu de ódio e um grande desejo de vingança, pelo que disse a si mesma:

— Vou pegar a Excalibur e sua bainha e levá-los comigo para Avalon, e meu irmão nunca mais os verá.

Em seguida, ela foi muito suavemente até onde o Rei Arthur estava deitado e olhou para ele enquanto dormia, e percebeu que a Excalibur estava ao lado dele, e que ele segurava o cabo da espada em sua mão enquanto dormia. Então a Rainha Morgana pensou:

— Que pena, se eu tentar tirar Excalibur dele, provavelmente ele acordará e me matará por minha traição.

Porém, ela olhou novamente e percebeu que a bainha de Excalibur estava ao pé da cama. Então ela pegou a bainha de Excalibur com toda a delicadeza, a envolveu em seu manto e saiu dali, sem que o Rei Arthur acordasse.

Então a Rainha Morgana saiu da câmara do Rei e disse aos presentes: – Não acordem o Rei, pois ele dorme profundamente.

Em seguida, ela montou em seu cavalo e partiu dali.

Depois de um tempo considerável, o Rei Arthur acordou e procurou a bainha de Excalibur, mas percebeu que ela havia sumido, e perguntou imediatamente:

— Quem esteve aqui?

Os presentes responderam: – A Rainha Morgana esteve aqui e entrou, viu o senhor e foi embora sem acordá-lo.

Então o coração do Rei Arthur teve um pressentimento, e ele disse: – Suspeito que ela esteja me traindo deste o início dessas aventuras.

Em seguida, ele levantou-se, convocou todos os seus cavaleiros e escudeiros e montou em seu cavalo para perseguir a Rainha Morgana, embora ainda não estivesse totalmente recuperado de seus ferimentos e da perda de sangue.

Quando o rei estava prestes a partir, Vivien foi até ele e disse: – Senhor, leve-me junto, porque, caso contrário, nunca recuperará a bainha da Excalibur, nem conseguirá alcançar a Rainha Morgana.

E o Rei Arthur respondeu: – Venha comigo, então, donzela, em nome de Deus.

E Vivien partiu com ele em busca da Rainha Morgana.

Pouco tempo depois, enquanto a Rainha Morgana fugia, ela olhou para trás e percebeu que Vivien estava com o Rei Arthur. Com isso, seu coração ficou apertado, e ela disse: – Acho que estou completamente arruinada, pois ajudei aquela donzela a adquirir tamanho conhecimento de magia que não terei feitiços para me proteger contra os dela. Mas, de qualquer forma, o Rei Arthur nunca mais terá a bainha de Excalibur para ajudá-lo nas horas de necessidade.

Naquele momento, eles estavam passando ao lado da margem de um lago bem grande. Então a Rainha Morgana pegou a bainha de Excalibur com as duas mãos e a balançou pelo cinto acima de sua cabeça, atirando-a a uma grande distância na água.

Então um milagre muito singular aconteceu, pois, de repente, apareceu o braço de uma mulher fora da água, coberto com panos brancos e enfeitado com muitas pulseiras. E a mão do braço agarrou a bainha de Excalibur e puxou-a para baixo da água e nunca mais ninguém viu aquela bainha novamente.

Então, a bainha de Excalibur ficou perdida, e isso foi algo terrível para o Rei Arthur depois de algum tempo como vocês poderão ler adiante.

Depois que a Rainha Morgana jogou a bainha de Excalibur no lago, ela seguiu um pouco mais adiante, até um lugar bastante deserto, com muitas rochas e pedras espalhadas pelo chão. E, quando chegou lá, usou palavras mágicas muito poderosas, que Merlin havia lhe ensinado. Então, por meio desses feitiços, ela transformou a si mesma, toda a sua Corte e todos os seus cavalos em grandes pedras redondas de diversos tamanhos.

E, depois de algum tempo, o Rei Arthur chegou àquele lugar com seus cavaleiros e escudeiros, e ele estava sentindo um peso em seu coração, pois tinha visto de longe que a Rainha Morgana tinha jogado a bainha de Excalibur naquele lago.

Quando o rei e sua corte chegaram àquele local, a donzela Vivien pediu-lhe que parassem e disse: – Senhor, está vendo todas aquelas grandes pedras redondas?

— Sim – disse o Rei – estou vendo todas elas.

Então Vivien disse: – Muito bem! Essas pedras são a Rainha Morgana e a corte que estava com ela. Essa magia que ela fez para transformá-los em pedras foi uma coisa que Merlin a ensinou. Acontece que eu mesma conheço esse feitiço e sei como revertê-lo. Portanto, se me prometer punir imediatamente essa mulher perversa por toda a sua traição, tirando-lhe a vida, então eu a trarei de volta à sua forma verdadeira para que a tenha em seu poder.

Então o Rei Arthur olhou para Vivien com grande desagrado e disse:

— Donzela, você tem um coração muito cruel! Você mesma não sofreu nenhum mal nas mãos da Rainha Morgana; por que, então, quer que eu a mate? Se não fosse por tudo o que você fez por mim, eu ficaria muito ofendido. Quanto a ela, eu a perdoo por tudo isso, e vou perdoá-la quantas vezes for necessário, se ela pecar contra mim, pois a mãe dela era minha mãe, e o sangue que corre nas veias dela e nas minhas procede da mesma nascente; portanto, nada farei de mal contra ela. Voltemos para o lugar de onde viemos.

Então Vivien olhou para o Rei Arthur com muita amargura e riu com grande desprezo, dizendo: – O senhor é um tolo e idiota – e com isso desapareceu da vista de todos.

Depois disso, como o Rei Arthur a havia repreendido por sua maldade na presença das outras pessoas, ela o odiou ainda mais do que Morgana o odiava.

Algum tempo depois, o Rei Arthur soube como Merlin fora seduzido por Vivien e lamentou com grande amargura que o mundo tivesse perdido Merlin daquela forma.

Assim termina a história da morte de Merlin.

Aqui segue a história de Sir Pellias,
chamado por muitos de o Cavaleiro Gentil.

Todos diziam que sua natureza era tão boa, que todas as mulheres o amavam sem passarem por nenhum sofrimento e que todos os homens o tinham em alta consideração, e eram tratados cordialmente.

Assim, quando finalmente conquistou sua amada, a Dama do Lago, que era uma das mais importantes donzelas da Terra das Fadas, e foi morar como senhor supremo naquela maravilhosa habitação, que nenhum outro mortal jamais havia visto, além dele e de Sir Lancelot do Lago, todos se alegraram com sua grande sorte. Apesar disso, toda a corte do Rei Arthur ficou entristecida por ele ter partido para tão longe para nunca mais voltar.

Acredito, então, que vocês terão prazer em ler a história sobre o que aconteceu a Sir Pellias, escrita a seguir para sua edificação.

PARTE II
A HISTÓRIA DE SIR PELLIAS

CAPÍTULO ♛ PRIMEIRO

Como a rainha Guinevere foi colher flores na primavera e como Sir Pellias assumiu uma missão em nome dela

Em um agradável dia de primavera, a rainha Guinevere saiu para colher flores com sua corte de cavaleiros e damas. Entre esses cavaleiros estavam Sir Pellias, Sir Geraint, Sir Dinadan, Sir Aglaval, Sir Agravaine, Sir Constantine da Cornualha e muitos outros, de modo que dificilmente se encontrava uma corte semelhante a essa em todo o mundo, tanto naquela época quanto depois.

O dia estava extremamente agradável, com a luz do sol bem amarela, semelhante ao ouro, e a brisa soprando leve. Os passarinhos cantavam alegremente e em volta deles floresciam as mais diversas flores, além dos campos, que pareciam estar cobertos por um tapete verde. A rainha Guinevere achava que aquela era a estação perfeita para apreciar os campos e o céu acima.

Enquanto a rainha e sua corte caminhavam alegremente entre as flores, uma das donzelas que cuidavam de Lady Guinevere gritou de repente:

— Olhem! Olhem! Quem é aquele que vem logo ali?

A rainha Guinevere ergueu os olhos e viu uma donzela cruzando os campos cavalgando um cavalo branco como leite, acompanhada por três pajens vestidos de azul-celeste. A donzela também estava totalmente vestida de azul e usava uma corrente de ouro finamente trabalhada no pescoço e uma tiara de ouro na testa. Seu cabelo era amarelo como ouro e estava todo amarrado com fitas azuis bordadas de ouro. Um dos pajens que seguiam a donzela trazia uma moldura quadrada, que não era muito grande e estava embrulhada e coberta por uma cortina de cetim carmesim.

Quando a Rainha viu aquele belo grupo se aproximando, ela pediu a um dos cavaleiros que a serviam para ir ao encontro da donzela. E o cavaleiro que saiu em obediência ao seu pedido foi Sir Pellias.

Então, quando Sir Pellias encontrou a donzela e seus três pajens, falou-lhe desta maneira: – Bela donzela, aquela dama ordenou que eu visse saudá-la e pede a gentiliza de informar-lhe seu nome e propósito.

— Senhor Cavaleiro – disse a donzela –, percebo pelo seu modo de agir e falar que é de uma posição muito elevada e de grande nobreza, portanto, terei o prazer de dizer-lhe que meu nome é Parcenet, e que sou uma donzela pertencente à corte de certa dama muito importante, que mora a uma distância considerável daqui, chamada Lady Ettard de Grantmesnle. Vim até aqui com o desejo de ser levada à presença da rainha Guinevere. Portanto, se puder me dizer onde posso encontrá-la, ficarei imensamente agradecida.

— Ah, donzela! – disse Sir Pellias – Não precisará ir muito longe para encontrar a rainha Guinevere, pois ela está bem ali, rodeada por sua corte de nobres e damas.

Em seguida, a donzela pediu: – Leve-me até ela, então.

Então, Sir Pellias conduziu Parcenet até a rainha Guinevere, que a recebeu com grande gentileza, dizendo:

— Donzela, em que podemos lhe ajudar?

— Senhora – disse a donzela –, vou lhe dizer agora mesmo. Lady Ettard, minha ama, é considerada, por todo lugar onde passa, a dama mais linda do mundo. Porém, ultimamente, têm chegado tantas notícias sobre a sua extrema beleza, que Lady Ettard achou por bem me mandar aqui para ver com meus próprios olhos se o que está sendo relatado sobre a senhora é verdadeiro. E, de fato, agora que estou diante da senhora, posso dizer que é a dama mais bela que meus olhos já viram, exceto por Lady Ettard, como já mencionei.

Então a rainha Guinevere riu com prazer e disse: – Parece-me muito engraçado que você tenha viajado tão longe por um assunto tão pequeno. Diga-me uma coisa, donzela, o que seu pajem tem tão cuidadosamente embrulhado naquele cetim carmesim?

— Senhora – disse a donzela – é um retrato fiel e perfeito de Lady Ettard, minha ama.

Então a rainha Guinevere disse: – Mostre-me.

Diante disso, o pajem que trazia o quadro desceu de seu cavalo e foi até a rainha Guinevere, ajoelhou-se e retirou os panos que cobriam o quadro para que a rainha e sua corte pudessem vê-lo. Todos perceberam que aquele quadro havia sido pintado com muita habilidade, em um painel de marfim emoldurado com ouro e incrustado de muitas joias de várias cores. Viram também que era o retrato de uma dama de uma beleza tão extraordinária, que todos os que a viram ficaram maravilhados.

— Bem, donzela – disse a rainha Guinevere –, sua ama é, de fato, agraciada com uma beleza extraordinária. Se ela realmente se parece com esse retrato, então acredito que beleza igual não pode ser encontrada em nenhum lugar do mundo.

Ao ouvir isso, Sir Pellias disse: – Não é verdade, senhora; pois afirmo e estou disposto a manter minha palavra, nem que tenha que defendê-la com minha própria vida, que a senhora é muito mais linda do que aquele retrato.

— Ora, senhor cavaleiro – disse a donzela Parcenet –, é bom que ninguém escute o senhor falando desse jeito em Grantmesnle, pois lá temos um cavaleiro, chamado Sir Engamore de Malverat, que é muito forte e diz a mesma coisa em favor de Lady Ettard contra todos que ousarem confrontá-lo.

Então Sir Pellias ajoelhou-se diante da rainha Guinevere, juntou as palmas das mãos e disse: – Senhora, peço-lhe, pela sua graça, que me honre aceitando-me como seu verdadeiro cavaleiro nesse assunto. Teria imenso prazer em partir para uma aventura em seu nome se tiver sua permissão para fazê-lo. Portanto, se me der licença para partir, irei imediatamente ao encontro desse cavaleiro de quem fala a donzela, e espero que, quando o encontrar, consiga derrotá-lo para aumentar a sua glória e honra.

Então a rainha Guinevere riu novamente de tanta animação e disse:

— Senhor, fico imensamente feliz que assuma uma briga tão pequena por mim. Porque, sendo assim, sei que assumiria uma briga muito séria em meu nome, não é? Portanto, aceito-o com muita alegria como meu campeão nesse assunto. Então, vá agora e arme-se de maneira adequada para essa aventura.

— Senhora – disse Sir Pellias –, se tiver sua permissão, entrarei nesse caso vestido como estou. Pois tenho esperanças de conseguir conquistar armadura e armas pelo caminho, caso em que essa aventura aumentará ainda mais sua fama.

A rainha ficou muito satisfeita ao ouvir que seu cavaleiro sairia em uma aventura tão séria vestido apenas com trajes de passeio, então ela disse:

— Seja como quiser.

Em seguida, ela pediu a seu pajem, Florian, que fosse buscar o melhor cavalo que pudesse para Sir Pellias. Florian saiu correndo e logo voltou com um nobre corcel, tão preto que não havia um único fio de cabelo branco nele.

Então Sir Pellias deu adeus à rainha Guinevere e sua alegre corte e todos se despediram dele com grande aclamação. Então ele montou em seu cavalo e partiu com a donzela Parcenet e os três pajens vestidos de azul.

Depois que eles haviam se afastado um pouco, a donzela Parcenet perguntou: – Senhor, não sei o seu nome, nem sua posição, nem quem é.

Ao ouvir isso, Sir Pellias respondeu: – Donzela, meu nome é Pellias e sou um cavaleiro da Távola Redonda do Rei Arthur.

Parcenet ficou muito surpresa ao saber disso, pois Sir Pellias era considerado por muitos o melhor cavaleiro de armas vivo, exceto o Rei Arthur e o Rei Pellinore. Então ela disse: – Senhor, certamente será uma grande honra para Sir Engamore travar uma luta com um cavaleiro tão famoso.

E Sir Pellias respondeu:

— Donzela, acho que há vários cavaleiros da Távola Redonda do Rei Arthur que são melhores cavaleiros do que eu.

Mas Parcenet insistiu:

— Não posso acreditar que seja esse o caso.

Passado algum tempo, Parcenet disse a Sir Pellias: – Senhor, como vai conseguir a armadura para lutar contra Sir Engamore?

— Donzela – disse Sir Pellias – não sei no momento onde vou providenciar uma armadura, mas antes que chegue a hora de lutar com Sir Engamore, tenho fé que encontrarei uma armadura apropriada para meu propósito. A senhorita deve saber que nem sempre é a defesa que um homem usa em seu corpo que lhe traz a vitória, mas geralmente é o espírito que o eleva em suas empreitadas.

Então Parcenet disse: – Sir Pellias, não acredito que seja frequente que uma dama tenha um cavaleiro tão bom quanto o senhor para lutar em seu nome.

E Sir Pellias respondeu alegremente: – Donzela, quando chegar a sua hora, desejo que tenha um cavaleiro muito melhor do que eu para servi-la.

E Parcenet disse então: – Senhor, é improvável que algo assim me aconteça.

Ao ouvir isso, Sir Pellias riu com toda a leveza de coração.

E Parcenet disse: – Meu Deus! Eu gostaria muito de ter um bom cavaleiro para me servir.

A isso Sir Pellias respondeu com seriedade: – Donzela, o primeiro que eu capturar, entregarei a você. Muito bem, você quer louro ou moreno, baixo ou alto? Porque, se preferir que ele seja baixo e louro, deixarei o alto e moreno seguir em frente; mas se quiser o alto e moreno, deixarei o outro partir.

Então Parcenet olhou firmemente para Sir Pellias e disse: – Gostaria que ele fosse tão alto quanto o senhor, que tivesse a mesma cor de cabelo e de olhos, com um nariz reto como o seu, e com a mesma perspicácia que o senhor tem.

— Que pena! – disse Sir Pellias: – Gostaria que tivesse dito isso antes de sairmos de Camelot, pois eu poderia facilmente ter conseguido um cavaleiro assim naquele lugar. Lá eles têm cavaleiros assim em tanta abundância, que os mantêm em gaiolas de madeira e os vendem por um centavo cada.

Em seguida, Parcenet riu muito alegremente e disse: – Então Camelot deve ser um lugar maravilhoso, Sir Pellias.

Assim, conversando animadamente, seguiram o caminho alegres e satisfeitos, aproveitando a primavera e os agradáveis campos por onde passavam, sem nenhuma preocupação e com o coração cheio de alegria e bondade.

Naquela noite, eles se hospedaram em uma estalagem muito pitoresca e agradável, que ficava nos arredores da Floresta de Usk, e na manhã seguinte partiram logo no frescor do dia, deixando aquele lugar e entrando nas sombras da floresta.

Depois de terem percorrido uma distância considerável naquela floresta, a donzela Parcenet disse a Sir Pellias: – Senhor, sabe que parte da floresta é esta?

— Não – respondeu Sir Pellias.

— Bem – disse Parcenet – esta parte da floresta às vezes é chamada de Floresta da Aventura. Devo dizer que é um lugar maravilhoso, cheio de magia de diversos tipos. Dizem que nenhum cavaleiro entra nesta floresta sem passar por alguma aventura.

— Donzela – disse Sir Pellias – o que está me dizendo é uma notícia muito boa, pois, se encontrarmos alguma aventura neste lugar, talvez eu possa obter uma armadura adequada ao meu propósito.

Então eles entraram na Floresta da Aventura imediatamente, viajaram por um longo caminho e ficaram maravilhados com o aspecto daquele lugar, pois a Floresta era muito escura, silenciosa e estranha, totalmente diferente de qualquer outro lugar que eles já tinham visto. Portanto, parecia-lhes que não seria de todo singular se alguma aventura extraordinária acontecesse com eles.

Depois de terem viajado dessa maneira por uma distância considerável, saíram repentinamente das partes mais fechadas da floresta e chegaram a uma clareira de grande extensão. Lá eles viram um riacho de águas violentas que corria com muita turbulência, emitindo vários ruídos. Ao lado do riacho havia um espinheiro, e debaixo dele havia um barranco coberto de musgo verde. Sobre o barranco estava sentada uma mulher velha de aparência horrível. Ela tinha os olhos totalmente vermelhos, como se estivesse chorando continuamente, muitos pelos cresciam em suas bochechas e no queixo, e seu rosto estava coberto com uma infinidade de rugas que não havia um único espaço sem elas.

Quando aquela velha mulher viu Sir Pellias, Parcenet e os três pajens se aproximando de onde ela estava sentada, gritou em voz alta: – Senhor, não pode me levar em seu cavalo para que eu consiga atravessar esse rio? Veja só! Estou muito velha e fraca e não posso cruzar este rio sozinha.

Então Parcenet repreendeu a velha senhora, dizendo: – Fique quieta! Quem a senhora pensa que é para pedir a este nobre cavaleiro que lhe faça um favor desses?

Sir Pellias não gostou do que Parcenet disse e respondeu: – Donzela, não fale desse modo, pois o que cabe a um verdadeiro cavaleiro é socorrer qualquer pessoa que lhe peça ajuda. Pois o Rei Arthur é o exemplo perfeito de cavaleiro e ensinou seus cavaleiros a socorrer a todos que lhe peçam ajuda, sem fazer distinção – Dizendo isso, Sir Pellias desmontou de seu cavalo e colocou a velha na sela. Em seguida, ele mesmo montou mais uma vez e seguiu na parte mais rasa do rio e, assim, cruzou a correnteza com a velha em segurança até chegar ao outro lado. E Parcenet o seguiu, maravilhada com seu cavalheirismo, e os três pajens os acompanharam.

Quando chegaram do outro lado da água, Sir Pellias desmontou com a intenção de ajudar a velha senhora a descer do cavalo. Mas ela não esperou por sua ajuda e imediatamente saltou de onde estava. E, vejam só! Sir Pellias viu que aquela que ele pensava ser apenas uma senhora idosa e enrugada era, na verdade, uma dama muito singular e maravilhosa, de extraordinária beleza. E, totalmente encantado, percebeu que ela estava vestida com roupas de um tipo que nem ele nem qualquer outro ali jamais tinha visto. E por causa de sua aparência, ele sabia que ela não era como qualquer mortal comum, mas sem dúvida pertencia ao mundo da magia. Ele percebeu que o rosto dela era de uma brancura maravilhosa, como o marfim, e que seus olhos eram tão negros e extraordinariamente brilhantes, que pareciam duas joias incrustadas no marfim. Notou também que ela estava vestida de verde da cabeça aos pés e que seu cabelo, longo e totalmente preto, parecia seda fina, de tanta maciez e brilho. Além disso, ele viu que ao redor do pescoço ela tinha um colar de opalinas e esmeraldas incrustadas de ouro, e que ao redor dos pulsos havia pulseiras de ouro finamente trabalhado também com opalinas e esmeraldas. Portanto, diante de tudo isso que acabara de ver, ele sabia que ela só poderia ser uma fada. (Assim era Lady Nymue do Lago; e assim ela apareceu para o Rei Arthur, e da mesma forma para Sir Pellias e para aqueles que estavam com ele.)

Assim, observando o ar de magia daquela dama, Sir Pellias ajoelhou-se diante dela e juntou as mãos, mas a Dama do Lago disse:
– Senhor, por que se ajoelha diante de mim?

— Porque a senhora é tão maravilhosamente estranha e bela – disse Sir Pellias.

E a Dama do Lago respondeu:

— O senhor me fez um favor tão grande e é, sem dúvida, um cavaleiro excelente. Portanto, levante-se e não se ajoelhe mais!

Então, Sir Pellias levantou-se, ficou diante dela e perguntou: – Quem é a senhora?

E ela respondeu: – Sou alguém que tem uma enorme consideração pelo Rei Arthur e todos os seus cavaleiros. Meu nome é Nymue e eu sou a principal das Damas do Lago de quem você já deve ter ouvido falar. Assumi a forma de uma velha senhora para testar seu valor de cavaleiro e, com certeza, o senhor é cheio de dignidade.

Então Sir Pellias disse: – A senhora certamente me fez um grande favor.

Diante disso, a Dama do Lago sorriu muito gentilmente para Sir Pellias e disse: – Senhor, pretendo lhe fazer um favor maior ainda.

Em seguida, ela pegou seu colar de opalinas, esmeraldas e ouro e pendurou-o no pescoço de Sir Pellias, fazendo com que ele ostentasse no peito um esplendor maravilhoso de cores variadas.

— Guarde isso – disse ela – pois tem uma magia muito poderosa.

Depois de dizer essas palavras, ela desapareceu instantaneamente da vista daqueles que lá estavam, deixando-os espantados e maravilhados com o que havia acontecido.

Sir Pellias parecia estar sonhando, pois não sabia se aquilo que vira era uma visão ou se havia realmente acontecido. Por isso ele montou em seu cavalo em completo silêncio, como se não soubesse o que fazia. E da mesma forma, em completo silêncio, ele liderou o caminho para saírem daquele lugar. Nenhum daqueles falou nada naquele momento; só depois de terem percorrido uma distância considerável, Parcenet disse, com certo receio: – Senhor, o que nos aconteceu foi algo maravilhoso.

E Sir Pellias respondeu: – Sim, donzela.

Muito bem, aquele colar que a Dama do Lago tinha pendurado no pescoço de Sir Pellias possuía um poder que fazia com que todos que olhassem para aquele que o estivesse usando ficassem apaixonados por ele. O colar tinha esse encantamento, mas Sir Pellias desconhecia totalmente o fato e estava alegre apenas pela beleza singular da joia que a Dama do Lago lhe dera.

CAPÍTULO ♛ SEGUNDO

Como Sir Pellias venceu um Cavaleiro Vermelho,
chamado Sir Adresack, e como ele libertou 22
prisioneiros do castelo desse cavaleiro

Depois daquele acontecimento maravilhoso, eles viajaram continuamente por um longo tempo. Não pararam em nenhum lugar, até que chegaram, cerca de uma hora depois do raiar do sol, a uma parte da floresta onde os carvoeiros estavam trabalhando. Sir Pellias ordenou que eles descessem de seus cavalos e descansassem um pouco, e então eles desmontaram para relaxar e se refrescar, conforme as ordens que haviam recebido.

Enquanto estavam sentados lá, comendo e bebendo, veio, de repente, da floresta um som de grande lamentação e de alto clamor, e quase imediatamente apareceu, entre os arbustos, uma dama de aparência lamentável, montada em um cavalo malhado. Atrás dela cavalgava um jovem escudeiro, vestido com as cores verde e branco, montado em um cavalo alazão. Ele também parecia estar muito triste, todo desalinhado e com o semblante muito abatido. O rosto da dama estava todo inchado e vermelho de tanto chorar, seu cabelo caía sobre os ombros, sem rede ou faixa para mantê-lo no lugar, e suas roupas estavam todas rasgadas pelos espinhos e sujas por causa do caminho na floresta. O jovem escudeiro que cavalgava atrás dela vinha com a cabeça inclinada e as vestimentas igualmente rasgadas e sujas; ele arrastava seu manto que estava preso a seu ombro apenas por uma única ponta.

Quando Sir Pellias viu a dama e o escudeiro naquele estado deprimente, imediatamente levantou-se e foi até ela, pegou a rédea e fez com que o cavalo parasse. A senhora olhou para ele, mas não o viu, pois estava totalmente cega por sua dor e sofrimento. Então Sir Pellias perguntou a ela: – Senhora, o que lhe causa tanta tristeza e sofrimento?

E ela respondeu: – Senhor, não importa, pois não pode me ajudar.

— Como você sabe que não posso? – perguntou Sir Pellias – Estou muito disposto a ajudá-la, se for possível.

Então a dama olhou Sir Pellias mais de perto e o viu como se estivesse em meio a uma névoa de tristeza. Ela percebeu que ele não usava uma armadura, mas apenas um traje de passeio de fino tecido vermelho. Então, ela começou a lamentar-se de novo, pois considerava que ali estava alguém que não poderia ajudá-la a resolver seus problemas e disse: – Senhor, suas intenções são boas, mas como pode me ajudar se não tem armas nem defesas para enfrentar uma luta?

E Sir Pellias disse: – Senhora, não sei como posso ajudá-la até que me fale de seu sofrimento. Apesar de tudo, tenho esperança de poder ajudá-la quando souber o que a está perturbando tanto – Então, ainda segurando o cavalo pelas rédeas, ele conduziu a dama até o lugar onde Parcenet ainda estava sentada sobre o pano com os alimentos que eles estavam comendo. Com toda a gentileza, ele ajudou a senhora a desmontar de seu cavalo e pediu que ela sentasse na grama para alimentar-se. Depois de comer e beber um pouco do vinho, ela sentiu-se revigorada e começou a recuperar seus sentidos. Ao vê-la melhor, Sir Pellias pediu novamente que ela falasse qual era o seu problema e implorou que ela abrisse seu coração para ele.

Então, encorajada por suas palavras alegres, ela contou a Sir Pellias o problema que a trouxe até ali.

— Senhor cavaleiro – ela disse – o lugar onde moro fica a uma distância considerável daqui. Vim de lá esta manhã com um cavaleiro muito bom, chamado Sir Brandemere, que é meu marido. Estamos casados há pouco mais de quatro semanas, de modo que nossa felicidade, até esta manhã, estava apenas começando. Bem, esta manhã Sir Brandemere me levou para caçar ao raiar do dia, e então saímos com o cão de caça de que meu cavaleiro gostava muito. Chegando a certo lugar na floresta, surgiu, de repente, diante de nós uma corça, e o nosso cão de caça começou imediatamente a perseguição com grande alarido. Então, eu, meu senhor e este escudeiro seguimos atrás deles animados e muito alegres com a caçada. Muito bem, depois de ter seguido a corça e o cão por uma grande distância, enquanto o cão perseguia a corça com grande avidez, chegamos a um lugar onde vimos diante de nós um riacho de águas violentas atravessado por uma ponte longa e estreita. Vimos que do outro lado do riacho havia um castelo protegido por sete torres, e que o castelo fora construído sobre as rochas de tal maneira que as rochas e o castelo pareciam ser totalmente uma coisa só.

Quando nos aproximamos da ponte, ora!, as grades do portão do castelo foram erguidas e a ponte levadiça foi baixada repentinamente, fazendo um grande estrondo. No mesmo instante saiu do castelo um cavaleiro todo vestido de vermelho. Todos os adornos e equipamentos do seu cavalo eram igualmente vermelhos e a lança que ele carregava na mão era de madeira de freixo pintada de vermelho. Ele avançou ferozmente e veio cavalgando até o outro lado daquela ponte estreita. Em seguida, ele disse em voz alta para Sir Brandemere, meu marido: – Onde pretende ir, senhor cavaleiro? – E meu marido respondeu: – Senhor, preciso cruzar esta ponte porque meu cão, a quem muito estimo, cruzou-a em busca de uma corça – Então aquele Cavaleiro Vermelho gritou em voz alta: – Senhor cavaleiro, se passar por esta ponte, será por sua conta e risco, pois esta ponte pertence a mim, e quem quer que queira cruzá-la deve primeiro me derrotar ou então não poderá passar.

Bem, meu marido, Sir Brandemere, estava vestido apenas com uma roupa leve que se usa para caçar; ele também usava um capacete bem leve na cabeça, envolvido em um lenço que eu havia lhe dado. No entanto, ele tinha um coração tão grande que não suportou o desafio que aquele Cavaleiro Vermelho havia lhe proposto; depois de pedir que eu e este escudeiro, cujo nome é Ponteferet, permanecêssemos do outro lado da ponte, ele desembainhou a espada e cavalgou até o meio da ponte com a intenção de forçar a passagem. Diante disso, vendo que era essa a sua intenção, o Cavaleiro Vermelho, todo vestido com armadura completa, jogou de lado sua lança, desembainhou sua espada e cavalgou adiante para enfrentar meu cavaleiro. Assim que eles se encontraram no meio da ponte, o Cavaleiro Vermelho ergueu-se no estribo e golpeou meu marido, Sir Brandemere, com a espada bem no topo do capacete. E eu vi a lâmina da espada do Cavaleiro Vermelho cortando o elmo de Sir Brandemere e penetrando em seu crânio, de modo que o sangue escorreu em abundância sobre o rosto dele. Então Sir Brandemere caiu imediatamente de seu cavalo e ficou deitado como se estivesse morto. Depois de tê-lo derrubado, o Cavaleiro Vermelho desmontou de seu cavalo e colocou Sir Brandemere sobre o cavalo de onde ele havia caído, de modo que ficou atravessado sobre a sela. Então, pegando os dois cavalos pelas rédeas, o Cavaleiro Vermelho os conduziu de volta pela ponte até seu castelo. E assim que ele entrou no castelo, a grade do portão foi imediatamente fechada e a ponte levadiça foi levantada. Ele não deu atenção a mim ou ao escudeiro Ponteferet e partiu deixando-nos sem nenhuma palavra; não sei até agora se meu marido, Sir Brandemere, está vivo ou morto, ou o que aconteceu com ele.

E, enquanto dizia essas palavras, lágrimas caíram novamente em abundância de seu rosto.

Sir Pellias ficou muito comovido e disse: – Senhora, seu caso é, de fato, de extrema tristeza, e sinto muito por tudo isso. Gostaria de ajudá-la em tudo o que estiver ao meu alcance. Então, se me levar até essa ponte e mostrar onde fica esse castelo sombrio de qual falou, prometo que tentarei fazer o meu melhor para saber sobre o paradeiro de seu bom cavaleiro, e sobre o que aconteceu com ele.

— Senhor – disse a dama –, agradeço imensamente por sua boa vontade. No entanto, não poderá ter sucesso se entrar nessa aventura tão séria sem armas nem armaduras para defender-se. Pense só no modo grosseiro e horrível que aquele Cavaleiro Vermelho tratou meu marido, Sir Brandemere, não levando em consideração o fato de que ele não tinha armas nem defesa. Portanto, não é provável que ele tenha mais cortesia com o senhor.

Depois de ouvir a dama falar, Parcenet também ergueu a voz em desespero, pedindo a Sir Pellias que não fosse tão imprudente a ponto de enfrentar aquele cavaleiro. E Ponteferet, o escudeiro, também avisou Sir Pellias que não entrasse nessa aventura sem antes estar armado.

Mas a tudo o que diziam, Sir Pellias respondia: – Não me impeçam de fazer o que é necessário, pois digo a todos vocês que várias vezes participei de aventuras ainda mais perigosas do que esta e, no entanto, escapei sem grandes danos a mim mesmo.

Ele também se recusou a ouvir o que a dama e a donzela diziam, mas, para sair daquele lugar, ajudou-as a montar em seus cavalos e montou em seu corcel. Em seguida, o escudeiro e os pajens também montarem em seus cavalos, e todo o grupo imediatamente partiu dali.

Eles viajaram por uma grande distância através da floresta, com o escudeiro, Ponteferet, guiando o grupo para levá-los até o castelo do Cavaleiro Vermelho. E finalmente chegaram a um lugar mais aberto naquela mata, onde havia uma colina íngreme e descampada diante deles. Quando chegaram ao topo da colina perceberam que lá embaixo havia um rio muito turbulento e cheio de corredeiras. Viram também uma ponte extremamente reta e estreita que cruzava o rio e que, do outro lado da ponte, havia um castelo protegido por sete torres altas. Além disso, o castelo e as torres tinham sido construídos sobre rochas tão altas e imponentes que era difícil dizer onde terminavam as rochas e começavam as muralhas, de modo que pareciam ser uma coisa só.

Então o escudeiro, Ponteferet, apontou com o dedo e disse: – Senhor Cavaleiro, lá está o castelo do Cavaleiro Vermelho, foi para lá que ele levou Sir Brandemere depois que ele foi gravemente ferido.

E Sir Pellias disse à dama: – Senhora, vou agora mesmo perguntar como está seu marido.

Com isso, esporeou seu cavalo e desceu a colina em direção à ponte com grande ousadia. Assim que chegou mais perto da ponte, vejam só!, a grade do portão do castelo foi levantada e a ponte levadiça baixou, fazendo um grande estrondo. Em seguida, saiu do castelo um cavaleiro com armadura e vestes vermelhas, e esse cavaleiro avançou com grande velocidade em direção à extremidade da ponte. Quando Sir Pellias o viu aproximar-se de forma tão ameaçadora, disse àqueles que o haviam seguido, descendo a colina: – Fiquem parados onde estão, que eu irei falar com aquele cavaleiro e investigar o assunto do ferimento que ele causou a Sir Brandemere. Diante disso, o escudeiro, Ponteferet, disse-lhe: – Não vá, o senhor será ferido.

Mas Sir Pellias retrucou: – De modo algum, não serei ferido.

Então ele avançou com muita ousadia pela ponte, e quando o Cavaleiro Vermelho o viu se aproximar, disse: – Ora! quem ousa vir assim atravessando minha ponte?

E Sir Pellias respondeu: – Não importa quem sou, mas o senhor deve saber, cavaleiro descortês, que vim aqui perguntar sobre o estado daquele bom cavaleiro, Sir Brandemere, a quem o senhor feriu tão gravemente há pouco tempo.

Ao ouvir aquilo, o Cavaleiro Vermelho encheu-se de fúria:

— Ora, ora! Muito bem! – ele gritou com veemência – Logo, logo saberá para sua grande tristeza, pois da mesma maneira que o tratei também tratarei o senhor. Portanto, daqui a pouco tempo o levarei até ele e poderá perguntar-lhe tudo o que quiser. Porém, uma vez que o senhor está desarmado e sem defesa, não lhe farei mal nenhum se resolver entregar-se imediatamente a mim; caso contrário, sofrerá grande dor e tristeza se me obrigar a usar a força para tal.

Então Sir Pellias disse: – O que está dizendo? O senhor vai atacar um cavaleiro que está totalmente desarmado e sem defesa como eu?

E o Cavaleiro Vermelho respondeu: – Certamente o farei, se não se entregar imediatamente a mim.

— Então – disse Sir Pellias –, o senhor não merece ser tratado como convém a um cavaleiro experiente. Portanto, se eu lutar contra o senhor, sua derrota será tamanha que envergonhará qualquer cavaleiro que use esporas de ouro.

Em seguida, ele olhou em volta em busca de uma arma que servisse a seu propósito e viu uma pedra enorme que estava solta na extremidade da ponte. Essa pedra era tão grande, que cinco homens com a força normal mal conseguiriam erguê-la. Mas Sir Pellias ergueu-a com grande facilidade com as duas mãos, correu rapidamente em direção ao Cavaleiro Vermelho e arremessou a pedra contra ele com muita força. A pedra atingiu o Cavaleiro Vermelho no meio do escudo e bateu em seu peito com grande violência. A força do golpe jogou o cavaleiro para trás de sua sela, de modo que ele caiu de seu cavalo fazendo um barulho terrível e ficou deitado na ponte como se estivesse morto.

E quando as pessoas que assistiam a luta dentro do castelo olharam para fora e viram a queda do Cavaleiro Vermelho, elas começaram a gritar em lamentação, de uma forma que era terrível de se ouvir.

Mas Sir Pellias correu a toda velocidade até o cavaleiro caído e colocou o joelho sobre o peito dele. Ele soltou seu capacete e o ergueu. Então, ele viu que o rosto do cavaleiro era forte, belo e que ele não estava morto.

Quando Sir Pellias viu que o Cavaleiro Vermelho não estava morto, e percebeu que estava prestes a recuperar o fôlego do golpe que havia sofrido, ele desembainhou sua arma de misericórdia e colocou a ponta da lâmina na garganta dele, e quando o Cavaleiro Vermelho voltou a si, ele viu a morte no semblante de Sir Pellias e na ponta da adaga.

Então, quando o Cavaleiro Vermelho percebeu o quão perto estava da morte, ele implorou a Sir Pellias por misericórdia, dizendo:
– Poupe minha vida, por favor!

E Sir Pellias disse: – Quem é o senhor?

E o cavaleiro respondeu: – Sou Sir Adresack, apelidado de o Senhor das Sete Torres.

Então Sir Pellias disse a ele: – O que o senhor fez com Sir Brandemere e como está aquele bom cavaleiro?

E o Cavaleiro Vermelho respondeu: – Ele não está tão gravemente ferido quanto o senhor imagina.

Quando a senhora de Sir Brandemere ouviu essas palavras, ficou exultante de alegria e bateu palmas, dando graças a Deus.

Mas Sir Pellias continuou: – Agora me diga, Sir Adresack, tem outros prisioneiros além de Sir Brandemere em seu castelo?

E Sir Adresack respondeu: – Senhor Cavaleiro, direi a verdade. Há em meu castelo vinte e um prisioneiros além dele: dezoito cavaleiros e escudeiros nobres e três damas. Defendo esta ponte há muito tempo e mantenho prisioneiros todos os que tentam atravessá-la para pedir o resgaste. Desse modo, acumulei grandes riquezas e ganhei imensas propriedades.

Então Sir Pellias disse: – O senhor é um cavaleiro malvado e descortês para tratar desse modo os viajantes que passam por esse caminho, e eu faria bem em matá-lo agora. Mas, desde que implorou misericórdia, eu a concederei apenas pela grande vergonha que o senhor trará ao seu título de cavaleiro. Além disso, se eu poupar sua vida, há várias coisas que o senhor deverá realizar. Primeiro deve ir até a rainha Guinevere em Camelot, e deverá dizer a ela que o cavaleiro que partiu sem armadura tomou a sua armadura e seguiu para defender a honra dela. Em segundo lugar, o senhor deve confessar suas faltas ao Rei Arthur como as confessou para mim e deve implorar seu perdão, desejando que ele, em sua misericórdia, poupe sua vida. Isso é o que deve fazer.

A isso Sir Adresack respondeu: – Muito bem, prometo fazer tudo isso se o senhor poupar minha vida.

Então Sir Pellias permitiu que ele se levantasse. Ele ergue-se e parou diante de Sir Pellias. Em seguida, Sir Pellias chamou o escudeiro, Ponteferet, e disse: – Tire a armadura desse cavaleiro e coloque-a em mim, do modo como sabe fazer. E Ponteferet fez o que Sir Pellias havia pedido. Retirou a armadura de Sir Adresack e a vestiu em Sir Pellias, deixando Sir Adresack envergonhado diante de todos eles. Então Sir Pellias disse a ele: – Agora me leve para o seu castelo para que eu possa libertar aqueles prisioneiros que o senhor tão maldosamente capturou.

E Sir Adresack disse: – Será feito conforme sua ordem.

Em seguida, todos eles entraram no castelo, que era um lugar extremamente majestoso. E lá viram muitos servos e atendentes, e estes vieram por ordem de Sir Adresack e se curvaram diante de Sir Pellias. Então Sir Pellias pediu a Sir Adresack que chamasse o guarda da masmorra, e Sir Adresack assim o fez. Sir Pellias ordenou ao guarda que os conduzisse até a masmorra, e o guarda se curvou diante dele em obediência.

Quando chegaram à masmorra, viram que era um lugar enorme e muito bem protegido. Lá encontraram Sir Brandemere e os outros de quem Sir Adresack havia falado.

Porém, quando aquela triste dama avistou Sir Brandemere, ela correu para ele com grande alegria, abraçou-o e chorou. E ele a abraçou e chorou e esqueceu completamente sua dor com a alegria de vê-la novamente.

Nos vários aposentos daquela parte do castelo havia ao todo dezoito cavaleiros e escudeiros e três damas, além de Sir Brandemere. Além disso, havia entre os cavaleiros dois da corte do Rei Arthur: Sir Brandiles e Sir Mador de la Porte, que, ao descobrirem que era Sir Pellias quem os havia libertado, foram até ele e o abraçaram com grande alegria, beijando-o em suas faces.

E todos aqueles que foram libertados se regozijaram muito e fizeram vários elogios a Sir Pellias, tanto que ele ficou imensamente contente.

Ao ver tantos prisioneiros na masmorra, Sir Pellias ficou tão furioso com Sir Adresack, que virou-se para ele e disse: – Saia daqui imediatamente e vá fazer o que lhe ordenei, pois estou tão zangado com o senhor que posso me arrepender da misericórdia que lhe concedi.

Com isso, Sir Adresack virou-se e partiu imediatamente. Ele chamou seu escudeiro e levou-o junto para Camelot para cumprir aquela penitência que havia prometido a Sir Pellias.

Depois que ele partiu, Sir Pellias e os prisioneiros que ele havia libertado passaram pelas diversas partes do castelo. Eles encontraram treze baús de ouro e prata e quatro porta-joias com pedras preciosas e de grande brilho, tudo o que havia sido pago pelo resgate daqueles prisioneiros que antes haviam sido violentamente mantidos naquele lugar.

Sir Pellias ordenou que todos aqueles baús e cofres fossem abertos, e quando aqueles que estavam lá viram o que havia ali, seus corações ficaram repletos de alegria ao ver aquele grande tesouro.

Então Sir Pellias ordenou que todo aquele tesouro de ouro e prata fosse dividido em dezenove partes iguais, e quando essa tarefa foi concluída, ele disse: – Agora, cada um de vocês que foi mantido prisioneiro neste lugar tome para si uma parte desse tesouro como recompensa pelos sofrimentos que enfrentou aqui.

Além disso, a cada uma das senhoras que haviam sido mantidas prisioneiras naquele lugar, ele deu um porta-joias e disse: – Leve estas joias como recompensa pelo sofrimento que passou.

E para a senhora de Sir Brandemere ele também deu um porta--joias para amenizar tudo o que havia passado.

Mas, então, os que lá estavam viram que Sir Pellias não havia separado para si nenhuma parte daquele grande tesouro e disseram a ele: – Senhor Cavaleiro! Senhor Cavaleiro! Como pode? Não reservou nenhuma parte desse tesouro para si mesmo.

Então Sir Pellias respondeu: – Vocês têm razão, não separei nada para mim porque não é necessário que eu pegue esse ouro ou essa prata, nem qualquer uma dessas joias. Foram vocês que sofreram nas mãos de Sir Adresack, por isso vocês devem receber a recompensa, eu não sofri nada nas mãos dele, portanto não preciso de recompensa.

Todos ficaram surpresos com sua generosidade e elogiaram sua grandeza de coração. E todos aqueles cavaleiros lhe juraram fidelidade até a morte.

Então, depois de todos esses acontecimentos, Sir Brandemere convidou a todos os presentes para que o acompanhassem até seu castelo, para que pudessem se divertir e rir um pouco. E todos eles aceitaram o convite e foram para o castelo de Sir Brandemere, onde houve grande alegria com banquetes e torneios por três dias.

Todos ali ficaram encantados com o colar de esmeraldas, opalinas e ouro que Sir Pellias estava usando. No entanto, ninguém sabia do poder daquele colar, nem mesmo Sir Pellias.

Assim, Sir Pellias permaneceu naquele lugar por três dias. E quando chegou o quarto dia, ele levantou-se bem cedo e mandou selar seu cavalo, o cavalo da donzela Parcenet e os de seus pajens.

Quando todos viram que ele estava pronto para partir, imploraram a ele que não fosse, mas Sir Pellias respondeu: – Por favor, não me detenham, pois preciso ir.

Então se aproximaram dele aqueles dois cavaleiros da corte do Rei Arthur, Sir Brandiles e Sir Mador de la Porte, e imploraram que os deixasse ir com ele nessa aventura. A princípio, Sir Pellias não concordou, mas eles insistiram tanto que, por fim, ele disse: – Vocês irão comigo.

Então ele partiu daquele lugar com todo seu grupo, e todos os que permaneceram ali ficaram muitos tristes por ele ter ido embora.

CAPÍTULO ♛ TERCEIRO

Como Sir Pellias lutou com Sir Engamore, conhecido como o
Cavaleiro das Mangas Verdes, e o que aconteceu a Lady Ettard

Sir Pellias e seu grupo, juntamente com a donzela Parcenet e o grupo dela, seguiram adiante, até que, na parte da tarde, chegaram aos limites extremos da floresta, onde acabam as matas e surgem muitos campos e prados, com sítios, fazendas e plantações de todas as árvores que florescem com folhas tenras e flores perfumadas, se espalhando sob o céu.

E Sir Pellias disse: – Esta terra para onde viemos é realmente muito bonita.

E, ao ouvir essas palavras, a donzela Parcenet ficou muito contente e disse: – Senhor, estou muito feliz que o que o senhor está vendo lhe agrada muito, pois toda esta região pertence a Lady Ettard, e é minha casa. Além disso, do alto da colina pode-se ver o castelo de Grantmesnle que fica no vale abaixo.

E Sir Pellias respondeu: – Então, vamos bem rápido, porque quero muito conhecer este lugar.

Então esporearam seus cavalos e subiram a colina a galope. Quando chegaram ao topo, ora!, lá embaixo estava o Castelo de Grantmesnle, tão distante que parecia caber na palma da mão. Sir Pellias viu que era um castelo extremamente bonito, construído totalmente com pedra vermelha e contendo muitos edifícios de tijolo vermelho do lado de dentro da muralha. Atrás dos muros havia uma pequena cidade, e de onde eles estavam podiam ver suas ruas, e as pessoas indo e vindo em seus negócios. Então Sir Pellias, vendo a excelência daquele castelo, comentou:

— Com certeza, donzela, aí está uma propriedade muito linda.

— Sim – disse Parcenet. – Nós, que vivemos lá, consideramos que é uma propriedade excelente.

Então Sir Pellias disse a Parcenet: – Donzela, aquela clareira com árvores baixas perto do castelo parece ser um ótimo local. Portanto, eu e meus companheiros acamparemos ali. Montaremos três tendas para nos abrigar de dia e de noite. Enquanto isso, peço que vá até sua senhora e diga-lhe que chegou a este lugar um cavaleiro que, embora não a conheça, acredita que Lady Guinevere de Camelot é a mais bela dama em todo o mundo. E peço também que diga a ela que estou aqui para manter minha palavra e defendê-la de todos os que se aproximam, arriscando a minha vida. Portanto, se a senhora tiver algum campeão para lutar em seu nome, eu o enfrentarei naquele campo amanhã, ao meio-dia, um pouco antes de comer minha refeição do meio do dia. Naquele momento, proponho entrar no campo e desfilar nele até que meus amigos me convidem a entrar para almoçar. Tomarei meu lugar ali em homenagem a Lady Guinevere de Camelot.

— Sir Pellias – disse a donzela –, farei o que o senhor deseja. E, embora eu não deseje que o senhor saia vencedor nesse encontro, ainda assim lamento profundamente ter de me despedir. O senhor é um cavaleiro muito valente e gentil, e sinto que tenho uma grande amizade pelo senhor.

Então Sir Pellias riu e disse: – Parcenet, você está sempre me elogiando muito além do meu merecimento.

E Parcenet respondeu: – Senhor, não é assim, pois o senhor merece todo o elogio que eu puder lhe fazer.

Em seguida, os dois se despediram com muito afeto e bondade, e a donzela e os três pajens foram para um lado, e Sir Pellias, seus dois companheiros e os vários assistentes que ele havia trazido junto foram para a clareira com árvores baixas, como o Sir Pellias havia ordenado.

E ali montaram três tendas à sombra das árvores; uma tenda de um lindo tecido branco, a segunda de tecido verde, e uma terceira de tecido escarlate. E sobre cada tenda eles tinham colocado um estandarte com o emblema daquele cavaleiro a quem o pavilhão pertencia; acima da tenda branca estava o emblema de Sir Pellias: três cisnes em um campo de prata; acima da tenda vermelha, que era a tenda de Sir Brandiles, havia um estandarte vermelho com seu emblema: uma mão com armadura segurando um martelo; acima da tenda verde, que era a de Sir Mador de la Porte, havia um estandarte verde com seu emblema, que era o esqueleto de um corvo segurando em uma mão uma flor de lírio branco e na outra uma espada.

Então, quando o dia seguinte chegou, e o meio-dia estava próximo, Sir Pellias saiu para aquele campo diante do castelo como ele havia prometido fazer, e ele estava vestido da cabeça aos pés com a armadura vermelha que havia tirado do corpo de Sir Adresack, de modo que sua aparência naquela armadura era assustadora. Então ele cavalgou para cima e para baixo diante das muralhas do castelo por um tempo considerável, gritando em voz alta:

— Ora! Ora! Aqui está um cavaleiro da corte do Rei Arthur e de sua Távola Redonda que afirma – e está pronto a provar, com o próprio corpo, que Lady Guinevere, a Rainha do Rei Arthur de Camelot, é a dama mais linda de todo o mundo, superando qualquer outra. Portanto, se algum cavaleiro sustenta o contrário, que venha imediatamente defender sua opinião com o próprio corpo.

Bem, depois de Sir Pellias ter aparecido naquele campo, houve uma grande comoção dentro do castelo, e muitas pessoas vieram até seus muros e olharam para Sir Pellias, que desfilava à vista de todos. Depois de certo tempo, a ponte levadiça do castelo foi baixada e saiu um cavaleiro, muito alto e extremamente arrogante. Esse cavaleiro estava vestido da cabeça aos pés com uma armadura verde, e em cada braço ele usava uma manga verde, motivo pelo qual às vezes era intitulado Cavaleiro das Mangas Verdes.

Assim, o Cavaleiro Verde avançou na direção de Sir Pellias, e Sir Pellias cavalgou até o Cavaleiro Verde. Ao se encontrarem, saudaram um ao outro com muita civilidade e cortesia cavalheiresca. Então o Cavaleiro Verde perguntou a Sir Pellias: – Senhor Cavaleiro, poderia me dizer seu nome?

Ao que Sir Pellias respondeu: – Assim o farei. Sou Sir Pellias, um cavaleiro da corte do Rei Arthur e de sua Távola Redonda.

Então o Cavaleiro Verde respondeu: – Ah, Sir Pellias, é uma grande honra para mim enfrentar um cavaleiro tão famoso, pois todos que fazem parte das cortes de cavalaria já ouviram falar do senhor. Pois bem, se eu tiver a sorte de derrotá-lo, então toda a sua fama será minha. Agora, em troca de sua cortesia em me informar seu nome, dou-lhe meu nome e título, que é Sir Engamore de Malverat, também conhecido como o Cavaleiro das Mangas Verdes. E posso, além disso, dizer-lhe que sou o campeão de Lady Ettard de Grantmesnle, e que venho defendendo sua fama de beleza inigualável por onze meses contra todos os que se aproximam; portanto, se eu a defender com sucesso por mais um mês, poderei casar-me com ela e me tornarei senhor de toda esta bela propriedade. Por isso, estou preparado para fazer o máximo que estiver ao meu alcance para defender sua honra.

Então Sir Pellias respondeu: – Senhor Cavaleiro, agradeço suas palavras de saudação, e também farei o meu melhor nesse embate.

Em seguida, cada cavaleiro saudou um ao outro com sua lança e cavalgou para sua posição designada.

Naquele momento já havia um grande ajuntamento de pessoas que vieram até os muros na parte interna do castelo e da cidade para contemplar a disputa de armas que estava para acontecer; portanto seria difícil imaginar uma ocasião mais digna em que os cavaleiros pudessem se encontrar em uma luta gloriosa de justas amistosas, por isso cada cavaleiro preparou-se de todas as maneiras e aprontou sua lança com grande cuidado e atenção. Quando tudo estava pronto para o embate, um arauto, que havia saído do castelo para o campo, deu o sinal para o ataque. Naquele instante, cada cavaleiro esporeou seu cavalo e avançou contra o outro, com uma velocidade tão grande, que o chão tremeu e sacudiu sob o galope de seus cavalos. Então se chocaram exatamente no centro do campo de batalha, um cavaleiro ferindo o outro no meio de seu escudo com uma violência terrível de se ver. A lança de Sir Engamore explodiu em uns trinta pedaços, mas a lança de Sir Pellias permaneceu intacta de tal forma que o Cavaleiro Verde foi arremessado violentamente de sua sela e atingiu o chão a uma lança de distância da garupa de seu cavalo.

Quando as pessoas que estavam nos muros viram como o Cavaleiro Verde havia sido completamente derrotado no confronto, eles começaram a lamentar muito alto, pois não havia outro cavaleiro como Sir Engamore em toda aquela região. E Lady Ettard, especialmente, lamentou muitíssimo, pois amava muito Sir Engamore, e ao vê-lo tão violentamente jogado no chão, ela achou que talvez estivesse morto.

Então três escudeiros correram até Sir Engamore, levantaram-no e soltaram seu elmo para que pudesse respirar. Eles viram que ele não estava morto, mas apenas desmaiado. Então, aos poucos ele foi abrindo os olhos, e com isso Sir Pellias ficou muito feliz, pois teria ficado triste se ele tivesse matado aquele cavaleiro. Quando Sir Engamore voltou a si, pediu insistentemente que pudesse continuar aquela disputa com Sir Pellias em pé e com espadas. Mas Sir Pellias não quis aceitar.

— Não, Sir Engamore – disse ele – não vou lutar contra o senhor de modo tão sério, pois não lhe tenho tamanho despeito.

E com essa negação, Sir Engamore caiu em prantos de pura vergonha e humilhação por causa de sua derrota.

Então Sir Brandiles e Sir Mador de la Porte vieram e parabenizaram Sir Pellias pela excelente maneira com que se portara no confronto, e ao mesmo tempo consolaram Sir Engamore pelo infortúnio que se abatera sobre ele. Mas Sir Engamore não sentiu conforto algum em suas palavras.

Enquanto estavam todos juntos ali, Lady Ettard e uma corte extremamente alegre e graciosa de escudeiros e damas saíram do castelo e atravessaram o campo até onde estavam Sir Pellias e os outros.

Quando Sir Pellias viu aquela dama se aproximar, puxou sua adaga e cortou as tiras de seu elmo, retirou-o da cabeça, e assim seguiu em frente, de cabeça descoberta, para encontrá-la.

Mas quando ele chegou perto dela, viu que era mil vezes mais bonita do que o retrato dela pintado no painel de marfim que ele havia visto anteriormente, por isso sentiu uma forte afeição por ela. Então ele ajoelhou-se na grama e juntou as mãos, diante dela, dizendo:

— Senhora, imploro pelo seu perdão por ter lutado contra a sua fama, pois, se não fosse pela minha rainha, eu preferiria, em outro caso, ter sido seu campeão do que o de qualquer dama que já tenha visto.

Acontece que naquele momento Sir Pellias usava no pescoço o colar de esmeraldas, opalinas e ouro que a Dama do Lago lhe dera. Portanto, quando Lady Ettard olhou para aquele colar foi imediatamente atraída por ele com grande encantamento. Por isso ela sorriu para Sir Pellias alegremente, deu-lhe a mão e o ajudou a levantar-se de onde estava ajoelhado. Ela disse a ele:

— Senhor Cavaleiro, é um guerreiro muito famoso, pois suponho que não haja ninguém que nunca tenha ouvido falar da fama de Sir Pellias, o Cavalheiro Gentil. Embora meu campeão, Sir Engamore de Malverat, tenha até agora derrotado todos os adversários, ele não precisa se sentir muito envergonhado por ter sido derrotado por um cavaleiro tão incrivelmente forte.

Então Sir Pellias ficou muito contente com as amáveis palavras que Lady Ettard tinha lhe dito, e com isso a apresentou a Sir Brandiles e Sir Mador de la Porte. Com esses cavaleiros Lady Ettard também falou com muita gentileza, comovida pela extraordinária consideração que sentia por Sir Pellias. Em seguida, ela insistiu com aqueles cavaleiros que viessem ao castelo para festejar, e eles responderam que iriam em breve. Então, cada cavaleiro voltou à sua tenda para colocar suas finas vestimentas e ornamentos de ouro e prata, de modo que poderiam ser considerados nobres em qualquer corte. Então aqueles três cavaleiros se dirigiram ao castelo de Grantmesnle, e quando lá chegaram impressionaram a todos com a elegância de seus trajes.

Mas Sir Engamore, que já havia se recuperado de seu tombo, estava muito abatido, pois dizia a si mesmo: – Quem sou eu na presença desses nobres senhores?

Então ele ficou separado dos outros, sentindo-se muito abatido e oprimido.

Lady Ettard havia preparado um banquete maravilhoso, que deixou Sir Pellias, Sir Brandiles e Sir Mador de la Porte muito contentes. À sua direita ela colocou Sir Pellias, e à sua esquerda ela colocou Sir Engamore. E Sir Engamore ficou ainda mais abatido, pois, até agora, ele sempre se sentara à direita de Lady Ettard.

Como Sir Pellias estava usando aquele lindo colar que a Dama do Lago lhe dera, Lady Ettard não conseguia desviar sua atenção dele. Assim, depois de terem comido e bebido, ao saírem do castelo para passear ao sol, a dama queria que Sir Pellias ficasse continuamente ao seu lado. E, quando chegou a hora de aqueles cavaleiros estrangeiros deixarem o castelo, ela implorou a Sir Pellias que ele ficasse mais um pouco. Sir Pellias ficou muito feliz em ter de fazer isso, pois estava encantado com a graciosidade e a beleza de Lady Ettard.

Assim, depois de algum tempo, Sir Brandiles e Sir Mador de la Porte voltaram para suas tendas, e Sir Pellias permaneceu no castelo de Grantmesnle por mais algum tempo.

Naquela noite, Lady Ettard pediu que fosse servido um jantar para ela e Sir Pellias, e nesse jantar ela e Sir Pellias sentaram-se sozinhos à mesa, e a donzela Parcenet servia a senhora. Enquanto comiam, alguns jovens pajens e escudeiros tocavam harpas lindamente, e algumas donzelas que serviam a corte cantavam com voz tão doce que enchia de alegria o coração dos ouvintes. Sir Pellias estava tão encantado com a doçura da música e com a beleza de Lady Ettard, que não sabia se estava realmente na terra ou no Paraíso, e por causa de seu grande deleite, disse à Lady Ettard: – Senhora, gostaria de fazer algo para mostrar todo o respeito e admiração que lhe tenho.

Enquanto Sir Pellias estava sentado ao lado dela, Lady Ettard não parava de olhar para aquele maravilhoso colar de ouro, esmeralda e opalinas que estava no pescoço dele, porque ela, na realidade, estava cobiçando aquele colar. Então, ela disse a Sir Pellias: – Senhor Cavaleiro, pode me fazer um grande favor se realmente quiser.

— O que posso fazer pela Senhora? – perguntou Sir Pellias.

— Senhor – disse Lady Ettard – pode me dar esse colar que tem em seu pescoço.

Ao ouvir isso, o semblante de Sir Pellias ficou triste, e ele respondeu:

— Senhora, não posso fazer isso; pois este colar veio até mim de forma tão extraordinária que não posso me separar dele.

Então Lady Ettard disse: – Por que não pode separar-se dele, Sir Pellias?

Então Sir Pellias contou-lhe toda aquela extraordinária aventura com a Dama do Lago, e como aquela fada lhe dera o colar.

Com isso, Lady Ettard ficou muito surpresa e disse: – Sir Pellias, essa é uma história extraordinária. No entanto, embora não possa me dar esse colar, ainda pode me deixar usá-lo por um tempo. Pois, de fato, estou encantada com a beleza dele, por isso peço-lhe que me deixe usá-lo por um tempo.

Sir Pellias não podia continuar recusando, então ele disse: – Senhora, pode usá-lo por um tempo.

Então ele tirou o colar de seu pescoço e o pendurou no pescoço de Lady Ettard.

Passado algum tempo, o encantamento daquela joia saiu de Sir Pellias e entrou em Lady Ettard, e ela olhou para Sir Pellias com olhos completamente diferentes daqueles com que o havia encarado antes. Por isso ela disse para si mesma: – Ora! O que será que me deu para que eu ficasse tão encantada por esse cavaleiro que derrotou meu campeão que me servia com tanta lealdade? Não foi esse cavaleiro que não me deu crédito? Não foi ele que veio aqui para contestar minha beleza? Não foi ele que derrubou meu verdadeiro cavaleiro para zombar de mim? O que aconteceu comigo para que eu lhe desse a consideração que lhe dei?

Mas, embora pensasse tudo isso, não deu nenhuma demonstração a Sir Pellias, pelo contrário, parecia rir e conversar animadamente. No entanto, ela logo começou a planejar algo para se vingar de Sir Pellias e dizia para si mesma: – Ora! Ele não é meu inimigo e está agora em meu poder? Por que eu não deveria me vingar dele por tudo o que nos fez em Grantmesnle?

Então, depois de algum tempo ela inventou uma desculpa, levantou-se e deixou Sir Pellias. Ela puxou Parcenet de lado e disse à donzela: – Vá e traga-me aquela poção do sono.

Então Parcenet disse: – Senhora, o que vai fazer?

E Lady Ettard respondeu: – Não importa.

E Parcenet insistiu: – A senhora vai dar a poção do sono a esse nobre cavaleiro?

E a senhora disse: – Vou.

Então Parcenet disse: – Senhora, isso certamente é uma maldade para alguém que está sentado em paz à sua mesa comendo do seu sal.

Ao que Lady Ettard respondeu: – Não se preocupe com isso, menina, vá imediatamente e faça o que eu lhe ordenei.

Então Parcenet viu que não era sensato desobedecer a dama. Portanto, ela foi imediatamente e fez o que lhe havia sido ordenado e trouxe a opção do sono para a senhora em um cálice de vinho puro. Lady Ettard pegou o cálice e disse a Sir Pellias: – Tome este cálice de vinho, senhor cavaleiro, e beba à minha saúde de acordo com a consideração que você tem para comigo.

Nesse momento, Parcenet estava atrás da cadeira de sua senhora, e quando Sir Pellias pegou o cálice ela franziu a testa e balançou a cabeça para ele. Mas Sir Pellias não viu, pois estava embriagado com a beleza de Lady Ettard e com o encantamento do colar de esmeraldas, opalinas e ouro que ela agora usava. Então ele disse para ela: – Senhora, a seu pedido, eu beberia desse vinho mesmo que houvesse veneno neste cálice.

Com isso, Lady Ettard caiu na gargalhada e respondeu: – Senhor cavaleiro, não há veneno nessa taça.

Então Sir Pellias pegou o cálice, bebeu o vinho e disse: – Senhora, o que é isso? O vinho está amargo.

E Lady Ettard respondeu: – Senhor, não pode ser!

Depois de algum tempo, Sir Pellias começou a sentir sua cabeça muito pesada, como se fosse de chumbo, e deixou-a cair sobre a mesa onde estava sentado. Enquanto isso, Lady Ettard permanecia observando-o de modo muito estranho e em seguida ela disse: – Senhor Cavaleiro, está dormindo?

E Sir Pellias não respondeu, pois a poção do sono havia subido ao cérebro e ele dormia.

Então Lady Ettard levantou-se rindo, bateu as mãos, chamou seus atendentes e lhes disse:

— Levem este cavaleiro daqui e coloquem-no em um dos aposentos. Quando estiverem lá, tirem todas as suas vestimentas e seus ornamentos e deixem-no apenas com suas roupas de baixo. Depois disso, coloquem-no em uma maca e levem-no para fora do castelo até aquele campo sob as muralhas onde ele derrubou Sir Engamore, de modo que, quando ele acordar amanhã, será motivo de zombaria e piada para todos os que o contemplarem. Assim iremos humilhá-lo no mesmo campo em que ele derrotou Sir Engamore, e sua humilhação será maior do que foi a de Sir Engamore.

Quando a donzela Parcenet ouviu isso, ficou muito aflita, de modo que se retirou e chorou por Sir Pellias. Mas os outros pegaram Sir Pellias e fizeram com ele como Lady Ettard havia ordenado.

Quando a manhã seguinte chegou, Sir Pellias acordou com o sol brilhando em seu rosto. Ele não sabia onde estava, pois ainda estava zonzo devido à poção do sono que havia bebido. Então ele disse para si mesmo: – Estou sonhando ou estou acordado? A última coisa que me lembro foi que estava sentado, jantando com Lady Ettard, mas agora estou em um campo aberto com o sol brilhando sobre mim.

Então ele apoiou-se no cotovelo para levantar-se e, vejam só! Estava perto das muralhas do castelo, próximo do portão dos fundos.

E acima dele, em cima das muralhas, havia uma grande multidão, que, ao perceber que ele estava acordado, começaram a rir e a zombar dele. E Lady Ettard também olhou para ele de uma janela, e ele viu que ela ria dele e se divertia. E, ora!, ele viu que estava deitado ali, vestido apenas com sua roupa de baixo de linho, e que estava descalço como se estivesse preparado para ir dormir. Então ele se sentou na maca, dizendo para si mesmo: – Certamente este deve ser algum sonho terrível que está me oprimindo.

Mas ele não conseguia se recuperar de seu espanto.

Enquanto estava ali sentado, o portão traseiro abriu-se de repente e a donzela Parcenet apareceu. O rosto dela estava todo molhado de lágrimas, e ela trazia na mão um manto cor de fogo. Imediatamente correu até Sir Pellias, e disse-lhe: – Bom e gentil cavaleiro, pegue este manto e envolva-se nele.

Com isso, Sir Pellias percebeu que não era um sonho, mas uma verdadeira humilhação; ele sentiu-se tão envergonhado que começou a tremer, e seus dentes batiam como se estivessem com febre. Então ele disse a Parcenet:

— Donzela, eu te agradeço.

Mas não conseguia encontrar mais palavras para dizer. Então pegou o manto e se envolveu nele.

Quando as pessoas que estavam nos muros viram o que Parcenet havia feito, eles a vaiaram e a insultaram com muitas palavras rudes. Assim, a donzela entrou correndo no castelo, mas Sir Pellias levantou-se e dirigiu-se à sua tenda envolto naquele manto. Enquanto andava, cambaleava e tropeçava como um bêbado, pois a vergonha lhe pesava de um modo insuportável.

Quando Sir Pellias chegou à sua tenda, ele entrou e jogou-se de bruços sobre o leito e ficou ali deitado sem dizer nada. E depois de um tempo, Sir Brandiles e Sir Mador de la Porte souberam o que tinha acontecido com Sir Pellias, e então foram correndo até onde ele estava e lamentaram muito por tudo aquilo. Da mesma forma, ficaram terrivelmente zangados com a vergonha a que ele tinha sido submetido e disseram:

— Buscaremos ajuda em Camelot, invadiremos esse castelo e faremos Lady Ettard vir até aqui para implorar seu perdão por essa afronta. Isso faremos mesmo que tenhamos de trazê-la até aqui pelos cabelos.

Mas Sir Pellias não levantou a cabeça, apenas gemeu e disse:

— Deixe estar, senhores, pois sob nenhuma circunstância poderão tal coisa, sendo ela uma mulher. Sendo assim, eu defenderia sua honra até a morte, pois não sei se estou enfeitiçado ou o que me aflige, mas eu a amo com uma paixão tão grande que não consiga tirá-la do meu pensamento.

Isso deixou Sir Brandiles e Sir Mador de la Porte muito surpresos e comentaram entre si: – Com certeza aquela senhora lançou um feitiço poderoso sobre ele.

Depois de algum tempo, Sir Pellias ordenou que fossem embora e o deixassem, e eles o fizeram, embora não de boa vontade.

Sir Pellias ficou ali o dia todo até a tarde chegar. Então ele levantou-se e pediu a seu escudeiro que lhe trouxesse sua armadura. Quando Sir Brandiles e Sir Mador de la Porte souberam disso, foram até ele e disseram:

— Senhor, o que pretende fazer?

E Sir Pellias respondeu: – Tentarei ir até a presença de Lady Ettard.

E eles disseram: – Que loucura é essa?

— Não sei – disse Sir Pellias – mas parece que se eu não olhar para Lady Ettard e não falar com ela, certamente morrerei de desejo de vê-la.

E eles disseram: – Com certeza, isso é loucura.

Ao que ele respondeu: – Não sei se é loucura ou se estou preso por algum tipo de magia.

Assim, o escudeiro foi buscar a armadura de Sir Pellias, como ele havia ordenado, e vestiu Sir Pellias com ela da cabeça aos pés.

Imediatamente, Sir Pellias montou em seu cavalo e cavalgou em direção ao castelo de Grantmesnle.

Quando Lady Ettard viu Sir Pellias novamente atravessando o campo próximo ao castelo, ela chamou seis de seus melhores cavaleiros e disse-lhes:

— Esse homem nos humilhou muito ontem. Pois bem, peço-lhes que vão até ele e o punam da forma que ele merece.

Em seguida, aqueles seis cavaleiros foram, se armaram e cavalgaram contra Sir Pellias. Quando Sir Pellias viu a aproximação deles, seu coração encheu-se de fúria e ele gritou em alta voz e avançou contra eles. Eles conseguiram segurá-lo por um tempo, mas ele estava tão decidido que lutava com uma fúria insuperável, então logo eles se afastaram dele e fugiram. Mas ele os perseguiu naquele campo e derrubou quatro deles de seus cavalos. Então, quando restaram apenas dois desses cavaleiros, Sir Pellias de repente parou de lutar e gritou para aqueles dois cavaleiros: – Senhores, agora eu me rendo a vocês.

Aqueles dois cavaleiros ficaram realmente perplexos, pois estavam apavorados com a força dele e não sabiam por que ele cedia a eles. Mesmo assim, vieram, prenderam-no e o levaram para o castelo. Diante disso, Sir Pellias disse a si mesmo:

— Agora eles me levarão até Lady Ettard, e eu falarei com ela.

Pois era para isso que ele tinha deixado que os dois cavaleiros o prendessem.

Mas não foi como Sir Pellias desejava. Pois quando o trouxeram para perto do castelo, Lady Ettard os chamou de uma janela na muralha e disse:

— O que estão fazendo com esse cavaleiro?

E eles responderam:

— Estamos levando-o até a senhora.

Ela então gritou veementemente:

— Não o tragam para mim, levem-no, amarrem suas mãos atrás das costas, amarrem seus pés sob a barriga de seu cavalo, e mandem-no de volta para os companheiros dele.

Então Sir Pellias ergueu os olhos para aquela janela e gritou com uma grande paixão e desespero:

— Lady Ettard, foi à senhora que me rendi, e não a esses indignos cavaleiros.

Mas Lady Ettard gritou ainda mais irritada:

— Levem-no daqui, pois odeio olhar para ele.

Então aqueles dois cavaleiros fizeram como Lady Ettard havia dito. Eles pegaram Sir Pellias e amarraram-no os pés e as mãos em seu cavalo. E depois deixaram que seu cavalo o levasse de volta para seus companheiros.

Quando Sir Brandiles e Sir Mador de la Porte viram como Sir Pellias chegou até eles com as mãos amarradas nas costas e os pés amarrados sob a barriga do cavalo, ficaram cheios de tristeza e desespero. Então eles soltaram as cordas de suas mãos e pés e disseram a Sir Pellias:

— Senhor cavaleiro, senhor cavaleiro, não sente vergonha de permitir uma infâmia como essa?

E Sir Pellias tremia demais, como se estivesse com febre, e gritava em grande desespero:

— Não me importo com o que acontece comigo!

E eles disseram:

— Não com o senhor, cavaleiro, mas a vergonha que traz para o Rei Arthur e sua Távola Redonda!

Então Sir Pellias gritou em voz alta e terrível:

— Eu também não me importo com eles.

Tudo isso aconteceu por causa do poderoso feitiço do colar de esmeraldas, opalinas e ouro que Sir Pellias havia dado a Lady Ettard, e que ela usava continuamente. Pois estava além do poder de qualquer homem resistir ao encantamento daquele colar. Foi assim que Sir Pellias foi enfeitiçado e levado a passar tanta vergonha.

CAPÍTULO ♛ QUARTO

Como a rainha Guinevere brigou com Sir Gawaine e como Sir Gawaine deixou a corte do Rei Arthur por um tempo

Muito bem, na mesma medida em que a rainha Guinevere tinha grande consideração por Sir Pellias, ela sentia total antipatia por Sir Gawaine. Embora dissessem que Sir Gawaine era muito bom com as palavras e que pudesse ocasionalmente convencer os outros a seguir a sua vontade, ainda assim ele tinha um temperamento orgulhoso e era muito áspero e altivo. Portanto, nem sempre toleraria que Lady Guinevere lhe desse ordens, como ela fazia com outros cavaleiros da corte. Além disso, ela jamais esquecera como Sir Gawaine se negou a fazer o que ela pediu, naquela vez em Cameliard, quando ela requisitou a ajuda dele e de seus companheiros, em um momento de dificuldade, nem como ele usou palavras rudes naquela ocasião. Portanto, não havia grande simpatia entre essas duas almas orgulhosas, uma vez que nem a rainha Guinevere nem Sir Gawaine mudavam de ideia.

Bem, aconteceu certa vez que Sir Gawaine, Sir Griflet e Sir Constantine da Cornualha, estavam conversando com cinco damas da corte da rainha em um jardim cheio de cercas vivas que ficava sob a torre de Lady Guinevere. Estavam conversando e se divertindo com brincadeiras, contando fábulas e, às vezes, um deles pegava um alaúde que tinha trazido, e tocava e cantava.

Enquanto esses nobres e damas estavam sentados conversando e cantando daquela maneira, a rainha Guinevere estava sentada em uma janela que dava para o jardim, e que não era muito alta do chão, de modo que ela podia ouvir tudo o que diziam. Porém, eles não sabiam que a rainha podia ouvi-los, de modo que falavam e riam com toda a liberdade, enquanto a rainha se divertia com o que diziam e com a música que tocavam.

Era um dia extraordinariamente ameno, e como a tarde já estava chegando, aqueles nobres e as damas estavam vestidos com trajes muito alegres. Entre os que lá estavam, Sir Gawaine era o que estava vestido de modo mais alegre, pois usava um traje de seda azul-celeste bordado com fios de prata. Sir Gawaine estava tocando alaúde e cantando uma canção com uma voz tão agradável, que a rainha Guinevere, sentada perto da janela aberta, sentiu imenso prazer em ouvi-lo.

A rainha Guinevere tinha um cão galgo de que ela gostava muito e que até colocou em seu pescoço uma coleira de ouro incrustado de pedras preciosas. Em um dado momento, o cão entrou correndo no jardim com as patas sujas de terra e, ao ouvir Sir Gawaine cantando e tocando o alaúde, correu e saltou sobre ele. Sir Gawaine ficou muito furioso, cerrou o punho e deu um soco na cabeça do cão, e o cão saiu ganindo bem alto.

Porém, ao presenciar aquele soco, a rainha Guinevere ficou muito ofendida e gritou de sua janela: – Por que bateu no meu cão, senhor?

E aqueles nobres e damas que estavam lá embaixo no jardim ficaram muito surpresos e envergonhados ao descobrir que a Rainha estava tão perto deles, a ponto de ouvir tudo o que estavam dizendo e ver tudo o que estavam fazendo.

Mas Sir Gawaine respondeu com muita ousadia, dizendo: – Seu cão me afrontou, senhora, e quem me afronta, eu ataco.

Então a rainha Guinevere ficou muito zangada com Sir Gawaine e disse:

— O seu discurso é muito ousado, senhor.

E Sir Gawaine respondeu: – Não é ousado demais, senhora; apenas ousado o suficiente para defender meus direitos.

Ao ouvir essas palavras, o rosto de Lady Guinevere ardeu como fogo e seus olhos soltaram faíscas; então ela disse:

— Com certeza esqueceu com quem está falando, senhor cavaleiro.

Ao que Sir Gawaine sorriu amargamente e disse:

— A senhora é que não se lembra que sou filho de um rei tão poderoso que não precisa de ajuda de nenhum outro rei para manter os seus direitos.

Ao ouvir essas palavras, todos os que estavam ali ficaram mudos como se fossem pedras, pois aquelas palavras eram extremamente ousadas e altivas. Assim, todos olharam para o chão, pois não ousavam olhar nem para a rainha Guinevere nem para Sir Gawaine. E Lady Guinevere também ficou em silêncio por muito tempo, esforçando-se para recuperar ela mesma daquela situação, e quando ela falou, foi como se ela estivesse meio sufocada por sua raiva: – Senhor cavaleiro, é orgulhoso e arrogante demais, pois nunca ouvi falar de alguém que ousasse responder à sua Rainha como o senhor falou comigo. Mas esta é a minha corte e mando nela como quiser; portanto, ordeno que o senhor vá embora e não venha mais aqui, nem no salão, nem em nenhum dos lugares onde fica a minha corte, pois será uma ofensa. O senhor não terá permissão para frequentar lugar nenhum neste castelo até que peça meu perdão pela afronta que me fez.

Então Sir Gawaine levantou-se e se curvou-se diante da rainha Guinevere dizendo: – Senhora, eu vou. Também não voltarei aqui até que a senhora esteja disposta a me dizer que sente muito pela maneira descortês com que me tratou agora e outras vezes diante de meus amigos.

Depois disso, Sir Gawaine se despediu daquele lugar e nem virou a cabeça para olhar para trás. A rainha Guinevere entrou em seus aposentos e chorou em segredo, de raiva e vergonha. Pois, de fato, ela estava muito triste com o que havia acontecido; no entanto, ela era tão orgulhosa que de modo algum teria retirado as palavras que disse, mesmo que pudesse fazê-lo.

Quando a notícia dessa briga se espalhou pelo castelo, chegou aos ouvidos de Sir Ewaine, que foi imediatamente até Sir Gawaine e perguntou-lhe o que havia acontecido, e Sir Gawaine, que parecia perturbado e em grande desespero, contou-lhe tudo. Então Sir Ewaine disse: – Você certamente errou ao falar com a rainha como falou. No entanto, se você for banido desta corte, irei com você, pois é meu primo e meu companheiro, e meu coração está ligado ao seu.

Então Sir Ewaine foi até o Rei Arthur e disse: – Senhor, meu primo, Sir Gawaine, foi banido desta corte pela rainha. E embora eu não possa dizer que ele não mereceu esse castigo, ainda assim gostaria de pedir sua permissão para acompanhá-lo.

O Rei Arthur ficou muito triste com a situação, mas manteve um semblante firme e disse: – Senhor, não vou impedi-lo de ir aonde quiser. Quanto ao seu primo, devo dizer que ofendeu tanto a rainha que ela não poderia ter outra atitude.

Assim, tanto Sir Ewaine quanto Sir Gawaine foram para suas estalagens e ordenaram a seus escudeiros que os armassem. Em seguida, eles e seus escudeiros partiram de Camelot, tomando seu caminho em direção à floresta.

Os dois cavaleiros e seus escudeiros viajaram durante todo aquele dia até o entardecer, quando os pássaros cantavam suas últimas canções antes de fecharem os olhos para dormir. Então, achando que a noite se aproximava rapidamente, aqueles cavaleiros temiam que não pudessem encontrar uma boa acomodação antes que a noite caísse sobre eles, e conversaram muito sobre o assunto. Mas quando chegaram ao topo de uma colina, viram lá embaixo um vale, muito bonito e bem arado, com muitas casas e fazendas. No meio daquele vale havia uma abadia muito linda de se ver, e Sir Gawaine disse a Sir Ewaine:

— Se aquela for uma abadia para monges, acredito que encontraremos um excelente alojamento para esta noite.

Então cavalgaram até aquele vale e em direção à abadia, e encontraram um guarda no portão, de quem souberam que era de fato uma abadia de monges, e isso os deixou muito felizes e satisfeitos.

Mas quando o abade soube quem eles eram, sua classe e condição, ele ficou muito satisfeito em recebê-los e os levou para a parte da abadia onde ele próprio morava. Lá ele deu-lhes as boas-vindas e serviu-lhes um bom jantar, o que os deixou muito felizes. Como o abade tinha um espírito animado e gostava de conversar com estranhos, ele perguntou àqueles dois cavaleiros sobre a razão pela qual eles estavam viajando. Porém eles nada disseram sobre a briga na corte, apenas que estavam em busca de aventura. Diante disso, o abade lhes disse: – Ah, senhores, se estão em busca de aventuras, podem encontrar uma não muito longe daqui.

Então Sir Gawaine perguntou: – Que aventura é essa?

E o abade respondeu: – Vou contar: se viajarem para o leste daqui, depois de um tempo chegarão a um castelo muito bonito de pedra cinzenta. Em frente a esse castelo, encontrarão um campo largo e plano, e no meio desse campo uma figueira, e na figueira um escudo ao qual as damas atacam de maneira muito singular. Se vocês conseguirem impedir que essas damas ataquem esse escudo, descobrirão uma aventura muito boa.

Então Sir Gawaine disse:– Isso parece muito estranho. Amanhã de manhã iremos a esse lugar para descobrir que tipo de aventura é essa.

E o abade disse: – Façam isso – e deu boas risadas.

Assim que amanheceu, Sir Gawaine e Sir Ewaine deram adeus ao abade e partiram daquele lugar, cavalgando para o leste, como o abade havia aconselhado. Depois de terem cavalgado naquela direção por mais de duas ou três horas, eles avistaram diante deles uma floresta toda verde e cheia de folhagens, muito encantadora no calor do início do verão. E, ora! bem ali na floresta havia um belo castelo, bem protegido, construído de pedra cinzenta, com janelas de vidro que refletiam o brilho do céu.

Então Sir Gawaine e Sir Ewaine viram que tudo era como o abade havia dito, pois na frente do castelo havia um campo largo e plano com uma figueira no meio dele. E ao se aproximarem perceberam que um escudo negro estava pendurado nos galhos da árvore, e puderam ver que tinha o emblema de três falcões brancos. Mas o mais extraordinário era que, diante daquele escudo, estavam sete jovens donzelas, extremamente belas, e que essas sete donzelas atacavam continuamente esse escudo. Algumas delas o golpeavam com varas de vime, e outras atiravam pedaços de barro sobre ele, de modo que o escudo estava totalmente deformado. Perto do escudo estava um cavaleiro de aparência muito nobre, vestido com armadura preta e sentado em um cavalo de guerra preto, e era muito claro que o escudo pertencia àquele cavaleiro, pois ele não tinha outro. No entanto, embora esse fosse provavelmente o seu escudo, o cavaleiro não protestava nem por palavras nem por atos para impedir que aquelas donzelas o atacassem.

Então Sir Ewaine disse a Sir Gawaine: – Vejo ali algo muito estranho. Seria melhor um de nós falar com aquele cavaleiro.

E Sir Gawaine respondeu: – Talvez sim.

Então Sir Ewaine disse: – Se for assim, vou embarcar nessa aventura.

— Não é assim – disse Sir Gawaine –, pois eu mesmo o farei, sendo eu o mais velho de nós dois e o mais experiente na cavalaria.

Então Sir Ewaine disse:

— Muito bem. Que assim seja, pois você é um cavaleiro muito mais forte do que eu, e seria uma pena que um de nós falhasse nessa empreitada.

E Sir Gawaine respondeu:

— Pois que seja, então, vou aceitar essa aventura.

Em seguida, esporeou seu cavalo e cavalgou rapidamente até onde aquelas donzelas atacavam o escudo negro. Ele preparou sua lança e gritou em alta voz:

— Afastem-se! Afastem-se!

Então, quando aquelas donzelas viram o cavaleiro armado cavalgando para elas daquele jeito, fugiram dali gritando.

Então o Cavaleiro Negro, que estava sentado não muito longe, cavalgou de maneira muito majestosa até Sir Gawaine e disse:

— Senhor cavaleiro, por que está assustando aquelas donzelas?

E Sir Gawaine respondeu:

— Porque elas estavam atacando o que me parecia um escudo nobre e respeitável.

Então o Cavaleiro Negro respondeu, de modo muito arrogante:

— Senhor Cavaleiro, esse escudo pertence a mim e lhe asseguro que sou perfeitamente capaz de cuidar dele sem a interferência de qualquer outra pessoa.

Ao que Sir Gawaine respondeu:

— Não é o que parece, senhor cavaleiro.

E o Cavaleiro Negro disse:

— Senhor, se pensa que é mais capaz de cuidar desse escudo do que eu, acho que deveria provar suas palavras com seu corpo.

A isso, Sir Gawaine respondeu:

— Farei o meu melhor para mostrar ao senhor que sou mais capaz de proteger esse escudo do que o senhor de o possuir.

Ao ouvir isso, o Cavaleiro Negro, sem mais delongas, cavalgou até a figueira e tirou de lá o escudo que estava pendurado. Ele colocou o escudo em seu braço, empunhou sua lança e preparou-se para a defesa. Sir Gawaine também se preparou para defesa, e então cada cavaleiro assumiu a posição que lhe pareceu adequada no campo.

Quando o povo daquele castelo percebeu que um combate de armas se aproximava, eles se aglomeraram nas muralhas, de modo que havia cerca de quarenta damas e escudeiros, além das pessoas de diferentes graus observando aquele campo de batalha.

Assim, quando os cavaleiros estavam totalmente preparados, Sir Ewaine deu o sinal para o combate, e cada cavaleiro deu seu gritou de guerra, enfiou as esporas em seu cavalo e correu para o ataque, fazendo um estrondo como se fosse um trovão.

Sir Gawaine pensou que poderia facilmente vencer seu adversário naquele ataque e que seria capaz de derrubá-lo de sua sela sem muito esforço, pois não havia cavaleiro naquele reino igual a Sir Gawaine em destreza. E, de fato, ele nunca havia sido derrubado em combate, exceto pelo Rei Arthur. Assim, quando aqueles dois cavalgaram para o ataque, um contra o outro, Sir Gawaine tinha certeza de que derrubaria seu adversário. Mas não foi assim, pois nesse ataque a lança de Sir Gawaine foi quebrada em muitos pedaços, mas a lança do Cavaleiro Negro resistiu, de modo que Sir Gawaine foi lançado com grande violência para fora da sela, batendo no chão com um barulho terrível. Ele ficou tão surpreso com a queda que não lhe parecia que tivesse caído de sua sela, mas era como se a terra o tivesse levantado e golpeado. Então, ele ficou um bom tempo atordoado com o golpe e com o espanto.

Mas quando ouviu os gritos das pessoas sobre a muralha do castelo, ele imediatamente levantou do chão e ficou tão cheio de raiva e vergonha que parecia um louco.

Então, ele desembainhou sua espada e avançou com grande fúria sobre seu inimigo com a intenção de derrubá-lo só pela força. E o outro cavaleiro, ao ver que ele vinha em sua direção, desceu imediatamente da própria sela, desembainhou sua espada e se colocou em posição de ataque ou defesa. Então eles atacaram ao mesmo tempo, daqui e dali, e golpeavam com tanta fúria, que os golpes eram terríveis de se ver. Mas quando Sir Ewaine percebeu como era feroz aquele ataque, ele esporeou seu cavalo e o empurrou entre os cavaleiros competidores, gritando em voz alta:

— Senhor cavaleiros! Senhores cavaleiros! O que é isso? Não há motivo para uma batalha tão extrema.

Mas Sir Gawaine gritou furiosamente: – Deixe a batalha seguir! Deixe seguir! E não fique na frente, porque esta briga não é sua.

E o Cavaleiro Negro disse:

— A cavalo ou a pé, estou pronto para enfrentar esse cavaleiro a qualquer momento.

Mas Sir Ewaine disse:

— De jeito nenhum. Não lutarão mais. Que vergonha, Gawaine! Que vergonha entrar uma briga tão violenta com um cavaleiro que te enfrentou de maneira amigável em uma competição justa!

Então Sir Gawaine percebeu que Sir Ewaine tinha razão e por isso baixou sua espada em silêncio, embora estivesse prestes a chorar de vergonha de ter sido derrubado. E o Cavaleiro Negro também baixou sua espada, e os dois fizeram as pazes.

Então o Cavaleiro Negro disse:

— Estou feliz que esta briga tenha terminado, pois percebo que os senhores certamente são cavaleiros gentis e de grande nobreza. Portanto, gostaria que, de agora em diante, pudéssemos ser amigos e companheiros em vez de inimigos. Peço que venham comigo até um lugar aqui perto onde estou hospedado para comer e descansar em minha tenda.

Em seguida, Sir Ewaine disse:

— Agradeço por sua cortesia, senhor cavaleiro; iremos com todo o prazer.

E Sir Gawaine disse:

— Estou de acordo.

Então os três cavaleiros deixaram imediatamente o campo de batalha.

E quando chegaram à beira da floresta, Sir Gawaine e Sir Ewaine perceberam que havia uma bela tenda de seda verde montada sob a árvore. E ao redor daquela tenda havia muitos atendentes de diversos tipos, todos vestidos em cores verde e branco. Assim, Sir Gawaine percebeu que o cavaleiro que o havia derrubado era certamente alguém de alta posição, e por isso sentiu-se confortável. Então os escudeiros daqueles três cavaleiros vieram e removeram o elmo, cada escudeiro de seu cavaleiro, para que ficassem mais à vontade. E quando isso foi feito, Sir Gawaine e Sir Ewaine perceberam que o Cavaleiro Negro tinha um belo semblante, o rosto corado e cabelos vermelhos como o cobre. Então Sir Ewaine disse ao cavaleiro:

— Caro Cavaleiro Desconhecido, este cavaleiro, meu companheiro, é Sir Gawaine, filho do rei Urien de Gore, e eu sou Ewaine, filho do rei Lot de Orkney. Agora, gostaria que o senhor se apresentasse da mesma maneira.

— Ah! – disse o outro – Estou feliz que vocês sejam cavaleiros tão famosos e reais, pois também sou de sangue real, meu nome é Sir Marhaus, filho do rei da Irlanda.

Então Sir Gawaine ficou muito feliz ao descobrir que aquele cavaleiro que o derrubara era de classe tão elevada e disse a Sir Marhaus:

— Meu senhor, juro que é um dos melhores cavaleiros do mundo, pois o que fez comigo hoje apenas um cavaleiro em todo o mundo já fez, e esse é o Rei Arthur, meu tio e senhor. Pois bem, o senhor certamente deve ir à corte do Rei Arthur, pois ele ficará imensamente feliz em conhecê-lo, e talvez faça do senhor um Cavaleiro de sua Távola Redonda... e não há maior honra em todo o mundo.

Falou isso sem pensar e logo se lembrou. Então, deu um soco na testa, gritando: – Ora! ora! quem sou eu para lhe convidar a ir à corte do rei Arthur, se ainda ontem mesmo fui desonrado e banido de lá?

Então Sir Marhaus ficou muito triste por Sir Gawaine e perguntou sobre o problema que o acometera, e Sir Ewaine contou a Sir Marhaus tudo sobre aquela briga. Isso fez com que Sir Marhaus sentisse ainda mais pena de Sir Gawaine, e por isso disse: – Senhores, gostei muito de vocês dois e gostaria de acompanhá-los nas aventuras que irão empreender, pois não preciso mais ficar aqui. Vocês devem saber que fui obrigado a defender aquelas damas que atacaram meu escudo até que eu tivesse derrubado sete cavaleiros em nome delas. E devo dizer que Sir Gawaine foi o sétimo cavaleiro que derrotei. Portanto, já que agora o derrotei, estou liberado de minha obrigação e posso seguir com vocês.

Então Sir Gawaine e Sir Ewaine ficaram perplexos ao saber que um cavaleiro estivesse sob obrigação tão estranha como essa... defender aquelas damas que atacavam seu escudo, e imploraram a Sir Marhaus que lhes contasse por que ele fora obrigado a cumprir tal promessa.

Então Sir Marhaus começou:

— Vou contar o que aconteceu: algum tempo atrás eu viajava por aqui com um falcão no pulso. Naquela época eu estava vestido com trajes leves de passeio, uma túnica de seda verde e uma calça verde e outra branca. E eu não tinha nada comigo como defesa a não ser um pequeno escudo e um espadim. Ao chegar perto de um rio muito profundo e cheio de correnteza, avistei uma ponte de pedra que o atravessava, mas era tão estreita que apenas um cavaleiro de cada vez conseguia atravessá-la. Então entrei naquela ponte e estava no meio dela quando percebi um cavaleiro de armadura vindo na direção oposta. Atrás do cavaleiro estava sentada, na garupa, uma dama muito bonita, com cabelos dourados e muito altiva. Quando aquele cavaleiro me viu na ponte, gritou em voz alta: – Volte! Volte! E deixe-me passar!

Mas não fiz isso e disse a ele: – De jeito nenhum, senhor cavaleiro, pois já estou no meio do caminho nesta ponte, então o direito de passagem é meu e o senhor deve aguardar eu chegar ao fim para depois fazer sua travessia.

Porém, o cavaleiro não aceitou e imediatamente colocou-se na ofensiva e veio contra mim com a intenção de me matar ou de me levar de volta para a outra extremidade da ponte. Mas isso ele não foi capaz de fazer, pois me defendi muito bem com minhas armas leves. Eu empurrei meu cavalo contra o dele de tal maneira que o cavalo, o cavaleiro e a dama caíram na água, fazendo um barulho terrível. A dama começou a gritar bem alto e tanto ela quanto o cavaleiro estavam prestes a se afogar, porque ele estava vestido com uma armadura, de modo que não podia se movimentar na correnteza. Então, vendo a gravidade da situação, saltei do meu cavalo para dentro da água e, com grande esforço e risco para mim mesmo, consegui trazê-los até a margem. Mas aquela dama estava tão furiosa comigo, porque seu vestido estava todo molhado e estragado, que começou a me repreender com grande veemência. Então ajoelhei-me diante dela e pedi perdão com toda humildade, mas ela continuou a me repreender. Em seguida, me ofereci para pagar a ela algum tipo de penitência que ela pudesse impor a mim. Com isso, a dama pareceu acalmar-se e disse: – Muito bem, darei uma penitência para o senhor. E, quando seu cavaleiro se recuperou, ela disse: – Venha conosco – e então montei em meu cavalo e os segui. Depois de percorrermos uma distância considerável, chegamos a este lugar, e aqui ela me ordenou o seguinte:

— Senhor Cavaleiro – disse ela – este castelo pertence a mim e a este cavaleiro que é meu esposo. Muito bem, a penitência pela afronta que me fizeste será a seguinte: deverá pegar seu escudo e pendurá-lo na figueira e todos os dias enviarei do castelo algumas das minhas donzelas e elas darão golpes nesse escudo, e você não apenas aceitará os golpes, mas também as defenderá contra todos os que se aproximarem, até que tenha vencido sete cavaleiros.

— Assim fiz até esta manhã, quando Sir Gawaine chegou aqui. O senhor foi o sétimo cavaleiro contra quem lutei, e como venci, minha penitência agora terminou e agora estou livre.

Então Sir Gawaine e Sir Ewaine ficaram muito felizes e satisfeitos porque Sir Marhaus havia terminado de cumprir sua penitência. Sir Gawaine e Sir Ewaine passaram aquela noite na tenda de Sir Marhaus e, na manhã seguinte, levantaram-se, banharam-se em um riacho da floresta e partiram. Em seguida, entraram mais uma vez na floresta e seguiram por alguns caminhos sem saber para onde iriam, e viajaram toda aquela manhã até à tarde.

Enquanto estavam cavalgando, Sir Marhaus disse de repente:

— Senhores, sabem onde estamos?

— Não – responderam eles –, não sabemos.

Então Sir Marhaus disse:

— Esta parte da floresta é chamada Arroy e também é conhecida como "A Floresta da Aventura", pois é bem sabido que quando um cavaleiro, ou um grupo de cavaleiros entra nesta floresta, eles certamente encontrarão algum tipo de aventura, da qual alguns saem com crédito, enquanto outros saem derrotados.

E Sir Ewaine respondeu:

— Que bom que viemos aqui. Agora vamos avançar pela floresta.

Assim, aqueles três cavaleiros e seus escudeiros continuaram seguindo para dentro da floresta, onde o silêncio era tão profundo que só se ouviam os passos de seus cavalos sobre a terra. Não havia nenhum pássaro cantando, nenhum som de voz e quase nenhuma luz penetrava na escuridão daquela floresta. Portanto, aqueles cavaleiros disseram uns aos outros:

— Este é um lugar muito estranho e, talvez, cheio de magia.

Agora, quando eles entraram no meio da floresta escura, perceberam de repente, no caminho adiante deles, um cervo branco como leite. Ao redor de seu pescoço havia um colar de ouro puro. E o cervo levantou a cabeça e os viu, mas quando eles chegaram mais perto ele se virou e saiu correndo por uma trilha bem estreita. Então Sir Gawaine disse:

— Vamos seguir aquele cervo e ver para onde ele vai.

E os outros disseram:

— Estamos de acordo.

Então eles seguiram por aquela trilha estreita, até que, de repente, chegaram a um pequeno gramado aberto totalmente iluminado pela luz do sol. No meio do gramado havia uma fonte de água, mas o cervo havia sumido. E, ora!, ao lado da fonte estava sentada uma bela dama, toda vestida de verde. E a dama penteava seus cabelos com um pente de ouro, e seus cabelos eram como as asas de um melro de tão preto. E nos braços ela usava maravilhosas pulseiras de ouro com esmeraldas e opalinas incrustadas. Além disso, o rosto da dama era branco como marfim e seus olhos brilhavam como joias esculpidas em marfim. Quando essa dama percebeu os cavaleiros, ela levantou-se, deixou de lado seu pente de ouro, prendeu as mechas de seu cabelo com fitas de seda escarlate, e então, foi até eles para os cumprimentar.

Os três cavaleiros desceram imediatamente de seus cavalos, e Sir Gawaine disse:

— Senhora, acredito que não é um ser mortal, mas sim uma fada.

A isso a senhora respondeu:

— Tem razão, Sir Gawaine.

E Sir Gawaine ficou maravilhado porque ela sabia o nome dele. Então ele disse a ela:

— Quem é a senhora?

E ela respondeu:

— Meu nome é Nymue e sou a líder da Damas do Lago de quem o senhor já deve ter ouvido falar. Fui eu quem deu ao rei Arthur sua espada Excalibur, pois sou muito amiga dele e de todos os nobres cavaleiros de sua corte. Portanto, conheço todos vocês. E eu sei que o senhor, Sir Marhaus, se tornará um dos mais famosos Cavaleiros da Távola Redonda.

E todos os três ficaram perplexos com o que a dama dizia. E ela continuou:

— Peço que me digam o que procuram por aqui?

E eles responderam:

— Buscamos aventura.

— Bem – disse ela –, vou levá-los a uma aventura, mas agora será a vez de Sir Gawaine.

E Sir Gawaine disse:

— Essa é uma excelente notícia.

Então a senhora respondeu:

— Leve-me em sua garupa, Sir Gawaine, e lhe mostrarei a aventura.

Então Sir Gawaine levou a dama na garupa. E vejam só! Ela tinha um perfume que ele nunca havia sentido antes, pois aquela fragrância era tão suave que parecia a Sir Gawaine que a floresta toda exalava aquele perfume que a Dama do Lago usava.

Assim, a Dama do Lago os conduziu por muitos caminhos tortuosos para fora daquela parte da floresta; e ela os levou por diversas estradas e caminhos, até que eles saíram em um campo aberto, muito agradável e cheio de frutas. E ela os fez subir um monte muito alto, e do cume da colina eles olharam para uma planície frutífera e verde como se fosse uma mesa estendida diante deles. E perceberam que no meio da planície havia um castelo nobre construído todo de pedra vermelha e tijolos; e também viram que havia uma pequena cidade de tijolos vermelhos.

Enquanto deixavam seus cavalos descansar lá no topo da colina, perceberam, de repente, um cavaleiro vestido com armadura vermelha que surgiu de uma clareira. Eles viram que o cavaleiro desfilava pelo prado que ficava em frente ao castelo e viram que desafiava aqueles que estavam dentro do castelo. Então perceberam que a ponte levadiça do castelo foi baixada de repente e que dali saíram dez cavaleiros vestidos com armaduras completas. Eles viram os dez cavaleiros atacarem o cavaleiro de armadura vermelha e também viram o cavaleiro atacar os dez. E perceberam que, por algum tempo, aqueles dez resistiram ao ataque do cavaleiro, mas que ele os atacava tão violentamente que feriu quatro deles muito rápido. Então viram que os outros pararam de lutar e fugiram, e que o Cavaleiro Vermelho perseguiu os outros pelo prado com grande fúria. E eles viram que ele derrubou um de sua sela e outro e mais outro, até que restaram apenas dois cavaleiros.

Então Sir Gawaine disse: – Isso é realmente algo incrível de se ver.

Mas a Dama do Lago apenas sorriu e disse: – Espere um pouco.

Então eles esperaram e viram que, quando o Cavaleiro Vermelho havia derrotado todos os seus inimigos, exceto aqueles dois, e quando aqueles dois estavam em grande perigo, ele de repente baixou sua espada e se rendeu a eles. E viram que aqueles dois cavaleiros trouxeram o Cavaleiro Vermelho até o castelo, e quando chegaram lá, uma dama em uma das janelas da muralha dirigiu-se ao Cavaleiro Vermelho com palavras violentas. E eles viram que aqueles dois cavaleiros pegaram o Cavaleiro Vermelho, amarraram suas mãos atrás das costas, e seus pés sob a barriga de seu cavalo, e o levaram para longe daquele lugar.

Tudo isso eles viram do topo daquela colina, e a Dama do Lago disse a Sir Gawaine:

— Ali o senhor encontrará sua aventura, Sir Gawaine.

E Sir Gawaine respondeu: – Irei até lá.

E a Dama do Lago respondeu: – Faça isso.

E então, ora!, ela desapareceu da vista deles e eles ficaram perplexos.

CAPÍTULO ♛ QUINTO

Como Sir Gawaine conheceu Sir Pellias e como ele prometeu ajudá-lo com Lady Ettard

Muito bem, depois que aquela dama maravilhosa desapareceu de vista daquela forma, os três cavaleiros ficaram um pouco surpresos, pois não sabiam como acreditar no que seus olhos haviam visto. Então, depois de um tempo, Sir Gawaine disse:

— Com certeza isso que nos aconteceu foi uma coisa muito maravilhosa, pois em toda a minha vida nunca tinha presenciado um milagre como esse. Agora, está muito claro que existe uma aventura excelente no que vimos, portanto, vamos descer até o vale, que lá descobriremos sem dúvida o que significa isso que acabamos de ver. Na realidade, juro que nunca vi um cavaleiro tão poderoso como aquele que acabou de lutar naquela batalha, de modo que não consigo entender porque ele se rendeu daquela maneira quando estava tão perto da vitória sobre seus inimigos.

E Sir Ewaine e Sir Marhaus concordaram que seria bom descer e perguntar qual era o significado daquilo que tinham visto.

Então eles três e seus assistentes desceram até o vale.

E eles cavalgaram até chegarem a uma clareira e lá viram três belas tendas: uma tenda de tecido branco, a segunda de tecido verde e uma terceira de tecido vermelho.

Quando os três cavaleiros se aproximaram das tendas, vieram dois outros cavaleiros para encontrá-los. E quando Sir Gawaine e Sir Ewaine viram os escudos dos dois, imediatamente souberam que eram Sir Brandiles e Sir Mador de la Porte. E da mesma maneira Sir Brandiles e Sir Mador de la Porte reconheceram Sir Gawaine e Sir Ewaine, e cada grupo ficou muito surpreso ao encontrar o outro em um lugar tão estranho. Então, quando estavam todos juntos, se cumprimentaram com muita alegria e apertaram as mãos com grande afeto e muito companheirismo.

Então Sir Gawaine apresentou Sir Marhaus a Sir Brandiles e Sir Mador de la Porte, e os cinco cavaleiros seguiram juntos para aquelas três tendas, conversando com grande amizade e prazer. Quando entraram na tenda de Sir Brandiles encontraram ali uma boa refeição de pão branco e vinho de excelente sabor.

Depois de algum tempo, Sir Gawaine disse a Sir Brandiles e Sir Mador de la Porte:

— Senhores, observamos há pouco uma coisa muito singular; enquanto estávamos juntos no topo da colina e olhávamos para esta planície, vimos um único cavaleiro vestido com armadura vermelha que estava em uma batalha com dez cavaleiros. E aquele cavaleiro de armadura vermelha combateu os dez com tanta fúria que os afugentou, apesar de serem tantos e ele apenas um. E realmente juro que nunca vi um cavaleiro mostrar tamanha destreza em armas como ele. No entanto, quando ele havia vencido todos, exceto dois daqueles cavaleiros, e estava a caminho de obter uma vitória concreta, ele de repente se rendeu aos dois e permitiu que eles o prendessem, o amarrassem e o expulsassem do campo com grande indignidade. Agora, peço-lhes que nos digam qual é o significado do que vimos, e quem era aquele cavaleiro que lutou uma batalha tão extraordinária e ainda assim rendeu-se de maneira tão vergonhosa.

A isso Sir Brandiles e Sir Mador de la Porte não responderam, e desviaram seus olhares para outro lado, pois não sabiam o que dizer. Mas quando Sir Gawaine viu que eles estavam constrangidos, começou a se perguntar o que significava aquilo e disse:

— O que é isso? Por que vocês não me respondem? Peço-lhes que me digam qual é o significado dessa aparição e quem é esse Cavaleiro Vermelho!

Então, depois de um tempo, Sir Mador de la Porte respondeu:

— Não vou lhe contar, mas o senhor pode vir e ver por si mesmo.

Então Sir Gawaine começou a pensar que talvez houvesse algo que seria melhor não revelar, e que, talvez, ele devesse examinar melhor o assunto sozinho. Então ele disse aos outros cavaleiros:

— Aguardem aqui um pouco, senhores, eu irei com Sir Mador de la Porte.

Então Sir Gawaine foi com Sir Mador de la Porte, e Sir Mador o conduziu até a tenda branca. E quando chegaram lá, Sir Mador abriu as cortinas da tenda e disse:

— Entre! – e Sir Gawaine entrou.

Pois bem, quando ele entrou na tenda, percebeu que havia um homem sentado em um leito de juncos coberto com um pano azul, e logo percebeu que o homem era Sir Pellias. Mas Sir Pellias não o viu de imediato, permanecendo com a cabeça baixa, como alguém que está tomado por um grande desespero.

No entanto, quando Sir Gawaine viu quem estava sentado no leito ficou muito surpreso e gritou:

— Ah! É o senhor, Sir Pellias? É o senhor?

Mas quando Sir Pellias ouviu a voz de Sir Gawaine e percebeu quem era que falava com ele, soltou um grito de agonia, levantou-se rapidamente e correu o mais longe que os limites da tenda lhe permitiam, virando o rosto contra o tecido.

Então, depois de algum tempo, Sir Gawaine falou muito sério com Sir Pellias e disse:

— Senhor, estou surpreso e muito envergonhado que um Cavaleiro da Corte Real do Rei Arthur e de sua Távola Redonda se comporte de maneira tão desonrosa como eu vi hoje. Pois é difícil acreditar que um cavaleiro de tamanha reputação e nobreza como o senhor se permitiria ser preso e amarrado por dois cavaleiros quaisquer como permitiu hoje. Como o senhor pôde submeter-se a tamanha indignidade e insulto? Exijo que o senhor me explique o que está acontecendo.

Mas Sir Pellias ficou calado e não quis responder. Então Sir Gawaine gritou muito zangado:

— Ah! não vai me responder? – e Sir Pellias balançou a cabeça de forma negativa.

Então Sir Gawaine disse, ainda falando com muita raiva:

— Meu senhor terá de responder de uma maneira ou de outra! Ou me explica o motivo de sua conduta vergonhosa, ou então terá de lutar contra mim. Pois não vou tolerar que traga tanta vergonha para o Rei Arthur e para sua Távola Redonda sem eu mesmo defender a honra e o crédito de ambos. Até hoje somos grandes amigos, mas a menos que explique tudo imediatamente, eu o desprezarei e o considerarei como um inimigo.

Em seguida, Sir Pellias falou como alguém que parece estar fora de si e disse:

— Vou lhe contar tudo.

Então ele confessou tudo a Sir Gawaine, contando o que acontecera desde o momento em que havia se separado da corte de primavera da rainha Guinevere para embarcar nessa aventura, e Sir Gawaine o ouvia com grande espanto. E quando Sir Pellias terminou de contar tudo o que havia acontecido com ele, Sir Gawaine disse:

— Com certeza, isso é muito incrível. Na verdade, não consigo entender como você ficou tão enredado nos encantos dessa dama, a menos que ela o tenha enfeitiçado com uma magia muito forte.

A isso, Sir Pellias respondeu:

— Sim, acredito que fui enfeitiçado, pois estou completamente fora de mim nisso e sou totalmente incapaz de conter minha paixão.

Então Sir Gawaine ficou pensativo por um bom tempo, analisando o assunto com muita seriedade e então disse:

— Tenho um plano, é o seguinte: eu mesmo irei ter com Lady Ettard e investigarei diligentemente esse assunto. E se eu descobrir que alguém lhe envolveu em magia, será difícil para mim, mas punirei essa pessoa com grande dor. Pois não quero que outro feiticeiro engane o senhor como já seduziram Merlin, o Sábio.

Então Sir Pellias disse a Sir Gawaine:

— Como vai fazer para chegar à presença de Lady Ettard?

E Sir Gawaine respondeu:

— Aqui está o plano. Trocaremos de armadura, e irei ao castelo vestindo a sua armadura. Quando chegar lá, direi que o venci em um confronto e tirei sua armadura. Então eles provavelmente me aceitarão no castelo para ouvir minha história, e eu falarei com ela.

Então Sir Pellias disse:

— Muito bem, assim será.

Então Sir Pellias convocou um escudeiro, e Sir Gawaine convocou seu escudeiro, e aqueles dois retiraram a armadura de Sir Pellias e vestiram Sir Gawaine nela. Depois de terem feito isso, Sir Gawaine montou no cavalo de Sir Pellias, e cavalgou abertamente naquele campo onde Sir Pellias havia desfilado anteriormente.

Aconteceu que Lady Ettard estava naquele momento passeando nas muralhas do castelo, de onde ela olhou para o campo lá embaixo.

Então, quando ela viu um cavaleiro vermelho desfilando, pensou que fosse Sir Pellias vindo para lá novamente, e com isso ficou muito irritada e sentiu-se ofendida. Então, ela disse aos que estavam com ela:

— Aquele cavaleiro irá me deixar doente de raiva se continuar a vir aqui constantemente. Gostaria de saber como me livrar dele, pois há apenas uma hora, enviei dez bons cavaleiros para lutar contra ele, e ele os venceu a todos com grande destreza e com muita desonra para eles e para mim.

Então ela acenou para o Cavaleiro Vermelho, e quando ele se aproximou das muralhas do castelo, ela lhe disse:

— Senhor Cavaleiro, por que você veio aqui para me afligir e me afrontar novamente? O senhor não é capaz de entender que quanto mais vezes vem me provocar dessa maneira, tanto mais eu lhe odeio?

Então Sir Gawaine abriu o visor do elmo e mostrou o rosto, e Lady Ettard viu que o Cavaleiro Vermelho não era Sir Pellias. E Sir Gawaine disse:

— Senhora, não sou quem imagina, mas sim outro. Tenho a armadura de seu inimigo em meu corpo, portanto pode ver que eu o derrotei. Pois a senhora pode supor que dificilmente estaria usando a armadura dele se não a tivesse conquistado pela força. Portanto, não precisa mais se preocupar com ele.

Então Lady Ettard não podia pensar de outra forma senão que aquele cavaleiro (que ela não conhecia) de fato havia derrotado Sir Pellias em um ataque de armas e tinha tirado a armadura dele. E, de fato, ela ficou extremamente surpresa que tal coisa pudesse ter acontecido, pois lhe parecia que Sir Pellias era um dos maiores cavaleiros do mundo. Então ela ficou encantada com a ideia de conhecer esse cavaleiro que o havia derrubado em batalha. Em seguida, ela deu ordem a vários de seus assistentes para que saíssem e trouxessem aquele cavaleiro de armadura vermelha para o castelo e que lhe prestassem grande honra, pois ele certamente devia ser um dos maiores campeões do mundo.

Assim, Sir Gawaine entrou no castelo e foi levado à presença de Lady Ettard, que estava em um salão enorme e deslumbrante. O salão era iluminado por sete janelas altas com vitrais coloridos, coberto de tapeçarias e enfeites muito finos e de excelente qualidade, e Sir Gawaine ficou extasiado com a magnificência de tudo o que viu naquele lugar.

Sir Gawaine havia tirado o capacete e o carregava debaixo do braço, contra o quadril, e sua cabeça estava exposta, de modo que todos podiam ver seu rosto muito claramente. Sendo assim, todos viram que ele era extremamente formoso, seus olhos eram azuis como aço, seu nariz longo e curvo, e seu cabelo e barba muito escuros e viçosos. Além disso, seu porte era extremamente firme e altivo, de modo que aqueles que o contemplavam ficavam impressionados com seu aspecto de cavaleiro.

Então Lady Ettard foi até Sir Gawaine e lhe deu a mão, e ele ajoelhou-se e a beijou. A dama dirigiu-se a ele muito graciosamente, dizendo:

— Senhor cavaleiro, seria um grande prazer se nos dissesse seu nome, sua classe e condição.

A isso, Sir Gawaine respondeu:

— Senhora, não posso informá-la sobre essas coisas no momento, pois estou sob juramento e preciso guardar segredo sobre esses pontos, por isso peço um pouco de paciência.

Então Lady Ettard disse:

— Senhor cavaleiro, é uma grande pena que não saibamos seu nome e seu grau, no entanto, embora ainda não tenhamos conhecimento de sua condição, espero que o senhor nos dê o prazer de sua companhia por algum tempo, e que possa permanecer neste pobre lugar por dois ou três dias, enquanto lhe oferecemos o que for possível.

Porém, naquele momento algo muito desagradável aconteceu: Lady Ettard tinha passado a adorar aquele colar de esmeraldas, opalinas e ouro que tomara emprestado de Sir Pellias, a tal ponto que não o tirava nem por um minuto, fosse de dia ou à noite. Portanto, ela o estava usando naquele momento pendurado no pescoço. Assim, enquanto ela conversava com Sir Gawaine, ele olhou para o colar, e o feitiço começou a se apoderar dele. Logo em seguida, ele começou a sentir como se seu coração estivesse sendo puxado com grande ardor para fora de seu peito em direção à Lady Ettard; tanto que, em pouco tempo, ele não conseguia mais desviar seu olhar dela. E quanto mais ele olhava para o colar e para a dama, mais o feitiço da joia tomava conta de seu espírito.

Então, quando Lady Ettard falou com ele com tanta amabilidade, ele ficou muito feliz em aceitar sua gentileza e disse, olhando ardentemente para ela:

— A senhora é extremamente gentil em tratar-me com tanta cortesia; portanto, ficarei imensamente feliz em desfrutar de sua companhia por mais um tempo.

Com essas palavras, Lady Ettard ficou muito satisfeita, pois disse a si mesma: – Com certeza este cavaleiro, embora eu não saiba quem ele é, deve ser um campeão de proezas extraordinárias e de conquistas famosas. Agora, se eu puder convencê-lo a permanecer neste castelo como meu campeão, sem dúvida ganharei muito crédito com isso, pois terei alguém para defender meus direitos e que certamente deve ser o maior cavaleiro de todo o mundo.

Então, ela usou todo seu charme e graça para agradar a Sir Gawaine, e ele ficou completamente encantado com sua amabilidade e gentileza.

Pois bem, Sir Engamore estava presente naquele momento, então ele ficou realmente perturbado. Quanto mais Sir Gawaine recebia gentilizas de Lady Ettard, tanto mais Sir Engamore sentia-se triste e angustiado... dava pena vê-lo daquele modo. E Sir Engamore disse a si mesmo:

— Antes que esses cavaleiros viessem para cá, Lady Ettard era muito gentil comigo e queria que eu fosse seu campeão e esposo. Mas primeiro veio Sir Pellias e me derrotou, e agora chega esse estranho cavaleiro que o derrotou, portanto, na presença de um grande campeão como esse, não sou nada aos olhos dela. Então Sir Engamore retirou-se daquele lugar e foi para seus aposentos, onde sentou-se sozinho cheio de tristeza.

Lady Ettard havia ordenado que um banquete nobre e esplêndido fosse preparado, e enquanto aguardavam sua preparação, ela e Sir Gawaine caminharam juntos pelo castelo. Havia ali uma sombra muito agradável, flores cresciam em grande abundância, e muitos pássaros cantavam docemente entre as flores das árvores. E, enquanto Sir Gawaine e a Lady Ettard caminhavam juntos, os atendentes ficavam a uma pequena distância, os observando, e comentavam entre si:

— Certamente seria muito bom se Lady Ettard tomasse esse cavaleiro como seu campeão, e se ele ficasse aqui em Grantmesnle para sempre.

Assim, Sir Gawaine e a senhora caminharam juntos, conversando muito alegremente, até o pôr do sol, e naquele momento o jantar estava pronto e eles entraram e se sentaram à mesa. E, enquanto eles jantavam, vários pajens, todos muito belos, tocavam harpas para eles e diversas donzelas cantavam docemente para acompanhar aquela música, e Sir Gawaine sentiu-se tão feliz que disse a si mesmo:

— Por que eu deveria deixar este lugar? Ora! Fui banido da corte do Rei Arthur, então por que não estabelecer aqui uma corte minha, que poderia, com o tempo, provar ser tão gloriosa quanto a dele? – E, aos olhos dele, Lady Ettard era tão linda que esse lhe parece um pensamento maravilhoso.

* * *

Agora voltemos a Sir Pellias.

Depois que Sir Gawaine partiu, o coração de Sir Pellias começou a desconfiar que ele não tinha sido muito sábio e por fim disse a si mesmo:

— Suponha que Sir Gawaine esqueça seu dever para comigo quando encontrar Lady Ettard, pois parece que ela possui algum feitiço poderoso que poderia atrair o coração de Sir Gawaine para ela. Portanto, se Sir Gawaine entrar no círculo de tal feitiço, ele pode esquecer seu dever para comigo e quebrar a honra de seu título de cavaleiro.

E quanto mais Sir Pellias pensava nisso, mais perturbado ficava. Por fim, ao cair da noite, chamou um escudeiro e disse:

— Vá e traga-me o traje de um frade, pois gostaria de ir ao castelo de Grantmesnle disfarçado.

Então o escudeiro foi e fez como ele ordenou, trazendo-lhe o traje, e Sir Pellias vestiu-se com ele.

Àquela altura, a escuridão cobria inteiramente a face da terra, de modo que ninguém poderia conhecer Sir Pellias, mesmo que tivesse visto seu rosto.

Então ele foi ao castelo, e os que estavam lá, pensando que ele era um frade, como parecia ser, deixaram-no entrar no castelo pelo portão de trás.

Assim que Sir Pellias entrou no castelo, ele começou a fazer perguntas para saber onde poderia encontrar aquele cavaleiro que havia chegado lá à tarde, e as pessoas dentro do castelo, pensando que ele era um frade, disseram-lhe:

— O que o senhor deseja com aquele cavaleiro?

Ao que Sir Pellias respondeu:

— Tenho uma mensagem para ele.

E as pessoas do castelo disseram:

— O senhor não pode ir até aquele cavaleiro agora, pois ele está jantando com Lady Ettard, e os dois estão conversando.

Neste instante Sir Pellias começou a ficar muito zangado, pois não gostava muito da ideia de que Sir Gawaine estivesse se divertindo com Lady Ettard. Então ele falou com muita severidade:

— Preciso falar com aquele cavaleiro, por isso peço que me levem até ele imediatamente.

E eles responderam:

— Espere e veremos se aquele cavaleiro deseja que o senhor vá até onde ele está.

Assim, um dos atendentes foi até onde Sir Gawaine estava jantando com Lady Ettard e disse:

— Cavaleiro, chegou aqui um frade que exige falar com o senhor. Ele não aceita recusa e insiste continuamente que precisa lhe falar.

Ao ouvir isso, Sir Gawaine ficou com sua consciência pesada, pois sabia que não estava agindo honradamente com Sir Pellias, e começou a imaginar se aquele frade poderia ou não ser um mensageiro de seu amigo.

Mas ainda assim ele não conseguia ver como poderia impedir que o frade viesse falar com ele. Então, depois de pensar um pouco, ele disse:

— Traga o frade aqui e deixe-o entregar a mensagem que tem para mim.

Assim, Sir Pellias, vestido como um frade, foi levado pelos atendentes para a antessala do salão, onde Sir Gawaine estava jantando com Lady Ettard. Mas, por algum tempo, Sir Pellias não entrou no salão e ficou atrás da cortina, observando os dois, pois desejava ter certeza se Sir Gawaine era ou não fiel a ele.

Pois bem, tudo naquele salão onde o cavaleiro e a dama estavam sentados era iluminado com um esplendor extraordinário, com várias dezenas de velas de cera que exalavam um perfume delicioso enquanto queimavam. E enquanto Sir Pellias estava atrás das cortinas, ele contemplou Sir Gawaine e Lady Ettard sentados à mesa juntos, e viu que estavam apreciando muitíssimo a companhia um do outro. E ele viu que Sir Gawaine e a dama bebiam vinho do mesmo cálice e que esse cálice era de ouro. E ao ver como os dois se divertiam um com o outro, ele se encheu de raiva e indignação, pois agora percebia que Sir Gawaine o havia traído.

Então, depois de algum tempo ele não conseguiu mais se conter e deu cinco passos para dentro do salão e parou diante de Sir Gawaine e Lady Ettard. E, quando eles olharam para ele com grande surpresa, ele tirou o capuz e eles o reconheceram. Foi então que Lady Ettard gritou com grande desespero:

— Fui traída!

E Sir Gawaine permaneceu em silêncio, pois não tinha uma única palavra a dizer nem à dama nem a Sir Pellias.

Então Sir Pellias se aproximou de Lady Ettard com um semblante tão abatido, que ela não conseguia se mexer de medo. E quando ele chegou perto dela, pegou aquele colar de esmeraldas, opalinas e ouro com tanta violência que o fecho se quebrou e assim o arrancou do pescoço dela.

E ele disse: – Isto é meu e você não tem direito a ele! – E, em seguida, colocou o colar em seu pescoço.

Então ele virou-se para Sir Gawaine e disse:

— O senhor é falso tanto para com seu título de cavaleiro quanto para sua amizade, pois me traiu totalmente. Então ele levantou o braço e golpeou Sir Gawaine no rosto com as costas da mão com tanta violência, que a marca de seus dedos ficou em vermelho na face de Sir Gawaine.

Então Sir Gawaine ficou pálido como cera e disse gritando:

— Senhor, eu realmente o traí, mas a humilhação que me fez é igual.

Ao que Sir Pellias respondeu:

— De jeito nenhum; pois a injúria que lhe fiz é apenas em seu rosto, mas a injúria que o senhor me causou está no meu coração. No entanto, responderei pela agressão que lhe fiz. Mas o senhor também terá de responder pela ofensa que me fez ao me trair.

Então Sir Gawaine respondeu:

— Estou disposto a responder integralmente.

E Sir Pellias disse:

— Assim o fará.

Então ele virou-se e saiu dali e não olhou novamente para Sir Gawaine nem para Lady Ettard.

Mas, agora que Lady Ettard não tinha mais o colar mágico no pescoço, Sir Gawaine não sentia nenhum grande encanto por ela como estava acontecendo antes. Consequentemente, ele sentiu uma grande aversão por ela, tão grande quanto a afeição que o atraíra para ela. Por isso ele disse a si mesmo:

— Como eu pude trair meu título de cavaleiro e ter feito tanto mal ao meu amigo por causa dessa dama!

Em seguida, ele empurrou a cadeira para trás com muita violência e se levantou daquela mesa com a intenção de deixá-la.

Mas quando Lady Ettard viu sua intenção, ela ficou com muita raiva, pois sentiu-se ofendida por ele a ter enganado quando disse que havia vencido Sir Pellias. – Então ela disse enfurecida:

— Pode ir, realmente quero que vá embora, pois o senhor mentiu quando me disse que havia vencido Sir Pellias. Agora percebo que ele é um cavaleiro mais forte e mais nobre do que o senhor, pois ele o golpeou como se o senhor fosse seu servo, e ainda traz as marcas dos dedos dele em seu rosto.

Com isso, Sir Gawaine ficou extremamente furioso e cheio de vergonha do que havia acontecido com ele, por isso disse:

— Senhora, acho que me enfeitiçou para me levar a tal desonra. Quanto a Sir Pellias, amanhã eu o esperarei naquele campo e a senhora verá que deixarei uma marca mais profunda sobre ele do que aquela que ele colocou em mim.

Então ele saiu daquele lugar, desceu para o pátio e chamou os atendentes que estavam lá para buscar seu cavalo. Então eles fizeram como ele ordenou, e imediatamente ele saiu cavalgando pela noite.

De fato, ele estava muito feliz com a escuridão da noite, pois parecia mais fácil suportar sua vergonha na escuridão, por isso, quando chegasse à clareira do acampamento, não entraria na tenda onde estavam seus amigos. Quando Sir Ewaine e Sir Marhaus foram até ele e o convidaram a entrar, ele não o fez, e ficou do lado de fora, na escuridão, pois disse a si mesmo:

— Se eu entrar onde há luz, talvez eles vejam a marca da mão de Sir Pellias em meu rosto.

Então ele ficou de fora, na escuridão, e pediu que eles fossem embora e o deixassem sozinho.

Mas, quando eles se foram, ele chamou seu escudeiro e disse:

— Tire esta armadura vermelha de mim e leve-a para a tenda de Sir Pellias, pois eu a odeio.

Então o escudeiro fez como ele havia ordenado e Sir Gawaine ficou andando de um lado para o outro durante a noite toda, muito perturbado e aflito.

CAPÍTULO ♛ SEXTO

Como a Dama do Lago tomou de volta seu colar de Sir Pellias

Na manhã seguinte, Sir Gawaine chamou seu escudeiro e disse:
– Traga minha armadura e a coloque em mim.

E o escudeiro assim o fez. Então Sir Gawaine disse:

— Ajude-me a montar meu cavalo – e o escudeiro assim o fez. E ainda era muito cedo, a grama estava toda brilhante e reluzente de orvalho, e os passarinhos cantavam tão alto que deixariam qualquer um feliz por estar vivo. Então, quando Sir Gawaine estava sentado em seu cavalo vestindo sua armadura, ele começou a tomar mais coragem, e os ares escuros que o encobriam começaram a dissipar-se, e ele disse a seu escudeiro com voz mais forte:

— Leve esta minha luva até Sir Pellias e diga-lhe que Sir Gawaine o aguarda no campo em frente ao castelo e que lá desafia Sir Pellias a encontrá-lo a cavalo ou a pé, como ele preferir.

O escudeiro ficou muito surpreso ao ouvir isso, pois Sir Gawaine e Sir Pellias sempre tiveram uma amizade tão grande, que era difícil de se encontrar igual em toda aquela terra, de modo que sua amizade um pelo outro servia de exemplo para todos. Mas ele acalmou sua mente e apenas disse:

— O senhor não irá se alimentar antes da batalha?

E Sir Gawaine respondeu:

— Não, não comerei nada antes de lutar. Portanto, vá e faça como eu lhe ordenei.

Assim, o escudeiro de Sir Gawaine foi até Sir Pellias em sua tenda e entregou a ele a luva e a mensagem de Sir Gawaine. E Sir Pellias disse:

— Diga ao seu mestre que irei ao seu encontro assim que terminar meu desjejum.

Pois bem, quando a notícia desse desafio chegou aos ouvidos de Sir Brandiles, Sir Mador de la Porte, Sir Ewaine e Sir Marhaus, esses cavaleiros ficaram muito preocupados, e Sir Ewaine disse aos outros:

— Senhores, vamos investigar o que está acontecendo.

Assim, os quatro cavaleiros foram até a tenda branca onde Sir Pellias estava fazendo seu desjejum.

E quando eles chegaram à presença de Sir Pellias, Sir Ewaine perguntou a ele:

— Que disputa será essa entre meu parente e o senhor?

E Sir Pellias respondeu:

— Não vou lhe explicar absolutamente nada, então, deixe-me sozinho e não se intrometa no assunto.

Então Sir Ewaine disse:

— O senhor vai travar uma batalha séria com seu amigo?

Ao que Sir Pellias respondeu:

— Ele não é mais meu amigo.

Então Sir Brandiles exclamou:

— É uma pena que uma briga separe amigos como o senhor e Sir Gawaine. Não seria possível fazer as pazes entre vocês?

Mas Sir Pellias respondeu:

— Os senhores não podem fazer as pazes, pois essa briga não pode ser interrompida até que termine.

Então aqueles cavaleiros perceberam que suas palavras não serviriam para nada e decidiram sair dali e deixar Sir Pellias sozinho.

Assim, quando Sir Pellias terminou o desjejum, convocou um escudeiro chamado Montenoir, e ordenou-lhe que o colocasse naquela armadura vermelha que usara durante todo esse tempo, e Montenoir assim o fez. Então, depois que Sir Pellias vestiu aquela armadura, ele cavalgou até o campo em frente ao castelo onde Sir Gawaine estava esperando. E quando ele chegou lá, aqueles quatro outros cavaleiros vieram até ele novamente e imploraram que fizesse as pazes com Sir Gawaine, mas Sir Pellias não os ouviu, então eles foram embora novamente e o deixaram. Em seguida, ele continuou cavalgando até o campo diante do castelo de Grantmesnle.

Uma grande multidão desceu até as muralhas do castelo para assistir à luta, pois as notícias já tinham corrido por todo aquele lugar. Também já sabiam que o cavaleiro que iria lutar com Sir Pellias era o famoso cavaleiro real, Sir Gawaine, filho do rei Lot de Orkney, e sobrinho do Rei Arthur; essa era a razão pela qual todas as pessoas estavam tão desejosas de ver um cavaleiro tão famoso lutando.

Da mesma forma, Lady Ettard desceu até as muralhas e se posicionou em uma torre menor, que dava para o campo de batalha. Depois de acomodar-se ali, ela viu que Sir Pellias usava aquele colar de esmeraldas, opalinas e ouro em cima de sua armadura, e seu coração sentiu-se atraído por ele, então começou a torcer para que ele pudesse ser o vencedor daquela luta.

Em seguida, cada cavaleiro se posicionou no lugar que lhe pareceu adequado, desembainhou sua lança e seu escudo e se preparou para o ataque. Então, quando todos estavam preparados, Sir Marhaus deu o sinal. Em seguida, cada cavaleiro abandonou instantaneamente a posição que ocupava, lançando-se contra o outro com a velocidade de um relâmpago e com tanta fúria, que a terra tremeu sob os cascos de seus cavalos. Eles se encontraram bem no meio do caminho, um atacando o outro no meio de suas defesas. Nesse encontro a lança de Sir Gawaine arrebentou até a altura do punho, mas a lança de Sir Pellias resistiu, de modo que Sir Gawaine foi lançado da sela com terrível violência, atingindo a terra com tanta força, que ele rolou três vezes no pó e depois ficou completamente imóvel, como se estivesse morto.

Com isso, todas aquelas pessoas nas muralhas gritaram juntas bem alto, pois era um ataque de armas extremamente nobre.

Então os quatro cavaleiros que assistiam a esse confronto correram até onde Sir Gawaine estava e Sir Pellias também voltou e parou seu cavalo ali perto. Então Sir Ewaine e o escudeiro de Sir Gawaine soltaram o elmo de Sir Gawaine rapidamente e – ora! – seu rosto estava pálido e ele parecia não estar respirando.

Em seguida, Sir Marhaus disse:

— Acredito que o senhor matou este cavaleiro, Sir Pellias.

E Sir Pellias respondeu:

— Acha mesmo que o matei?

— Sim – disse Sir Marhaus –, e infelizmente é uma grande pena.

Ao que Sir Pellias respondeu:

— Ele não sofreu mais do que merecia.

Ao ouvir essas palavras, Sir Ewaine ficou muitíssimo indignado e exclamou:

— Senhor cavaleiro, acho que esqueceu a qualidade deste cavaleiro. Pois ele não é apenas um companheiro da Távola Redonda, a quem o senhor jurou inteira fraternidade, mas também é filho de um rei e sobrinho do próprio Rei Arthur.

Porém, Sir Pellias manteve o semblante muito firme e respondeu:

— Não me arrependeria disso mesmo que esse cavaleiro fosse ele próprio um rei em vez de filho de um rei.

Então Sir Ewaine ergueu a voz com grande indignação, gritando para Sir Pellias:

— Vá embora daqui! Ou algo muito ruim poderá lhe acontecer.

— Muito bem – disse Sir Pellias –, eu irei.

Depois disso, ele virou seu cavalo e partiu, entrando na floresta, e assim desapareceu da vista deles.

Então os outros presentes levantaram Sir Gawaine e o levaram até a tenda de Sir Pellias, e lá o deitaram na cama de Sir Pellias. Mas passou mais de uma hora antes que ele se recuperasse novamente, e durante boa parte desse tempo os que estavam próximos a ele acreditavam que estivesse morto.

Mas nenhum dos cavaleiros sabia qual era a verdadeira situação. Sir Pellias também tinha sido tão gravemente ferido no flanco e era de se esperar que ele não aguentasse mais do que um dia. Pois, embora a lança de Sir Gawaine tivesse estourado e Sir Pellias o tivesse derrotado completamente, ainda assim a ponta da lança de Sir Gawaine perfurou a armadura de Sir Pellias, entrou em seu lado e ali se partiu, de modo que o ferro da lança, do comprimento de um palmo, havia perfurado o corpo de Sir Pellias e se instalado perto do estômago. Portanto, enquanto Sir Pellias estava sentado em seu cavalo conversando tão firmemente com aqueles quatro cavaleiros, ele estava sentindo grande dor, e o sangue escorria em abundância em sua armadura. Então, com a perda do sangue e da grande agonia que ele sofreu, Sir Pellias estava ficando totalmente tonto durante o tempo todo em que conversava com os outros. Mas ele não disse uma palavra a eles sobre o grave ferimento que recebera, e cavalgou muito orgulhoso para dentro da floresta.

Mas quando ele entrou na floresta, não pôde mais suportar a dor e começou a gemer muito, dizendo:

— Ai! Ai! Que dor horrível! Com certeza fui ferido de morte nessa batalha!

Aconteceu que naquela manhã a donzela Parcenet tinha saído para levar um jovem falcão para seu treino de voo e um anão pertencente a Lady Ettard tinha cavalgado com ela para acompanhá-la. Então, enquanto a donzela e o anão cavalgavam por certa parte da floresta, não muito longe de Grantmesnle, onde começava a parte mais densa da floresta, a donzela ouviu uma voz lamentando com grande dor. Então ela parou e prestou atenção, e aos poucos ela ouviu aquela voz novamente gemendo de dor. Então Parcenet disse ao anão:

— O que é isso que eu ouço? Com certeza é alguém lamentando de dor. Agora vamos ver quem é que está gemendo assim.

E o anão respondeu: – Como queira senhora.

Assim, a donzela e o anão foram um pouco mais longe e ali viram um cavaleiro montado em um cavalo preto debaixo de um carvalho. E aquele cavaleiro estava completamente vestido com uma armadura vermelha. Portanto, Parcenet sabia que poderia ser Sir Pellias. E ela viu que Sir Pellias se apoiava na ponta de sua lança que estava encostada no chão e assim se segurava em seu cavalo, do qual ele teria caído por causa de sua grande fraqueza, e durante todo o tempo soltava os gemidos que Parcenet havia escutado. Então, vendo-o naquela condição lamentável, Parcenet foi tomada de grande piedade e correu até ele exclamando:

— Pobre Sir Pellias, o que lhe aflige?

Então Sir Pellias olhou para ela como se ela estivesse muito distante dele e, por causa da fraqueza que sentia, ele a via toda embaçada. E ele disse, muito baixinho:

— Donzela, estou gravemente ferido.

E ela perguntou:

— Como o senhor está ferido, Sir Pellias?

E ele respondeu:

— Tenho um ferimento grave no flanco, pois a ponta de uma lança está enfiada quase que um palmo de comprimento em direção ao meu coração, portanto, parece que não sobreviverei por muito tempo.

Em seguida, a donzela gritou:

— Ai! ai! Como pode ser isso! – e ela lamentava e esfregava as mãos, uma na outra, com tristeza por aquele nobre cavaleiro ter chegado a uma situação tão grave.

Então o anão que estava com Parcenet, vendo o quanto ela estava entristecida, disse:

— Donzela, eu sei de um lugar nesta floresta, embora seja a uma distância considerável, onde mora um eremita muito santo que é um médico extraordinariamente habilidoso. Se pudermos levar este cavaleiro até a capela onde mora aquele eremita, acredito que ele ficará bem e voltará a ter saúde.

E Parcenet disse:

— Gansaret – pois esse era o nome do anão –, vamos levar este cavaleiro até esse lugar o mais rápido que pudermos. Pois vou lhe dizer que tenho um amor muito grande por ele.

— Muito bem – disse o anão – vou lhe mostrar onde fica a capela.

Então o anão pegou o cavalo de Sir Pellias pela rédea e o conduziu pela floresta, e Parcenet cavalgou ao lado de Sir Pellias para sustentá-lo em sua sela. Algumas vezes, Sir Pellias desmaiou por causa da dor e do mal-estar, de modo que teria caído se ela não o segurasse. Assim, eles avançaram bem tristes e em ritmo tão lento que já era meio-dia quando chegaram àquela parte mais densa e solitária da floresta onde o eremita morava.

Ao chegarem lá, o anão disse:

— Ali está, donzela, a capela de que lhe falei.

Então Parcenet ergueu os olhos e viu uma pequena capela na floresta construída entre as árvores frondosas. E ao redor dela havia um pequeno gramado com flores, e perto da porta do eremita havia uma fonte de água clara como cristal. E esse era um lugar muito secreto e solitário e, ao mesmo tempo, muito silencioso e pacífico, pois em frente à capela eles viram uma corça selvagem e seu filhote pastando na grama e nas ervas tenras sem medo algum. E quando o anão, a donzela e o cavaleiro ferido se aproximaram, a corça e o filhote ergueram os olhos arregalados e levantaram as orelhas com admiração, mas não fugiram, pois não tinham nenhum medo, e aos poucos começaram a pastar novamente. Da mesma forma, em toda a capela nos ramos das árvores havia uma grande quantidade de pássaros, cantando e gorjeando muito alegremente. E os pássaros estavam esperando a refeição do meio-dia que o eremita costumava lançar para eles.

(Acontece que este era o mesmo santuário da floresta para onde o Rei Arthur tinha vindo na ocasião em que ele foi gravemente ferido por Sir Pellinore, como já foi contado nesta história.)

Quando a donzela, o anão e o cavaleiro ferido se aproximaram da capela, um pequeno sino começou a soar tão docemente, que o seu som ecoou por todos aqueles bosques tranquilos, pois já era meio--dia. E Sir Pellias ouviu aquele sino como se estivesse muito longe, e primeiro ele disse: – Para onde eu vim? – e então ele tentou fazer o sinal da cruz. E Parcenet fez o sinal da cruz e o anão ajoelhou-se e também fez o sinal da cruz. Então, quando o sino parou de tocar, o anão gritou bem alto:

— Olá! Tem alguém aí? Temos alguém precisando de ajuda!

Em seguida, a porta do santuário abriu-se e saiu daquele lugar um homem muito respeitável com uma longa barba branca, como se fosse de lã finamente penteada. E, ora!, quando ele saiu, todos os pássaros que o esperavam voaram ao seu redor, pois pensaram que ele havia saído para alimentá-los; assim, o eremita foi obrigado a afastar aquelas pequenas aves com as mãos enquanto se aproximava do local onde os três estavam parados.

E quando ele foi até eles, perguntou-lhes quem eram e por que tinham ido até lá com aquele cavaleiro ferido. Então Parcenet contou-lhe o que tinha acontecido e como eles encontraram Sir Pellias tão gravemente ferido na floresta naquela manhã e o trouxeram até ali.

Quando o eremita ouviu toda a história dela, ele disse:

— Está tudo bem e eu o acolherei. Assim, ele levou Sir Pellias até sua cabana e, depois de o colocarem deitado lá, Parcenet e o anão voltaram para casa.

Depois que eles foram embora, o eremita examinou o ferimento de Sir Pellias enquanto ele estava desmaiado. E o desmaio foi tão profundo que o eremita viu que era o desmaio da morte, e que o cavaleiro estava próximo de seu fim. Então ele disse: – Este cavaleiro certamente vai morrer em muito pouco tempo, pois nada posso fazer para salvá-lo. Depois, ele imediatamente saiu do lado de Sir Pellias e começou apressadamente a preparar a extrema-unção, que deveria ser dada a um nobre cavaleiro que estivesse morrendo.

Enquanto o eremita estava fazendo os preparativos, a porta se abriu de repente e entrou uma senhora muito estranha vestida toda de verde e com seus braços cobertos de braceletes de esmeraldas e opalinas incrustadas de ouro. Seus cabelos eram totalmente pretos, muito macios, e estavam presos com uma fita de cor carmesim. E o eremita viu que seu rosto era branco como marfim e que seus olhos eram brilhantes como joias incrustadas de marfim, portanto ele sabia que ela não era um ser mortal comum.

E essa dama foi direto para Sir Pellias e inclinou-se sobre ele de modo que sua respiração tocava a testa dele. E ela disse: – Ai, Sir Pellias, que pena vê-lo assim!

— Senhora – disse o eremita –, é realmente uma pena, pois este cavaleiro tem apenas alguns minutos de vida.

E a senhora respondeu:

— Não, santo homem, pois eu digo que este cavaleiro ainda terá muito tempo de vida

E quando ela disse isso, abaixou-se e tirou do pescoço dele aquele colar de esmeraldas, opalinas e ouro e o pendurou em seu próprio pescoço.

Quando o eremita viu o que ela estava fazendo, ele disse:

— Senhora, o que é isso? Por que está tirando esse ornamento de um moribundo?

E a dama respondeu muito tranquilamente:

— Fui eu quem dei o colar a ele, portanto, apenas tomo de volta o que é meu. Mas agora peço que me deixe ficar com este cavaleiro por um tempo, pois tenho grande esperança de poder trazê-lo de volta à vida.

Então o eremita ficou em dúvida e disse:

— A senhora tentará curá-lo por magia?

E a senhora disse:

— Se eu o fizer, não será por magia negra.

Então o eremita ficou satisfeito e foi embora, deixando a dama sozinha com Sir Pellias.

Quando a dama ficou sozinha com o cavaleiro ferido, ela imediatamente começou a fazer várias coisas muito estranhas. Primeiro ela pegou uma pedra-ímã de grande poder e colocou-a no ferimento. E, ora!, o ferro da ponta da lança começou a sair da ferida; e quando saiu totalmente Sir Pellias deu um gemido muito alto. Porém, assim que a ponta da lança saiu, um grande fluxo de sangue começou a jorrar como uma fonte vermelha. Mas a dama imediatamente pressionou o ferimento com um perfumado pano fino de cambraia e estancou o sangue; e a ferida não sangrou mais, pois ela prendeu o sangue nas veias com feitiços de magia muito poderosos. Assim que o sangue foi estancado, a dama tirou de dentro de seu vestido um pequeno frasco de cristal cheio de um elixir de cor azul e de fragrância muito especial. E ela derramou um pouco desse elixir entre os lábios frios e pálidos do cavaleiro; e quando o elixir tocou seus lábios a vida começou a entrar em seu corpo mais uma vez; então, em pouco tempo, ele abriu os olhos e olhou em volta com um olhar muito estranho, e a primeira coisa que ele viu foi aquela dama vestida de verde que estava ao seu lado, e ela era tão linda que ele pensou que talvez estivesse morto e estivesse no Paraíso, por isso ele disse:

— Estou morto, então?

— Não, você não está morto – disse a dama –, mas esteve muito perto da morte.

— Onde estou, então? – perguntou Sir Pellias.

E ela respondeu:

— Você está em uma parte profunda da floresta, e esta é a cabana de um santo eremita da floresta.

Em seguida, Sir Pellias perguntou:

— Quem é que me trouxe de volta à vida?

E a senhora sorriu e disse:

— Fui eu.

Por um momento, Sir Pellias ficou calado, e então ele disse:

— Senhora, sinto-me muito estranho.

— Sim – disse a dama–, isso é porque agora você tem uma vida diferente.

Então Sir Pellias disse:

— O que está acontecendo comigo?

E a senhora respondeu:

— O que aconteceu foi: para trazer-lhe de volta à vida eu lhe dei um gole do elixir da vida, de modo que agora você é apenas metade do que era antes; pois se uma metade sua é mortal, a outra metade pertence ao mundo das fadas.

Então Sir Pellias ergueu os olhos e viu que a dama trazia no pescoço o colar de esmeraldas, opalinas e ouro que ele estava usando antes. E, ora!, seu coração se encheu de paixão por ela, e ele disse:

— Senhora, diz que eu sou metade fada, e percebo que a senhora é totalmente fada. Então peço-lhe que de agora em diante permita que eu possa ficar perto de onde vive.

E a dama disse:

— Será como pede, pois foi para esse fim que eu quase o deixei morrer, e então trouxe-o de volta à vida.

Então Sir Pellias disse:

— Quando posso partir com a senhora?

E ela disse:

— Em breve, quando acabar de beber.

— Como pode ser? – disse Sir Pellias – Ainda me sinto como uma criança, de tanta fraqueza.

E a dama respondeu:

— Assim que tiver bebido a água, sua força retornará e você ficará completamente recuperado e inteiro novamente.

Então a Dama do Lago saiu e logo voltou, trazendo na mão um pote de barro cheio de água da fonte que ficava ali perto. E quando Sir Pellias bebeu aquela água, sentiu, de repente, suas forças voltarem completamente.

No entanto, ele não era mais como antes, pois agora seu corpo parecia leve como o ar, e sua alma estava preenchida com uma alegria pura como nunca havia sentido em sua vida antes. Então, ele imediatamente levantou-se de seu leito de dor e disse:

— A senhora me devolveu a vida, agora lhe darei essa vida para sempre.

Então a dama olhou para ele e sorriu com grande bondade e disse:

— Senhor Pellias, sempre gostei do senhor desde que o vi um dia, quando ainda era bem jovem, bebendo um gole de leite na cabana de um camponês nesta floresta. Pois o dia estava quente e o senhor havia tirado o capacete, e uma jovem leiteira, de rosto moreno e pés descalços, veio e lhe trouxe uma tigela de leite, que o senhor bebeu com grande apetite. Essa foi a primeira vez que o vi, embora não tenha me visto. Desde aquela época, tenho uma grande amizade por todos os companheiros da Corte do Rei Arthur e pelo próprio Rei Arthur, tudo por sua causa.

Então Sir Pellias disse:

— A senhora me aceitaria como seu cavaleiro?

E ela respondeu:

— Sim.

Então Sir Pellias disse:

— Posso saudá-la?

E ela disse:

— Sim, se isso lhe agrada.

Então Sir Pellias beijou-a nos lábios, e assim sua união foi firmada.

* * *

Agora voltemos a Parcenet e o anão.

Depois que os dois deixaram a morada do eremita na floresta, tomaram seu caminho novamente em direção a Grantmesnle, e quando chegaram perto da clareira onde aqueles cavaleiros estavam acampados, eles encontraram um deles vestido com meia armadura, e esse cavaleiro era Sir Mador de la Porte. Então Parcenet o chamou pelo nome, dizendo:

— Sir Mador, acabei de sair da cabana de um eremita na floresta onde deixei Sir Pellias gravemente ferido e receio que ele tenha apenas pouco tempo de vida.

Então Sir Mador de la Porte exclamou:

— Ah! donzela, o que está me dizendo? Isso é uma coisa muito difícil de acreditar, pois quando Sir Pellias nos deixou esta manhã, não deu nenhum sinal de ferimento nem parecia sofrer de algum mal.

Mas Parcenet respondeu:

— No entanto, eu mesma o vi deitado com grande dor e aflição, e, antes que desmaiasse, ele mesmo me disse que tinha o ferro de uma lança em seu flanco.

E Sir Mador de la Porte disse:

— Ai! ai! essa é uma notícia muito triste! Agora, donzela, com a sua permissão, vou deixá-la e correr até meus companheiros para lhes dar essa notícia.

E Parcenet disse:

— Por favor, faça isso.

Assim, Sir Mador de la Porte saiu correndo até a tenda onde estavam seus companheiros e lhes deu a notícia que ouvira.

Àquela altura, Sir Gawaine estava totalmente recuperado da violenta derrubada que sofrera naquela manhã, por isso, quando ouviu a notícia que Sir Mador de la Porte lhe trouxe, bateu as mãos e gritou em voz alta:

— Ai de mim! O que eu fiz! Primeiro traí meu amigo, e agora eu o matei. Irei imediatamente encontrá-lo e pedir seu perdão, antes que ele morra.

Mas Sir Ewaine disse:

— O que pretende fazer? Você ainda não está apto para fazer nenhuma viagem.

E Sir Gawaine respondeu:

— Não me importo, pois estou determinado a encontrar meu amigo.

E ele não queria que nenhum de seus companheiros o acompanhasse; então, chamou seu escudeiro para trazer-lhe seu cavalo, montou nele e partiu sozinho para a floresta, tomando seu caminho para o oeste e lamentando-se com grande tristeza enquanto avançava.

Quando a tarde caiu, o sol estava se pondo e a luz estava caindo vermelha como o fogo nas folhas da floresta, Sir Gawaine chegou à cabana daquele eremita na parte silenciosa e solitária da floresta. E ele viu que o eremita estava do lado de fora de sua cabana, cuidando de um pequeno jardim de lentilhas. Então, quando o eremita viu o cavaleiro armado entrar naquele gramado sob a luz vermelha do sol poente, ele parou de cavar e se apoiou em sua pá. Então Sir Gawaine se aproximou e, enquanto estava montado em seu cavalo, contou ao santo homem sobre o motivo pelo qual viera.

E o eremita disse:

— Uma senhora veio aqui há algumas horas, e ela estava toda vestida de verde, e tinha uma aparência muito singular, de modo que era fácil ver que era fada. E por meio de certos encantos de magia aquela senhora curou seu amigo, e depois que ela o curou, os dois cavalgaram juntos para a floresta.

Sir Gawaine ficou muito surpreso e disse:

— É muito estranho o que está me contando, que um cavaleiro que está morrendo seja trazido de volta à vida em tão pouco tempo, e de repente saia cavalgando de seu leito de dor. Agora, peço-lhe que me diga para onde eles foram.

E o eremita disse:

— Foram para o oeste.

Então, quando Sir Gawaine ouviu isso, ele disse:

— Irei atrás deles.

Então ele partiu, e o eremita ficou observando de longe. E enquanto ele cavalgava, o crepúsculo começou a cair rapidamente e a floresta ficou muito escura e estranha ao seu redor. Mas, à medida que a escuridão descia, um milagre muito singular aconteceu, pois, vejam só!, apareceu diante de Sir Gawaine uma luz de cor azul-claro, e ela foi adiante dele lhe mostrando o caminho, e ele a seguiu, muito maravilhado.

Depois de ter seguido a luz por muito tempo, ele finalmente chegou ao fim da floresta, onde havia uma planície ampla e aberta. E essa planície estava toda iluminada por um brilho singular, que era como a luz da lua cheia, embora nenhuma lua estivesse brilhando naquele momento. E, naquela luz pálida e prateada, Sir Gawaine podia ver tudo com maravilhosa nitidez; por isso ele viu que estava em uma planície coberta de flores de diversos tipos, cujos odores enchiam a noite de tal maneira que parecia encher-lhe o peito de grande prazer. E viu que na sua frente havia um grande lago, muito largo e tranquilo. E todas essas coisas pareciam tão estranhas naquela luz, que Sir Gawaine sabia que tinha chegado à Terra de Fadas. Então ele cavalgou entre flores altas em direção ao lago, com um pouco de medo, pois não sabia o que poderia acontecer com ele.

Ao se aproximar do lago, percebeu um cavaleiro e uma dama se aproximando dele; e, quando se aproximaram, ele viu que o cavaleiro era Sir Pellias e que seu semblante estava totalmente mudado. E viu que a dama era aquela que ele tinha visto antes, toda vestida de verde, quando viajara pela Floresta da Aventura com Sir Ewaine e Sir Marhaus.

Quando Sir Gawaine viu Sir Pellias pela primeira vez, sentiu um grande medo, pois pensou que era um espírito o que via. Mas, quando percebeu que Sir Pellias estava vivo, sentiu no peito uma alegria tão grande quanto aquele medo, então correu até ele. E quando chegou perto de Sir Pellias, saltou do cavalo, gritando, em grande desespero:
– Perdoe-me! Perdoe-me!

Então ele tentou abraçar Sir Pellias, mas Sir Pellias desviou-se do contato com Sir Gawaine, embora não demonstrasse nenhum tipo de raiva. E Sir Pellias falou com uma voz muito suave e de uma clareza prateada, como se viesse de muito longe, e disse:

— Não toque em mim, pois não sou mais como era antes, não sou totalmente humano, parte de mim agora é fada. Mas, quanto ao meu perdão, eu o perdoo por qualquer dano que eu possa ter sofrido em suas mãos. E mais do que isso, eu lhe dou minha amizade, e espero que você seja muito feliz. Mas agora tenho de deixá-lo, querido amigo, e talvez não o veja novamente. Por isso, faço a você meu último pedido: volte para a corte do Rei Arthur e faça as pazes com a rainha. Assim poderá lhe contar tudo o que me aconteceu.

Então Sir Gawaine disse com grande tristeza:

— Para onde vai?

E Sir Pellias respondeu:

— Irei para aquela cidade maravilhosa de ouro e pedras azuis que fica no vale de flores.

Então Sir Gawaine disse:

— Não vejo nenhuma cidade, mas apenas um lago de água.

E Sir Pellias respondeu:

— No entanto, há uma cidade ali e estou indo para lá, por isso agora preciso me despedir.

Então Sir Gawaine olhou para o rosto de Sir Pellias e viu novamente aquela luz estranha, que tinha uma aparência muito singular, pois, ora!, ele estava branco como marfim e seus olhos brilhavam como joias incrustadas de marfim, e havia um sorriso em seus lábios que não aumentava nem diminuía, mas ficava sempre igual. (Pois os seres desse tipo sempre tinham aquela aparência singular e sorriam dessa maneira, a Dama do Lago, Sir Pellias e Sir Lancelot do Lago.)

Então Sir Pellias e a Dama do Lago se viraram e deixaram Sir Gawaine ali, e foram em direção ao lago, entraram na água, e quando os pés do cavalo de Sir Pellias tocaram a água do lago, vejam só!, Sir Pellias desapareceu, e Sir Gawaine não o viu mais, embora ele tenha ficado lá por muito tempo chorando.

Assim termina a história de Sir Pellias.

* * *

E Sir Gawaine voltou para a Corte do Rei Arthur, como havia prometido a Sir Pellias, e fez as pazes com a rainha Guinevere e, depois disso, embora a rainha não o amasse, ainda assim havia paz entre eles. E Sir Gawaine contou todas essas coisas para a corte do Rei Arthur e todos eles ficaram maravilhados com a história.

E apenas duas vezes depois disso Sir Pellias foi visto por alguns de seus antigos companheiros.

Sir Marhaus foi feito Companheiro da Távola Redonda e se tornou um de seus principais cavaleiros.

Lady Ettard voltou a favorecer Sir Engamore, e naquele verão eles se casaram, e Sir Engamore tornou-se senhor de Grantmesnle.

Assim termina esta história.

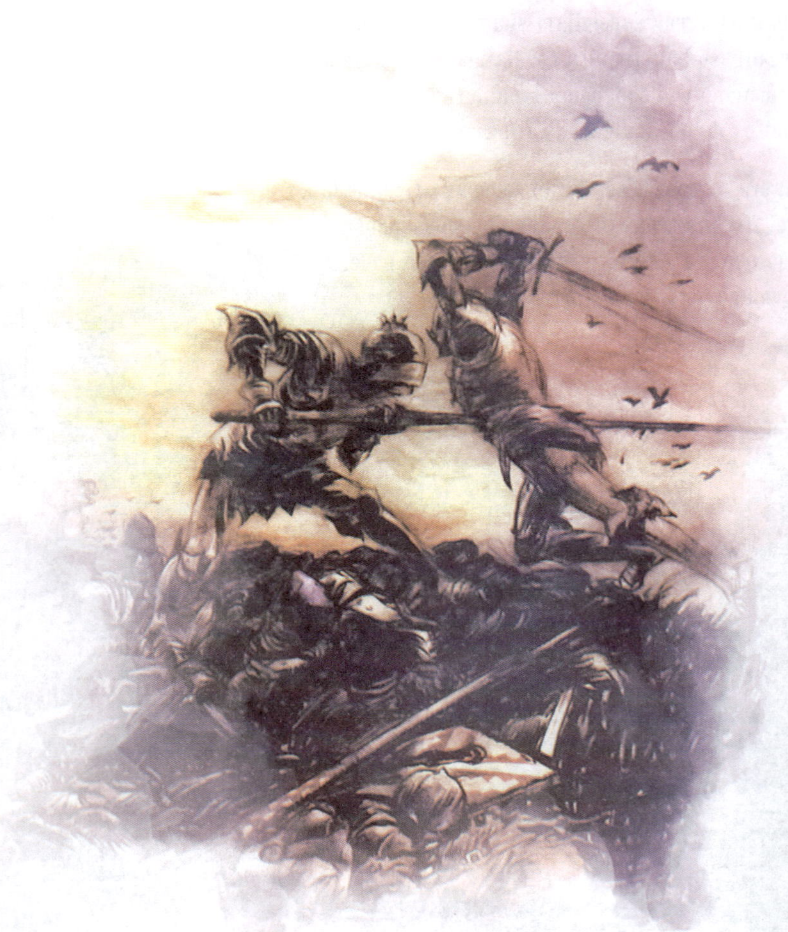

Aqui segue a história de Sir Gawaine e de como ele desenvolveu uma fidelidade tão maravilhosa ao Rei Arthur, que era seu senhor, que não acredito que semelhante fidelidade tenha sido vista antes.

De fato, embora Sir Gawaine às vezes fosse muito áspero e duro em seus modos, e embora sempre falasse tão direto que suas palavras escondiam sua natureza gentil, sob esse jeito orgulhoso havia muita cordialidade; e às vezes ele era tão educado e tão bom com as palavras, que era chamado por muitos de o Cavaleiro da Língua de Prata.

Agora, então, vocês lerão como sua fidelidade ao Rei Arthur trouxe-lhe tamanha recompensa, que quase todas as pessoas no mundo poderiam invejar sua grande sorte.

PARTE III
A HISTÓRIA DE SIR GAWAINE

CAPÍTULO ♛ PRIMEIRO

Como um cervo branco apareceu diante do Rei Arthur e como Sir Gawaine e Gaheris, seu irmão, partiram em busca dele, e o que lhes aconteceu nessa busca

Certa vez, o Rei Arthur, juntamente com a rainha Guinevere e toda a sua corte, atravessam aquela parte do seu reino que não era muito próxima de Camelot. Naquela ocasião, o rei viajava com grande pompa, e a rainha Guinevere tinha sua corte ao seu redor, então havia muitos escudeiros e pajens; portanto, contando cavaleiros, lordes e damas, havia mais de cento e vinte pessoas com o rei e a rainha.

Aquela época do ano era muito quente, de modo que, ao meio-dia, o rei ordenou que várias tendas fossem espalhadas para que eles pudessem descansar ali até que o calor do dia diminuísse. Assim, os atendentes espalharam três tendas em uma agradável clareira nos arredores da floresta.

Feito isso, o rei deu ordem para que as mesas, onde eles comeriam a refeição do meio-dia, fossem espalhadas sob a sombra daquela clareira de árvores, pois soprava um vento suave e havia muitos pássaros cantando, então era muito agradável sentar-se ao ar livre.

Assim, os atendentes da corte fizeram como o rei ordenara, e as mesas foram postas na grama sob a sombra, e o rei, a rainha e todos os lordes e senhoras de suas cortes sentaram-se para aquela refeição alegre.

Enquanto eles estavam sentados ali, festejando e comendo com muita alegria e boa conversa, ouviram, de repente, um grande tumulto vindo do bosque ali perto e, em seguida, apareceu um cervo branco muito bonito perseguido por um cão branco de igual beleza. E não havia um só fio de cabelo em nenhum desses animais que não fosse tão branco quanto o leite, e cada um usava em seu pescoço uma coleira de ouro muita linda de se ver.

O cão perseguia o cervo branco latindo muito alto e uivando, e o cervo fugia aterrorizado. Dessa forma, eles correram três vezes ao redor da mesa onde o Rei Arthur e sua corte estavam sentados para comer, e duas vezes naquela perseguição o cão pegou o cervo e o mordeu na coxa, e com isso o cervo saltou para longe, e todos os que estavam sentados lá observaram que havia sangue em dois lugares em sua coxa, onde o cão o havia mordido. Mas a cada vez o cervo escapava do cão, e o cão o seguia latindo muito alto, de modo que o Rei Arthur, a rainha Guinevere e toda a sua corte ficaram irritados com o barulho e o tumulto que aquelas duas criaturas estavam fazendo. Então o cervo fugiu para o bosque novamente por outro caminho, e o cão o perseguiu, e ambos se foram, e o latido do cão soava cada vez mais distante, à medida que ele corria para dentro da mata.

Antes que o rei, a rainha e sua corte se recuperassem do susto, de repente, apareceram, naquela mesma parte da floresta de onde o cervo e o cão haviam surgido, um cavaleiro e uma dama; o cavaleiro tinha uma presença muito nobre, e a dama era extremamente bela. O cavaleiro estava vestido com meia armadura, e a dama estava vestida de verde, como se fosse para uma caçada. O cavaleiro estava montado em um cavalo cinza, e a dama em um cavalo malhado. Com eles estavam dois escudeiros, também vestidos para a caçada.

Ao notarem aquele considerável grupo ali reunido, pararam, como se estivessem surpresos, e enquanto eles estavam assim, de repente apareceu outro cavaleiro montado em um cavalo preto, vestido com armadura completa, e parecia estar muito bravo, pois ele correu até o cavaleiro meio armado e o feriu com um golpe tão doloroso com sua espada, que o primeiro cavaleiro caiu de seu cavalo no chão, como se estivesse morto e a senhora que estava com ele começou a gritar em desespero.

Então o cavaleiro de armadura completa, montado no cavalo preto, correu até a dama e a retirou do cavalo e a colocou sobre sua sela, voltando em seguida para a floresta. A dama gritava com tanta veemência, que causava pena ouvi-la, mas o cavaleiro não deu atenção aos seus gritos e a carregou à força para a floresta.

Depois que ele e a dama foram embora, os dois escudeiros vieram e levantaram o cavaleiro ferido em seu cavalo, e também partiram para a floresta.

Tudo isso o Rei Arthur e sua corte assistiram de longe, e estavam tão longe que não conseguiram impedir aquele cavaleiro no cavalo preto de fazer o que fez para levar a dama para a floresta; nem conseguiram socorrer aquele outro cavaleiro de meia armadura que fora derrubado tão violentamente. Então ficaram muito tristes com o que viram e não sabiam o que pensar. O Rei Arthur disse à sua Corte:

— Senhores, não há alguém entre vocês que possa seguir nessa aventura e descobrir qual é o significado do que vimos, e obrigar aquele cavaleiro a dizer por que ele se comportou daquele jeito?

Ao ouvir isso, Sir Gawaine disse:

— Senhor, ficarei muito feliz em aceitar essa aventura, se tiver sua permissão para fazê-lo.

E o Rei Arthur respondeu:

— Você tem minha permissão.

Então Sir Gawaine disse:

— Senhor, gostaria que também me permitisse levar meu irmão mais novo, Gaheris, como meu escudeiro nessa aventura, pois ele já está quase na idade adulta e, no entanto, nunca viu nenhuma aventura considerável em armas.

Então o Rei Arthur respondeu:

— Tem a minha permissão para levar seu irmão também.

Ao ouvir o rei, Gaheris ficou muito feliz, pois ele tinha o espírito aventureiro, então a permissão de ir com seu irmão nessa busca lhe deu grande prazer.

Então os dois foram até a tenda de Sir Gawaine, e lá Gaheris ajudou Sir Gawaine como seu escudeiro a vestir sua armadura. Em seguida, partiram naquela busca que Sir Gawaine havia assumido.

Eles viajaram por uma longa distância, seguindo a direção que eles viram o cervo tomar quando fugiu do cão e, às vezes, quando encontravam algum morador da floresta, perguntavam-lhe para onde fugiram o cão branco e o cervo branco, e para onde tinham ido o cavaleiro e a dama, e assim seguiam aquela aventura em ritmo acelerado.

Finalmente, depois de muito tempo, já no fim da tarde, de repente eles começaram a ouvir um grande alvoroço, como se uma luta feroz estivesse acontecendo. Então eles seguiram o barulho e depois de um tempo chegaram a um campo aberto com grama muito clara e plana. Ali eles viram dois cavaleiros lutando violentamente com o propósito de matar um ao outro. E Sir Gawaine disse:

— O que é isso? Vamos lá ver.

Então ele e Gaheris cavalgaram até onde estavam aqueles dois cavaleiros lutando, e quando eles se aproximaram, os dois cavaleiros interromperam a luta e baixaram suas armas. Então Sir Gawaine disse:

— Ora! Senhores, o que está acontecendo e por que lutam com tanta violência, um contra o outro?

Então um dos cavaleiros disse a Sir Gawaine:

— Senhor, isso não lhe diz respeito.

E o outro respondeu:

— Deixe-nos em paz, pois esta batalha é escolha nossa.

— Meus senhores – disse Sir Gawaine – lamentaria muito interferir em sua briga, mas estou perseguindo um cervo branco e um cão branco que vieram por aqui, e também havia um cavaleiro carregando uma dama que seguiu o mesmo caminho. Ficaria muito grato se me dissessem se viram algum deles.

Então o cavaleiro que havia falado pela primeira vez disse:

— Senhor, isso é realmente muito estranho, pois é por causa desse mesmo cervo branco, daquele cão, do cavaleiro e da dama que estamos aqui brigando. O caso é o seguinte: somos irmãos e estávamos cavalgando juntos, amigavelmente, quando aquele cervo e o cão vieram para cá. Então meu irmão disse que esperava muito que o cervo branco escapasse do cão, e eu disse que esperava que o cão alcançasse o cervo e o derrubasse. Em seguida, apareceram aquele cavaleiro com a dama, sua prisioneira, e eu disse que iria seguir aquele cavaleiro e resgatar a dama, e meu irmão disse que seria ele que entraria nessa aventura. Foi então que começou nossa disputa, pois me pareceu que eu sentia grande afeição por aquele cão, e meu irmão sentia uma verdadeira adoração pelo cervo branco, e que, como eu havia falado primeiro, eu teria o direito de seguir naquela aventura. Mas como meu irmão sentiu-se afeiçoado ao cervo e considerou que, sendo o mais velho de nós dois, o direito à aventura era dele, então começamos a discutir, e pouco a pouco caímos naquela luta que o senhor presenciou.

Sir Gawaine ficou perplexo com a explicação e disse:

— Meus senhores, não consigo entender como uma briga tão grande pode ter surgido de uma desavença tão pequena; com certeza, é uma grande pena que dois irmãos briguem desse modo, ferindo e machucando um ao outro como pude perceber.

— Meu senhor – disse o segundo cavaleiro – acho que está certo, e agora me sinto muito envergonhado dessa briga.

E o outro disse:

— Eu também sinto muito pelo que fiz.

Então Sir Gawaine disse:

— Senhores, eu ficaria muito feliz se me dissessem seus nomes.

E um dos cavaleiros disse:

— Eu me chamo Sir Sorloise da Floresta.

E o outro disse:

— Eu me chamo Sir Brian da Floresta.

Em seguida, Sir Sorloise perguntou:

— Senhor cavaleiro, seria uma grande cortesia se nos dissesse quem é.

— Ficarei muito feliz em fazê-lo – disse Sir Gawaine, e com isso lhes disse seu nome e condição.

Quando souberam quem era Sir Gawaine, aqueles dois cavaleiros ficaram muito surpresos e satisfeitos; pois ninguém em todas as cortes de cavalaria era mais famoso do que Sir Gawaine, filho do rei Lot de Orkney. E aqueles dois irmãos disseram:

— Com certeza é uma grande alegria conhecer um cavaleiro tão famoso como o senhor, Sir Gawaine.

E Sir Gawaine disse:

— Senhores Cavaleiros, aquele cervo e aquele cão passaram há pouco tempo no lugar onde o Rei Arthur, a rainha Guinevere e suas cortes de lordes e damas estavam em festa, e lá, da mesma forma, todos nós vimos aquele cavaleiro agarrar a dama e fazê-la sua prisioneira. Portanto, eu e meu irmão viemos por ordem do Rei Arthur para descobrir qual é o significado do que vimos. Agora eu consideraria uma grande gentileza de sua parte se parassem de lutar e fossem amigavelmente até a corte do Rei para contar o que viram e de como estavam brigando quando nos conhecemos. Caso contrário, eu mesmo terei de lutar com vocês dois, e isso seria uma grande pena, pois vocês estão cansados da batalha e eu não.

Então os dois cavaleiros disseram:

— Senhor, faremos o que deseja, pois não queremos lutar com um cavaleiro tão forte quanto o senhor.

Em seguida, aqueles dois cavaleiros partiram e foram até a corte do Rei Arthur como Sir Gawaine ordenou, e Sir Gawaine e seu irmão seguiram cavalgando em sua aventura.

Depois de algum tempo, eles chegaram perto de um grande rio, e lá eles viram um cavaleiro de armadura completa, que carregava uma lança na mão e um escudo pendurado na sela. Então Sir Gawaine cavalgou até ele e chamou em voz alta, e o cavaleiro parou e esperou até que Sir Gawaine o alcançasse. E quando Sir Gawaine se aproximou daquele cavaleiro, perguntou:

— Senhor cavaleiro, viu um cervo branco e um cão branco passarem por aqui? E viu um cavaleiro levando uma dama prisioneira?

Então o cavaleiro disse:

— Sim, eu vi todos eles, e agora os estou perseguindo para descobrir para onde foram.

Então Sir Gawaine disse:

— Senhor Cavaleiro, peço-lhe que não continue nesta aventura, pois eu mesmo me lancei nela. Portanto, gostaria que o senhor desistisse, para que eu possa assumir seu lugar.

— Senhor – disse o outro cavaleiro, falando com muita animação –, não sei quem é e nem me importo muito. Mas, em relação a esta aventura, eu lhe digo que eu mesmo pretendo segui-la até o fim e assim o farei. Quem quiser que tente me impedir.

Então Sir Gawaine disse:

— Meu senhor, não deve seguir em frente nesta aventura a menos que queira lutar primeiro comigo.

E o cavaleiro respondeu:

— Muito bem, senhor, estou disposto a fazê-lo.

Assim, cada cavaleiro tomou o lugar que lhe pareceu melhor, e cada um colocou-se em posição de defesa e empunhou seu escudo e sua lança. Então, quando eles estavam totalmente preparados, imediatamente se lançaram um contra o outro, correndo juntos com grande velocidade e com tal alvoroço, que o chão tremia e sacudia sob eles. Então eles se encontraram no meio do caminho, e a lança do cavaleiro estranho explodiu em pequenos pedaços, mas a lança de Sir Gawaine resistiu. E assim ele arremessou aquele cavaleiro para fora de sua sela com tanta violência, que ele atingiu o chão com um golpe que parecia um terremoto.

Logo em seguida, Sir Gawaine foi até onde seu inimigo estava (pois aquele cavaleiro não conseguiu se levantar), e ele removeu o elmo da cabeça do cavaleiro caído e viu que ele era muito jovem e bonito.

Quando o ar fresco atingiu o rosto do cavaleiro, ele logo acordou de seu desmaio e voltou a si; ao que Sir Gawaine disse:

— Vai se render a mim?

E o cavaleiro disse:

— Sim.

Então Sir Gawaine perguntou:

— Quem é você?

E o cavaleiro disse:

— Eu me chamo Sir Alardin das Ilhas.

— Muito bem – disse Sir Gawaine –, então lhe darei a seguinte ordem: vá até a corte do Rei Arthur e se entregue a ele como prisioneiro da minha bravura. E você deve contar a ele tudo o que sabe sobre o cervo, o cão, o cavaleiro e a dama. E contará também tudo o que aconteceu nesta luta.

Então o cavaleiro disse que faria isso, e eles se separaram e cada um partiu para um lado.

Depois disso, Sir Gawaine e seu irmão, Gaheris, cavalgaram uma distância considerável até chegarem a uma parte da floresta que era uma planície aberta, e já era hora do pôr do sol. E eles viram no meio da planície um castelo muito majestoso e nobre com cinco torres, muito fortificado.

E bem ali eles viram algo que os encheu de tristeza, pois eles viram o corpo do cão branco caído ao lado da estrada como uma carniça. E viram que ele havia sido atingido por três flechas, portanto tinha sido morto com muita violência.

Quando Sir Gawaine viu aquele belo cão morto daquele jeito, ficou extremamente triste e disse:

— Que pena que esse nobre cão tenha sido morto dessa maneira, pois acho que foi o cão mais bonito que já vi em toda a minha vida. Com certeza ele foi traído, pois foi maltratado por causa daquele cervo branco que o perseguia. Pois bem, eu juro que se encontrar aquele cervo, o matarei com minhas próprias mãos, porque foi nessa perseguição que esse cão encontrou sua morte.

Depois disso eles cavalgaram em direção ao castelo, e quando se aproximaram, ora!, viram aquele cervo branco com a coleira de ouro pastando nos campos em frente ao castelo.

Assim que o cervo branco viu aqueles dois estranhos, ele fugiu em grande velocidade em direção ao castelo, e entrou correndo pelo pátio. E quando Sir Gawaine o viu, ele começou a persegui-lo em grande velocidade, e Gaheris seguiu seu irmão.

Sir Gawaine perseguiu o cervo branco até o pátio do castelo e de lá ele não conseguia escapar. Então Sir Gawaine desceu de seu cavalo, desembainhou sua espada e matou o cervo com um único golpe de sua arma. Ele fez isso de forma tão apressada, que quando se deu conta do que havia feito já era tarde demais e ele se arrependeu amargamente.

Com todo esse tumulto, saíram o senhor e a senhora daquele castelo; e o senhor era de aspecto muito altivo e nobre, e a dama era extraordinariamente graciosa e muito linda. E Sir Gawaine olhou para a dama e pensou que nunca tinha visto uma dama tão bonita, por isso ficou ainda mais triste por ter matado aquele cervo branco com tanta pressa.

Mas quando a senhora do castelo viu que o cervo branco estava morto, deitado sobre o piso de pedra do pátio, ela colocou as mãos no rosto e gritou com tanta força e estridência, que os ouvidos doíam ao ouvi-la. E ela exclamou: – Oh, meu cervo branco, você está morto? – E começou a chorar com grande compaixão.

Então Sir Gawaine disse:

— Senhora, sinto muito pelo que fiz e gostaria de poder desfazê-lo.

E o senhor daquele castelo disse a Sir Gawaine:

— Foi o senhor que matou o cervo?

— Sim – disse Sir Gawaine.

— Senhor – disse o dono do castelo –, fez muito mal em agir assim, e se esperar um pouco irei me vingar completamente do senhor.

E Sir Gawaine respondeu:

— Espero o quanto for necessário.

Então o senhor do castelo entrou em seus aposentos e vestiu sua armadura, e em pouco tempo ele saiu muito nervoso.

— Senhor – disse Sir Gawaine – qual é a sua briga comigo?

E o senhor do castelo disse:

— Por que o senhor matou o cervo branco que era tão querido por minha esposa.

Ao que Sir Gawaine disse:

— Não teria matado o cervo branco se por causa dele o cão branco não tivesse sido traiçoeiramente morto.

Ao ouvir essas palavras, o senhor do castelo ficou mais furioso ainda e correu para Sir Gawaine, ferindo-o de surpresa, de modo que ele perfurou a ombreira de sua armadura e penetrou na carne até o osso do ombro, deixando Sir Gawaine em grande agonia por causa da dor. Então Sir Gawaine se encheu de raiva com a dor do ferimento e deu um golpe tão terrível no cavaleiro, que ele penetrou seu elmo e atingiu o osso, e o cavaleiro caiu de joelhos por causa da ferocidade do golpe, e não conseguiu se levantar novamente. Então Sir Gawaine levou as mãos à cabeça e retirou o capacete.

Em seguida, o senhor do castelo disse com voz fraca:

— Senhor Cavaleiro, imploro por misericórdia e me rendo.

Mas Sir Gawaine estava muito furioso por causa daquele golpe inesperado que havia recebido e por causa da grande dor do ferimento, então ele não teve misericórdia e ergueu sua espada com intenção de matar aquele cavaleiro.

Então a senhora do castelo viu o que Sir Gawaine pretendia fazer, soltou-se de suas donzelas e correu lançando-se sobre o cavaleiro para protegê-lo com o próprio corpo. E naquele momento Sir Gawaine estava atacando e não conseguiu deter seu golpe; mesmo assim, ele foi capaz de girar sua espada para não ferir a dama. Mas a lâmina da espada a atingiu no pescoço com um golpe muito doloroso e fez um pequeno corte, de modo que o sangue escorreu por seu pescoço liso e branco e sobre seu lenço; e com a violência do golpe a senhora caiu e ficou no chão como se estivesse morta.

Quando Sir Gawaine viu aquilo, ele pensou que tinha matado a dama e ficou todo apavorado com o que havia feito, por isso gritou:

— Ai de mim! o que eu fiz?

— Meu Deus! disse Gaheris – foi um golpe muito vergonhoso que desferiu, e a vergonha disso é minha também, porque sou seu irmão. Preferia não ter vindo com você para este lugar.

Então Sir Gawaine disse ao senhor daquele castelo:

— Senhor, pouparei sua vida, pois sinto muito pelo que fiz em minha pressa.

Mas o cavaleiro do castelo estava cheio de amargura, porque pensava que sua esposa estivesse morta e gritou em desespero:

— Agora não preciso de sua misericórdia, pois você é um cavaleiro sem misericórdia e sem piedade. E já que matou minha senhora, que era mais preciosa para mim do que minha própria vida, pode me matar também, pois esse é o único favor que o senhor pode me fazer agora.

Mas nesse momento as donzelas da dama tinham vindo até onde ela estava, e a líder delas gritou para o senhor do castelo:

— Olhe senhor, sua esposa não está morta, foi apenas um desmaio do qual ela já está se recuperando.

Então, quando o senhor do castelo ouviu isso, ele começou a

chorar de alegria, porque agora sabia que sua esposa estava viva, e ele não conseguia se conter de tanta felicidade. Com isso, Sir Gawaine veio até ele e o levantou do chão e o beijou no rosto. E alguns outros vieram e levaram a senhora para seus aposentos, e lá, em pouco tempo, ela se recuperou daquele desmaio e eles perceberam que o golpe não havia sido tão forte.

Naquela noite, Sir Gawaine e seu irmão Gaheris ficaram com o cavaleiro e a dama, e quando o cavaleiro soube quem era Sir Gawaine, sentiu uma grande honra por ter um cavaleiro tão famoso naquele lugar. Então eles jantaram juntos naquela noite para celebrar sua amizade.

Depois de comerem e beberem, Sir Gawaine perguntou:

— Senhor, gostaria de lhe pedir que me explicasse o significado do cervo branco e do cão branco que me levaram a esta aventura.

A isso o senhor do castelo (cujo nome era Sir Ablamor da Marise) disse:

— Vou lhe contar – e disse o seguinte:

— Antes de tudo, o senhor deve saber que tenho um irmão que sempre me foi muito querido. E, quando casei-me com essa dama, ele casou-se com a irmã dela. Meu irmão morava em um castelo próximo a este, e sempre tivemos uma excelente relação de amizade. Mas aconteceu um dia que minha senhora e a senhora de meu irmão estavam cavalgando juntas por esta floresta, conversando, e apareceu uma dama extremamente bela e de aparência muito singular, pois acho que nem minha esposa nem sua irmã a tinham visto antes.

Aquela estranha dama trouxe para as duas senhoras um cervo branco e um cão branco, e segurava cada um por uma corrente de prata presa a uma coleira de ouro no pescoço de cada animal. Ela deu o cervo branco à minha senhora e o cão branco ela à sua irmã. E então foi embora, deixando-as muito felizes. Mas a alegria delas não durou muito, pois desde então não havia nada além de discórdia entre meu irmão e eu, e entre minha senhora e sua irmã, pois o cão branco perseguia o cervo branco o tempo todo para matá-lo. Isso fez com que eu e minha esposa ficássemos muito ofendidos com meu irmão e sua senhora, porque eles não mantinham o cão branco preso em casa. Então, aconteceu que várias vezes tentamos matar o cão, de modo que meu irmão e sua senhora também se sentiram ofendidos.

Acontece que hoje eu estava nos arredores da floresta a leste de nós, quando ouvi um grande grito vindo de lá, e pouco a pouco o cervo branco que pertencia a minha senhora veio fugindo pela floresta, e o cão branco que pertencia à senhora do meu irmão o perseguia. Meu irmão, sua senhora e dois escudeiros seguiram rapidamente atrás do cervo e do cão. Então fiquei muito zangado, pois parecia-me que eles estavam perseguindo aquele cervo branco por pura maldade contra mim e minha esposa, por isso os segui com toda a velocidade. Encontrei-os perto de um bosque, onde havia várias tendas montadas à sombra de uma clareira de árvores no meio do campo, e ali, por causa da minha raiva, feri meu irmão com um grande golpe, de modo que o derrubei do cavalo. Então, peguei sua esposa e a joguei sobre minha sela e a carreguei aqui para este castelo, onde a mantenho por vingança, por eles terem perseguido o cervo branco que pertencia à minha senhora. O problema é que, depois de mim, aquele cervo era o que minha senhora mais amava no mundo.

— Senhor – disse Sir Gawaine – isso tudo é muito estranho. Agora, diga-me uma coisa, como era aquela senhora que deu o cervo branco e o cão branco a essas duas senhoras?

— Meu senhor – disse o cavaleiro – ela estava toda vestida de carmesim, e ao redor de seu pescoço e braços havia muitos enfeites de ouro com pedras de várias cores, e seu cabelo era vermelho como ouro e estava envolvida em uma rede de ouro, e seus olhos eram bem negros e brilhavam muito, seus lábios eram como coral, de modo que ela possuía uma aparência muito estranha.

— Ah! – disse Sir Gawaine – por essa descrição, acho que aquela senhora não poderia ser outra senão a feiticeira Vivien. Pois agora ela passa todo o seu tempo fazendo maldades como essa por meio de sua magia, por puro despeito. E, de fato, acho que seria uma coisa muito boa se ela fosse expulsa deste mundo para que não pudesse mais cometer tanta maldade. Mas diga-me, senhor, onde está agora aquela senhora, irmã de sua esposa?

— Senhor – disse o cavaleiro – ela está neste castelo e é uma prisioneira de honra.

— Bem – disse Sir Gawaine –, já que agora tanto o cervo quanto o cão estão mortos, vocês certamente não podem mais ter inimizade contra ela e seu irmão, por isso eu peço que a liberte e que sejam amigos novamente, com boa vontade um para com o outro, da maneira como acontecia antes.

E o senhor do castelo disse:

— Assim será, senhor.

E assim ele libertou a dama naquele momento, e depois disso voltaram a ser amigos como antes, como Sir Gawaine havia ordenado.

E no dia seguinte Sir Gawaine e seu irmão, Gaheris, voltaram à corte do Rei, e ele contou ao Rei Arthur e a todos que lá estavam o que havia acontecido, sem omitir nenhum detalhe.

A rainha Guinevere ficou muito descontente quando soube que Sir Gawaine não teve misericórdia para com aquele cavaleiro e como ele havia golpeado a dama com sua espada. Por isso, ela disse, de lado, para um dos que estavam de pé perto dela:

— Parece-me uma coisa muito estranha para um cavaleiro agir dessa forma, recusar misericórdia a um inimigo caído e golpear uma dama com sua espada; pois eu acho que qualquer espada que tivesse tirado sangue de uma dama dessa forma deveria ser desonrada para sempre. Não consigo pensar em alguém que possa golpear uma dama dessa forma e se considerar inocente diante de seu juramento de cavaleiro.

Sir Gawaine escutou tudo e ficou extremamente furioso, mas ele escondeu sua raiva naquele momento. Mais tarde, sozinho com seu irmão Gaheris, ele disse:

— Acredito que aquela senhora me odeia de todo o coração; mas algum dia mostrarei a ela que sou muito mais cordial e gentil do que ela pensa. Quanto à minha espada, já que ela a considera desonrada por causa daquele golpe, não a usarei mais. Então ele tirou a espada da bainha, a quebrou sobre o joelho e atirou-a para longe.

Muito bem, tudo isso foi contado a fim de prepará-los para o que vem a seguir. Pois agora vocês ficarão sabendo dos grandes atos de nobreza que Sir Gawaine realizava quando lhe convinha. Talvez, vocês que leram esta história tenham o mesmo sentimento que a rainha Guinevere, que Sir Gawaine não foi tão gentil como deveria ser um cavaleiro de seu nível.

CAPÍTULO 👑 SEGUNDO

Como o Rei Arthur se perdeu na floresta e como ele se envolveu em uma aventura muito singular no castelo aonde chegou

Algum tempo depois, o Rei Arthur estava em Tintagalon resolvendo alguns assuntos de estado. A rainha Guinevere, sua corte e a corte do rei seguiram de Camelot para Carleon, e lá permaneceram até que o rei terminasse de resolver seus negócios em Tintagalon e se juntasse a eles em Carleon.

Era primavera e todas as coisas ficam mais alegres e agradáveis, por isso o Rei Arthur sentiu um grande desejo de buscar alguma aventura. Então ele chamou seu escudeiro favorito, de nome Boisenard, e disse:

— Boisenard, o dia está muito agradável, estou me sentindo muito bem e meu coração está cheio de alegria. Então, estou pensando em sair perambulando por aí com você como companheiro.

E Boisenard imediatamente respondeu:

— Senhor, nada me daria maior prazer do que isso.

Então o Rei Arthur disse:

— Muito bem, vamos, então, sair deste lugar sem que ninguém fique sabendo de nossa partida. E assim iremos a Carleon e surpreenderemos a rainha chegando inesperadamente lá.

Então Boisenard trouxe a armadura, sem o emblema, vestiu o rei com ela e saíram os dois cavalgaram juntos, sem que ninguém percebesse que haviam deixado o castelo.

Quando chegaram aos campos, o Rei Arthur assobiava, cantava, brincava, ria e se divertia, pois ele era como um cavalo de guerra que, deixado solto no pasto sob a luz do sol e ao ar quente, volta a sentir-se como um potro.

Então, pouco a pouco, eles foram entrando na floresta e cavalgaram por ali porque estavam realmente felizes. E continuaram a seguir os caminhos, sem nenhum motivo especial, mas apenas porque o dia estava tão alegre e bonito. E, depois de algum tempo, perceberam que estavam perdidos nos labirintos da floresta e não sabiam onde estavam.

Ao se darem conta de que realmente estavam perdidos, começaram a cavalgar com mais concentração, indo primeiro por um caminho e depois por outro, mas de maneira alguma conseguiam encontrar o caminho certo. E, assim, quando caiu a noite, eles não sabiam onde estavam e tudo foi ficando muito escuro e turvo, com a floresta cheia de sons estranhos e incomuns ao redor deles.

Então o Rei Arthur disse:

— Boisenard, esta é uma situação muito desconcertante e não sei como passaremos a noite na floresta.

E Boisenard respondeu:

— Senhor, se eu tiver a sua permissão para fazê-lo, subirei em uma dessas árvores e verei se consigo descobrir sinal de algum povoado perto daqui.

E o Rei Arthur disse:

— Faça isso, por favor.

Então Boisenard subiu em uma árvore muito alta e, do topo dela, ele viu uma luz a uma grande distância e disse:

— Senhor, vejo uma luz naquela direção – E desceu da árvore em seguida.

Assim, o Rei Arthur e Boisenard foram na direção em que Boisenard havia visto a luz e saíram da floresta, chegando a uma clareira, onde avistaram um castelo muito grande com várias torres altas, e era muito sombrio e de aparência hostil. A luz que Boisenard tinha visto vinha desse castelo, então os dois cavalgaram até lá e Boisenard chamou em voz alta e bateu no portão da propriedade. Em seguida, apareceu um guarda e perguntou a eles o que estavam fazendo ali.

E Boisenard disse:

— Senhor, gostaríamos de passar a noite aqui, pois estamos cansados.

E o porteiro respondeu:

— Quem são vocês? – falando de modo rude e grosseiro com eles, pois ele não podia ver direito quem eram eles por causa da escuridão.

Então Boisenard disse:

— Este é um cavaleiro de muito boa estirpe e eu sou seu escudeiro. Perdemos nosso caminho na floresta e agora viemos aqui em busca de abrigo.

— Senhor – disse o guarda – se vocês são espertos, é melhor dormirem na floresta e não aqui, pois este lugar não é um refúgio muito bom para cavaleiros errantes se abrigarem.

Ao ouvir isso, o Rei Arthur resolveu falar com o guarda, pois o que ele disse despertou grande curiosidade. Então o Rei Arthur disse:

— Não, nós não iremos embora e pedimos abrigo para esta noite.

E o porteiro respondeu:

— Muito bem, podem entrar – E então ele abriu o portão e eles cavalgaram até o pátio daquele castelo.

Com o barulho de sua chegada, apareceram muitas luzes dentro do castelo, e surgiram vários atendentes. Alguns deles ajudaram o Rei Arthur e Boisenard a desmontar, outros levaram os cavalos, e outros trouxeram bacias de água para eles se lavarem. E depois de lavarem o rosto e as mãos, outros atendentes os levaram para dentro do castelo.

Ao entrarem no castelo, perceberam que havia um grande barulho de muitas pessoas conversando e rindo juntas, com o som de cantos e harpas. E quando entraram no salão do castelo viram que estava iluminado com um grande número de velas e tochas. Ali eles encontraram muitas pessoas reunidas ao redor de uma mesa de banquete, e à cabeceira da mesa estava sentado um cavaleiro, bem idoso e com cabelos e barba brancos como leite. No entanto, ele era extremamente forte e robusto, com ombros e peito largos e amplos. Esse cavaleiro tinha uma aparência muito severa e ameaçadora, estava todo vestido de preto e usava em volta do pescoço uma corrente de ouro, com um medalhão de ouro pendurado.

Quando aquele cavaleiro viu o Rei Arthur e Boisenard entrarem no salão, ele os chamou em voz alta, mandando que fossem sentar-se com ele à cabeceira da mesa; e assim o fizeram, e os que estavam à cabeceira da mesa abriram espaço para eles, e assim sentaram-se ao lado do cavaleiro.

O Rei Arthur e Boisenard estavam com muita fome, por isso comeram com grande apetite e se divertiram com a recepção que estavam tendo. E, enquanto isso, o cavaleiro conversava com eles amigavelmente, falando sobre coisas boas. Então, depois de um tempo, a festa terminou e eles pararam de comer.

De repente, o cavaleiro disse ao Rei Arthur:

— O senhor é jovem e vigoroso e não duvido que tenha um grande coração. O que acha de jogarmos um pouco, nós dois?

Então, o Rei Arthur olhou para aquele cavaleiro com muita firmeza e percebeu que seu rosto não era tão velho quanto parecia; pois seus olhos eram extremamente brilhantes, como faíscas de luz; então, ele ficou em dúvida e perguntou:

— Senhor, que jogo seria esse?

E o cavaleiro caiu na gargalhada e respondeu:

— É um jogo diferente que criei: teremos que provar um ao outro quanta coragem cada um de nós tem.

E o Rei Arthur retrucou:

— Como vamos provar isso?

E o cavaleiro respondeu:

— Faremos o seguinte: o senhor e eu ficaremos no meio deste salão, e o senhor terá permissão para tentar decepar minha cabeça; e se eu não morrer, então terei o direito de decepar sua cabeça da mesma forma.

Depois de ouvir essas palavras, o Rei Arthur ficou muito temeroso e disse: – É um jogo muito estranho para dois homens mortais.

Quando o Rei Arthur disse isso, todos aqueles que estavam no salão caíram na gargalhada como se nunca fossem parar de rir. Então, quando eles ficaram um pouco quietos novamente, o cavaleiro daquele castelo disse:

— O senhor tem medo desse esporte?

E Rei Arthur ficou muito zangado e disse:

— Não, não estou com medo, pois nenhum homem jamais teve razão para dizer que eu demonstrei medo de alguém.

— Muito bem – disse o cavaleiro do castelo – então vamos jogar.

E o Rei Arthur disse:

— Muito bem, estou de acordo.

Então Boisenard foi até o Rei Arthur e disse:

— Senhor, não entre nessa coisa, deixe-me realizar essa aventura em seu lugar, pois estou certo de que alguma grande traição está sendo planejada contra o senhor.

Mas o Rei Arthur respondeu:

— De modo algum. Ninguém vai se colocar em perigo em meu lugar, pois sempre assumo os riscos sem chamar ninguém para fazê-lo.

Então ele disse ao cavaleiro do castelo:

— Senhor, estou pronto para esse jogo, mas quem deve dar o primeiro golpe e como vamos sortear?

— Senhor – disse o cavaleiro do castelo –, não haverá sorteio. Como o senhor é o hóspede deste lugar, será o primeiro a jogar.

Com isso, aquele cavaleiro levantou-se e colocou de lado seu manto preto, e ele estava vestido com uma camisa de linho fino muito habilmente trabalhada e usava meias vermelhas. Então ele abriu o colarinho e abaixou a gola para expor o pescoço ao golpe e disse:

— Agora, senhor cavaleiro, terá de golpear bem, se quiser vencer neste jogo.

Mas o Rei Arthur não demonstrou medo, levantou-se e puxou a Excalibur, de modo que a lâmina da espada brilhou de modo magnífico. Então ele mediu sua distância, ergueu a espada e feriu o cavaleiro do castelo com toda a força no pescoço. E, ora!, a lâmina cortou o pescoço do cavaleiro do castelo com maravilhosa facilidade, e a cabeça dele voou do corpo para bem longe.

Mas o tronco do corpo daquele cavaleiro não caiu, em vez disso ficou de pé e caminhou até onde estava a cabeça, e as mãos do tronco pegaram a cabeça e a colocaram de volta no corpo e, vejam só! aquele cavaleiro estava tão são e inteiro como sempre esteve em toda a sua vida.

Diante disso, todos que estavam ali gritaram e se divertiram muito, e chamaram o Rei Arthur, porque agora era sua vez de tentar aquele jogo. Assim o rei se preparou, deixando de lado a túnica e abrindo a roupa de baixo no pescoço, como o cavaleiro do castelo havia feito. Então Boisenard começou a lamentar e o cavaleiro do castelo perguntou:

— O senhor está com medo?

E o Rei Arthur respondeu:

— Não, não estou com medo, pois todo homem deve morrer algum dia, e parece que minha hora chegou agora, e que devo perder minha vida dessa maneira tola, sem ser minha culpa.

Então o cavaleiro do castelo disse:

— Bem, afaste-se um pouco para que eu não o atinja muito perto e assim perca a virtude do meu golpe.

Então o Rei Arthur foi até o meio do salão, e o cavaleiro do castelo balançou sua espada várias vezes, mas não golpeou. Da mesma forma, ele várias vezes colocou a lâmina da espada no pescoço do Rei Arthur, e estava muito fria. Então o Rei Arthur exclamou bastante nervoso:

— Senhor, é seu direito golpear, mas peço que não me atormente dessa maneira.

— Não – disse o cavaleiro do castelo –, tenho o direito de golpear quando eu quiser, e não atacarei antes disso. Pois, se for da minha vontade, vou atormentá-lo por muito tempo antes de matá-lo. Então ele colocou sua espada várias vezes mais no pescoço do Rei Arthur, e o Rei Arthur não disse mais nada, mas suportou aquele tormento com um espírito muito firme.

Então o cavaleiro do castelo disse:

— O senhor parece ser um cavaleiro muito corajoso e honrado, e estou pensando em fazer um acordo com o senhor.

E o Rei Arthur disse:

— Que acordo é esse?

E o cavaleiro do castelo respondeu:

— Pouparei sua vida por um ano e um dia se me der sua palavra de cavaleiro que voltará aqui no fim desse prazo.

Então o Rei Arthur disse:

— Muito bem; assim será – E assim ele deu sua palavra de cavaleiro para retornar ao fim daquele tempo, jurando sobre a cruz do cabo da Excalibur.

Em seguida, o cavaleiro do castelo disse:

— Farei outro acordo com o senhor.

— Que acordo será agora? – perguntou o Rei Arthur. E o cavaleiro respondeu:

— Minha proposta é essa: eu lhe darei um enigma e se o senhor responder a esse enigma quando voltar e ele estiver correto, então pouparei sua vida e o senhor estará totalmente livre.

E o Rei Arthur disse:

— Qual é o enigma?

Ao que o cavaleiro respondeu: – O enigma é este: o que é que uma mulher mais deseja no mundo?

— Senhor – disse o Rei Arthur – procurarei encontrar a resposta para esse enigma. Agradeço por poupar minha vida por esse prazo e por me dar a chance de escapar da morte.

Ao ouvir isso, o cavaleiro do castelo sorriu com desdém e disse:

— Não estou fazendo isso por pena, mas porque sinto prazer em atormentá-lo. Pois que prazer você pode ter em viver sua vida quando sabe que, com certeza, morrerá no fim de um curto ano? E que prazer o senhor poderá ter em viver esse ano em que será atormentado pela ansiedade de descobrir a resposta para o meu enigma?

Então o Rei Arthur respondeu:

— Acho que o senhor é muito cruel.

E o cavaleiro disse:

— Isso eu não nego.

Assim, naquela noite, o Rei Arthur e Boisenard ficaram no castelo, e no dia seguinte partiram de lá. E o Rei Arthur estava muito triste e preocupado; no entanto, ele ordenou a Boisenard que não dissesse nada sobre o que havia acontecido, e que mantivesse segredo absoluto. E Boisenard fez como o rei ordenou, e não contou nada sobre aquela aventura.

Naquele ano que se seguiu, o Rei Arthur resolveu seus assuntos, mas também procurou de todas as formas encontrar a resposta para o enigma. Muitos lhe deram várias respostas: um disse que o que uma mulher mais desejava era riqueza, e outro que ela desejava mais beleza, e um disse que desejava poder para agradar, e outro ainda disse que uma mulher sempre deseja roupas finas. E um disse isso, e outro disse aquilo, mas nenhuma resposta pareceu ao Rei Arthur ser boa e adequada ao seu propósito.

Assim o ano passou, até que restasse apenas uma quinzena. E então o Rei Arthur não aguentou mais ficar onde estava, pois lhe parecia que sua hora estava muito próxima, e ele sentia uma ansiedade muito amarga, por isso estava muito inquieto para partir.

Então ele chamou Boisenard e disse:

— Boisenard, ajude-me a vestir minha armadura porque vou partir.

Então Boisenard caiu em prantos e implorou:

— Senhor, não vá.

Depois de ouvir as palavras de seu escudeiro, o Rei Arthur olhou seriamente para ele e disse:

— Boisenard, o que está dizendo? Você está tentando me convencer a violar minha honra? Não é muito difícil morrer, mas seria muito amargo viver a vida em desonra. Portanto, não faça mais isso, siga minhas ordens e fique quieto. E se eu não voltar em um mês, então você pode contar tudo o que aconteceu. E pode dizer a Sir Constantine da Cornualha que ele deve pegar os papéis em meu gabinete e que lá encontrará tudo o que deve ser feito caso a morte me leve.

Então Boisenard colocou uma armadura simples no Rei Arthur, embora ele mal pudesse ver o que estava fazendo por causa das lágrimas que escorriam de seus olhos. E ele colocou uma túnica na armadura do Rei sem o emblema, e deu ao rei um escudo sem emblema também. Então o Rei Arthur partiu sem saber para onde iria. E a todos os que encontrava ele perguntava qual era a coisa que uma mulher mais desejava, e ninguém lhe dava uma resposta que parecesse satisfatória, então ele seguia seu caminho em grande dúvida e tormento.

Um dia antes do Rei Arthur cumprir seu acordo naquele castelo, ele estava vagando pela floresta com sua alma angustiada, pois não sabia o que deveria fazer para salvar sua vida. Enquanto caminhava, de repente chegou a uma pequena cabana construída sob um carvalho, de modo que era muito difícil dizer onde terminava o carvalho e onde começava a cabana. E havia muitas rochas grandes ao redor cobertas de musgo, de modo que o rei poderia muito facilmente ter passado pela cabana sem percebê-la se não tivesse visto a fumaça subindo dela como se houvesse uma fogueira lá dentro. Então ele foi até a cabana e abriu a porta e entrou. A princípio, pensou que não havia ninguém ali, mas quando voltou a olhar viu uma velha sentada debruçada sobre um pequeno fogo que ardia na lareira. E o Rei Arthur nunca tinha visto uma mulher tão feia como aquela que estava sentada ali, curvada sobre aquela fogueira, pois suas orelhas eram muito grandes e onduladas, seu cabelo caía sobre a cabeça como cobras, e seu rosto tinha tantas rugas que não havia nenhum lugar onde elas não estivessem Os olhos dela eram turvos e cobertos com uma película, as pálpebras eram vermelhas por causa do lacrimejar contínuo de seus olhos, ela tinha apenas um dente na boca, e suas mãos, que ela mantinha estendidas para o fogo, eram como garras de ossos.

Então o Rei Arthur a cumprimentou e ela cumprimentou o Rei, e disse a ele:

— Meu senhor Rei, de onde vem? E por que veio até aqui?

Então o Rei Arthur ficou muito surpreso que aquela velha soubesse quem ele era e perguntou:

— Quem é a senhora que parece me conhecer?

— Isso não importa – disse ela – sou alguém que lhe quer bem; então me diga qual é o problema que o traz aqui neste momento.

Então o rei confessou todos os seus problemas para aquela velha e perguntou se ela sabia a resposta para aquele enigma:

— A senhora sabe o que é que uma mulher mais deseja?

— Sim. – disse a velha – Sei a resposta para esse enigma muito bem, mas não vou lhe contar, a menos que me prometa algo em troca.

Ao ouvir isso, o Rei Arthur ficou muito feliz porque a velha sabia a resposta para aquele enigma, mas ficou cheio de dúvidas sobre o que ela exigiria dele, por isso perguntou:

— O que a senhora quer em troca dessa resposta?

Então a velha disse:

— Se eu o ajudar a adivinhar seu enigma, deve prometer que me tornarei esposa de um dos cavaleiros de sua corte, o qual eu escolherei quando o senhor voltar para casa.

— Ora! – disse o Rei Arthur –, como posso prometer isso em nome de alguém?

E a velha disse:

— Os cavaleiros da sua corte não são de tal nobreza que fariam isso para lhe salvar da morte?

— Acredito que sim – disse o Rei Arthur. E com isso ele meditou por um longo tempo, dizendo para si mesmo:

— O que meu reino fará se eu morrer neste momento? Não tenho o direito de morrer.

Então ele disse à velha:

— Muito bem, farei essa promessa.

Então ela disse ao rei:

— Esta é a resposta para esse enigma: O que uma mulher mais deseja é ter suas vontades realizadas.

E a resposta pareceu totalmente certa ao Rei Arthur.

Então a velha disse:

— Meu querido Rei, o senhor foi enganado por aquele cavaleiro que o levou a este problema, pois ele é um grande feiticeiro e um mago muito mal. Ele leva a vida dele não dentro de seu corpo, mas em um globo de cristal que ele carrega dentro de um medalhão pendurado em seu pescoço; portanto, quando o senhor cortou a cabeça do corpo dele, sua vida permaneceu naquele medalhão e ele não morreu. Mas se o senhor tivesse destruído aquele medalhão, então ele teria morrido imediatamente.

— Vou me lembrar disso – disse o Rei Arthur.

Então o Rei Arthur passou a noite na cabana daquela velha e ela o serviu com carne e bebida e cuidou muito bem dele. E na manhã seguinte ele partiu para aquele castelo onde fizera o acordo, e seu coração estava mais feliz do que tinha estado durante um ano inteiro.

CAPÍTULO ♛ TERCEIRO

Como o Rei Arthur venceu o Cavaleiro-Feiticeiro e como Sir Gawaine demonstrou à alta nobreza seu título de cavaleiro

Quando o Rei Arthur chegou ao castelo, o portão foi imediatamente aberto e ele entrou. Em seguida, vários atendentes vieram e o conduziram ao salão onde ele estivera antes. Lá ele viu o cavaleiro daquele castelo e muitas pessoas que vieram para testemunhar a conclusão da aventura. E quando o cavaleiro viu o Rei Arthur, ele perguntou:

— O senhor veio para cumprir sua promessa?

— Sim – disse o Rei Arthur – pois eu lhe dei minha palavra.

Então o cavaleiro do castelo perguntou:

— O senhor adivinhou o enigma?

E o Rei Arthur respondeu:

— Acredito que sim.

E o cavaleiro do castelo disse:

— Então deixe-me ouvir sua resposta. Mas se o senhor cometer algum erro, ou se não adivinhar corretamente, então pagará com a sua vida.

— Muito bem – disse o Rei Arthur –, que assim seja. Esta é a resposta para o seu enigma: O que uma mulher mais deseja é ter suas vontades realizadas.

Quando o senhor do castelo ouviu o rei Arthur adivinhar corretamente, ele não sabia o que dizer ou para onde olhar, e todos que estavam lá também perceberam que o rei havia adivinhado corretamente.

Então o Rei Arthur chegou bem perto daquele cavaleiro com grande seriedade e disse:

— Agora, seu cavaleiro traidor! Você me pediu para entrar em seu jogo um ano atrás, então agora é minha vez de pedir-lhe para jogar comigo. E este é o jogo que vou propor: que me dê a corrente e o medalhão que estão pendurados em seu pescoço, e eu lhe darei o colar que está pendurado no meu pescoço.

Ao ouvir isso, o rosto daquele cavaleiro empalideceu como cinzas, e ele emitiu um som semelhante ao som feito por uma lebre quando o cão a captura. Então o Rei Arthur o agarrou violentamente pelo braço, pegou o medalhão e o arrancou do pescoço do cavaleiro, e o cavaleiro gritou muito alto novamente, e caiu de joelhos implorando misericórdia ao Rei, e ali houve grande alvoroço. O Rei Arthur abriu o medalhão e ora!, havia uma bola de cristal, muito clara e brilhante. E o Rei Arthur disse:

— Não terei misericórdia – e com isso ele atirou a bola violentamente para baixo sobre o chão de pedra e ela se quebrou com um estardalhaço. Naquele instante, o cavaleiro-conjurador deu um grito amargo e penetrante e caiu no chão. Quando correram para levantá-lo, ele estava completamente morto.

Quando as pessoas daquele castelo viram seu cavaleiro morto de repente, e viram a fúria do Rei Arthur em sua majestade, ficaram com tanto medo que se afastaram dele. Então o Rei virou-se e saiu do castelo e ninguém o deteve. Ele montou em seu cavalo e partiu sem ninguém lhe dar permissão nem impedir sua partida.

Assim que o rei deixou o castelo daquele jeito, ele foi direto para a cabana da velha e disse a ela:

— A senhora me ajudou muito na minha hora de necessidade, então agora vou cumprir a promessa que lhe fiz, pois a levarei à minha corte e a senhora escolherá um de meus cavaleiros para ser seu marido. Acredito que não há um só cavaleiro em toda a minha corte que não fique muito feliz em fazer qualquer coisa que esteja ao alcance dele para recompensar alguém que me salvou como a senhora fez hoje.

Em seguida, ele pegou a velha e a ergueu na garupa de seu cavalo; depois ele mesmo montou em seu cavalo, e assim saíram dali cavalgando. E o rei tratou aquela velha com a maior consideração, como se ela fosse uma bela dama da mais alta classe naquela região. Ele demonstrou tanto respeito por ela como se ela fosse uma dama de sangue real ou mais.

Assim, dentro do tempo esperado, eles chegaram à corte, que ficava em Carleon. E já era quase meio-dia.

Naquele momento, a rainha, alguns lordes e algumas damas da corte estavam nos campos desfrutando as delícias da primavera, pois ninguém em todo o mundo, exceto o escudeiro Boisenard, sabia nada sobre o perigo que cercava o Rei Arthur; por isso todos estavam muito contentes, aproveitando a estação. Quando o Rei Arthur se aproximou de onde estavam, eles levantaram os olhos e o viram chegar, e ficaram surpresos em vê-lo com aquela velha na garupa; então, ficaram parados esperando até que o Rei Arthur os alcançasse.

Mas quando o Rei Arthur chegou até eles, ele não desmontou de seu cavalo, mas permaneceu sentado e olhou para todos com muita seriedade. Então a rainha Guinevere perguntou a ele:

— Senhor, o que é isso? Está pensando em fazer alguma brincadeira hoje trazendo essa velha para cá?

— Senhora – disse o Rei Arthur –, se não fosse por esta velha, poderia ter sido uma brincadeira muito triste para a senhora e para mim;

pois, se ela não tivesse me ajudado, eu já estaria morto, e, em poucos dias vocês, sem dúvida, todos estariam enfrentando grande tristeza.

Então todos os que estavam lá ficaram muito perplexos com as palavras do rei. E a Rainha disse:

— Senhor, o que foi que lhe aconteceu?

Então o Rei Arthur contou a eles tudo o que havia acontecido com ele desde o início, quando ele e Boisenard deixaram o castelo de Tintagalon. E quando ele terminou sua história, eles estavam muito surpresos.

Havia lá dezessete lordes da corte. Então, quando o Rei Arthur terminou sua história, ele disse a eles:

— Senhores, dei minha palavra a esta anciã que qualquer um de vocês que ela escolher, a tomará como sua esposa, e a tratará com carinho, com toda a consideração que lhe for possível, pois esta foi a condição que ela colocou para me ajudar. Agora me digam, fiz certo em dar a ela minha palavra de que cumpriria o que ela desejava?

E todos aqueles que estavam presentes disseram:

— Sim, senhor, fez muito bem, pois faríamos tudo no mundo para salvá-lo de um perigo como esse do qual escapou.

Então o Rei Arthur disse para aquela velha:

— Senhora, há algum entre esses cavaleiros aqui que escolheria para ser seu marido?

E a velha apontou com seu dedo longo e ossudo para Sir Gawaine, dizendo: – Sim, eu escolho aquele senhor, pois vejo pela corrente que está ao redor de seu pescoço, pela argola de ouro em seu cabelo e pela nobreza altiva de seu aspecto, que ele deve ser filho de um rei.

Então o Rei Arthur disse a Sir Gawaine:

— Senhor, está disposto a cumprir minha promessa para esta anciã?

E Sir Gawaine respondeu:

— Sim, senhor, tudo o que me ordenar, eu farei.

Então Sir Gawaine aproximou-se da velha, pegou-lhe na mão e levou-a aos lábios, e nenhum dos presentes sequer sorriu. Então todos viraram o rosto e voltaram para o castelo muito calados e abatidos, pois essa era uma situação inesperada que havia acontecido naquela corte.

Depois que voltaram para a corte, eles designaram alguns aposentos para aquela velha, e a vestiram em roupas ricas, como uma rainha, e designaram para ela uma corte digna de uma rainha; e parecia a toda a corte que, nas mais ricas vestes que ela usava, ela ficava dez vezes mais feia do que antes. Assim, passados onze dias, Sir Gawaine casou-se com aquela velha na capela da corte do Rei com grande cerimônia, pompa e circunstância, e todos ali estavam tão tristes e aborrecidos como se Sir Gawaine tivesse sido chamado para a morte.

Depois que eles se casaram, Sir Gawaine e a velha foram para a casa de Sir Gawaine, e lá Sir Gawaine isolou-se de todo o mundo e não permitiu que ninguém se aproximasse dele. O fato é que ele era orgulhoso demais, e nessa grande humilhação ele sofreu de tal maneira que as palavras não podiam expressar sua dor. Por isso ele isolou-se do mundo, para que ninguém pudesse ver sua tristeza e sua vergonha.

E durante todo o resto daquele dia ele andou continuamente de um lado para o outro do quarto, pois estava tão desesperado que lhe ocorreu que seria bom se ele pudesse se matar, pois lhe parecia impossível sofrer tal vergonha como aquela que estava passando. Então, depois de um tempo, caiu a escuridão do início da noite e com isso certa força veio a Sir Gawaine e ele disse:

— É uma vergonha me comportar dessa maneira; pois desde que me casei com aquela senhora, ela é minha verdadeira esposa e não a estou tratando com o respeito a que ela tem direito. Então ele saiu dali e foi até os aposentos daquela velha que era sua esposa, e a essa altura já estava completamente escuro. Mas quando Sir Gawaine chegou ao lugar onde ela estava, a velha o censurou, gritando com ele:

— Então, senhor, me tratou muito mal no dia de nosso casamento, pois passou a tarde inteira longe de mim e agora só vem a mim quando a noite já caiu. E Sir Gawaine disse:

— Senhora, não pude evitar, pois estava muito atarefado. Mas se a desrespeitei hoje, imploro seu perdão, e estarei disposto a fazer tudo o que estiver ao meu alcance para compensar-lhe por qualquer indiferença com a qual a tratei. Então a senhora disse:

— Senhor, está muito escuro aqui, precisamos de alguma luz.

— Será como deseja – disse Sir Gawaine – eu mesmo irei buscar uma luz para a senhora.

Então Sir Gawaine saiu daquele lugar e trouxe duas velas de cera, uma em cada mão, e as colocou em castiçais de ouro, pois ele pretendia mostrar todo respeito àquela velha. E quando ele entrou no quarto, percebeu que ela estava no outro extremo do aposento e foi em direção a ela. Então ela levantou-se e ficou diante dele.

Mas quando o círculo de luz caiu sobre a velha e Sir Gawaine a viu diante dele, deu um gritou em alta voz, pois levou um susto e ficou maravilhado com o que viu. Em vez daquela velha que ele havia deixado, ele viu uma dama de uma beleza extraordinária e na flor de sua juventude. E ele viu que seu cabelo era longo, brilhante e bem preto, e que seus olhos também eram como joias negras, e que seus lábios eram como coral, e seus dentes eram como pérolas. Assim, por um tempo, Sir Gawaine ficou sem palavras, e então ele exclamou:

— Senhora! Quem é a senhora?

Então aquela dama sorriu para Sir Gawaine com tanta bondade, que ele não sabia o que pensar, a não ser que era um anjo que desceu do paraíso. Então, ele ficou diante dela por um longo tempo e não conseguia encontrar mais palavras para dizer, e ela continuou a sorrir para ele muito gentilmente. Depois de algum tempo, Sir Gawaine perguntou a ela:

— Senhora, onde está a dama que é minha esposa?

E a senhora respondeu:

— Sir Gawaine, eu sou ela.

— Não é possível – exclamou Sir Gawaine –, pois ela era velha e muito feia, mas a senhora é mais bela do que qualquer dama que eu já tenha visto.

E a senhora disse:

— No entanto, eu sou ela porque o senhor me tomou por sua esposa, por vontade própria e com grande cortesia, e retirou parte do feitiço que foi lançado sobre mim. Agora poderei aparecer diante do senhor em minha forma verdadeira. Embora há pouco tempo eu era tão feia e velha, agora o senhor me verá assim, durante metade do dia; e na outra metade ficarei feia como era antes.

Então Sir Gawaine ficou imensamente feliz. E com essa felicidade veio uma paixão enorme por aquela dama. Então ele exclamou várias vezes:

— Esta é certamente a coisa mais maravilhosa que já aconteceu a qualquer homem em todo o mundo.

Dizendo isso ele caiu de joelhos e tomou as mãos daquela dama nas suas, e as beijou apaixonadamente, e todo o tempo ela sorria para ele como havia feito no início.

Então, novamente a dama disse:

— Venha, sente-se ao meu lado e vamos decidir em que parte do dia terei uma aparência e em que parte do dia terei a outra. Pois terei uma aparência durante o dia, e outra durante a noite.

Então Sir Gawaine disse:

— Gostaria de tê-la assim durante a noite, pois então estaremos juntos em nossa casa; e contanto que tenha essa aparência para mim, não me importa o que os outros irão pensar.

Então a senhora ficou indignada e disse:

— Não, senhor, eu não gostaria que fosse assim, pois toda mulher valoriza a consideração das outras pessoas e eu gostaria de desfrutar da minha beleza diante do mundo, e não ter de suportar o desprezo e a chacota de homens e mulheres.

A isso, Sir Gawaine disse:

— Senhora, prefiro do outro jeito.

E ela disse:

— Não, terá de ser do meu jeito.

Então Sir Gawaine disse:

— Assim seja. Pois uma vez que a escolhi como esposa, devo respeitar sua opinião em todos os assuntos; portanto, sua vontade será feita nesta e em todas as outras coisas.

Então aquela senhora começou a gargalhar e disse:

— Senhor, eu fiz isso apenas como um último teste, pois de agora em diante sempre serei como sou agora.

Diante disso, Sir Gawaine ficou tão cheio de alegria que não conseguia se conter.

Então eles ficaram sentados juntos por um longo tempo, de mãos dadas. E depois de um tempo, Sir Gawaine disse:

— Quem é a senhora?

E ela respondeu:

— Sou uma das Damas do Lago; mas por amor ao senhor tornei-me mortal como as outras mulheres e abandonei aquela bela casa onde morava. O senhor está em meu coração há um bom tempo, pois eu não estava muito longe na época em que se despediu de Sir Pellias à beira do lago. Lá eu vi como o senhor chorou e lamentou quando Sir Pellias partiu, por isso meu coração se encheu de pena. Então, depois de um tempo, deixei aquele lago e me tornei mortal por sua causa. Quando vi o Rei Arthur envolvido com essa armadilha que lhe prepararam, aproveitei a ocasião para que ele me trouxesse até o senhor e para que eu pudesse testar toda a nobreza de sua cavalaria; e, veja! Descobri que era melhor do que eu imaginava, pois embora eu parecesse tão velha, tão feia e tão suja, o senhor me tratou com tanta bondade, que não acredito que teria se comportado com mais cortesia se eu fosse filha de um rei. Portanto, agora que tenho o imenso prazer de tê-lo como meu cavaleiro e meu verdadeiro esposo, não posso dizer-lhe quão grande é minha alegria.

Então Sir Gawaine disse:

— Senhora, não acho que possa ser tão grande quanto a minha alegria em tê-la – E então ele colocou a mão em seu ombro e beijou-a nos lábios.

Depois disso, ele saiu e chamou em voz alta todas as pessoas que viviam na casa e todos vieram correndo. E ele ordenou que trouxessem luzes, comida e bebida. E eles trouxeram as luzes e quando viram aquela bela dama em vez de uma anciã, ficaram admirados e felizes, então bateram palmas e comemoraram com muita alegria. Um grande banquete foi preparado para Sir Gawaine e sua dama, e no lugar da tristeza e da escuridão que havia, agora havia alegria, luz, música e canto; por isso os que estavam na corte do rei, vendo isso de longe, disseram:

— É muito estranho que Sir Gawaine esteja tão alegre por ter se casado com aquela velha senhora.

Mas quando a manhã seguinte chegou, a dama vestiu-se com roupas de seda amarela, e colocou muitos colares de pedras preciosas de várias cores, e uma coroa de ouro em sua cabeça. E Sir Gawaine ordenou que trouxessem seu cavalo, e também um cavalo branco como a neve para a dama, e então eles foram até a corte do Rei. Mas quando o rei, a rainha e suas várias cortes viram aquela dama, ficaram tão surpresos que não souberam o que dizer por puro espanto. E quando eles ouviram tudo o que havia acontecido, ficaram muito alegres, e todo o seu pranto transformou-se em festa. E, de fato, não havia um só cavaleiro em toda aquela corte que não tivesse dado metade de sua vida para ter sido tão afortunado quanto Sir Gawaine, filho do rei Lot de Orkney, foi naquela situação.

* * *

Essa é a história de Sir Gawaine e, na minha opinião, o significado é o seguinte: assim como aquela pobre e feia anciã apareceu aos olhos de Sir Gawaine, assim o dever de um homem às vezes lhe parece feio e extremamente contrário aos seus desejos. Mas quando ele se casa com esse dever, tornando-o parte dele, como um noivo faz com sua noiva, então esse dever, de repente, torna-se muito belo para ele e para os outros.

Assim espero que seja com vocês, que assumam o dever, não importa o quanto possam não gostar de fazê-lo. Pois, de fato, um homem dificilmente terá algum prazer real em sua vida, a menos que seu desejo esteja conectado ao seu dever e que se apegue a ele como um marido se apega à sua esposa. Pois quando o desejo se une ao dever, então a alma se alegra muito consigo mesma, como se um casamento tivesse ocorrido entre um noivo e uma noiva no seu templo.

Da mesma forma, quando você estiver totalmente comprometido com seu dever, então se tornará igualmente digno, como aquele bom cavaleiro e homem Sir Gawaine. Não é necessário que um homem use armadura para ser um verdadeiro cavaleiro, mas apenas que ele faça o seu melhor com toda a paciência e humildade, como lhe foi ordenado fazer. Portanto, quando chegar a hora de mostrar como você é um cavaleiro, assumindo seu dever, peço a Deus que você também demonstre ser tão digno quanto Sir Gawaine demonstrou nesta história que acabou de ser contada.

CONCLUSÃO

Assim termina este livro, em que foi contada, com todos os detalhes de narração, a história de Três Homens Notáveis que faziam parte da corte do Rei Arthur.

E agora, se Deus me der a graça de fazê-lo, daqui a algum tempo, não muito longo, escreverei a história de vários outros cavaleiros e homens notáveis sobre os quais ainda não falei.

E um dos primeiros será Sir Lancelot, que o mundo todo sabe que foi o maior cavaleiro em destreza de armas de todos os que já viveram, exceto Sir Galahad, que era seu filho. Contarei também a história de Sir Ewaine, Sir Geraint, de Sir Percival e de vários outros.

Mas isso será em uma outra vez. Por agora, com grande pesar, despeço-me e encerro esta história.

Que Deus permita que nos encontremos em outro momento, com felicidade e prosperidade suficiente para que tenhamos um coração livre e tranquilo para desfrutar da história desses excelentes homens sobre quem lhes contarei. Amém.

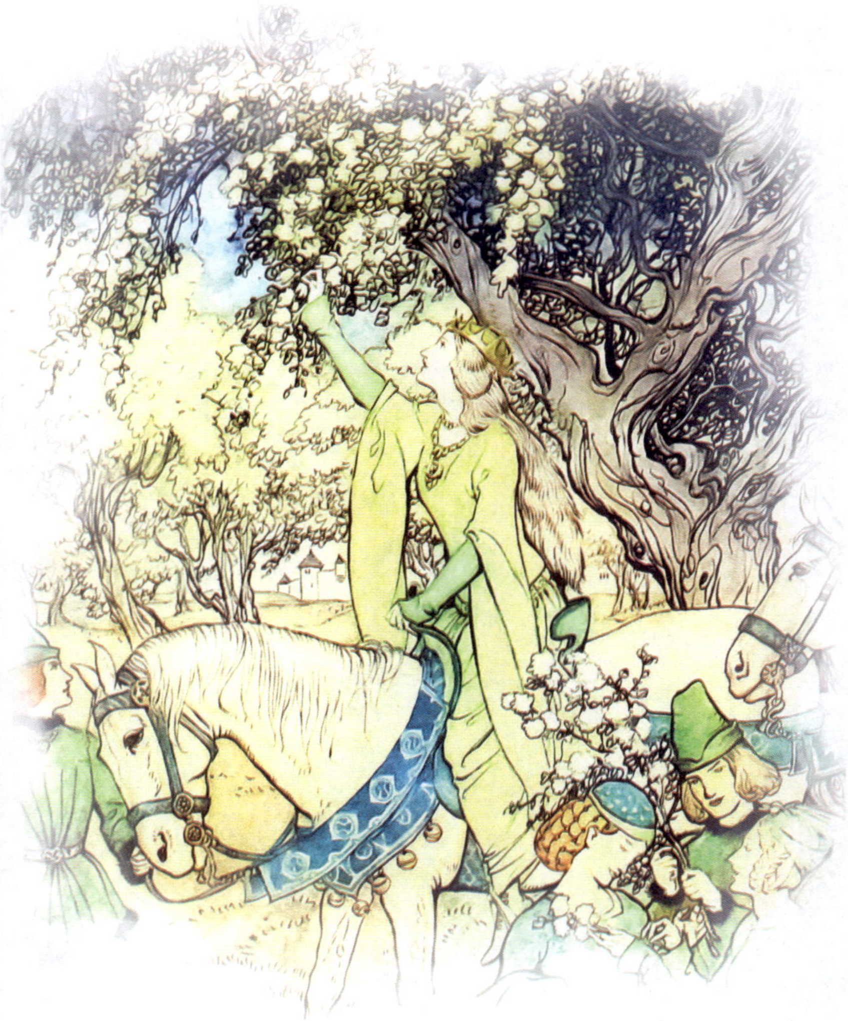

Impressão e Acabamento
Gráfica Oceano